KUADU
CHANGPIAN XIAOSHUO
WENKU

跨度

长篇小说文库

凤舞凡尘

长篇小说

秋文◎著

中国文史出版社

目　录

一、婚　变

俗话说得好，正月好过年，二月好赌钱，三月四月才开始种田呢。民国二十二年的春天是个急性子，这不，今天才二月初一，她的脚步就已经来到田间地头，催着麦苗拔节，催着野花赶快找婆家。

蔡家庄蔡老拐家的门楣上，开了朵大大的“红花”，门两边墙上张贴了大红双喜。蔡老拐搂着烟袋杆子站在门口眯缝着眼瞧了瞧双喜字，又望了望野外，满意十足地想：“嗯，今年开春早，儿媳妇一娶进门，就可以下地干活儿了，一点儿也不耽搁劳力。”

本来按照亲家朱三癞子的意思，去年秋忙过后，就把女儿朱大凤嫁过来。蔡老拐一眼就看穿了亲家玩儿的鬼把戏：“哼，你朱三癞子家舍不得一冬半春的口粮，那我家的口粮就是养闲人的呀？那哪行？门儿都没有。”

门没有，饭菜哪里有？那天中午，蔡家冰凉的锅灶和蔡老拐阴沉的老脸那真是南瓜花掺鸡蛋——对色了。

没有办法，下午，媒婆不顾“咕噜咕噜”肚子的反抗，来到二十里路外的朱三癞子家。也是一样，唾沫说掉两水瓢，换来了三水瓢的凉水。唉，说媒拉纤——两头受气。回家的路上，媒婆大骂两家都是鬼精附身，这一骂，肚子里的蔡家、朱家的凉水不干了，争着要往外跑。

两亲家算彻底杠上了，并且放出狠话：这节骨眼上，钱财是小，面子是大，谁让步谁就是王八羔子！

眼看好事要泡汤，媒婆可是一点儿也不慌张，照她的话：“哼，没有金刚钻，怎么敢揽这瓷器活儿？这样的场面老娘见得多啦！老娘吃过的盐比你们吃过的米都多，走过的桥比你们走过的路都要长。”趁着黑夜，她胳肢窝下夹着两包珍藏多年而被鼠虫多次光顾的芝麻糕，跑到著名的神算王瞎子家里……

朱、蔡两家可以不听人话，但是鬼话、神话那是一定要听的！这样，通过神算两家最终把婚事定在二月初二——龙抬头的日子。如此这般的安排，两家都觉得自己吃了天大的亏。朱三癞子认为自己为蔡家人白白多养了几个月的儿媳妇；而蔡老拐认为，新媳妇娶到家，离下地干农活儿还有一两个月呢。可是没有办法，天命不可违！因为王大神告诉他们，他们儿女婚事只此一天，否则，就有血光之灾。

“嗷——嗷——”蔡家院子里传来猪被捆绑后而发出绝望的嚎叫。一群孩子闻声赶来看热闹，一个个叽叽喳喳小燕子似的往院子里飞。蔡老拐怕家里会丢失什么东西，赶忙跟了进来。

院子里，地上躺着一头五花大绑的肥猪，口里吐着白沫，哼哼不止。旁边屠夫蹲在地上霍霍地磨着刀，嘴里喊道：“俊生，端点水来。”

“哦。”那个叫俊生的小伙子爽快答应道。人逢喜事精神爽啊！明天就要当新郎官了，小伙子两条腿噔噔地跑向厨房去了。

这个小伙子叫蔡俊生，在蔡家排行老三，读了几年私塾，人称秀才，长得也对得起这个称号，白白净净、文质彬彬、风度翩翩的。他在家是老疙瘩，父母娇惯，有空看许多乱七八糟的书，看坏了脑子，对一些事物的看法总是和蔡家集人不一样，蔡家集人说朝东，他没有说朝西，而是说朝南或者朝北，因而经常发生争论，无论如何他就是不服输，还搬出许多歪歪道道儿，人送其外号“一根筋”。

一根筋只佩服一人——他的表哥——都市里的一个摩登青年。这位表哥几年回来一次，最近一次回来是为了退娃娃亲。他向蔡俊生灌输了很多在蔡家集人看来是歪门邪道的思想，比如，天下兴亡匹夫有责，一定要从日本鬼子手里收回东三省，又如男女自个儿找老婆丈夫，就像七仙女和董永一样，还起了个冠冕堂皇的名儿——自由恋爱。

这位表哥临走时怂恿蔡俊生跟自己到外面去闯一闯，说外面世界很精彩，正发生天翻地覆的变化。蔡老拐闻讯，可不干了，他早对自己的这个外甥奇装异服奇思怪想看不惯。如果老三跟他去，说不定蔡家就会出现一个离经叛道的人，那样怎么能对得起列祖列宗？

老婆孩子最能扯住一个男人的后腿，蔡老拐于是吩咐内人赶忙为他张罗亲事。蔡俊生向往自由恋爱坚决不同意父母包办自己的婚事，再说他心里还装着一个人呢。蔡老拐于是发动全家老小外带亲朋好友一起上阵来劝说。滴水能穿石，铁杵能磨成绣花针，蔡俊生就是那石头，就是那铁杵，最后终于同意了。

现在，蔡俊生端着一瓢水过来，那屠夫接过来一看，道："一根筋，你也真行，一下端这么多，也不嫌累？留点儿劲儿，明天晚上好好使吧，使劲，你知道吗？"屠夫望着蔡俊生白白英俊的脸打趣道，然后盯着蔡俊生看。

"呵呵。"蔡俊生干笑着，满脸红得宛如也贴了喜庆的红纸，好在这时候进来一大群人，蔡俊生瞧了赶忙迎了上去："大姑，二姑，三姨……"

"噗"的一声，那个屠夫吐了一口唾沫在手心，继续悠闲地磨着刀。

"嚓嚓……"此时，同样在磨刀，同样也是屠夫，不同的是，陈洼庄屠夫陈铁柱睁大着充满血丝的眼睛，这眼睛就如蔡家被捆着待宰的肥猪的一样。他一边使劲地磨着刀，一边恶狠狠地骂着。因为用力过猛，刀刃把磨刀石上的浸水部分一下刮去，露出里面的惨白——死人般的颜色。

"铁柱，你在骂谁呢？"陈铁柱瞎眼的老娘扶着门框不安地问道。

"我骂他朱三癞子八辈子祖宗，我……"说着，陈铁柱扬起刀刃，用手擦拭着，然后猛地向空中插去，就如他平时杀猪一样……"老子白刀子进去，红刀子出来。"

"小二愣子啊，你可不能这么说，三癞子毕竟是你姨夫。"铁柱娘的瞎眼不停往外沁水，她抬起胳膊，用衣袖擦着泪水道。

"我认得他这个姨夫，他认得我这个外甥吗？这个长着狗眼的东西。"

"唉，你这个傻孩子呀，你就认命吧，谁让我们家穷呢？"

"娘，大凤可是一直喜欢的是我。"提到大凤，陈铁柱心里一阵温馨，但是，这温馨就如流星一样一划而过，马上就陷入无尽的黑暗痛苦深渊之中，这痛苦，使得他的心发酸发紧，让他的头皮发麻发奓——绝望的感觉。

“喜欢有什么用？能当饭吃吗？听说大凤的婆家有一二十亩地呢！街面上还有生意，我们家有什么？靠你杀猪赚那几个钱，也只能够勉强维持咱娘俩的生活，儿啊，你不蒸馒头蒸（争）口气吧，好好干，多攒下几个钱，过了今年，我托人给你说个好媳妇。”

“我谁都不要，只要大凤！”陈铁柱脖子僵得如萝卜似的说。

“你这孩子，怎么这么犟呢？老话说得好：不能在一棵树上吊死，唉，大后天大凤回门，你去喝喜酒，可不能闹事。”

“我……我还去喝狗屁喜酒！”手里的杀猪刀在磨刀石上“嚓”地荡了一下，“我去喝他朱三癞子丧酒！”

铁柱娘吓坏了，一屁股坐在地上，一把鼻涕一把泪地号啕大哭了起来：“你……你这个孽种，千万不能干傻事啊！”

这凄惨的哭声更激起了陈铁柱的满腔愤怒，这满腔的愤怒带着一股血腥直冲向头顶，操着刀，向院门外奔去。

从外面慌慌张张地跑进来一个女子，差点儿和陈铁柱撞了个满怀。那女子见了陈铁柱手里拿着明晃晃的杀猪刀，上气不接下气地问：“铁柱哥……你……这要去干……干什么？”

陈铁柱愣站在那里，半天才张口问：“大凤，你……你怎么来了？”

朱大凤本来的脸就是高粱红，二十多里路跑来，高粱红变成晚霞红，圆圆的脸蛋上挂满了汗珠，抬起衣袖抹了一下，又警觉地向院门外瞥了一眼，小声地道：“进屋说吧。”说完，自己径自走向屋里。

陈铁柱跟着进来，随手关了门，垂头丧气地站在朱大凤身后一声不吭。

“铁柱哥，我明天就要嫁人了。”

沉默。

“我明天就要嫁人了！”音量提高了许多。

依然沉默。

“你……”身子转了过来，杏眼疑惑地看着陈铁柱。

还是沉默。

“你是死人呀?”面对心爱的人这样无动于衷，朱大凤上前一步，两个小拳头鼓槌似的擂着陈铁柱的胸膛，企图捶醒眼前这个“死人”的死心。

“死人”到底被捶醒了，陈铁柱“吭哧、吭哧”喘着粗气。

“你就这么算了?”

“都到这个份儿上了，还能怎么的?”“死人”终于说话了，嘟嘟囔囔地把话说完，再也没有力气站立住，蹲在地上，靠着门，双手抱着头。

杏眼狠狠地剜了陈铁柱一眼，愤愤地说：“窝囊废，站起来!”

“窝囊废”惊诧地看了她一眼，也许被她那杏眼喷着的火燃烧了，乖乖地站了起来。

“铁柱哥，你带我远走高飞吧?”

晴天霹雳，陈铁柱不相信自己耳朵似的反问：“远走高飞?”

朱大凤没有回答，而是扑在陈铁柱的怀里，两只手藤条似的死死勒住陈铁柱身体，圆圆的脸蛋儿深深地埋进陈铁柱的胸怀里，喃喃地说：“我俩去过我俩的日子去。”

陈铁柱颤抖着抱住朱大凤，惭愧啊！所谓人穷志短、马瘦毛长，这些天只顾怨恨了，哪能想到这个？唉，也不怪大凤说自己是窝囊废，连个女人都不如。朱大凤的话就是洋火，陈铁柱这堆干柴一点就着，且熊熊地燃烧着，脸蛋发烫，脑海沸腾着，响亮而干脆地回答道：“好，我们跑!”

“你收拾一下东西，快点儿!”

陈铁柱刚想答应，“喀喀”外面传来铁柱娘的干咳声，接着，嘶哑的声音宛如隆冬烈风从门缝吹进来：“大凤啊，你明天就是做新娘子的人了，怎么能够乱跑呢?”

屋里，朱大凤被这阵冷风扎扎实实地降了温度。她毕竟是个姑娘，本能地害羞，欲脱离陈铁柱的身体站立到一边去，谁知道挣扎了几下也没有挣扎出来。陈铁柱现在是十头牛也拉不回来了，这个二愣子死死地抱住朱大凤身子不放。他现在闻着朱大凤身上浓厚的体香，什么也不想什么也不顾了。

“娘，你就不要管了。”

“铁柱呀，大凤明天就是别人的人了，你们可不能胡来呀！”

“我要带大凤一起走！”

“你们两个小孽种，千万不能胡来啊！走，你们到哪里去？”

“外面天大着呢，难道就没有我们俩的容身之地吗？”陈铁柱说着看了一眼怀里的朱大凤。朱大凤迎着他的目光，温柔而固执地点头。

“傻啊，你们想过吗？你们这么做，不怕别人戳脊梁骨啊？他朱家我陈家以后还有脸见人吗？你们捅了这么个天大的娄子，朱家蔡家能轻易放过你们？”

“大姨娘，我们跑到谁也不认识，谁也找不到的地方，他们能拿我们怎么地？”朱大凤口气硬得能斩钉截铁了。女人一旦被爱情迷惑住，什么事都愿意干，什么事也都能干得出来！

“大凤啊，跑了和尚跑不了庙的，你走后，蔡家能放过你们朱家？你们朱家会抄了砸了我们陈家的，多少人会被牵扯进去？也许，还有几条人命要搭进去呢！”想到将要来临的苦难，铁柱娘又哭了起来，“铁柱呀，你这个挨千刀的，千万不能啊，你们走后，我这个瞎眼老婆子怎么办啊，呜呜……”

屋里顿时沉寂下来。

“大凤啊，你不为家里着想，也要为你自己想一想，一个女人家如果不是明媒正娶，会一辈子站不直的，不要犯傻了，把门打开，出来吧！”

屋子里一片死寂。

“你们再不出来，我这个瞎老婆子就死给你们两个看！咚……”

“咣当”一声，房屋门猛地打开，陈铁柱首先冲了出来，看见自己的老娘倒在血泊中。

陈铁柱一步跃了过来，一把抱起老娘，一连声地喊：“娘，娘……”见自己的老娘没有反应，赶忙把手伸到她鼻子下试着。

“大凤，端点水过来。”陈铁柱掐着娘的人中道。

朱大凤被吓得呆如木鸡地站在那里根本没有反应，这几天夜里辗转反侧，思想作激烈斗争一直到窗外大白，现在，苍白的脸如雪上蒙了一层霜。

“大凤，端点水过来。”陈铁柱提高了嗓音喊了第二遍。

“哦。”“木鸡”终于缓过神儿来，赶忙跑去端水，太慌乱，后退别着了前腿，一下摔倒在地，不顾身上的疼痛，一骨碌爬起去端水。

“噗——”陈铁柱喝了一口水向老娘脸上喷去，“娘……娘……”

“嗯……”铁柱娘吐了一口气，“哼……嗯……”地呻吟着，瞎眼不停往外流着水，两只鸡爪似的手紧紧抓住儿子的手不放，“你们……不能走，不能……走啊!”

铁柱不语，大凤端着葫芦水瓢的手颤抖着。

突然，铁柱娘一骨碌爬起来，“扑通”一声跪在大凤面前，手拍着，头抢地，“咚咚”连磕几个响头，“大凤啊，你就可怜可怜你这瞎眼的姨，放过我家铁柱吧？我就这么一个儿，呜呜……他爹死得早，剩下我们孤儿寡母的……呜呜……不能再有个三长两短了。”凌乱花白的头发上沾满了稻草，两只鸡爪手已经变成泥灰手。

“姨，你起来，呜呜……”大凤哭着，来搀扶铁柱娘。

“你答应我，你不答应，我就不起来，呜呜……”手作着揖，“姨娘求求你，姨娘求求你，回家去吧？呜呜……”“咚咚……”又是几个响头。

“我……我……呜呜……”朱大凤不知道如何是好，簌簌的眼泪珍珠般滴落。

家里两个女人哭成一片，陈铁柱心里难受如针刺刀割似的，痛苦得无处发泄，疯牛样地用头“咚咚”撞着家里的那扇破门。破门“咣当、咣当”地响着，“娘，你起来，你起来嘛。”

“我不起来，我不起来。”

大凤也双膝跪地，“姨，我……答应你，我答应你。”泪眼可怜地望了陈铁柱一眼，“我回去。”说完，站了起来，欲向门外跑，被陈铁柱一把拽住衣服，“大凤……你……”接着松开了手，“你真要走?”

铁柱娘停止了哭，爬了起来，“越快越好，越快越好，家里肯定在找你，你爹知道你跑到这里来了，还不扒了你的皮？”

“铁柱，铁柱在家吗？”外面传来邻居黑蛋的声音，“借你家大秤用一用。”

陈铁柱赶忙拿了大秤迎了出去。

“大凤，你还是等到天黑了再走吧。”铁柱娘吩咐道。她知道大凤今天这一趟，在本地方圆几十里开了先河了，如果传出去会有人找上门来的，因为这事让他们的门牙都笑掉了。

“大凤，晚上我……送你。”陈铁柱进来自告奋勇地说道。

朱大凤疲惫得连头都懒得点。

早春的晚上还有些冷，天上的星星眨着白眼，让人的心都凉透了，大山躲在黑暗里不见了踪迹，倒是路边沟堑的水里泛着迷茫般的白。

虽然是冷夜，但是旷野里并不平静，山风把树枝当作箫笛吹着，几个早恋的鸟儿唱着情歌召唤着情人赶快来约会，远处传来一阵脚步声，吓得那多情的鸟儿扑棱棱各自飞走了。

陈铁柱和朱大凤走在路上，他不停用手中的猪油灯笼照在朱大凤的脚下，嘱咐道：“慢点儿，慢点儿。”

其实，朱大凤不慢都不行，她哪还有劲儿走路？现在对于她来说就是正在迈向地狱之门。

来的时候，她满怀希望，一路上，憧憬着以后和铁柱哥在一起的美好生活，这美好的生活在她的心中形成一股气，有这股气顶着让这个长着四寸银莲的她一连气跑了二十来里山路也不感觉太累，可是，现在呢？希望死了，绝望伴随着黑夜而来，她仿佛能听到这漆黑的夜咀嚼她美好生活的声音。

白天发生了那么多的事，让她没有空闲去痛苦，宛如锋利的刀刃猛地划破皮肤般没有感觉，现在，那伤口见到了风，开始疼痛起来，撕心裂肺地痛。

她不知道将来会是什么样，甚至不知道回家后等待她的将是什么，所谓人无远虑必有近忧。下午，她借故上厕所偷跑了出来，现在回家去，怎么圆这个谎啊？唉，虱多不痒，债多不愁，走一步算一步吧。

要说绝望，更加绝望的是陈铁柱，自己身边的这个心爱的女人，青梅竹马，一起长大，渐渐发展到互相喜欢爱慕，又到山盟海誓，可是，她明天就要成为别人的新娘了，唉，窝囊啊！可是又有什么办法呢？天是捅不破，地是凿不穿的。假如今天不答应娘，他带着大凤私奔了会是什么样？假如不是家里穷，那又是什么样？假如……他现在就在那里假设着，妄想着。

记得前年过年的时候，铁柱带着娘去给姨夫一家拜年，趁着大家都高兴，娘向姨、姨夫提起了铁柱与大凤的亲事。谁知道朱三癞子本来方桌脸马上变成长桌脸，手盒子枪似的指着娘，大嘴喷出的唾沫星子雨箭似的射向她："就你那穷家破庙的，自己都养活不起，还能养活别人？趁早死了你那份心，哼，癞蛤蟆还想吃天鹅肉呀！吃天鹅屁都吃不到……"

开春不几天，就传出朱三癞子把女儿说好了婆家的消息，陈铁柱听了浑身刀砍斧劈似的痛，疼痛难忍，连夜跑到朱家庄找大凤想问个明白。也就是那天晚上，二人对天盟誓。可是现在呢？海没有枯，石没有烂，但是那誓言明显掉进海里淹死了，又被石头砸得稀巴烂。

朱大凤越走越慢，她确实感到很累很累。黑暗中，陈铁柱的手伸了过来挽住她的手。大凤紧紧拽住铁柱那大而有力的手，一股无形的能量传了过来，迅速传遍全身。

大凤又来劲了！

"铁柱哥。"

"嗯？"

"你背背我吧，以后想背都不可能了。"

"嗯。"

黑熊似的身躯蹲下，大凤爬了上去。黑熊站起，向前，向那不可能走着，走着……

大凤把脸紧紧贴在铁柱那宽厚的后背上，眼泪噼里啪啦滴落在铁柱的后背上。

“铁柱哥。”

“嗯?”

“今晚，我们俩多像梁山伯与祝英台的十八里相送。”

“嗯。”

“我唱段《十八里相送》给你听吧?”

“哦。”

朱大凤哼起《十八里相送》来，开始，吐字还算清晰，后来越唱来越慢，越唱越悲，最后，泣不成声：“铁柱哥，人家……十八里相送，过了之后，还有……想头，我们俩过了今晚，就……”大凤哽咽得再也说不下去了。

沉默。

“哥，你以后，把我忘了吧!”

沉默。

黑暗中，看不到陈铁柱额头上的“蚯蚓”在蠕动，只听到他“呼哧、呼哧”喘气。

“哥，你以后找个好女人，好好过日子，呜呜……”

“黑熊”突然站立不动了！蓦然地，他放下大凤，转过身来，两只熊眼死死盯着她。

大凤仰着头，睁大着杏眼迎了上去，她要“黑熊”现在把自己吞噬了。

“黑熊”慢慢靠近，慢慢靠近，春虫停止了絮叨，山涛停止了呼啸，周围的一切都不复存在了……

大凤闭着眼睛等待着，等待着……“呼哧、呼哧”的喘气已经吹到她的脸，强烈的男人气息。

两人紧紧拥抱在一起，朱大凤的耳朵热起来，脸蛋滚烫起来，身体燃烧起来，体内火山的熔浆要喷发出来。

黑暗中，一只粗糙的大手摸着大凤细滑的脸蛋，她也用脸蛋轻轻地摩擦着那手。越摩擦，“呼哧、呼哧”的喘气越急促。朱大凤胸脯的山峰跟着那“呼哧”起伏着，起伏着，连绵不绝。心澎湃得快要爆炸了！张口咬住嘴边的大耳朵，手拍打着“黑熊”的头。

“黑熊”开始兽性大发了，“熊掌”伸向朱大凤的胸前的山峰，揉搓馒头似的。大凤呻吟着呻吟着，身体松垮下去，要瘫痪下去，蒙蒙之中感觉“黑熊”顺势把她轻轻放在地上。朱大凤双手抱着“黑熊”的头，把他的身体牵引过来压住自己……

四周的高山支起一个摇篮，而陈洼庄就是躺在这摇篮里的婴儿，现在这个婴儿被夜安抚着睡熟了，一切都显得安静而平和。突然，村里的狗狂吠起来，打破了这里的宁静，村外几个火把流星似的向陈洼庄飞奔而来。

到了陈洼庄，火把们停下来聚拢了一下，然后，火把围向陈铁柱家。

“咚咚!”陈铁柱家的门响着。

“谁呀?”屋里陈铁柱娘问道。

“我，快开门!”

“你们是谁呀?”

“少啰嗦，快开门!”

门打开了，几条大汉涌进屋里，没等铁柱娘说话，他们不由分说在屋里翻箱倒柜起来。

“你们有什么事呀？恕老婆子眼瞎，看不见各位。”铁柱娘感觉到，家里上山贼了，“家里没有什么值钱的，穷户人家。”

“喂，你家陈铁柱呢?”一个满脸金钱麻子的人问，此人脸上长着钱，说话也像铜钱落到地板上，掷地有声。

“请问你是……”

“不要问我们是谁，我们是来找你家陈铁柱的。”

眼睛瞎的人，耳朵特灵敏。铁柱娘刚才听这铜钱落地的声音，就知道此人可能是大凤的堂兄朱麻子，一个混混儿，绰号“金钱豹子”，豹子钻林卧山，专打野食，所以他和山里的强盗有扯扯连连的关系。在朱家集还和他在一起吃过两次饭呢。她心里明镜似的知道他们来的目的，于是不慌不忙地把腹稿搬出道：“下午买猪到现在还没有回来呢，这个死孩子，到哪里去哄了?”

“老婆子，你家下午来的人呢?”

“来人？没有呀。”铁柱娘双手一摊，“咦，你们到底找谁?”

“老婆子，告诉你实话，我们是朱家庄的人，来找大凤。”

“原来是他姨家的人啊！快坐，喝水。”说着摸索着要去倒水，一边摸索，一边嘀咕道，“找大凤？大凤怎么了？明天不是她大喜的日子吗?”

“少啰唆，快把大凤交出来!”

“大凤真没有来。”

“不要装蒜，死老婆子，有人看见大凤朝你们家来了。”

“看见大凤来我家了？谁看见的？不可能吧？绝对不可能，这丫头，明天就是大喜的日子，怎么乱跑呢？他姨也是的，怎不看住自己的闺女？明天就要办事了。”

“瞎婆子，你如果今天不把人交出来，哼哼，别怪我们翻脸不认人。”“咔嚓”，手起刀落，桌子的一角飞到空中，溅落到旁边的锅灶上，“啪嚓!”一个碗粉身碎骨了。

“都是亲戚，这么凶干什么?”铁柱娘心疼着自己家的桌子和碗。

“谁和你是亲戚?”

“好，你说不是亲戚就不是亲戚，害怕我们的穷沾了你，大凤确实没有来，刚才你们也搜了，看你们，一个个强盗似的。”

“你说谁是强盗?”

旁边一个年龄大的人——朱大凤的大哥见朱麻子这个白脸吓唬不了铁柱娘，于是该他这个红脸出场了，咳了一声，清清嗓子道：“姨，这不是小事，快把大凤交出来吧，要不大家都不好看。”

“他大哥，大凤真的没有来，别说没有来，就是来了，我也会让她回去的，我老婆子是明白事理的人。”

这话似乎话里有话，几人听了互相看了一眼交流着——大凤肯定来过。

朱麻子平时逼供地主老财，就如阎王审小鬼似的——不招供都不行，今天栽在一个瞎眼老婆子手里，这传出去以后还在圈内怎么混?

“瞎婆子，不交人，我放火烧了你这猪窝，信不信?”朱麻子说着把手里的火把伸在铁柱娘面前。他忘了铁柱娘是瞎眼，看不见的。

“那你就烧吧。”

朱麻子恼羞成怒，上前揪住铁柱娘的前襟衣服，把刀架在她脖子上，喝问："我看你这个瞎婆子是不见棺材不掉泪。"

"你杀了我吧，你杀了我吧，没有人我怎么交？呜呜……"铁柱娘哭了起来，这哭声招呼了外面的脚步声，隐约听到有人在议论着。

外面，确实围着很多陈洼庄人，他们手里拿着钢叉、铁锹、木棒、火铳，还有一根长枪。

二大爷在院子门喊："铁柱她娘，家里来的是些什么人？怎么这么吵？"

铁柱娘怕事情闹大，赶忙回答："他二大爷，没有事，朱家庄他姨家来人了，你们回去吧。"

"哦。"外面人群开始散去，二大爷边走边用手里的铁锹拍打着地面"咚咚"响，喊道："铁柱娘，有事就招呼一声，我们陈洼庄还是有几个人的，看哪个敢在这里撒野？""呸！"唾沫吐到地上的声音。

屋里几个人听了，围在一起，小声议论着，大凤大哥手一挥，道："走，回去。"

朱麻子把手中的大刀荡得桌面"欻欻"地响，恶狠狠地发话道："如果让我逮着你家铁柱勾引大凤，看我不扒了他的皮，抽了他的筋！"

野外，陈铁柱把手伸进大凤的衣服里，在她细滑柔韧富有弹性的胸前山峰上跋山涉水着，然后，又把嘴伸向那山峰，啃馒头似的啃着，只把大凤啃得哼哼出声。她一边解着裤子，一边说："铁柱哥，今晚我就把身子给你，也不枉你我情义一场。"

这句话，似一味奇方妙药，倒把陈铁柱这个疯牛治愈好了。他一翻滚，一骨碌从大凤身上翻到一旁喘着牛气，半天，站了起来，说道："大凤，起来吧。"

"铁柱哥……"

"不能……真的不能啊！假如这事日后被你婆家人知道了，他们会活剥了你的！"陈铁柱知道做那事的后果，陈洼庄就有这样血淋淋的教训。

“我不怕。”大凤倔强地说。

“我怕，妹妹的一根汗毛都不能受到伤害。”招了一下手，“起来吧。”

“我只想成为铁柱哥你的人。”

“有妹子这句话就行了，总算没有白来这世上走一遭，心意我领了，快起来赶路吧。”

大凤的眼泪又来了。

松涛“哗啦啦、哗啦啦”地响着，仿佛为这对有情人不能成为眷属而哭泣着，又仿佛被这对真心相爱的人互相真情奉献所感动而喝彩鼓掌。

“噼里啪啦”，二月二，龙抬头，祭拜土地爷的鞭炮响起来了，它炸醒了蛰虫，炸来了雨水，炸起了农人们的希望——新春农忙要开始了。

“噼里啪啦”，夜晚，蔡家庄蔡老拐家门前，竹竿尖上两大挂鞭炮炸开了花，锣鼓敲起来，唢呐吹起来，孩子闹起来——新娘子进门了。

“一拜天地，二拜高堂。”司仪的喊声清脆响亮，在春天的夜空中飘荡着。

“夫妻对拜！”

蔡俊生弯下身子，深深地鞠躬，朱大凤的腰好像是石头做的——弯不下去。她只不过微微倾斜了一下，大家沉浸在喜悦中谁都没有在意，都以为那是新娘子在害羞。旁边披红挂绿的蔡俊生也是如此觉得，他心里滴着蜜，什么事都往好处去想。

屋里高堂上，蔡俊生高兴的似啃着骨头的狗；院外黑暗中，有一只彷徨饥饿的狼——陈铁柱，他两眼冒着绿光望着蔡家大院。

“送入洞房。”

洞房里，红被子红枕头红窗帘……一切都是红的，即使红烛也流着红泪，是喜悦之泪，还是……

朱大凤独自一人坐在这一片红中，心如那红烛一般，因为她知道，外面黑夜中，有一个人流浪着。昨天晚上分手时他说的，今晚他要亲眼看看她的喜事。

外面，堂屋，“两相好啊，四喜门啊，六六顺啊……”猜拳声此起彼伏，响彻云霄。蔡凤鸣红衣红帽红着脸端着酒杯穿插在人群中，不一会儿，他说话的声音如即将发生的春事一般——又缠又绵。

半个时辰后，蔡凤鸣东倒西歪地进了洞房，只觉得一阵眩晕的红，他边哈着酒气边靠近新娘子，猛地一下掀起朱大凤的红盖头来。虽然听媒人描说了她有多么多么俊俏，但是，媒妁之言，就如蔡家集的酒一样，掺了很多的水，现在蔡凤鸣醉眼看着，心儿都醉了，朱大凤确实是个美人儿。火红的鞋儿 、火红的裤儿、火红的袄儿、红彤彤的脸蛋儿，就是一棵鲜艳火红的辣椒！咱们这个地方人喜欢吃红辣椒，蔡凤鸣本是个儒雅之人，可是，今晚酒老爷当家，他一个饿虎扑食，冲向朱大凤，嘴里喊道：“娘子，小生来了！”张开双臂来搂红辣椒。

蔡凤鸣一身的酒气让朱大凤厌恶，她往旁边一闪，蔡俊生狗吃屎似的趴在红棉被上。实际上，酒不是罪魁祸首，而是人！她知道，也许此时窗户外，铁柱哥的眼睛正看着她呢，她怎能在铁柱哥面前和别的男人亲热？那不是拿刀在剜他的心吗？

蔡俊生挣扎着要起来继续搂抱，朱大凤道：“你先睡，我去茅房一下。”

朱大凤刻意地在茅厕多待了些时间，自认为时间足够长了，她回到新房，果然，蔡俊生活狗变死狗趴在那里睡着了。

朱大凤坐那里，留意着窗外的动静，心里默念道：“铁柱哥，你走吧，回去吧。”

陈铁柱确实走了，现在的他宛如一条落水狗一般走在回家的路上。刚才，他捅破窗户纸，看到蔡俊生进到洞房扑向大凤，扭头就跑了。他知道后面会发生什么，他还能看下去吗？除非他成佛了。

佛是成不了了，落水狗倒有一条。现在，陈铁柱这只落水狗心里充满着怨恨，他恨朱三癞子狗眼看人低，他恨自己的娘拦阻他们的好事，他恨自己的无能，这么多的恨无处发泄，“嚓”的一声，猛地从怀里掏出杀猪刀，向着路旁的树，噼里啪啦地疯狂砍着。

此时，朱大凤坐在洞房里想着她的铁柱哥，回想着和他在一起的点点滴滴，其中当然包括昨天的事：昨天半夜，她回到朱家庄，奇怪的是，家里人并没有打她，也没有问她跑哪里去了。他们只是瞪着眼异样地看她，好像她是什么怪物似的，然后一一默默走开。朱三癞子把她关进屋子，临走时，手指狠狠地点着她，然后翻着眼，咬着牙，跺着脚走了。

朱大凤知道，家里人之所以这么做，都是为了两个字：脸面！家里明天要嫁闺女，七大姑八大姨等众多亲戚早都请来了，家人害怕审问她闹出动静来，以至于让大家知道她失踪了这件丢人的事，那样会闹得满城风雨，朱家岂不就丢人丢大了？所以朱家人哑巴吃黄连——有口难言，只好采取捂死的策略。再说，有些事情，知道多了，反而不好，好在明天就把她当洗脚水一般泼出去了。

想着，想着，鸡叫头遍的时候，朱大凤迷迷糊糊地睡去了。

床上的蔡俊生一直在做梦。梦中，他浑身那个热啊！宛如火炉里的烤肉一般，旁边水塘里泛着清波，他想奔过去一头扎进去，明明一小段路，可就是怎么也走不完，急得直跺脚，只把自己跺醒了，感觉嗓子里冒着青烟，他一骨碌爬起来跑到厨房里，牛饮了一大瓢凉水。

回到洞房，头锯子拉似的痛，他坐了下来，仔细打量起自己的新娘来：粗眉，杏眼，红润的圆脸上点缀着几朵麻雀花，嘴角倔强地向上翘着，一副不服输的样子。

"铁柱哥……"朱大凤梦呓着，"铁柱哥，铁柱哥……"

蔡凤鸣吓了一大跳，醉里蒙眬地寻思着："铁柱哥，谁是铁柱哥？"还没有寻思出一二三来，接下来的话是世界上最好的治疗头痛的药，把他的头痛立刻医治好了。

"铁柱哥，带我走，带我走！"

蔡俊生感觉天要塌了，地要陷了，但是来不及多琢磨，他竖起耳朵尖来听下文，可是，等了半天，朱大凤只是吧唧了几下嘴。

蔡俊生坐在那里开始回味起朱大凤话里的味道来：走？到哪里去？她和那个陈铁柱是什么关系？莫非他们之间……天啊！他望了一下床上睡着的朱大凤，可是又不能断定，毕竟是梦语。他琢磨着，犹豫着，最后得出结论：宁可信其有，不可信其无，这事马虎不得的，自己万不能要一个身在曹营心在汉的女人。他稍微思考了一下，敲定主意。

“喂，醒醒，快醒醒！”蔡凤鸣推着朱大凤的身体道。

“嗯？”朱大凤被推醒，睁开睡意蒙眬的眼睛看了蔡凤鸣一下，又看了看四周，才回到现实，原来她刚才在做梦，梦里，她和陈铁柱在旷野里飞快地跑，后面一大群人在追，眼看要追上了，一个声音把她救了出来。

“你有个哥哥叫铁柱吗？”

这话，如一滴水滴进沸滚的油锅里，在朱大凤的心里炸开了，也把她炸蒙了，她脑子里一片空白，只是睁大双眼，追着蔡凤鸣话的屁股反问：“什么？”

“我问你有个哥哥叫铁柱吗？”这第二遍发问，明显加重了语气，一边问，一边偷觑着她的脸色。

天啊，难道自己和铁柱哥的事他知道了！但是打死也不能承认的。

“没有呀！”朱大凤竭力否认着，但是她演戏的本领差得远呢——身体语言明显跟不上，因为她的手使劲地按住窗框，微微颤抖着。

“俗话说得好：要想人不知，除非己莫为，哼哼……”蔡俊生看着朱大凤拙劣的演技，已经断定她心里装着鬼，今天一定要把这鬼揪出来不可！“不要再演戏了，快说，铁柱哥是谁。”

“你说的是我的表哥吧？他是姨娘家的儿子。”

“你和你这个表哥关系相当不错吧？表妹配表哥，哼哼……亲上加亲。”

朱大凤就是那司马懿，到底被空城计迷惑住了，心里慌乱不堪，但是脸色并没有变得更红，因为有厚厚的胭脂罩着，思想里寻找了半天，道出一句周全而体面的话：“我和我们家哪个亲戚关系都不错，相公，时候不早了，我们睡觉吧？”说着身体要倾斜过来，欲靠在蔡俊生的身上。她想使用美人计，把蔡俊生引向自己的身体，更要把他的思想引开。

谁知道美人计并没有奏效，蔡俊生厌恶地躲开了朱大凤靠过来的身子，道："你还要跟着他走呢！"

"轰"的一声，一个响雷在朱大凤脑子里炸开了，坏了！和铁柱哥私奔的事他知道了！

蔡俊生见了，气恼、怨恨掺和了醋酸，形成了不是滋味的滋味，他厉声喝道："怎么一回事？快说！"

"我和他没有什么，真的。"朱大凤分辩着，但是明显地底气不足。

"你把实情对我说说，没有事，但是，假如你蒙骗我，别怪我……别怪我无情无义！"

蔡俊生步步紧逼，朱大凤哪里还有退路？不说能行吗？天快亮了，如果他把事情一公布，自己以后怎么再有脸见人？蔡家恐怕再也没有自己立足之地了。

"我说我说……"

听完朱大凤的叙述，蔡俊生看毒蛇似的剜了朱大凤一眼，然后抽身离开洞房，身后旋起的冷风让朱大凤凉透了身子凉透了心。

一抹朝阳射进洞房，新的一天开始了。红被子、红床单子、红窗帘，还有那流着一夜泪的红烛依然还是那么的红。朱大凤依然穿着红袄子、红裤子、红鞋子，头上依然还是戴着那朵大红花，不同的是，现在的她趴在红红的床上抽噎着。这抽噎声与窗外小鸟叽叽喳喳的鸣唱声在这个春天形成了如此鲜明的对比。

"喀喀"，窗外传来蔡老拐的吐痰声，作为一家之长，吐痰都那么响亮，透出威严。朱大凤立刻停止了哭泣，她早就听说了自己的这个公公不是什么善茬儿，她心里祷告着，希望蔡俊生千万不要把昨晚发生的事告诉公公婆婆。

此时的蔡俊生正躲在杂货房里思考呢。他以前千万次猜想过自己的新娘子将会是个什么样的人，但是就是没有想到过她原来是这样的一个女人——连洞房之夜都在想着别的男人的女人，真是不要脸！我蔡俊生虽然肯定自由恋爱，但是，那是结婚前的事，结婚后无论如何还是要忠贞不贰的，连思想都不允许出轨！

蔡老拐的咳声也传到蔡俊生耳朵里，蔡俊生心里一震颤，这已经形成条件反射了，他知道，爹爹的这咳声是严正通知家里其他人：

都给我起床干活儿！果然，外面陆陆续续传来“吱吱呀呀”的开门声。

蔡俊生没有出去，今天是个特殊的日子，他和朱大凤可以“再睡会儿”。

假如这事爹爹知道了，会是什么样？蔡俊生猜测着：首先，爹爹会让自己把她吊起来打，再让自己一封休书，把半死不活的她休回朱家，让朱家颜面丢失殆尽，再带着几个人赶到陈洼庄逮住陈铁柱……

对于陈铁柱即将受到的惩罚，蔡俊生一丁点儿也不觉得过分，他是罪有应得，千刀万剐了才好，谁让他不知好歹勾引蔡家的媳妇呢，可是对于朱大凤即将受到的惩罚，蔡俊生倒是……他脑子里影出他出门时，朱大凤那哀怨、乞求、可怜的目光，想到她即将被吊打时“嗷嗷”惨叫着的情景，想到她被休回朱家庄的情景，她这一辈子，完了！

想到朱大凤将来要受到的苦难，蔡俊生倒联想到过去的小叶子，她……唉！

小叶子是蔡俊生喜欢的姑娘，她就是旁边村庄的人，放牛时，他们经常在一起玩耍。小叶子非常漂亮，可以说是蔡俊生喜欢的类型，娇小、可爱，特别是那一对水汪汪的大眼睛，雨后天空似的，让蔡俊生从不敢正视，可是，无数次晚上睡觉时，那对眼睛就如仙女下凡，落在他的脑子里。还有她脑后一直拖到屁股下面那又黑又粗的辫子，让蔡俊生常常望着出神地想：这个辫子，如果配上红头绳，那会是什么样？

蔡俊生不知道小叶子喜欢不喜欢他，他家日子算过得去，在放牛时，他会把口袋里的馍或者锅巴给她吃，因为知道她家穷——穷得常常揭不开锅，但是好几次都被她拒绝了。一次，蔡凤鸣偷了姐姐的红头绳给她，她倒红着脸接了过去，低着头，扭着屁股，甩着那好看的长辫子跑开了。看样子红头绳比吃锅巴香多了。女孩子喜欢美啊！特别是男孩子送的。

后来，小叶子水汪汪的大眼睛常常忧虑地望着蓝天。小叶子问旁边的蔡俊生：“天上有神仙吗？要是真有，该多么好啊！”

很多天没有看到小叶子放牛了，蔡俊生干什么都觉得无聊。一天下午，小叶子急匆匆地跑来，手里拎着一串子新鞋子。她把那些鞋子放到蔡俊生的怀里后，二话没说，哭着跑开了。

再后来，听说小叶子被卖给人家了，卖到哪里，谁也不知道。这一年，小叶子十四岁。

蔡俊生常常试穿那些鞋子，非常合脚，看样小叶子下了很大心思。蔡俊生怎么也回想不起来，小叶子什么时候量过他的脚？也不知道，她家那么穷，哪里搞来的材料做这些鞋子？试过之后，他舍不得穿，只是看，看也看不够，看着看着，他的眼泪盈满了眼眶。他现在才明白过来小叶子为什么问他天上有没有神仙：她是祈求有能救她出水火的神仙！也许是祈求她永远能和蔡凤鸣在一起！

蔡俊生常常在夜晚望着天上的繁星冥想：出去找小叶子去，一定要找到她！

现在，蔡俊生拿朱大凤和小叶子对比起来，这样，心里倒是饶恕了朱大凤不少，但是，男人一般都是喜欢自己勾引别人的老婆，而绝对不允许别的男人勾引自己的老婆，蔡俊生娶了一个心思不在他身上的朱大凤，还是觉得腌臜死了！

怎么办？蔡凤鸣陷入深深的痛苦之中。

他后悔听从了家人的劝说娶了朱大凤过来了，要不，就不会拆散他们了，现在想成全他们已经不可能了，毕竟木已成舟，生米已经煮成熟饭。可自己娶了朱大凤的身子，没有得到她的心，这样有什么意思？能过下去日子吗？连看都不愿意看她一眼，更不用说碰她了。

“眼不见心净，离开这个地方去找我的小叶子去！”蔡俊生下定了决心。

“蔡郎呀，你回来吧？我会好好和你一起过日子的。”洞房里，朱大凤这样祷告着，“我进了你家门，就是你家人了，过去的，我会统统忘了的，蔡郎，你回来吧！”

蔡俊生哪里还能回心转意？此时他正在堂屋和他的父亲说话呢。

“啪”的一声，蔡老拐用眼袋杆子敲着桌子，赞道：“好！不愧是我蔡老拐的儿子，好男儿志在四方，不恋家，不贪新媳妇，有出息！”

原来蔡俊生要出去找小叶子，更是为了躲开朱大凤，可是他能这么说吗？打死他也不敢。他来到父亲面前，只是说平时多受父亲教诲，深知一个男人活在世上就要成家立业，现在，家已经成了，想出去干一番事业。

蔡老拐被蔡俊生灌的米汤迷惑住，认为自己平时治家教儿有方，不免得意忘形，大加赞赏儿子起来。

“儿啊，你想做点什么？”蔡老拐吧唧着嘴问。

蔡俊生知道他要抽烟，赶忙走过去，帮他按上烟丝，又点上火，道：“现在，红花草籽马上要出来了，我想贩卖红花草籽，爹爹认为呢？”

“嗯，不错，有市场。”蔡老拐“吧嗒吧嗒”吸着儿子点的烟赞许着。

“春忙要开始了，午收、秋忙家家都需要麻丝搓绳，我想再做点麻丝生意，您看怎么样？”蔡俊生弓腰站在父亲面前说。

“不错，不错，有前途，有赚头。”蔡老拐频频点头，“那你准备什么时候动身？”

“宜早不宜迟，如果爹爹答应，我今天就走，迟了害怕耽误了季节。”

“这么急？你媳妇她……”

“女人家，由不得她。”

“嗯，女人不能惯，她们就是头驴，要打要骑才能使得顺。”蔡老拐“噗”的一声，吐了口浓痰在地上。

二、情人桥

古徽州，室外粉面青瓦马头墙，进门，庭院深深，雕梁画栋，这让蔡俊生流连忘返，深深被这里的富丽豪华打动，嘴里啧啧感叹不已。

蔡俊生出来经商第一站打到这里，这是蔡老拐的主意。蔡老拐精明着呢！他知道蔡俊生是生意场上的菜鸟，经验欠缺。徽州商人天下闻名，他们很多年轻人就是结婚几天后离家出门独闯天下，结果很多人赚了个满堂红。蔡老拐让蔡凤鸣来徽州，一来可以取取生意经，二来是为儿子鼓鼓士气，让儿子看看人家是多么能干，多么会赚钱。他期盼蔡俊生也像他们一样回家光宗耀祖，这样，他蔡老拐就可以只要在蔡家集一跺脚，大地都要抖三抖了。

还别说，蔡俊生看了徽州商人家的豪宅，还真的雄心大起，暗暗下定决心，一定好好干出个样子来，将来也像这里的徽商一样盖他几所这样的房子，让蔡家集所有的人看了都眼红。

晚上住在客栈里，就着煤油灯，蔡俊生看着小叶子送给他的鞋子，思考着明天的去向。小叶子是卖给人贩子的，谁知道人贩子把她卖到哪里去了？只是听人说人贩子是从北方来的，那自己只好北上，一边做生意，一边打听她的下落了，至于能否找到小叶子那只有靠运气了。他摩挲着那依然崭新的鞋子，起身来到窗外前，望着天上的月亮，自言自语地道："小叶子呀，但愿如你所愿，上天有神仙，给我指明道路，能找到你。"

想到小叶子，他又联想到朱大凤。前天下午蔡俊生出发的时候，她似家里的狗一样默默地跟在后面送着、送着，送了好长一段路，眼睛如红桃一般，看样是哭了很长时间了。蔡俊生瞧了不禁同情起来，忍不住想开口和她道个别，但是，还是硬起心肠来没有作声。最后到了岔路口，朱大凤停止了脚步，睁大了眼睛冲着蔡俊生说道："蔡郎，你放心去吧，我在家伺候着公婆等你回来，从今天起，我朱大凤活是你蔡家的人，死是你蔡家的鬼！"

想到这里，蔡俊生倒是佩服起这个女人的火辣来。

火辣的朱大凤实际上现在也是在回忆呢，回忆今天自己回门的事。

三天女儿回门，不见新姑爷陪伴，这让朱三癞子很是憋屈，憋屈得癞子头直发痒，他挠着自己的癞子头，撇撇嘴，没有作声。

癞子头发痒，心里也跟着发痒，朱三癞子悄悄把女儿拉到一边，问到底是怎么回事，这不是成心让他丢脸吗？朱大凤昂着头告诉朱三癞子，说他女婿是个干大事的人，现在出门做大买卖挣大钱去了，没有工夫来这里。语气里无不透露出骄傲。

朱三癞子一听，马上跑到众多亲戚面前，如县衙宣读诏命告示一样，先大声咳了两下，把大家吸引过来后，张着盆大的嘴道："诸位都很不解今天新姑爷为何没有来吧？"

大家本来心里很是迷惑，所谓回门，就是让亲朋好友来认识新姑爷的。大家都知道朱三癞子平时抠门儿，没有想到他抠成这样，连新姑爷都不给看！看看妨什么事？又看不掉一根毛，除非新姑爷不受看，看样不是呆子，就是傻子或者是残疾。正在大家偷偷议论这事之时，朱三癞子出来揭谜底了。

大家当然要问怎么回事了。

朱三癞子把自己的帽子摘了，闪耀着亮光光的癞子头，大声说道："贤婿今日事务缠身，实在腾不出空来，还望众亲朋好友海涵，海涵。"不等众人来问有什么事务，朱三癞子倒自个儿解释："贤婿今天有一笔很大很大的买卖要做，等我女婿这笔大生意做成了，一定请诸位过来好好看看！"

众人半信半疑，但是，大喜的日子，不好搅浑水的。既然不好反驳，那就顺着朱三癞子的话把子往上爬。大家啧着嘴，有说等他女婿挣了大钱沾光的，有说你朱三癞子真是祖上八辈子积了大德的……只把朱三癞子说得咧着嘴笑，癞子头顶的亮光不停地闪呀闪，如镜子般。可是，瞬间，他笑不下去了，因为他看见一个人，见到他如同见到毒蛇。

这个人就是陈铁柱，他手拎着一个猪头，腰里别着一把杀猪刀慢腾腾进来了，一进门，放开嗓子开山放炮得响："姨、姨夫，我来喝喜酒来了!""咣当"一声，把猪头撂在院子中的桌子上。奇怪的是，朱家人没有一个出来招呼他，倒是别的亲戚问："怎么这么迟?喝酒都不积极。"

"看你那个屎泡肚子，就知道你是个吃货!"陈铁柱拍了拍那人的肚子道。一动，腰里的杀猪刀在阳光下闪着寒光。

"嘿，铁柱，怎么喝喜酒还带着家伙?"

"这年头，小心点儿好，不知道什么时候半道上就会蹿出一个不要命的家伙。"开山炮继续放着。

朱三癞子听了，悄悄对身边的小儿子吩咐了一下。小儿子偷偷溜出门去找正在玩儿牌九的朱麻子了。

看到陈铁柱进来的还有朱大凤，两人眼光不期而遇，陈铁柱眼睛里闪着电喷着火，朱大凤怕被电着烧着似的躲到他看不见的地方去了，但是，陈铁柱放炮似的话她完全听到了，看样他今天不是来喝喜酒，而是来闹事的！朱大凤心里宛如十五个水桶打水——七上八下的，祈盼道：老天爷呀，千万不能再出事了！

第二天，蔡俊生正式走上经商之路，沿路打听红花草籽和丝麻的价格，因为是生意场上的菜鸟，所以心里没有底，没有敢贸然出手，后来胆子渐渐大了起来，做了几笔小生意，刨去吃喝花销，倒是没有折本，但是，也没有结余多少。

春日明媚，春花灿烂，蔡俊生早晨起来，听到树上喜鹊叽叽喳喳地欢叫着，大喜，预感到今天可能要做成一笔赚钱的买卖。高高兴兴吃过早饭，满怀希望地来到这个连续等待几天连一笔小生意都没有做成的偏僻小集镇上，摆好了摊子，竖起了招牌，眼睛巴巴地看着街上来来往往的人。

这小街，是露水街，一会儿街上就空荡荡的了，可是蔡俊生连一笔生意也没有做成。他干着急也没办法，有心收摊，但转念一想，做生意实际上就是等生意，要有耐心、恒心，俗话说：十网打鱼九网空，打到一网就成功，于是耐心地等待着。

中午时分，街面上，卖东西的人比买东西的人还多，蔡凤鸣大失所望，感到今天那喜鹊白白报喜了，正要收拾摊子回客栈，这时候一个中年男子来到他面前询问红花草籽的价格。蔡俊生是山穷水尽疑无路，柳暗花明又一村，赶紧接待他，热情得宛如十年不见的老友。

二人很快谈好了价格，那人要蔡俊生上门收购。蔡俊生犹豫了一下，看那人身穿破旧的满是补丁摞补丁的棉袄，腰间系着一根稻草绳子，脚穿草鞋，露出满是泥巴的脚趾——标准的山里人穿戴，又看此人长着一副忠厚老实的模样，老实巴交的话语不多，连讨价还价都不会，这样让他放心不少。再说那人给的价格较低，蔡俊生赚钱心切，马上答应了，跟着他走出集镇。

二人走了十来里山路，蔡俊生看着荒凉的山涧，问："大哥，还有多远?"

"不远，不远，就在前面。"这句话，那山里人已经说过几遍了，"过了前面山包就是了。"

"哦。"蔡俊生向前看了看，又往回瞧了瞧，有点儿不情愿地继续往前走了。来到一山坳，两边山崖陡峭，乱石重叠，杂草丛生，周围别说人，就是连个狗影子也见不着，蔡俊生有些胆怯，止住脚步，打起退堂鼓，道："大哥，你家到底在哪里啊？不行的话，今儿个就算了，下次再来吧?"

"就在那里。"那人指着一块大石头后面说。

蔡俊生还没有回过神儿来，那大石头后面冒出一个满脸胡须的黑脸大汉来，宛如大鼓书中描述的黑旋风李逵，手握大砍刀，在正午阳光的照射下，闪着令人胆战心惊的光芒。

"站住!"黑大汉用刀指着蔡俊生呵斥道。

"嗡"的一声，蔡俊生脑子里千万个蜜蜂齐飞，一个意识闪电般闪现：遇到强盗了！他转身想跑。

那个山里人现在不再是老实巴交的山里人了，他凶相毕露，从怀里掏出一把短刀拦住蔡凤鸣的去路，阴阳怪气地说道："走？往哪里去?”

蔡俊生呆呆地站立那里不敢再动。黑脸大汉过来，把刀架在蔡俊生脖子上，凶神恶煞似的呵斥道：“要钱还是要命?”

“要……要命。”蔡俊生上牙打着下牙回答。

“快把身上的钱都给老子交出来!”

“我交，我交。”蔡凤鸣颤抖着手半天才找到口袋，把里面的两个大洋掏了出来，颤抖着捧在手里递过去。

黑脸大汉一把抢了过来，放在嘴边一吹，啷啷地响，手掂量着那两个大洋，眼睛扫描着蔡俊生，仿佛要把他身体看穿看透。

“不会就这么多吧?”没等蔡俊生回答，黑脸大汉手一挥，那个山里人过来，开始搜蔡凤鸣全身，蔡凤鸣贴身衣服口袋里藏着的几块大洋被搜了出来。

蔡俊生傻了眼，“扑通”一声跪了下去，哀求道：“好汉啊，我出门在外，就这点儿钱了，给我留点活命钱吧?”说着抱住黑脸大汉的双腿。

“滚!”黑脸大汉一抬脚，把蔡凤鸣踢倒在一旁。蔡俊生躺在地上，号啕大哭起来。

“不准叫，再叫，老子砍了你!”大刀重又架在蔡俊生脖子上。

蔡俊生哪里还敢再叫？眼泪可一直没有停止流，扑簌簌的。

……

蔡俊生是怎么回到客店的，他自己都不知道，他脑子里只有一个念头：这下完了，全完了!

“穷要饭的，给老子滚远点儿!”当蔡俊生踉踉跄跄要进客栈时，店家嘴里含着饭冲着他嚷道。

“全完了，全完了!”蔡俊生嘴里依然还在嘟嘟囔囔着径直向里走，店家走了过来，拨弄了他身子一下，一愣神，惊呼道：“天哪!蔡老板，怎么是你？怎么了，遇到打劫的啦?”这店家真是料事如神！真的被他不幸言中了。

刚才店家没有认出蔡俊生，那是蔡俊生现在已经完全改变了模样。那山里人的一身叫花子似的行头现在尽数穿在蔡俊生的身上，包括那双烂草鞋，离远看，可不就是一个彻头彻尾的叫花子，难怪店家不让他进店。

进了店来，蔡俊生仰脸躺在床上，两眼愣愣地望着房梁发呆。俗话说：祸不单行，真是的，刚娶进门的老婆想着别的男人，现在，又……唉！万幸的是，今天还保住了自己这条命，假如今天丢了命，恐怕连收尸的都没有，自己岂不成了孤魂野鬼？想到这里，他不禁怨恨起朱大凤来，要不是她……哪有今天这样的事？朱大凤，你这个千刀万剐的女人，看我回去怎么收拾你！蔡俊生满腔的愤怒没处发泄，只好撒在朱大凤身上。

此时，朱大凤在家连连打了几个哈欠，心里道："谁在念叨我了？"她心里明白，唯一念叨她的人，现在只有铁柱哥了。女人的感觉往往是错误的，朱大凤的感觉不是完全的错误，她错了一半。

那天回门酒，开始非常顺利，顺利得让朱大凤有点儿不敢相信自己的眼睛，因为她知道，她爹朱三癞子已经知道那天的事情了，按他的脾气，肯定不会轻饶陈铁柱的。今天陈铁柱敢送上门来，岂不是白白找死？

外面传来陈铁柱爽朗的笑声，看样子，他根本没有把朱家放在眼里。确实，此时的陈铁柱拿出死猪不怕开水烫的样子来，面对着虎视眈眈的朱麻子弟兄们，他一点儿也不在意，依然斜坐在那里，一只脚放在板凳头上，大口吃肉，大口喝酒。而此时朱大凤的心都提到嗓子眼儿了！

喜宴快要结束的时候，一个小孩来到陈铁柱跟前说了两句。陈铁柱放下碗筷，晃晃悠悠地跟着那小孩出去了。朱大凤知道要坏事，但是，她又不好出面来拦，眼巴巴地瞅着他的铁柱哥出了院子……

蔡凤鸣也出了大院，完整地说，他是被店家赶出去的。

生意场上，势利眼多，那店家看蔡俊生已经这样了，心里惦记着店钱。傍晚时分，他敲开了房门。

这个店家是个老江湖，开始咂着嘴巴，对蔡俊生今天的遭遇深表同情，然后，就哭穷说自己的小店是小本生意，很难做的，等等。正在这时，他的小儿子进来要两个大子儿去看黄梅戏。店家一听，火冒三丈，对着儿子没头没脸一阵"噼里啪啦"地狠揍，一边打一边骂道："老子一天能赚几个？你这个败家子儿，老子哪来的钱？外面欠的账还没收上来，没有钱，给老子滚……”店家的儿子吹喇叭似的呜里哇啦哭喊着跑了。

蔡俊生一听就明白了店家的意思，脸上发热现红，憋屈了半天说自己交不起店钱。

“哦，哦，那怎么办？那怎么办？无论如何店钱是要给的。”店家说着眼睛瞟过蔡俊生的行李。

……

山村小镇一片黑暗，但是一点儿也不平静，春虫们唧唧地絮叨着，钻进你的耳朵里，落在你的心里，没有完了的时候；青蛙们咕咕呱呱地聒噪着，扯东家长呱西家短，话里话外都是自己最好，因为它们想勾引一个青蛙姑娘。

夜半，有些冷，蔡俊生蜷缩着身子倚靠在店家大院外的草垛边，听着这虫鸣蛙叫，肚子里也跟着叫。如果现在在家里，肯定是吃饱喝足了躺在温暖的被窝里，也许已经和朱大凤和好了，现在她小鸟似的依偎在自己的身边，享受着她的体香……唉，在家千日好出门一日难啊！

天空中繁星点点，冷漠地闪着清辉，这点儿光亮是那么可望而不可即，蔡俊生望着天空，迷茫了，消沉了。

感情这玩意儿算什么？很多夫妻没有真感情，还不是这么过一辈子？真爱，说起来伟大，但是不能当饭吃，现在，蔡俊生的肚子咕咕叫着就是最好的证明！夜，越来越深，饥饿越来越厉害，胃牙啃似的痛。蔡俊生此时唯一想的就是能有一碗稀饭喝，其他都是奢望。看来，真爱和一个人生存下去相比要渺小得多。

自己今后怎么能够活下去？凭着什么活下去？除了这五尺来长的身子，剩下的就是这一身叫花子似的衣裳了。怎么办？怎么办？明天沿路要饭回家吗？回家后又怎么交代啊？

在徽州的时候，蔡俊生看见过许多贞节牌坊，那是很多出门做生意的人再也没有回来的结果，那个时候蔡俊生还不明白，现在，他明白过来了，原来那些豪宅是少数成功人士的杰作，但是，又有多少人没有能够成功，穷困潦倒流落他乡，无颜再见江东父老，最终客死在他乡。

“我也要做孤魂野鬼吗？”饥饿和寒冷一直陪伴着蔡俊生，这么想着想着，不争气的眼泪又来了，野风专门欺负穷人，一阵接着一阵吹来，彻骨的冷，蔡俊生野鸡般钻进草堆里。

“喂，起来，起来。”蔡俊生正在做梦吃肉，刚要夹起往嘴里送，被人喊醒，嘴边已经汪了一摊清水。他想睁开眼，无奈太阳光太强，揉着眼睛，看见店老板站在他面前，原来他来抱柴火回去烧早饭。

蔡俊生慢腾腾地站到一旁，望着店家弯腰抽柴火的身子，犹豫了半天，鼓起勇气问道：“老板，店里要人吗？”

“不要。”店老板头都没有抬，继续弯腰拽着柴火。

“我不要工钱，给口吃的就行。”

店老板站直身来，白了蔡俊生一眼，见他脸色苍白，身体在早晨的清风中缩成一团瑟瑟发抖着，道：“唉，我也是泥菩萨过河——自身都难保，哪里还能养得起闲人？”略一思考，“看你怪可怜的，这样吧，我给你指一条道，不过，这碗饭不是好吃的。”

蔡俊生双手抱团深深作揖表示感谢，然后表示自己一定能够吃得苦。于是店老板对他交代了一席话，蔡凤鸣频频点头答应着，千恩万谢过后，他离开店老板，蹒跚走了几步，被店老板叫住，招着手，要蔡俊生跟着他回店里……

“嗷嗷！”板凳上的猪嚎叫着做最后无谓的呐喊。陈铁柱一边骂着一边把杀猪刀“噗”地插进猪的喉管里，“哧”一股鲜血喷出，“哗啦啦”流进黄盆里。

此猪非彼猪，陈铁柱骂的是朱三癞子和朱麻子的朱，自那天从朱家喝喜酒回来后，每天早晨杀猪时，都要这么骂上几句。

那天，陈铁柱正在喝酒，来了一个小孩，说村子西头一个叫黄猴子的有急事找他，因为他们在喝喜酒，黄猴子没有带贺喜的礼物，所以不好意思进来，叫这个小孩过来喊一下。黄猴子是陈铁柱的好哥们儿，陈铁柱二话没说就跟着那个小孩走出朱家向村子西头走去。

绕过一个墙角，“当”的一声，陈铁柱感觉脑后被什么东西打了一下，然后就什么事情都不知道了。

当陈铁柱醒过来的时候，首先闻到一股臭味，再一看，自己手脚被牢牢捆着，嘴里塞着一团稻草躺在茅厕里。他知道上了当了，这事肯定是朱三癞子和朱麻子干的。挣扎了几下，哪里还挣脱开？整个下午，陈铁柱都躺在茅厕里和屎尿相伴。

夜幕降临，三个大汉过来架起他来到野外，首先是一阵棍棒“问候”，接着听到朱麻子嘶哑的声音：“以后不准再踏进我朱家庄一步，要不，哼哼。”陈铁柱感到一凉哇哇的东西架在自己脖子上，那是一把大刀。

“以后，朱家没有你陈家这个亲戚，你陈家也没有我朱家这个亲戚，朱家和陈家从此以后一刀两断！”陈铁柱一听这阴沉的声音知道这是朱三癞子，“以后，不许再找大凤，如果再敢碰她一下，我就剁了你的狗爪子！听到没有？”

陈铁柱躺在地上做不吭声的反抗。

“给我打，照死里打！”

陈铁柱嘴里“呜呜”叫着，朱三癞子认为他屈服了，过来取下他嘴里的稻草团，谁知道陈铁柱破口大骂：“你们够种就打死我，打不死我，老子就……”

“啪啪！”“咚咚！”棍棒声回应着陈铁柱的骂。

“嗷嗷！”陈铁柱猪被杀似的号叫着，满地翻滚着。

朱麻子过来，用脚踩住陈铁柱的脸，道：“够种的还骂呀？”“噗”一口唾沫吐在陈铁柱身上。

陈铁柱连骂的力气都没有了，他也不想再骂了，英雄不好当，棍棒滋味不好受。

现场没有当成英雄，但是，背后的英雄还是能当的。以后每当杀猪的时候，陈铁柱都要骂他几句：“你个死猪（朱），老子白刀子进去，红刀子出来！”骂完，扬长而去。

和朱家的关系算是彻底断绝了，可是每当夜晚躺下后，朱大凤那俊俏的脸，那胸部温润而富有弹性的大馒头突破了黑夜的封锁出现在脑海了，拂之不去，欲罢不能。他痴想着，妄想着，假想着……半夜里一下坐起来，喃喃地道：“我的大凤啊……”

蔡俊生上了船才知道放排工的活儿不好干，那天，店老板给他介绍这个活儿，他穷途末路，所以一口答应下来，可是，以前自己是个旱鸭子，现在变成水上漂，整天和水打交道，身上没有干的时候，整天湿漉漉的，加上河面风大，寒冷如魔鬼似的时刻缠绕着、折磨着他。

但是，他还是要感谢那个店老板的，就冲着那天早晨的两碗能映出人影的稀饭和半碗水煮豆腐渣，正是这些，让蔡俊生活泛了过来，有力气走到码头，见到店老板当事的亲戚。

放排行道里当事的叫“打鼓佬”，他人很豪爽，一口答应蔡俊生可以留下来，给的工钱也不错，但是像一切有本事的人一样，本事大，脾气也跟着大，这个打鼓佬动不动就训蔡俊生这些“香童儿”。蔡俊生初来乍到，很多放排的规矩忌语都不知道，所以，打鼓佬常常把他骂成病鸡瘟鸭。

“轰隆隆”老天爷告诉人们，梅雨季节到了，赚钱的日子来了。于是香火烧起来，鞭炮炸起来，红布扎起来，彩旗飘起来，木排动起来，歌儿唱起来：“哥哥放排去山外，深深山谷雾不开……”

蔡俊生等人正在把这一批木材放排到寿县庄墓镇。一路上，风师雨神就没有停歇的时候，大雨“呼啦啦”地砸在斗笠蓑衣上“啪啪”作响，让蔡俊生满脑子里除了这“啪啪”声，就再也没有其他声音了。

天上阴沉沉，地上白花花。河水越来越大，越来越湍急。河道里浊浪滔天，里面树枝、木棒、淹死的牲畜尸体等顺水翻滚着，遇到漩涡打着旋儿，瞬间就被吞没得无影无踪。打鼓佬站在船头，眉头紧锁，敲着鼓点儿指挥着。其他人则顶着风浪大声吆喝着，手里的长篙上下左右翻飞。

蔡俊生手里拿着长篙撑赶着木排，一道火球眼前闪过，“咔”的一声闷雷，吓得他两腿战栗，汗毛竖起，魂儿都飞了，后怕也来不及，跟着一个大浪卷过来，身子摇晃了几下，几欲摔倒，刚想站稳，只觉得木排猛地往下一沉，他人已完全淹没于水中，可是当木排浮上来时，他原先站的地方已经空空如也！

“有人落水了！”歇斯底里地喊叫。

木排上，几个人跑过来，眼睛四下搜寻。

河道里浪花翻飞……

“俊生这孩子也不知道现在在什么地方?”早晨，当朱大凤来给公公蔡老拐茶杯里续上茶水的时候，蔡老拐抱着眼袋杆子这样地问。

“他……他……他现在肯定在做着买卖。”朱大凤哪里知道她的蔡郎现在何处，只好搬出这样的空话、废话安慰着。

这话虽然是空中的馅饼，但是还是给蔡老拐喂饱了不少，他“嗯”了一声。可是，作为一家之长，还是要训导家教的，“这不孝子，出门几个月了，连张纸片也没有往家里捎，他又不是不识字!”“呸”一口浓痰吐在地上，然后拨弄着眼袋杆子。

朱大凤赶忙过来帮他点着火，然后道：“也许忙，来不及写信，爹，我去田里除草了。”

“你去给我豆芽豆腐摊子摆好再去，这两天阴湿，我这腿……”蔡老拐说着敲着那拐子腿。

“哦。”朱大凤答应着出去忙了。

磨坊里朱大凤在大水缸里捞着豆芽，这些天，她刻意地表现自己，每天天不亮就起床，打扫卫生，劈柴烧饭，然后去问候公婆，喂猪喂鸡，下地干活儿，帮助家里做做生意等，勤快得让妯娌们白了无数次眼，嘴都撇到耳朵根，私下议论过千万次。这些小动作，朱大凤不是没有察觉，但是，她当作自己耳朵聋了、眼睛瞎了。

赌钱的人，如果哪天回家非常勤快，唯一的理由是输钱理亏了。朱大凤之所以这么做，和赌钱输钱的人有着异曲同工之处。

朱大凤把豆芽豆腐摊子摆到街道上后，转身往回走，眼睛随意瞥过街道远处，怔了一下，不相信自己眼睛似的又回看了一眼，不看不知道，一看吓一跳，接着鬼撵似的跑回家里躲了起来。

“你倒是来干什么啊？你这个冤家!”朱大凤躲到自己屋里这么埋怨着。原来刚才她看到陈铁柱站在街道拐弯处!

刚才朱大凤看到的确实是陈铁柱，他从今天起把自己的肉案子搬到蔡家集来了。之所以这么做，陈铁柱是基于多种考虑。一来朱集是朱姓天下，在那里摆肉案会经常遇到朱三癞子、朱麻子等朱家人，那样会麻烦不断。对于和他们之间的恩怨，陈铁柱心里道：

“哼，咱们骑驴看唱本——走着瞧。”二来自己实在是太想念大凤了，夜夜受着煎熬，实在是招架不住了，搬到蔡家集卖肉，可以经常看到朱大凤，这样可以纾解自己的痛苦。

这不，一搬到蔡家集来，就瞧见朱大凤了。陈铁柱激动而快活，比吃肉都香！刚才朱大凤走了，但是她的影子还停留在陈铁柱的脑子里，心里惊奇地道：“咦，她一点儿也没有变！”

朱大凤可没有陈铁柱快活，她在田里除草的时候，好像魂不附体了，以至于把花生秧苗锄断了几棵，让旁边的妯娌逮住，借此数落了好几下，以报复她平时的逞能。

朱大凤没有还嘴，只是抬起头，看了看空中白花花的日头。

白花花的日头，白花花的水面。

老天爷是如此地作弄人，当蔡俊生落水约两个时辰后，雨停了。

落进激流中，脑子里就只剩下恐惧了。恐惧中蔡俊生被一股强大的力量推着、打着、裹着、旋着往前飞速地跑去。肚子里已经被强灌了几口水，好在他小时候经常下塘洗澡，有些游泳的基础，这两个月放排，游泳技能又得到很大提高，所以，蔡俊生还是抓住了那稍纵即逝的机会吸了那么两口气。

如一切落水者一样，蔡俊生两只手在空中水中乱抓，希望能够抓住救命的稻草。天无绝人之路，他居然抓住了半截木头！老天爷啊！你发大水冲毁了一可怜之家的房子，可是，又用这家房子的木头救了一个可怜之人的性命，你是在和你的子民在玩游戏吗？这个游戏是不是太悲惨了些？

蔡俊生爬在木头上向前漂着，不，是向前飞着！水太湍急了，他好几次试着想靠岸，但是无果而终。

头顶白花花的日头，周围是白花花的汪洋，蔡俊生有气无力地趴在那半截木头上，抓住一切可以吃的东西往嘴里塞：树叶、青草、死鱼……

夜来了，闪电雷鸣来了，大雨也跟着来，劈头盖脸砸下来，使他睁不开眼，耳朵里轰鸣着，轰隆隆的雷声过后，就是滔滔的洪水声。蔡俊生感觉到：天塌了，地陷了，自己也要死了。

他浑身发冷哆嗦着，父亲搂着烟袋杆子，小叶子甩着长辫子抱着新鞋子，朱大凤穿着一身的红衣服在漆黑的夜空中向他走来，他眼一黑，就什么也不知道了……

第三天下午，在河道的一个洄游处，蔡俊生的身体漂浮在水面上，一动不动，几只绿头苍蝇在他身体上嘤嘤嗡嗡地叫着。

周围寂静空寥，几只鸟儿悠闲地在岸边嬉戏觅食。

“扑啦啦”鸟儿被什么惊着了扑腾着翅膀飞走了，果然，岸边草丛中走来一老一少，大人身后背着渔网，小孩手里拎着竹篓。

“啊？死人！”小孩惊呼着。

“哪里?”

“那里。”小孩手指着。

大人走了过来，抱起蔡俊生的身体，把手放到他的鼻子底下：“咦，还有气，石头，过来，帮我把他抬上去。”

“哦，哦。”

“汪汪……汪汪……”中午时分，古寿县杨家湾村子里，群狗跟着一个要饭的屁股后面狂叫着。这个要饭的赤着脚，光着上身，满脸污垢，淹没了面相。他用手中的细柳条对着身后的凶狗轻轻地摇着以使群狗不敢靠近，慢腾腾地走到一户人家门前站住，他用痴呆的双眼默默地看着门里。

久久地，从门缝里伸出一个饭勺把稀饭倒进要饭的破碗后，又缩了回去，接着门缝里传来一个女人的声音：“这个要饭的，真是的，来要饭，也不吭一声。”

门缝里传出一个结巴男人的声音：“肯……定……是个……哑……巴。”

“看那样像个傻子。”

这个要饭的听了，一点儿反应也没有，麻木地慢腾腾地转身，一声不响地向另一家走去。身后群狗又开始尾随着叫了起来，而他身后的细柳条似他的尾巴一样不停地摇着，抵御着疯狂的群狗。

依然是痴呆着双眼默默地望，默默地等，不同的是他现在站在一家高大的门楼外。一会儿从门里走出一位年轻漂亮的少妇，手里端着碗，出来后，挥着手呵斥着驱赶群狗。令人感叹的是，那个要饭的先前无论怎么用手里的树枝驱赶群狗，可是一点儿作用都不起，群狗反而变本加厉，眼露绿光，张牙舞爪着。可是这个漂亮富贵的少妇一呵斥，群狗倒乖乖听话，一声不出了。看样子，群狗不但势利，也很好色吧？

这个乞丐也很好色，他的眼睛紧盯那少妇，一刻没有离开过。直到少妇转过身体把她手中碗里的干饭倒到乞丐碗里的时候，他才低下头，默默地接受。

“你，你不是本地人吧？”少妇瞄了乞丐一眼，出人意料地问。

乞丐呆立不语。

“你从哪里来？”

乞丐还是那样不语。

“老家哪里？”

“喀，喀……噗”，咳声吐痰声打断了那少妇的问话，大门口现出一个老罗锅子，腰曲弓得似农家的犁身，手里牵着一个四五岁的小女孩。老头可能是门牙掉了，嘴门关不住风，说话宛如破鼓似的呵斥道：“给我回来！和一个穷要饭的啰唆什么？”

那个小女孩跑过来依偎在少妇腋下，啃着自己的手指望着少妇道：“娘，大大让你回去呢。”

乞丐异样地看了一眼那小女孩，少妇顺着乞丐的眼睛望着自己的女儿，又异样地看了乞丐一下。

“回来！给我回来！”老头似乎看出什么来了，然后张牙舞爪地对着乞丐道：“穷要饭的，赶快滚，要不，我让你出不了村子，听到没有？滚！”

乞丐依然沉默，眼皮耷拉下来。

老罗锅子叉开双腿欲走过来，少妇见了拉着孩子慢腾腾地往回走，途中还是回头瞥了乞丐一眼，眼睛里满是疑问。

“咣当”一声，大门关上，接着里面传来破鼓声：“你个死婆娘，和一个穷要饭的唠叨什么？你和他有亲戚呀？我看你三天不挨打皮就着痒……”

门外，乞丐犹豫了一下，径直向村外走去，群狗又开始尾随疯叫，一直把他“送”到村外老远老远。

村头，一个少妇拉着一个小女孩站在那里，面向乞丐离去的方向，遥望了很久很久，突然放开嗓子喊道：

“我的俊生哥……是你吗？”

那乞丐好像听到这声音了，扭回头望着村子，然后走到路旁的小溪边，蹲下，把头埋进水里，使劲地洗着，彻底地洗着，然后呆呆地望着水中的自己，水中，一张英俊的脸闪现，蔡俊生现出原形。

自从被人救起之后，蔡俊生就靠讨饭养活自己。记得打鼓佬说过，他们是要把木材放到寿县的庄墓镇去卖，蔡俊生打算要饭到庄墓镇找到打鼓佬他们。

老天爷和他开了个天大的玩笑，正是这次差点儿要了命的放排，让他偶遇了自己朝思暮想的人——小叶子。

刚才，那个少妇一出门，蔡俊生虽然不敢完全肯定她就是小叶子，但是可以断定八九不离十了。虽然现在的她个子长高了，长辫子也不见了，脑后变成了一个髻，眼睛也不再是雨后的天空，而像雨前的天空了，但是，小叶子的骨头架子已经深深地烙进他的脑子中，溶进他的血液里。特别是她嘴角上的那颗黑痣，蔡俊生可是印象深刻得很呀。一次放牛的时候，他摸了一下那颗黑痣，吓唬她说：“这黑痣太难看，以后会没有男人要你的，下次我带锥子帮你挖了吧？”

这本是蔡俊生开玩笑的话，说过就忘到九霄云外去了。谁知道第二天放牛见面的时候，小叶子跑到他面前，怔怔地看着他的口袋问：“锥子带来了吗？”

后来，那个小女孩出来，更证明了少妇完完全全地就是小叶子了。那个小女孩，活脱脱地就是小时候的小叶子！连满头的乌发都像。

实际上，那个时候，少妇连续问他几个问题，蔡俊生就怀疑小叶子也认出他了！可是，小叶子也是不能完全断定这个满脸污垢的人是他的俊生哥，她的俊生哥是什么人？俊生哥好看着呢！英俊潇洒，还能识文断字。他怎么可能会成为一个肮脏不堪的乞丐了呢？他怎么可能跑几百里路到这偏僻的地方呢？打死她也不相信！但是死了不相信，她现在毕竟还活着。这个世界上，唯一对她好的人，也是唯一让她思念的人——俊生哥，万一是他呢！她可是做了千万次的梦，梦见对她最好的俊生哥来这里找自己的。

如果不是那个罗锅子出现，蔡俊生也许会和小叶子相认，因为这就是他这趟出来的目的，但是……

蔡俊生脑子里影出那个罗锅子老头：犁弓似的腰，三角眼，闪着亮光的秃头，干瘪的稻草的身躯……“老天爷啊！你长眼了吗？我的年轻漂亮的小叶子怎么嫁给这样的一个人啊！”蔡俊生躺在地上，望着老天爷这样的发问。

“咣当”，一不留心，蔡俊生手一动，把旁边的碗掀翻。他一骨碌爬起来，见碗里的干饭撒了一地，赶紧用手捧起来。在这青黄不接的季节里能吃到干饭可不容易，大多数人家都是稀的，还有的人家吃糠咽菜呢。想起来了，这是小叶子刚才给的饭——雪白的干饭，还有咸菜，上面闪着油光，看样子放了不少油啊！

他看着那雪白的干饭，闪着油光的咸菜，那个高大的门楼又出现在蔡俊生的脑海里。蔡俊生明白过来了：小叶子是卖，而不是嫁给那个罗锅子的。

想不到几年不见，她倒有孩子了！蔡俊生脑子里闪现出那个小女孩可爱的模样来：依偎在小叶子的腋下，眼睛如雨后的天空。

这也许是小叶子的最好的归宿吧？蔡俊生望着水中自己人不人、鬼不鬼的模样这样地想。这个年代，像小叶子这样的女孩子，卖到妓院去的人还少吗？比她悲惨的人多了去了！小叶子虽然被老不死的骂“三天不挨打，皮就着痒”，但是她可以吃到白米干饭，她可以吃到放着很多油的咸菜，她腋下可以依偎可爱漂亮的小小叶子……

想到这里，蔡俊生划了一下水面，水中他的影子模糊了，散去了。然后站起来，恋恋不舍地望了一眼小叶子的村庄，嘴里喃喃道：“小叶子，你好好的吧，我……走了。”

庄墓镇地处瓦埠湖以东，镇北，一条河玉带似的东西方向飘着；

南北，合肥通向淮南的公路穿街而过。因这里交通四通八达，故南下北上的商贾云集这里，很是繁华。

今天是逢集，日上三竿之时，街道上鳞次栉比的商铺门前，人流攒动，车马穿梭。招呼声、吆喝声、说鼓唱戏声、骡马声……相互交织，此起彼伏，好不热闹！

“小偷！抓小偷……抓小偷啊！”喊声呼啸着传来，引起人群骚动，人们纷纷驻足向喊声方向望去。

菜场，一个矮小的身影，在林立的人们大腿间，泥鳅似的穿梭着，向码头方向滑溜而来。身后跟着一群人手里握着棍棒追撵着，边追边喊：“拦住他，抓住他！”

“小泥鳅”真的被拦住了！一条大河！河水打着漩涡，似阴阳怪气的侩子手的脸，远处，涌浪翻飞，又如张牙舞爪的水兽。

“小泥鳅”恐惧了，转过身来，原来是个十来岁的孩子，只穿一条小裤衩，露出骨瘦如柴的身子，脸黑黑的，黑得似驴屎蛋，这倒突出那双小眼睛，泾渭分明的白。

人群靠近、靠近，似一张大网。

“打，打，打这个小毛贼！”人群激昂，并没有因为眼前的毛贼是个孩子而减少他们的愤怒。

一个气势汹汹的高个子大汉从人群中脱颖而出，肥胖的身体大山似的压过来、压过来。“小泥鳅”的身子往回缩着、缩着。一只细小的黑手伸出来，黑手里攥着一个鼓鼓的钱袋。

“小兔崽子，敢偷老子的钱！”

噼里啪啦拳脚飞舞。

这个小毛贼还真经打，抱着头，一声不吭，大汉拳脚光顾的地方，倒是并没有现出瘀黑红肿。

人群越聚越多，黑压压地站满河边七嘴八舌着。

“啧啧，这么小就出来做贼！”一妇人声。

“小?！没看到挨打时双手护着头脸吗？老手了。”

“哦，对！”

“贼最可恶，上次我就被偷了几个大角儿，打，给我照死里打！”

“对，打死一个少一个！”

“啪啪!”响而脆的耳光声带着毒太阳的亮光飘向人群，见红了——“小泥鳅”的鼻血。

“呜呜……”眼泪掺杂着汗水，和着鼻血，点点滴滴地滴落。“小泥鳅”在地上翻滚着，后背条条肋骨如肉案上挂着的猪排——清晰可见。

“哭？哭就行了吗？娘的，看我不打死你!”“咚”的一脚，“小泥鳅”应声横躺在地上一动不动。

“装?! 让你给我装……”车轮似的大脚抬起。

“不能再打了!”一个女人的声音从人群中传来，人群闪动，一个少妇挎着竹篮挤进圈内，“再打，再打就出人命了。”

大汉白了少妇一眼：“你不让打，他是你家亲戚啊？要不，你和这贼是一伙的。”

“哈哈，大个子，我看你有眼不识金镶玉，连大名鼎鼎的卖饭西施都不知道啊?”人群中一个嬉皮笑脸的男人歪着嘴道。

卖饭西施对那嬉皮笑脸的人置若罔闻，对着大汉道：“你没看见他还是个孩子啊？他那麦秸秆身子怎经得起你这粗胳膊粗腿的?”

“你可怜他，他偷东西的时候可一点儿也不可怜你。”大汉说着掏出腰里的钱袋，“我这趟出来，就指望着这点儿钱能赚点儿，然后回家养活全家老小，刚才幸亏发现得早，要不被他偷去，全家老小就只能喝西北风去了。”

“他偷你东西，你就该打他，嘿，大个子，继续打，狠狠地打。”那个嬉皮笑脸的男人怂恿着，嘴继续歪着。

“对，贼就该打，要不，不长记性的。”旁边的人附和着嬉皮笑脸的人的话。

“你不要听他们起哄，打死了，你要吃官司的，俗话说，杀人偿命。”卖饭西施说完转过身来，对着人群说道，“官府也要抓你们过去审问的。”手又指着那个嬉皮笑脸的人，“三老歪，出了事，你负责!”原来这个嬉皮笑脸的人绰号叫“三老歪”，怪不得他的嘴老是歪着呢，原来那嘴本来就是那样。

大个子脸上先是火烧云显现，既而又飘过来几朵白云，愣愣地站在那里，可能被可怕的后果吓坏了。人群中有几个胆小的偷偷溜开了。三老歪也开始岔开话题道："卖饭西施，今天做什么好吃的？哥哥等会儿去吃。"还没有等到少妇回答，他凑过来，闻着卖饭西施的身子，"啧啧，真香！"说着对众人挤眉弄眼，五官倒是扶正了不少，中看多了。

人群一阵哄笑，三老歪占了便宜后，撒开脚丫子就跑。

"呸！"卖饭西施够不着三老歪，只好对着他的背影吐了一口唾沫。

人群散去，卖饭西施瞄了一眼地上的"小泥鳅"，只见他眼睛紧闭，一动不动。难道真的被打死了？她弯下腰伸出手来正要放在他鼻子底下来试呼吸。谁知道那两只小灯泡眼睛突然睁开了，把她吓得一哆嗦。

"嘿嘿……""小泥鳅"冲着她一笑。

卖饭西施捋了一下胸脯，然后正色道："小小年纪，就不走正道，以后不能再偷了，看人家不打死你？"说着从怀里掏出十几个大钱儿丢到"小泥鳅"的面前，"拿去买几个包子吃吧。"说完挎上竹篮子准备走。

"小泥鳅"一骨碌爬起来，鸡吃米似的磕着头，道："大姐的好心好意，我姚小六今生不忘！"

"你叫姚小六？"

"嗯。"

"怎么干上了偷东西的营生？"

"小泥鳅"低头不语。

"以后不能再偷了。"丢下这句话，她走开了。

卖饭西施顺着河道走，河道边的垂柳映衬着她的细腰，而这细腰嬉皮笑脸的男人们给它起了个新名字——水蛇腰。水蛇腰的上面，凸起的山峰让男人们愿意把眼球摘下来，放进去，他们戏称：馒头山上馒头峰。而水蛇腰下面，就是嬉皮笑脸他们所谓的"鼓点"，鼓可以想敲就敲，可是这鼓鼓的屁股嘛……

一阵夏风吹过，柳叶拂过她的脸，好像要和她的脸形对照一下看是否是一模一样似的。少妇顺手摘下一片，放在纤细的手里玩弄着，然后放在红润的小嘴里轻轻地吹着。

这少妇叫谢翠莲，是本镇谢家客栈的老板娘，因为长得太漂亮，让嘴馋心痒的男人们起了个别名——卖饭西施。从此以后，这个名字就成了谢家客栈的招牌，久而久之，人们把她的本名倒淡忘了，镇里男女老少纷纷喊她卖饭西施，只是有些女人叫这个名字的时候，出声没有正常的，可能是酸的吧，不是加重了语气，就是多加了几个词儿，比如："那个"、"哼"之类的。害怕这样的词儿别人不能领会，外带丰富的表情和多种肢体语言加以配合。

谢翠莲吹着柳叶走着，对于自己刚才的"义举"，现在回过神来，连她自己都感到诧异。自己和那小黑孩毛贼不沾亲不带故的，何必多事呢？

刚才她看到小黑孩挨打，不知道什么原因，她有一种冲动，想都没想就上去了。可怜他年龄小吗？不完全吧。这个镇子，哪天不演绎着人世间的悲欢离合？

谢翠莲想着走着，那小毛贼驴屎蛋似的黑在脑子里飘晃着，这让她一下子明白过来：那个"黑驴屎蛋"和自己的弟弟——唯一的弟弟的黑是那么相像，包括那后脊梁清晰可见的肋条骨，莫不是弟弟转世吧？

弟弟在世时是那么的顽皮、那么的可爱，每天不是上树就是下水，皮肤晒得黑亮黑亮的。谢翠莲无数次打趣他叫他"黑锅底"，可是他一点儿也不在乎，依然每天下水上树。

"弟弟呀，如果你还活着，姐姐一定会让你过上好日子的！"谢翠莲眼望天上飘过来的一朵白云这样感叹道。

想到了弟弟，自然想到了爹娘，想到了自己……她"噗"的一下，把嘴里的柳叶吐进河里，柳叶打着旋儿，顺水漂走了。

谢翠莲揉了一下太阳穴，这是她的老毛病，每当想到家人的时候，头就发涨开始疼痛。

前面就是情人桥，为本镇著名的景点。至于为什么叫情人桥，大概是很久以前，一对痴男烈女从这里跳下河中殉情而死。这本是丢人现眼的事，为本地正统乡绅们所不齿，可是偏偏被那些少男少女们津津乐道，大加赞叹。后来，又被某些吃饱了撑得没事干的文人墨客篡改了事实，把那对痴男烈女整得如梁山伯与祝英台似的，这样，这个本来存冤鬼的地方终于成为本镇最负盛名的地方了。

中医认为，缺什么补什么。如果补不到，那就任病发展，抱病自顾形怜了。很多事物也是如此吧？比如爱情，比如那些津津乐道的少男少女们。

谢翠莲不是少女了，可是没有事的时候，她喜欢到情人桥上站站，看看河水，望望月亮，这样的情致，如果被文人墨客看到，马上会吟出：问君能有几多愁，恰似一江春水向东流……

今天有些特殊，可以说有些大煞风景，因为情人桥现在被一个疯傻之人占了去。这个傻子，愣愣地站在桥上，痴痴地望着桥下打着漩涡的河水。傻子也有风情，也知道“问君能有几多愁，恰似一江春水向东流”吗？

别说，这个疯子还真的知道！此时的他嘴里咕咕唧唧着。这个人就是蔡俊生——绝望的蔡俊生。

离开了小叶子，离开了心灵最后的寄托，心枯萎得似冬天的枯草，上面还覆盖着冰霜。

心枯寂得要死了，人枯竭得马上也要死了，连日来的风餐露宿、日晒雨淋，使得他的身体一阵冷一阵热，冷的时候牙齿打着战，浑身抱成团；热的时候脑子浑浑噩噩，身体似着了火，但是就是不冒汗。

他知道自己打摆子，可怜身无分文，怎么去找郎中？目前唯一的希望就是尽快赶到庄墓镇找到打鼓佬他们。

浑身没有一点儿力气，一天也只能赶个几里路，傍晚时分，蔡俊生还在野外如蜗牛似的在挪。西边天空乌云密布，天雷滚滚，不一会儿，整个世界陷入黑暗，风催着雨，雨夹着风向蔡俊生袭来，把这个可怜的人活生生地吞噬了。

一阵强风吹来，孱弱的身子弱不禁风，晃了两下，倒在泥水里。

“老天爷啊，你就可怜可怜我吧！”他祷告着，挣扎着想爬起来，可是哪还有力气？只好把脸对着地面，身体蜷缩成一团，任黄豆大的雨点砸着。大雨扯天扯地地下着，他身上泛起浪花，挂起瀑布。

冷、冷，蔡俊生感到自己要被冻死了，眼睛倦怠着倦怠着，慢慢地、慢慢地要闭上。

“我要死了，我要死了。”这样的声音一直萦绕在他的耳旁，缠绕在他的心头，眼睛周围，闪现着父亲、母亲的影子。

“爹，娘。”蔡俊生把手伸向他们。

“咔”的一个炸雷，他伸出的手擎在空中不动了。哪里有父亲、母亲？只有白花花的雨。

“我要活下去，我要活下去，我不能死在这里，我还年轻！”蔡俊生不知道哪里来的力气喊道，然后伸出手，蹬着脚，一点一点地往前爬着、爬着，身后留下深深的泥痕……

不知道过了多长时间，前面，黑乎乎的一大片在雨雾中若隐若现，再爬近看，树木、茅草屋……

来到庄墓镇，跑遍了码头，问遍了人，才知道打鼓佬他们已经卖完了木材回家去了。蔡俊生彻彻底底地绝望了，病痛无时无刻不在折磨着这个可怜之人，让他痛不欲生，生不如死。

“天啊！我作了什么孽，你要绝我？”蔡俊生望着滚滚河水悲愤地问。他现在正在发烧，烧得难受，烧得让他想跳到水里，把自己的烧彻底扑灭，那样就可以一了百了了。

挪到桥栏上，闭上眼，脸上带着晶莹的泪花，抬起沉重的脚，慢慢地、慢慢地……

“嘿，这位大哥，吃根黄瓜吧？”一个小鸟鸣唱般悦耳的声音在蔡俊生耳边响起。

蔡俊生睁开眼，一根黄瓜横在自己眼前，清新、翠绿，瓜头还带着鹅黄的花，毛茸茸的。接着五根纤细的手指，白藕似的温润胳膊上面一个白白的银手镯，出现在他的视线里。

“吃根黄瓜吧？”小鸟似的声音重复着，那根黄瓜抖动了一下，让蔡俊生呆滞的眼神也跟着动。他慢慢转过身来。

一个美女似传说中的七仙女从天而降，站在他的身后。

这个七仙女就是谢翠莲。她本来看到这个傻子一样的人站在那里，想绕过去，免得受到滋扰，后来看到这个“傻子”迈上桥栏，引起了她的注意，再看到他脸上两道“河流”，她明白过来了，原来这个傻子要投河！这么多年的生活阅历让她有了感悟，世界上，见过傻子孬种投河自尽的吗？没有！只有苦难的、走投无路的人才会，自己不是也曾经站在这里这么想吗？也许是同病相怜吧，也许是人之初性本善吧，也许是救人一命胜造七级浮屠吧，谢翠莲要出手救这个“傻子”。但是作为女人，谢翠莲不好鲁莽地出面阻拦，急中生智，她从篮子里拿出一根黄瓜。

“谢谢这位大姐，我不吃。”蔡俊生重新转过身去面对滚滚的河水。

“大哥，好死比不过赖活着，何必呢?”

沉默。

“天下没有过不去的坎儿，咬咬牙也就挺过去了。”

沉默。

“大哥，不要犯傻了，寻死只是心窍一瞬间被鬼迷惑住了，把这根黄瓜吃了，也许你就不会再想死，如果真想死，吃了死也不迟，还能做个饱死鬼。”带着鹅黄花儿的黄瓜在面前闪动着，清新、翠绿。

沉默。

“你这人怎么这样啊？死都不怕，还怕吃根黄瓜吗？哎，你还真要做个饿死鬼呀?”

“大姐，我……”

“吃吧！嗯……”谢翠莲哄孩子一般用母性的眼神鼓励着。

蔡俊生看了一眼眼前的清新、翠绿，慢慢伸出手接过黄瓜，在慢慢伸向嘴巴。

蔡俊生咀嚼着黄瓜，清香，沁人心脾，看了一眼谢翠莲，眼泪扑簌簌而下，道：“大姐，你倒是救我干什么呀？我……”

“大哥，谁不苦？不瞒你说，我也曾经像你一样，站在这个地方，唉，人活在世上，没有谁不会遇到难处，但是一咬牙也就过去了。”

蔡俊生没有作声，只是用簌簌的眼泪回答，继而浑身打战。

“大哥，我看你病了，还不轻，跟我回家去。”

“这……”

“不要这那了，走吧。”谢翠莲转身自己先前走了。蔡俊生犹豫了一下，还是迈开步。

“大哥，你姓啥？叫什么？”

“我叫蔡俊生。”

……

“俊生不知道怎么样了？这几天，我这右眼老是跳个不歇。”中午饭时，蔡老拐夹起一块肉道。

“这要问大凤妹子，她应该最清楚的。”大嫂瞄了朱大凤一眼，喂着自己的小儿子说道。

“是啊，大凤妹子，俊生最近有什么消息吗？”二嫂说着动了一下自己那气蛤蟆似的肚子。

“没……没有……”

“唉，结婚第二天就跑了，几个月连个消息也不给，你这个做媳妇的，恐怕……”大嫂说着用异样的眼光瞄了一眼朱大凤，然后一脚踢向脚边的猫，“这馋猫，一点儿用处也没有。”

猫“喵喵”地哭喊着跑了。

“这猫该打，叫它老不叫春。”二嫂望了朱大凤的肚子一眼，然后摸了一下自己的大肚子。

“俊生没有大哥二哥有福气，整天待在家里享清福，老婆孩子热炕头儿，他心大，有志气，要挣大钱，不愿意吃现成的。”朱大凤针锋相对，这几个月，她已经摸清这两个嫂子的脾气：软的欺，硬的怕。

“干饭都堵不住你们的嘴？吃饱了没有？吃饱了，滚到田里干活去。”蔡老拐竖眉横眼道，“老大，今个儿的肉多少钱的？”

“十个大钱儿。”大儿子蔡富贵满嘴流油地回答道。

“嗯，觉得比往常的肉多些。”蔡老拐瞄着盘子里的肉道，“肉还不错，很肥！”

“我也这么觉得，今儿个是从新来的肉案子那里砍的，另外还给了两块血旺做添头。”蔡富贵道，“可能是新开张的吧？给的多点儿。”

“哦，听说那个新来的肉案子姓陈，叫……叫陈铁柱？”蔡老拐问，“哎，这人怎么想到跑到我们这里来摆案子了？”

“谁知道?”

朱大凤听了脑子里“嗡”的一下响，心里道：“他……来这里摆肉案子了?!”大气也不敢喘，低着头尖着耳朵听着他们说话，怕他们猜疑，小鸡吃食似的每次只夹一粒米的饭放嘴里细嚼慢咽着。

“以后还到他的案子上买吧！老鬼这个家伙鬼得很，鬼专门迷熟人……”蔡老拐父子把话题引向对蔡老鬼刁滑抠门儿的讨伐上，朱大凤这才松了一口气。

吃罢饭，回到自己屋里，朱大凤一下躺在床上，眼睛忽闪忽闪地望着房梁上的麦秸秆，愣愣地埋怨道：“铁柱哥，你这个冤家，你让我怎么说你好啊？你怎么一点儿也不让我安心?”

陈铁柱的到来，让朱大凤忐忑着，轻易不敢出门。她害怕他浑劲儿犯了来找她说话，那样……那样后果不堪设想！

可是，心里又惦记着铁柱哥初来乍到，能否在这里安稳做生意，所以朱大凤只是躲在暗处，偷偷地观察着。

朱大凤是怕事来事，这不，才过了几天，陈铁柱和别人就打起来了。他以一对仨，结果被打得鼻青脸肿，肉案子也被人家掀翻。

这是怎么一回事？原来是因为狗咬架。

陈铁柱旁边的肉案子蔡老鬼养了只狗叫大黄，大黄很是强壮，这只畜生蓄谋已久，早就想闹事了，因为它不止一次听到主人蔡老鬼说要找陈铁柱算账。昨天晚上，蔡老鬼因为白天的肉卖得不好，又在家指天跺地地骂，骂陈铁柱这个外来户抢了他的生意。

畜生中，狗的忠诚是名声遐迩的，素有“子不嫌母丑，狗不嫌家贫”的说法。这大黄躺在地上听了主人的骂，愤愤不平，要替主人出气，并且大黄看出陈铁柱带来的那条狗老黑这几天总是对着自己的情人小花挤眉弄眼的。这还了得！于公于私都不能再容忍下去了。

第二天，大黄蓄意来到陈铁柱肉案子下舔着猪血，抢着掉下来的肉屑。老黑不让，两只畜生龇牙咧嘴着，继而大打出手，三下五除二，大黄把老黑咬翻在地。

陈铁柱看见自己家的老黑被欺负得不成样子，不免心疼，插足来帮助自己家的这个不争气的畜生，“砰”的一声一脚踢在大黄身上。“汪汪”，大黄嚎叫着跑了。谁知道老黑这畜生狗仗人势，狂叫着追撵过去。

蔡老鬼看了，气不打一处来，俗话说得好，打狗还得看主人呢，你陈铁柱这么做，明显是不把我蔡老鬼放在眼里，蔡家集是我蔡家的天下，容不得你姓陈的在这里撒野！他手起刀落，照着老黑脑袋砍去。老黑呻吟一声，倒在地上不动了。

陈铁柱不干了，跑过来理论。旁边另外两个屠夫过来帮蔡老鬼说歪理。陈铁柱气昏了头，摩拳擦掌着。几句话后，二人大打出手，那两个屠夫帮着蔡老鬼，但是三人依然不是陈铁柱的对手。老鬼趁空当跑到一边，扯开公鸡嗓子大喊：“姓陈的在我蔡家集打我蔡老鬼了！”

街上，蔡家几个小混混平时就怕不出事呢，听了这喊声，哪有这等好事？抄着家伙飞快赶了过来。陈铁柱见势不妙，撒开脚丫子跑得无影无踪。可是跑了和尚跑不了庙，大家把气出在陈铁柱的肉案子上。他们踩翻他的肉案子，把肉扔得满街飞，似下了肉雨。街人喊道：“老天爷下肉雨了，抢啊！”

“抢了？”上午下街收摊回家后，蔡老拐这么问儿子蔡富贵。

“嗯，抢了。”

“抢了就抢了，这是蔡家集，是我蔡家地盘，他姓陈的能怎么的？”蔡老拐说完，躺在竹椅上，捶着自己的拐子腿。

“老拐，老拐在家吗？”外面传来声音。

“这人真龌龊，敢这么叫我？”蔡老拐心里这么想，没有吱声。

“老拐，老拐……”

“谁呀？”

“是我。”门外进来几个人。蔡老拐一见带头的，马上鲤鱼翻滚似的跃起来，满脸堆着笑道：“哎呀，是何大捕头呀！稀客，稀客，请坐请坐，富贵，快泡茶。”

“哈哈，还是你这个死老拐会享福，这么热的天，在家多自在，哪像我们这些当差的？”

“何大捕头见笑了，您是吃公家饭的人，哪像我们这些小民。”

“闲话少说，臭屁少放，来，我给你介绍一下。”指着一个猴子般瘦小的人道，“这是我的好兄弟猴子，这是我的好兄弟陈铁柱。”

“哦，哦。”蔡老拐抱拳还礼，瞥了一眼陈铁柱手里的几吊肉，心里明镜似的明白他们此行来意。

原来陈铁柱面子丢大了，当然要挽回来。他找了好哥们儿猴子，猴子带他请了在县衙当差的好哥们儿何捕头喝了两顿酒，又登门拜访了一次，于是就有了此行。

朱大凤被蔡富贵喊来倒水，进来后，眼睛里没有其他人，只是一眼就瞥见陈铁柱了，七手八脚地倒了水，急匆匆出来，回到自己屋子后，这才感到出了一身的冷汗。

“他……他来干什么？不会是……”朱大凤疑惑着，还没来得及细想下结论，外面传来蔡富贵喊她赶快炒菜烧饭招待客人。

厨房里，朱大凤开始切菜，门口人影一闪，进来一人。朱大凤看都没看，就知道是陈铁柱。

“咣当”一声，把朱大凤吓了一跳，她抬眼望去，遇到陈铁柱喷着火的眼睛怔怔地看着她。

“大妹子，这肉中午烧了，这些钱拿去买些酒菜，中午我请客。”陈铁柱打雷似的说，好让外面的人听到。说完，他抽身出去了。

朱大凤站在那里，忘了切菜。她怔怔地看着自己的胳膊，冥冥感到铁柱刚才出去时，好像用胳膊碰了她的左胳膊一下，但是，又好像没有，似被他胳膊掀起的风扫了一下。到底有没有呢？这让她疑惑了半天。她看了一眼刚才陈铁柱给的银圆，天啊，给这么多？两顿酒席都够办的，她赶忙揣在怀里，害怕被妯娌们看见猜疑。

中午，陈铁柱他们在客厅大声地猜拳喝酒，朱大凤再也不敢进去。她躲在厨房里听着他们说话。

“铁柱老弟，你的事就包在我身上了！”“咚咚！”拍胸脯的声音，酒壮人胆，蔡富贵几杯猫尿灌了下去，接二连三地夸着海口。

“我蔡老拐别的不敢说，在蔡家集，大人小孩还得给我几分面子的，你明天照样摆你的肉案子，谁敢说半个‘不’字，看我不打断他的腿？”说过这话，才觉后悔，因为他自己就是被别人打成拐子的。

“多谢蔡老伯，以后，我就仰仗您了，我先干为敬。”

“好好，以后，世侄多来家走动走动。”

“一定，一定，以后，您就是我的长辈，富贵就是我的长兄，你的家就是我的家。”

听着陈铁柱的话，朱大凤如坠云雾中，心里道：“这下可如何是好?”

不知什么原因，此时蔡俊生的人影在朱大凤的脑海里悄悄地冒了出来。

“唉……”她无奈地叹了好大的一口气。

“唉，大哥，你怎么病成这样！”庄墓镇谢翠莲回头看着蔡俊生这样叹息着。她那三寸金莲能走多快？可是，一会儿蔡俊生就被她落下一大截。

“苟延残息”这词用在蔡俊生身上再合适不过了，他每走一步，都要喘一下大气。生命如灯，而他这只灯里所剩下的油不多了。

也许是有了希望，这希望让蔡俊生感觉到饿了。他把手里的那半截黄瓜吃了，连根蒂都没剩。吃完，舔了一下嘴，出色的香！感觉肚子里有一股清气往上冒，接着弥漫全身。看来这半截黄瓜给他生命之灯添了不少的油。

仰仗着那半截黄瓜，蔡俊生来到谢翠莲的客栈。蔡俊生脑子里响起孟子的话：“一箪食一豆羹，得之则生，弗得则死……”

“唉，生命就是和身体时时刻刻都在开着玩笑。”蔡俊生这么感悟着。

谢翠莲看到蔡俊生两碗稀饭、十个包子下肚后开口问：“大哥，现在还想死吗?”

蔡俊生脸色泛红不作声。

“大哥，我知道你的难处——肯定不是一般的难处，人只要有一丝希望，也不会走上绝路的，我说得对吗?”

蔡俊生点了一下头。

“大哥，你听说过吗？很多寻死的人在去见阎王的路途中才非常后悔，可是后悔已经来不及了。”

“大姐，我……我……”

“活着当然不易，死了也不一定享福，谁知道阴间什么样，也许比阳间更糟糕呢！俗话说得好，好死抵不过赖活着。”

蔡俊生低头不语。

“大哥，你连死都不怕，还怕活着吗？算了，不要再干傻事了，哎，大哥，不瞒你说，你这身子太……太脏了，都……都发臭了，去好好洗洗吧？”不等蔡俊生答应，谢翠莲喊道，“小梁子，小梁子，去烧些热水……”

接下来，那个叫小梁子的小伙计伺候着蔡俊生洗了澡，换了衣服，又喝了药出了汗，躺下，黑暗当头罩住，他什么都不知道了。

三、弱女侠肠

蔡俊生睁开眼睛，既不知道自己在什么地方，也不知道现在是什么时辰，盯着房梁疑疑惑惑地想：“我还活着吗？这是阴曹地府吗？”用指甲掐了一下自己，痛，自己还活着！起床，四处看了看，拍着头回忆了半天，隐隐约约还能记得一些。

来到客栈大堂，谢翠莲看到他，吃惊得如大白天看见了鬼。

以前的蔡俊生那可真是个鬼模样，半夜里出现，准能把人吓得昏死过去。现在呢？好像是那鬼成精了，变成人形，并且还是一个英俊的年轻后生，只是那没有血丝的脸苍白苍白的，还留些鬼的痕迹。

谢翠莲知道自己救对人了。因为算命瞎子不止一次告诉她：人，是能通过看面相看出好坏的。眼前的这个蔡俊生，虽然瘦了点儿，精神萎靡了些，但是，长得如戏文里所描述的那样，天庭饱满，地阁方圆，眉宇间透出不俗，谢翠莲猜想他不是一般的人，像戏文中的落难的公子。谢翠莲喜欢看戏，更喜欢看公子落难、小姐嫁汉的戏。

“多谢大姐救命之恩!”蔡俊生抱拳相谢。

“呵呵，不要客气，大哥，你知道你睡了多长时间了?”

“多长时间?”

“一天一夜!”

“啊？这么长时间?”犹豫了半天，红着脸道，“大姐，我……我没有钱付你的店钱。”

“大哥多虑了，如果我谢翠莲贪图那点儿钱，我就不会救你了，大哥得了风寒，一时半会儿好不了，需要多休养几天，这样吧，你就暂时住在我这里，吃喝先不用操心，等你病好了，再作打算。”

“这……我怎么好意思拖累大姐？你整天起早贪黑，辛辛苦苦挣几个钱，也不容易。”

“先把你的病治好再说，唉，你这大男人怎么像婆娘似的啰啰唆唆，一点儿也不痛快，还站那里干什么？快去煎药吧，三服药才吃了一服呢。”

“大姐，算我欠你的，记在账上，等我以后有了钱，一定还你。”蔡俊生丢下这话，去后面煎药去了。

蔡俊生刚离开，打外面进来一人——一个瘦猴似的干瘪男人，苍白的脸泛着黄，干稻草放久了似的。此人不但长得似猴子，连说话的声音也如猴子——尖而细。

“哎，刚才那人干什么的？你和他唠叨了半天。”猴子似的小眼睛瞥着蔡俊生离去的背影问道。

“住店的。”谢翠莲瞧都没有瞧那人一眼，自顾干自己的活儿，回答着。

“给……钱了吗?”瘦猴男人哈欠连着哈欠，小眼睛沁出水，用手揉着。

“给了。”

“给我。”手张开伸了过来。

“昨天不是给你了？怎么，昨晚又输了?”

“你管老子呢！给我。”手掌抖动了一下。

“我……我等会儿还要买菜呢。”

“少你娘的废话，给我！听到没有?”声音更加尖厉。

“我还要买菜呢!”

“我看你皮痒了?”瘦猴男人上前威逼了一步。

“给你。”谢翠莲说着掏出一把大角儿来，可是并没有递到瘦猴男人手里，而是“呼啦啦”扔到桌子上，其中两个大角儿“唧唧”地滚到地上。

“你娘的。”瘦猴男人走过来一边用双手捋赶着桌子上的钱，一边骂着，再弯腰拾起地上那两个大角儿，揣在怀里，然后扬长而去，身后传来“啊……嗯……”的哈欠声。

躲在旁边半天的小梁子这才敢出来，望着谢翠莲问：“掌柜的，薛二哥昨晚又赌了一夜？”

谢翠莲没有回答，只是阴沉着脸，用手里的抹布使劲扑打着桌面。

小梁子看了，胆怯地溜开了。

“唉……”屋里没有人了，谢翠莲这才叹了一口气，坐下，自言自语道，“这日子，何时才能熬到头啊！”

“老板，老板，有人吗？住店！”外面传来喊叫声，接着传来骡马声。

“小梁子，小梁子！”谢翠莲喊着，赶忙起身出门招呼店客。谢翠莲秉承着那句老话：再苦的日子，也要熬呀。

“嗬，好漂亮的老板娘！”进来的几人赞叹道。

“多谢客官夸奖，客官，住店吗？”

“不想住店，看见了老板娘，都想住店了，哈哈……”客人爽朗地笑。

“客官真会开玩笑，小梁子，把骡马拉去。”

傍晚时分，西边的太阳把云朵烧成云霞，云霞霞光万道，把半个天空映成赤红，河水又把这赤红搂在怀里亲昵着，河边三三两两的人欣赏着风景散着步。

夏风阵阵，凉身爽心，有散步的人嗅着鼻子说道：“哎，有人在熬药。”

确实有人在熬药，这人就是蔡俊生。此时他正蹲在客店院子里看着“咕咕”冒着气的瓦罐。

这是最后一服药了，几天以来，他每天都要熬上三服药。俗话说：良药苦口利于病，一点儿不假，这几天，虽然嘴遭了罪，但是明显感到身体有劲儿了许多，发冷发烧如路过之人，渐行渐远，最后消失得无影无踪了。

“大哥，看你，脸上泛光了。”谢翠莲摇着蒲扇走过来，笑着说。

蔡俊生见了，赶忙站立起来，抱拳道：“都是大姐的功劳，才使俊生得以躲过这一劫，大姐的大恩大德，俊生没齿难忘，日后定当加倍报答。”

“呵呵。”谢翠莲微微一笑，“这是大哥你吉人自有天相，病好了就好。大哥，你来几天了？”

“五天了。”蔡俊生掰着指头道。

“五天！天哪，过了这么长时间了，可我还一点儿不了解大哥你呢。”

“这都是俊生的疏忽，俊生应当主动向大姐讲的，好让大姐知根知底，要不我跑了，你到哪里要钱去啊？”

“说什么呢？大哥，你以为我是来找你算账要钱的？我像个唯利是图的人吗？你……你是个会逃跑耍赖的人吗？”

“我蔡俊生当然不是那样的人，但是，你我萍水相逢，大姐不但救了我的命，为我操劳了那么多不说，还花销了不少。”

“要说钱呢，我谢翠莲开店就是为了赚钱，无商不为利，但是，大哥，你那个时候可不是现在这个样子，说不好听的，那时候，你就是个傻子、疯子，我如果图钱，我还……我还给你这个傻子、疯子黄瓜吃吗？呵呵。”

蔡俊生惭愧得脸宛如天空的晚霞，低着头，嘟嘟囔囔地道：“大姐，看来我是以小人之心度君子之腹了，唉，岂料我蔡俊生无能到连个女流都不如。”说完，自责地狠狠敲了一下自己的头。

“呵呵，大哥言重了。哎，大哥，听口音你肯定不是本地人，你到底从哪里来？怎么沦落到这个地步？”

“我……我……唉……”

“有难言之隐不便相告？”

“我的命都是大姐救的，有什么好对你隐瞒的。”蔡俊生坐了下来，“是这样的……”蔡俊生开始诉说自己的遭遇来。

蔡俊生可不傻，他深深知道家丑不可外扬这个道理，所以他只是从自己出门做生意开始说起，把中间的磨难详细说了出来，其中当然把遇到小叶子的事删去了。

谢翠莲似在看一出最为悲苦的小生落难戏，眼泪稀里哗啦地流着。女人是水做的，女人的心当然也是水做的喽。

“大哥遭了这么多的罪，大难不死，必有后福。”谢翠莲安慰着，

“你家里人不知道吧？”

蔡俊生默默点头。

“大哥，你的家里还有什么人？”

“爹娘大哥……”蔡俊生把家人一一报了出来，唯独就是不报朱大凤——她还算蔡家人吗？

“喂，我出去了，好好给我在家看着。”一个声音打断了他们之间的谈话，蔡俊生循声望去，只见门口一个猴子似的身影一闪，就消失在门外了。

“大姐，薛二哥这么晚出去干什么？”蔡俊生不解地问，这些天，他老是看到这个薛二夜猫子似的昼伏夜出。

“他有他自己的事。”

“哦……”

“大哥，你有什么打算？”

“我……我……”蔡俊生回答不上来，眼前还不知道如何度过去呢，还能考虑到那么远吗？

“大哥，你准备回家吗？”

“不！无颜见江东父老，我在徽州时发过誓，要像他们一样，不混出个人样出来，决不回家。”蔡俊生不知道哪里来的勇气这么说，也许眼前是个女人——一个西施般的女人，所以要表现出自己的英雄豪气来。

“有骨气，男子汉大丈夫，志在四方，干一番事业，轰轰烈烈。”谢翠莲竖起大拇指，显然被眼前这个文弱之人的气概折服。

话是这么说，还有那么一句话：一文钱难倒英雄汉。蔡俊生想到自己现在身无分文，还欠了一屁股的债，不禁病鸡似的低下头去。

“大哥，不要难过，俗话说天无绝人之路。”谢翠莲给他打气道。

中午时分，肉卖完了，陈铁柱收拾着刀具，心里高兴不已。通过蔡老拐，总算把蔡老鬼他们摆平了，生意做得还算安逸顺溜。可有一样让他心里似猫抓似的痒，那就是他的大凤妹子近在咫尺，却相望不能相语，宛如隔着天河的牛郎织女，这其中的滋味只有身陷其中的人才能感受得到。他每天不由自主地向她住的地方张望，总是巴望着她能出来看看他，或者幻想着和她不期而遇，能够与她说上个一言半语。

蔡老拐蔡富贵经常到他肉案子来坐坐。陈铁柱知道他们之所以这样做，一是冲着他的关系——何捕头而来的，蔡老拐想靠与官府的关系在自己脸上贴金，这样他可以当庙里的佛一样让人敬仰一二，惧怕三分了，蔡老拐已经无数次当着街坊邻居眉飞色舞地说他们家与何捕头关系是如何如何亲密，简直不是亲兄弟胜似亲兄弟了。陈铁柱断定，蔡老鬼不敢再找他的麻烦，很大程度上也是因为这个的关系。这个世道，老实的普通百姓怕流氓混混，而流氓混混怕官府，这个道理比木板钉铁钉还牢靠实在，比白纸黑字还明了。二是每次他们来，陈铁柱都不会让他们空手而归，不是给他们两块猪血旺，就是给他们一大截猪大肠。这样的好事哪找啊?

蔡家也请他去喝了两次酒，每次，陈铁柱总是高兴地答应，冲着能看到大凤，陈铁柱也不会让蔡家吃亏啊！每次，他总是拎着酒拿着肉过去，让蔡家人见了高兴得合不拢嘴。

但是，朱大凤一次也没有来到过他的肉案子看他。陈铁柱到蔡家也没有见着她。朱大凤现在如洞边的黄鳝泥鳅，每次见到风吹草动就缩回洞中。这让陈铁柱感觉到大凤妹在有意躲着自己。

“这是干什么？我又不是老虎能把她吃了？不就是想看看她吗?这叫望梅止渴。至于其他的，他可是没有企图的。只要大凤妹子过得好就行了。”陈铁柱心存伟大地为自己如此辩解。

还有一样让陈铁柱百思不得其解的，那就是一直没有看到夺己所爱的情敌——大凤妹子的丈夫蔡俊生，又不好直接问，怕蔡家起疑心。此时陈铁柱就如上战场前的将士心理，怕见到蔡俊生但又想会会他，老是会不着，难受得似心里扎了根刺。

上午快下街了，蔡富贵又颠着屁股趿拉着拖鞋过来扯淡。陈铁柱把他拉到饭馆，几盅酒下去，蔡富贵的脸真正的富贵起来——红得发亮，说话也如炒的年糕——又黏又长。

陈铁柱看时机来了，于是向他大诉兄弟少的害处，兄弟多的好处。弟兄少，势单力孤，有时候会被人家欺负，不是有句话吗？打架亲兄弟，上阵父子兵。哪像富贵你家里，弟兄多，父亲在，力量大。真是羡慕啊！羡慕得都得红眼病啦！

蔡富贵被陈铁柱酒灌多了，高汤也灌得这么猛，一下子不知道自己有多能耐，睁着充满血丝的眼睛，把桌子擂得“咚咚”响，信誓旦旦地说：“谁敢欺负你铁柱兄弟，尽管对我说，看我怎么收拾他!”

“富贵兄弟，你兄弟几人呀?”

“三个。”

“我怎么就看到你们弟兄两个呢?”

“唉，别提了，我那小兄弟叫俊生，结婚第二天出去做生意，几个月了，一个纸片也没有往家里捎，也不知道是死是活。”

“哦，这样啊。”陈铁柱恍然大悟。

“我的那个小兄弟，不但人长得英俊，还写得一手好字，不瞒你说，他呀……就是我们这里的状元，人人都夸他……”蔡富贵唾沫星子满天飞着。

对这些能把自己比到钻地缝去的优点，陈铁柱哪还能听下去?心里泛酸，外加厌恶——要呕吐，“噗”地吐了一口唾沫，再大手一挥，截断蔡富贵的夸耀，吆喝道：“不说了，来，喝酒。”

接着陈铁柱一连气灌了蔡富贵好几杯酒，让他再也不能伸直舌头夸耀他的小兄弟了。

晚上，酒醒之后的陈铁柱躺在床上回忆着蔡富贵的话，展开猜想：结婚第二天就出门做生意，这么急?这事不会与我有关系吧?可是看蔡家人的脸色，又不像，这到底怎么回事啊?

他翻来覆去睡不着，百思而不得其解，但是蔡富贵有句话已经深深地印在陈铁柱的脑海里，那就是“也不知道是死是活”。

一个假设让陈铁柱莫名地奢望：假如蔡俊生真的死在外地了呢?大凤妹子她……自己会……陈铁柱听着外面的野狗叫声一直想到深夜。

陈铁柱殊不知他这一假设，让远在几百里之外的蔡俊生连续打了几个喷嚏，连声说：“谁在念叨我了?”

一大早的就不正常，日头半阴半阳着脸，一丝风的影子也没有，空中飘浮着一层灰蒙蒙的雾，树木耷拉着脑袋无精打采着，狗吐着长长的舌头趴在地上，可怜的是那些有气管炎病的人，在这样的天气里苟延残喘着。客栈里，几个北方来的客商赤着上身不停地摇着芭蕉扇，嘴里一连气地说："热死了，闷死了。"

蔡俊生手里拿着笔，在一块布上面写了一个大大的"神"字，那几个北方人围了过来。

"兄弟，你这是干啥哩?"

"写招牌。"蔡俊生回答，继续埋头写着。

"你要算命?"

"不是，为神算李写的。"说着的工夫，布上又写出了"算"字。

"啧啧，没想到你这个娃还真有两把刷子，写得这么一手好字!"一人赞叹道。

"嘿，我说娃，跟我们干得了，保证能赚钱，过不了两年就能娶个大屁股大胸脯的媳妇。"另外一人打趣道。

蔡俊生微微一笑，不作回答。

"嘿，娃，如果愿意，就跟俺说一声，凭你这字，别的不说，白面馍馍有你吃的。"那几个北方人边说边向外走去赶集了。

蔡俊生把招牌写好，让几个人扯直了，自己则走远几步批判似的审视着。

谢翠莲过来惊奇地问："大哥，你……你还会写字?"

"在家读了几年私塾，长久不写，手生了，哎，大姐，你觉得写得怎么样?"

谢翠莲听了刚才那几个人的议论，又看看布上那些字饱饱满满端端正正立在中央，笑着道："好，好看。"忽然明白过来似的，"大哥，你这不是骂我吗? 我斗大的扁担一字都不认得的，你怎么让我来评判?"说完呵呵一笑，脸上倒没有羞红。

蔡俊生倒是臊了个大红脸，歉意地呵呵一笑。

"天哪! 大哥真不简单，能文能武了，以前还认为你和我们一样是个大老粗呢，没有想到天上的文曲星下凡驾临到本店了。"

"大姐，你……你不要取笑。"蔡俊生被夸得耳朵根都红了。

“呵呵，真的不是取笑你，谁敢取笑文曲星？嘿，大哥，赶明个儿也给我这客栈写个招牌吧？”

蔡俊生抬头向客栈大门望去，直截了当地道：“这客栈是需要一个招牌，客栈没有招牌哪行？就相当一个人没有名字一样，哎，大姐，你说叫什么名字好呢？”

“大哥，我是大老粗，你当家帮起一个吧，取个好听的。”

“这个得好好琢磨琢磨，招牌可不能马虎，相当于人的脸面的。”

“嗯，俗话说请先生请先生，这事就麻烦大哥你了，改日我定当摆酒席以谢。”

“客气什么，举手之劳，何足挂齿？我先看看大门尺寸去。”说完，来到大门外，谢翠莲跟了出来，两人一起望着门梁目测着尺寸。

“嘿，卖饭西施。”话到手到，一只手已经拍到谢翠莲的屁股之处的“鼓点子”上，“还有包子吗？”

谢翠莲扭头斜目望去，发怒道：“三老歪，买包子就买包子，怎么动手动脚的？”

“我看你屁股上有个蚊子，害怕把你屁股叮个洞，我帮你打掉了，还不谢我？嘿嘿……”三老歪一笑，嘴歪得更厉害，已经占去了大半个脸庞，门前两个大黄牙似桐油刷过的大门。

“放狗屁，回家给你妹子屁股打蚊子去。”谢翠莲骂道。

“嘿，好个厉害的小母马，大爷喜欢。”

“回家喜欢你妹子去！”

“你就是我妹子呀。”

“三老歪，你太抬举我谢翠莲了，我怎么配有你这样的畜生哥哥呢？”

三老歪今天没有讨到便宜，呵呵干笑着败下阵来，岔开话题问道：“嘿，还有包子吗？”

“有，就是不卖给畜生！”

“哪有生意不做的道理，我看你这个卖饭西施不想当了。”三老歪说着自己走了过去，拿了几个包子，边走边吃。

“给钱！”谢翠莲伸着巴掌。

“没钱。”

“没钱把包子放下。”

“记上账。”

“老娘不赊账给王八羔子。”

“娘的，你家欠我的账多着呢。”

“我家欠你账?”

“去问你家薛二，他欠我钱多着呢，能把你买了，这几个包子算什么?”

谢翠莲默不作声，她还能说什么呢？她一听就明白肯定是薛二欠了他不少赌债。

“哎，不要担心，我舍不得向你这个美人儿要的，如果要，我就问薛二这个王八蛋要，嘿嘿……等老子钱凑够了，就把你这个店买下。”剜了一眼谢翠莲，“也顺便把你也买下，你就等着吧……哈哈……到时候……哈哈……”狂笑着离去。

“大哥，招牌不做了。”谢翠莲甩下话，扭头就走。

刚才蔡俊生恨自己不是侠客，不能照着三老歪的臭嘴巴狠狠扇他几下，让他满嘴跑牙。现在，他愣愣地站在那里感叹道：“自己已经掉到苦海里了，没有想到谢老板已经早在苦海里，看她平时很风光的，看来只是驴屎蛋子——外面光，唉，家家有本难念的经，人人都有不畅快的时候。”

谢翠莲跑回到自己屋内，推醒正在睡觉的薛二，问他欠了三老歪多少钱。薛二流着满嘴的哈喇子睡得正香，好端端的美梦被打断，又加上谢翠莲问的是窝心窝火之事，一股怒火腾地冒出，大骂道：“老子的事不要你管，滚!”骂完，又倒头睡下。

谢翠莲想从薛二嘴里掏出具体数目，自己好安心，千百天来第一次敢执拗地问：“你到底欠了他多少啊?”又联想到三老歪刚才的话，要把这话传给薛二，“赌，赌，赌到时候，连人都是别人的了。”

“去你娘的!”声到巴掌到，“啪”的一声，谢翠莲脸上已经现出五爪龙鲜红的印记。她捂着自己的脸，下身可是没有护着，“咚”一脚踢在她腿上，谢翠莲呻吟一声，身体摇摇欲坠。

“臭婆娘，滚滚!”薛二说着上来把她推出门外，“咣当”一声，关上了门。门外谢翠莲踉跄着站住，脸上如这黄梅季节的墙面——

斑驳陆离，而眼睛就是水塘，盈满了水。

“老板，老板，有人住店。”小梁子在门口喊。

“来……来了。”谢翠莲撩起围裙的边角擦干眼泪，又弯腰扑打了几下裤子上的灰尘，然后向门口走去……

日头一半落进西山，宛如被人吃了一半的黄灿灿油饼似的悬挂在西边，猪望着这张饼，在圈舍里哼哼叫着催着主人端食过来，羊看着这半张饼，咩咩地围着主人身边转个不停，鸡鸭鹅们拖家带口满地寻觅着晚饭，炊烟四起，庄墓镇被这炊烟笼罩着，沉浸在安详的气氛之中。

凉风习习，人们吃过晚饭，三三两两地聚集在一起闲唠着。蔡俊生则拿着一本书看着。

“蔡老板，看的什么书?”一个操着山东口音的人问。

“《水浒传》。”

“俺家乡的俺喜欢，哎，念一段俺听听。”

其他人听了，也一起围了过来嚷嚷着要蔡俊生念。盛情难却，蔡俊生于是开始为大家念书，开始时还有些拘谨，后来逐渐放开，直至绘声绘色惟妙惟肖，丝毫不亚于本地说大鼓书的金嘴张。

众人全神贯注地听，忘了这酷暑，不知道什么时候谢翠莲也坐在人群中有滋有味地听，直佩服这个蔡俊生书念得好。

一直念到夜幕落下彻底看不见字，大家方才散了，蔡俊生拿着书往屋子里走。

“喂，蔡老板，吃了吗?”一个猴子似的声音。蔡俊生抬头一看，原来是薛二在和自己打招呼。这可稀奇了，太阳不是从西边升起的呀，印象中，这是薛二第一次主动和他打招呼。

“噢，吃了。”蔡俊生站起来回话，“薛二哥，你也吃了?”

“嗯，吃了，哎，蔡老板，你已经住在这里有些日子了吧?”

“嗯，有几天了。”

“店钱结了吗?”

“还……还没呢。”蔡俊生心虚得开始冒汗了，他使劲地摇着芭蕉扇“哗啦啦”地欲赶跑心虚。

"给我。"猴手伸了过来。

"我……"蔡俊生望着那巴掌不知道如何回答，看见谢翠莲走了过来，急中生智，"我……我和谢大姐结吧！"

"哦，哦。"薛二不作声了，迈步离开，没走几步忽然又停下脚步，转回头走来，蔡俊生刚落地的心重又跳起悬在半空。

"蔡老板，晚上有兴趣，跟我去玩儿两把？"

蔡俊生刚跑到半空的心又落地，呵呵一笑，道："抱歉，薛二哥，那玩意儿我不会。"

"瞎扯，有几个男人不会玩儿的？不要假装正人君子了，走吧？"薛二过来搂住蔡俊生身子往前拽着。可是他倒没有蔡俊生这个病号劲儿大，拽了半天也没有拽动。

"我真的不会！"

"真的？"薛二停止手疑惑地看着蔡俊生的脸，"骗谁呀？走。"继续拽着。

"没有骗你，薛二哥，真的不会，牌九几点我都不识得，再说，我也没有钱。"

这话点到死穴上了，薛二松开手，嘟嘟囔囔地道："没钱？没钱谁带你玩儿？"说完，径直离开了。

"他和你说什么呢？"谢翠莲走了过来问。

"薛二哥……他问我要住店钱。"

"不要理他，他问你要，你就往我身上推。"

"多谢大姐，要不，我真不知道怎么办。大姐，薛二哥刚才还要拉我去玩儿牌九呢。"

"你，你怎么不去？"

"我……我不会。"

"听说那玩意儿好玩儿得很。"

"我真的不会。"

"哦，大哥，你是个好人，是个过日子的男人。"谢翠莲夸赞道。

"呵呵，我只是不喜欢罢了。"

"哦，这样啊。"

以后的日子里，蔡俊生就有事干了，每当闲着的时候，众人就过来央求他念书给大家听。之所以这样是因为除了蔡俊生书念得好之外，还有一样，那就是众人听书不用花一分钱。树大招风啊，客栈外的人听说了此事，也纷纷往谢翠莲客栈里跑，这为谢翠莲挣了不少人气，谢翠莲很是高兴，因为她知道自己在这庄墓镇是个有争议的人物。

天麻丝亮，谢翠莲起来做早点，看看锅里冒着热气，掀开锅盖一看，稀饭已经熬好了，于是开始和面准备做包子，拿起水瓢来舀水，大水缸里满满的水漾到缸沿儿，这让谢翠莲很是满意，寻思道："这个小梁子总算被调教出来，变得懂事勤快了。"

一会儿小梁子揉着眼睛打着哈欠进来，谢翠莲一看，疑惑着问："小梁子，你刚起床?"

"是呀，怎么了?"

"这么说这稀饭不是你烧的，这水也不是你挑的?"

"呵呵。"小梁子不好意思挠着头。

"那会是谁?"

"也许是皮大虎。"小梁子琢磨半天也琢磨不出到底是谁，只好往鬼神身上推。

"瞎扯什么?"

"需要帮忙吗?"蔡俊生进来，还没有等谢翠莲答应，开始拿刀切包子馅。

"蔡大哥，你起得这么早?"

"在家习惯了。"

"大哥是个勤快人啊!"

"我家也是做生意的，生意人靠的就是赚几个辛苦钱。"

谢翠莲深有同感地呵呵一笑，接着问："蔡大哥，这锅里的稀饭这水缸里的水都是你……"

"呵呵，应该的，我在这里白吃白喝，心里实在受不了，大事情我帮不上忙，这些小事我还是能干的。"

谢翠莲"哦"了一声，不禁对这个会写字会念书又这么勤快的蔡大哥另眼相看了。

这样，蔡俊生就在客栈里暂时住了下来，他也真的舍得身子，脏活儿累活儿抢着干，谢翠莲倒是不吭声，由着他干。她真的把蔡俊生当长工了。

这一天，日上三竿了，还不见谢翠莲出来，这可奇怪了，她什么时候这样闲下来过？一会儿，只听到薛二在屋子里骂道："懒婆娘，睡得死猪样，都什么时候了，还不起来干活儿?"

一会儿，谢翠莲端着一大盆衣服出来，蔡俊生看她苍白的脸、哆嗦的身子，关切地问："谢大姐，你……你病了?"

"不妨事。"谢翠莲说着往外面走。

蔡俊生看她瘦弱的身体在风中摇晃着，赶忙走了上去抢过她手里的洗衣盆。二人来到河边后，谢翠莲催他放下洗衣盆回客栈去。

蔡俊生不放心，说现在客栈里没有事，然后蹲在旁边看着谢翠莲捶衣服，看她那有气无力样，恨不得自己亲自去捶，可是又怕人看了笑话。

"蔡大哥，你成亲了吗?"

没有想到谢翠莲会问这个问题，蔡俊生一时不知道如何回答，朱大凤算自己的媳妇吗？如果不算，她和自己已经拜堂了，如果算，他和她……

"没有。"蔡俊生牙一咬回答。

"哦，蔡大哥你知书达理，成亲后一定会好好心疼自己媳妇的。"谢翠莲望着滚滚的河面，若有所思地说。

"我……我……"蔡俊生羞红了脸，朱大凤那怨恨的面孔出现在脑子里。

"唉，女人都不容易。"

蔡俊生默不作声，知道谢翠莲是有感而发。

"嘿，卖饭西施，你好福气，洗个衣裳也有人在旁边陪着。"李二老婆——一个胸脯鼓鼓囊囊的女人拎着一篮青菜过来说，瞥了一眼蔡俊生，"这位是谁呀？介绍介绍。"

"我……我是住店的。"蔡俊生慌忙解释。

"住店的？没有看过女人洗衣裳吗？哈哈。"盯着谢翠莲翘起的屁股，"哎，卖饭西施，怪不得我家客栈的生意没有你家的好呢，原来你除了卖饭，还……看你那屁股翘的，河里的鱼见了，都要往上蹿了。”

“谢大姐病了，我帮她端盆。”蔡俊生羞愧得满脸猪肝红。

“真会心疼人的，恐怕魂都被狐狸勾引去了吧？哼哼。”李二老婆说着拎着蔡篮子径直走了。

望着那女人离去的背影，蔡俊生怔怔地问：“谢大姐，她……她……”

“蔡大哥，你不要放在心上，狗嘴里吐不出象牙，就权当她在放屁。”

“她说话怎么这样恶毒？”

“你没有听说过吗？同行是冤家。”

“哦，看来大姐家的生意比她们好，她们眼红了，即使这样，也不能这样说话啊？太那个了，大姐，你脾气真好。”

“蔡大哥，你明说了吧，就直接说我好欺负得了。其实我那是懒得浪费自己的唾沫，有些事是越描越黑的，索性我不开口，反正是不做亏心事不怕鬼叫门的。”

“大姐，我有一事不明，她们怎么都叫你卖饭西施？”

“她们是在糟蹋人，她们认为我家生意好是靠我的长相，长相好怎么了？爹娘给的，我有什么办法？总不能拿锥子把自己的脸刺成麻子吧？我想不抛头露面整天待在家里享清福，行吗？可我谢翠莲没有那个命。”谢翠莲把心中的怨气如河中的滚滚河水一般倒了出来，这是千百天来第一次。

洗好了衣服，谢翠莲站了起来。蔡俊生赶忙过来端洗衣盆，被谢翠莲身体挡住。

“大哥，还是我自己来吧，免得别人说闲话。”

“怕什么？”蔡俊生说着一把夺过洗衣盆，径直在前面走。谢翠莲剜了一眼这个与众不同的人，然后很是轻松似的手摇捶衣棒哼着小调跟在后面，让码头很多人侧目以观。蔡俊生只觉得众人的眼光火苗似的灼痛身子，不敢抬头，后悔刚才负一时之气，逞一时之能，忘了这样会让人笑话的。

到了客栈，谢翠莲颓然地一屁股坐板凳上喘着气，半天，挣扎着站起来去晾衣服。蔡俊生看她那样，知道她病得不轻，可能还在发烧，没有顾得上其他的，伸手放到她额头上试着体温。

对于蔡俊生的冒失，谢翠莲没有责怪，反而感到一丝温馨，这样的动作已经久违了，除了过世的爹娘，她生病的时候谁这样关心过她？她温顺地站在那里一动不动，任那手停在自己的额头上。

“大姐，你在发高烧！”蔡俊生惊讶地喊，“赶快回屋休息去。”

“我把这衣裳晾了。”

“我来晾。”蔡俊生说着夺过谢翠莲手里的衣裳，一边晾衣服一边说道，“我一会儿去给你请郎中抓药。”

谢翠莲并没有走，看蔡俊生晾衣服笨拙的动作，呵呵一笑，道：“看样子，蔡大哥是第一次做这女人家的活儿。”

“什么男人女人的活儿？反正都能晾干的，时代不同了，男女都一样。”蔡俊生把新潮思想搬了出来。

“哦。”谢翠莲听了，呵呵一笑，潮流她不懂，但是这样的思想她倒是觉得很新鲜，也很合自己的心意。合心意归合心意，但是治不了她身上的病。

谢翠莲在蔡俊生的催促下终于回到屋里躺下，一会儿，郎中来了，就是住本客栈的张郎中，开了药方抓了药。蔡俊生忙不迭地熬药，药熬好，端来哄小孩似的说一点儿也不苦，要谢翠莲趁热喝了。

谢翠莲被伺候得服服帖帖，发了汗，然后慢慢睡去了。

“轰隆隆。”谢翠莲醒来，外面电闪雷鸣。

谢翠莲惦记着外面晾着的衣服赶忙下床出来，大雨已经瓢泼而至，等到把衣服收拾完，已经被淋成落汤鸡了，回到屋里，想换衣服，关上门，闩上门闩，转过身来，一个黑影闪动，惊慌地问：

“谁？”

“我。”

“三老歪，你……你来干什么？”

“想你了呗。”说着，趁谢翠莲不备，贼手贼脚地已经在她湿润的身上摸了一把。

“你……你……”谢翠莲往后缩，三老歪步步紧逼。

“你要干什么？我要喊人了！”

“喊人？嘿嘿，喊呀，你不怕，我怕什么?”三老歪耍起无赖来。便饿狼扑羊般扑了上来，搂住谢翠莲喘着粗气说着：“美人儿，想死我了!”

谢翠莲蒙了，以至于她愣站在那里没有反应，冥冥之中感觉自己的胸脯被一个大手揉着，感觉天要塌了。

外面，雷雨交加，倾盆大雨“哗啦啦”下着，可不是天要塌了。

谢翠莲开始奋力挣脱，虚弱的身体哪里能挣脱开。凳子“咚”的一声倒了，脸盆“啪”的一声摔了……但是，无济于事，这些声音被轰隆隆的雷声淹没得无声无息，被雨声吞噬得无踪无影。

一道闪电闪过，床上，谢翠莲被三老歪压着，裤腰处，一只大手在动着。

“啊”的一声，三老歪弹簧似的弹出多远，捂着肩膀站在地上。原来，这畜生的肩膀被谢翠莲狠狠地咬了一口。

“你……你怎么咬人呢?”三老歪恶狠眼睛泛着绿光盯着谢翠莲道，又要扑过来，嘴里念叨着：“今晚你就从了我吧。”

“你……你再过来，我真捅你了!”借着闪电，谢翠莲手里竟然多了一把匕首。

“捅我？你敢吗?”三老歪说着慢慢逼近。

“我真捅了，我真捅了，啊……啊……”谢翠莲疯了似的手里的刀狂舞着。三老歪躲闪着不敢靠近。

“不依从老子也行，你把欠老子的钱还了。”三老歪一招不行又使一招。原来他这些天他手气不顺，口袋里的钱输得精光不说，还欠了外面不少债，今晚要出去再赌，可是一摸，身上分文皆无，想到薛二还欠他不少，于是来讨债，没有想到薛二不在家，就谢翠莲一个，于是想来个顺手牵羊，谢翠莲这个羔羊他可是早就垂涎三尺、梦寐以求。谁知道谢翠莲拼死反抗，于是他说出这龌龊之语。三老歪是卑劣之人，把别人也看得卑劣：你谢翠莲开店就是图钱，你的身子也可以做赚钱的工具呀。

“他欠你的钱你问他要，我……我没有。”

“那不行！现在就要给，不给也行，你就依从了我，只要你从了我，那些钱一笔勾销。”三老歪说着又蠢蠢欲动。

“滚!”谢翠莲破口大骂。

三老歪恼羞成怒，拾起地上的板凳……

“谢大姐，谢大姐……”外面传来蔡俊生的声音。三老歪听了，赶快躲到墙角边。机不可失，时不再来，谢翠莲蹿到门前，颤抖着手拉开门闩，一头钻进风雨中……

屋内，三老歪老鼠似的伸头向外观察了一下，见四处无人，于是也钻进风雨中鬼影似的消失在茫茫的风雨之中

谢翠莲逃出魔掌，循着刚才声音的方向跑去，可是半天没有看到人影，于是躲在一处屋檐下，全身瑟缩着，打着牙战，眼睛在黑暗中四处张望。电光中一个黑影跑了过来，心一惊，抬脚要跑。

“谢大姐，谢大姐。”蔡俊生披蓑戴笠跑了过来，见谢翠莲手里拿着刀，忙问她怎么。

“没有什么？这……这雷电好吓人。”谢翠莲寻找了半天，才找到这个理由。

蔡俊生纳闷着：只见过被雷电吓得躲到床底下的，没有见过谢大姐这样被吓得手里拿着刀的。莫不是她遇到鬼了吧？蔡俊生真聪明，真的被他猜中了，只不过谢翠莲遇到的不是死鬼，而是活鬼——色鬼。

“哎，蔡大哥，你刚才喊我干什么?”谢翠莲现在倒想起刚才那个救命的声音来了。

“后面牲口棚塌了一块，驴子被雷电惊着了，跑了一头。”

“哦，这样啊。”谢翠莲心里道，“塌得好，跑得好，不塌不跑，我谢翠莲今晚就要遭殃了。”这样地想，她倒并没有怪那个不听话的老驴，看了看哗哗的大雨，道：“等雨停了，我们再去找吧，明天让小梁子把塌了地方补上。”

蔡俊生看谢翠莲恐惧地望着黑暗处，开玩笑地道：“大姐，人家亡羊补牢，我们这叫亡驴补牢，嘻嘻。”谢翠莲听了他这俏皮话，实在笑不出来。她还惊魂未定呢，一会儿，魂魄归位了，心里又挂念着那头驴，看着风雨，自言自语地道：“这畜生不知道跑哪里去了，也不知道这雨什么时候停。”

老天爷好像听到了她的话，雨声由哗啦啦改为淅淅沥沥，最后

停了下来，只有屋檐“滴滴答答”着，缠绵得似情人之间分别的情语。

“雨停了，雨停了。”小梁子喊着跑了过来，谢翠莲赶忙吩咐他去找那不听话的驴子，蔡俊生要陪着他去，可是被谢翠莲叫住了。

谢翠莲浑身哆嗦着打着牙战站在那里，似风云中摇摆的树叶，但即使这这样，也没有回屋的意思。蔡俊生用马灯引着她，她才愿意回屋。到了屋子，蔡俊生见了满地狼藉，大惊问怎么了。谢翠莲哪里敢告诉他实情？只是扯谎说可能是老鼠闹的，说着把手里的刀藏在枕下，然后无力地躺在床上。

蔡俊生心里嘀咕着：“怎么会有如此大的老鼠？难道老鼠成精了？”然后把那些凳子之类收拾好后准备离开，毕竟是孤男寡女在一起，还是夜晚。

“蔡大哥，你……你能不能暂时不走？”谢翠莲哀求着，眼睛恐惧地满屋子旮旯里瞧。

“我……”看着床上抖缩成一团的谢翠莲，蔡俊生不好拒绝，倒了一碗水递给她，然后喊来张郎中……

今晚，本应该保护谢翠莲伺候谢翠莲的那个男人现在不知道在哪里，又在干什么。

“哈哈，老子赢啦!”镇南赌场里，薛二赌得正欢。他今晚手气不错，面前已经堆了几块银圆。现在他春风得意，大呼小叫着。

“喂，薛二，赢了这么多了？”一人带着满身的湿气从外面走过来，拍着薛二的肩膀，看着他面前的钱说。

“三老歪，是你呀？快把你的狗爪子给老子拿开，别腌臜了老子的运气，喂，今晚死到哪里去了，到现在才来？”

“找你老婆去了。”

“去你娘的。”

“哈哈，不是有句话吗？情场失意，赌场得意，看你今晚赢这么多，是戴绿帽子得来的。”

“滚，别打老子岔，地九、天杠，哈哈，赢啦!”薛二手舞足蹈着，随手丢给三老歪两个大钱儿，“给，吃喜。”扭回去的头又扭回来，“咦，老歪，你的肩膀怎么了？”

三老歪一愣，不自觉地用手捂了一下伤口，痛得他本来歪着的嘴更歪了，半天，找出借口道："给……给狗咬的。"

"哈哈，你真去偷人啦？不屈，不屈，六点，对地，又赢啦……"

不久，薛二、三老歪、二狗三人从赌场出来。薛二高兴，得意扬扬地吹着口哨走在前面。

"咸鱼翻身了。"二狗嘀咕道，他今晚输了钱，现在风都误他的事，哪里看得惯薛二那德行，"看你能的，不知道自己姓什么了。"

"老子就不相信会一直倒霉下去。"薛二说着得意地把手里的钱袋摇得"啪啪"响，"三老歪，我们之间的账结清了，以后再问我要账，我拉你老婆去。"

"清了，清了，喂，薛二，你小子今晚赢了这么多，可得请客。"三老歪害怕薛二跑了似的，上来拉住他的胳膊。

"请，当然请！你们要干什么？"薛二满脸地不在乎说道。

"三老歪，我们去抽几口。"二狗提议。

"你不知道老子来之前刚抽过呀？"原来三老歪被谢翠莲咬了之后，肩膀疼痛厉害，为了止住疼痛，跑到烟管赊账抽了几口。

"薛二，你的钱你当家。"二狗转向薛二说。

"听说码头胡大屁股那里来了新货，弟兄们去尝尝鲜？"

"哈哈，好你个薛二，家里明明有水灵灵的老婆不用，偏偏还要去那地方。"

"你没有听说过吗？家花没有野花香，胡大屁股那里的野花还嫩得很！嘿嘿……哎，二狗，你不去就算了，我和老歪两个去。"

"去去去！"二狗一连声答应着，"你天天这样，也不怕你家那个卖饭西施在家养小白脸？"

"她敢！老子不打断她的腿！"

"薛二，你也撒泡尿照照你那屌样，怎么就白白捡了个美若天仙的老婆呢？老子天天在街上转也捡不到。"三老歪道。

"哈哈，谁让老子比你有福气呢？"

"看你那猴样！"

"大哥不说二哥，我的猴样比你那歪嘴强多了。"

“喂，薛二，你那卖饭西施玩儿腻了，改天借老子玩儿几天。”三老歪说着上来搂住薛二的脖子，半开玩笑地说。

“滚。”薛二说着挣扎了一下想摆脱开三老歪，可是他那瘦猴似的身躯哪能摆脱开。

“开玩笑的，哈哈……哎哟，我的肩膀呀！”三老歪捂着肩膀喊着。

“薛二，借我两个，要不，明天家里揭不开锅，家里那个臭女人又要闹了。”二狗翻着自己空空的口袋可怜兮兮地哀求着。

谁知道他这可怜之语一丁点儿作用也没有起到，只听薛二回答道：“玩儿女人，哥们请！借钱，不行！”

“薛二，你到底是什么人？你的屎狗都不吃！”二狗愤愤地说。

“我薛二就是这样的人，怎么的？”薛二说完，抬脚迈进胡大屁股家的院门……

半夜里，谢翠莲醒来，浑身难受，尤其怕冷，蜷缩在那里听着夏虫唧唧的声音。她哪里知道自己的丈夫薛二此时正搂着别的女人哈哈大笑着，翻滚着。不知道还好，知道了又能怎么样？

此时此刻，她多么想念自己的亲人啊！窗外的星光吸引了她，谢翠莲艰难地爬了起来来到窗前，凭栏眺望天上的银河。

天上，银河里的繁星似水银流淌着，地上，疾病缠身，孤影以对，寂寥凄凉。

一股悲怆不禁涌上心来，心头一酸，眼角蒙眬。

“爹，哪一颗星是你呀？娘一定和你在一起吧？这颗星最调皮，小弟，是你吧？你在天上一定要乖，一定要听爹娘的话啊！”

“爹、娘、小弟，你们在天上过得肯定很好吧？你们可知道翠莲好想念你们呀！你们怎么忍心撇下翠莲就走了呢？翠莲现在一个人孤零零地活在这世上，没有一个亲人，没有人疼，没有人爱，甚至连一个交心的人都没有，你们可知道，翠莲苦啊！可是，再苦，翠莲还得人前强欢颜，再苦，还得打掉牙往肚子里咽啊，呜呜……

“爹、娘、小弟，你们在天上放心，翠莲虽然是个弱女子，但是翠莲不会丢人现眼的，薛二虽然不争气，翠莲不靠他。翠莲自己有两只手，能养活自己，那些图谋不轨的人休想打我的算盘。爹、娘、小弟，我也不想在这受苦受难的世上待很长时间，你们再耐心等待一段时间吧，我们全家有齐聚的那一天……”

谢翠莲望着银河，银河模糊了，模糊了。

夜深了，隐隐约约的呜咽声是这黑夜的儿子，在夜的漆黑中蹒跚地穿行。

惊吓加淋雨，谢翠莲的病情又加重了许多，咳嗽发烧不止。这两天薛二人影也不见，这可急坏了蔡俊生小梁子，整天忙里忙外。

知了在院子里的柳树上无止无休地叫着，给这夏天中午增添了许多热度和烦躁。蔡俊生端着药进到谢翠莲屋子，看她睡着了，于是把药碗放到一边，轻手轻脚地拿下谢翠莲额头上的毛巾放水里洗了洗，再放上去，转身要走。

“爹……娘……小弟……你们……你们……我……”

蔡俊生吓了一跳，回头看，只见谢翠莲依然躺在那里。蔡俊生知道谢大姐高烧到了说胡话的地步，犹豫了一下，还是走了回来坐在她的旁边，拿起芭蕉扇，轻轻给她扇着风，驱赶着苍蝇。

谢翠莲静静地躺着，嘴唇微张嘴角上扬，这盈盈的笑想必是刚才梦中全家团聚喜的结果，苍白的眼角挂着的一道泪痕提醒着蔡俊生她正遭受着疾病的痛苦折磨，高翘的鼻子几缕头发飘散上面，随着呼吸丝丝地动，让蔡俊生替她着痒，真的想伸手帮她拿了去。这是第一次这么细致地观察谢翠莲，美若天仙而又凄楚可怜。

恍惚中，谢翠莲长长的眼睫毛似乎闪动了一下。蔡俊生赶忙把眼光从谢翠莲脸上移开，心突突的，似初次做贼被抓。

谢翠莲睁开了眼，“蔡……大哥……”挣扎着想起身。

蔡俊生赶忙制止住她，把药碗端了起来……

两天后，谢翠莲的烧终于退去，居然能下床到客厅坐了。大家都欣喜不已，说老天爷保佑。谢翠莲没有望老天爷，而是望了一眼蔡俊生。膏药王分析说谢老板年纪轻，火力旺，能扛得住。张郎中听了撇着嘴，把手里的药方抖得“啪啪”响。

这场病，只让谢翠莲的嘴唇掉了一层乌黑的皮，现在，那嘴唇又像以前一样火苗似的蹿动了——她把蔡俊生叫到自己的屋子。

开场白当然是些感谢的话，蔡俊生只被感谢得坐在那里手足无措，浑身不自在。

“蔡大哥，你识文断字，在本店干那些脏活儿累活儿实在太委屈了你。”

蔡俊生听了，刚才被感谢而生起的那些高兴劲儿顿时跑到十万八千里之外——他认为谢翠莲要赶自己走，一种不胜任本职工作的尴尬让他默默低头下去。

“大哥，你以后就做这客店的账房先生，其他的活儿让小梁子干。”

“原来是这样啊！”蔡俊生心里叹道。

“怎么样？”

蔡俊生虽然心里很乐意，但是如果一口答应下来，不免显得自己太轻浮，于是道：“我……我本来是出来做生意的。”

“哦，这样啊，看样蔡大哥是胸有大志，不愿寄人篱下被人使唤，嗯，这样也好。”谢翠莲说完离开了屋子。

蔡俊生后悔着自己的客套，真恨不得抽自己嘴巴几下，待在那里走也不是，留也不是。

一会儿，谢翠莲回来了，把手里的一个布袋递给蔡俊生道：“蔡大哥，我知道你的难处，这里面有十个大洋，是我多年以来的积蓄，你拿去做本钱吧。”

“这……这怎么行？俊生受用不起呀！”蔡俊生两手拨浪鼓似的摇摆着。

“怎么受用不起了？”

“承蒙大姐的大恩大德，救了我又收留了我，还赏我一口饭吃，俊生已经很是心满意足了，现在怎么好用您的钱？”

“说什么呢？我谢翠莲又不是个傻子孬种，通过这些天的观察还看不出你蔡大哥是个什么样的人吗？要不我是不会把钱给你用的，撂到水塘里还起个水泡呢，呵呵。”

“多谢大姐的信任，这样吧，”蔡俊生说着接过那个钱袋，取出三块大洋，然后把钱袋递给谢翠莲，“这些足矣。”

“本钱少了怎么行？放不开手脚，每天只赚他一两个子儿，什么时候才能翻身？”

“可我怎么也不能用大姐这么多年的血汗钱呀！万一……那样，会对不起大姐的。”

“没有万一，就凭大哥不赌不抽不嫖，就凭大哥能说会写，就凭大哥的勤快吃苦，一定能翻身的，我谢翠莲是不会看错人的。”

“多谢大姐的抬爱，但是俊生还是不能用大姐这么多大洋。”

“大哥，你听我说，我不是把这些钱施舍给你的，而是借与你的，是要还的。”

“小本生意，三块钱足矣。”蔡俊生执拗着。

“三块怎么行？何年何月才能挣回本钱？生意场上，大鱼吃小鱼，小鱼吃虾米，这个道理你是懂的。”

“这个我当然懂，但是，就是……我就是不能糟蹋了大姐辛辛苦苦挣来的血汗钱，大姐，你的好意我心领了，俊生终生难忘，我只用三块。”

“窝囊废，小肚鸡肠，没有出息，干不了大事！”谢翠莲一连气激将蔡俊生。

谁知道蔡俊生犹如扶不起来的阿斗，这样的激将法一点儿作用也不起，只是呵呵一笑了之。

“这样吧？这钱算我入股，你出力，利润三七分，我三你七。”

“我三你七。”

“大哥，你来这么多天了，可能已经看出什么来了，说出来不怕你笑话，我这钱放你那里我一百个放心，如果再放我这里，哼哼，早晚是人家的，你信不？钱做生意赔了，我心甘情愿，但是如果赌了抽了嫖了，我心疼。所以呢，这些钱能得到三分利润，我就觉得占了天大的便宜了。”

“这个……”蔡俊生不好再拒绝，因为他知道谢翠莲这样的聪明人已经把家丑都向他抖了出来。

“就这么定了，我出去了，孤男寡女时间待长了，人家是要说闲话的，呵呵。”谢翠莲开着玩笑起身开门。闲话她倒是没有听到，出门来倒是看到补锅孙在缩头缩脑地看，见她出来，眼望天空欣赏着天边的风景。

受到古训“钱财不外露”的影响，蔡俊生回到自己的屋子，不敢点灯，只是用手抚摩着那些大洋，虽然屋里昏暗得很，但是脑海里都是白花花响嘤嘤的银圆。

“唉……”他长叹了一声，眼望苍天祷告道，“老天爷啊，你让我经受那么多苦难，可是，你又让我遇到这么一个侠肝义胆的女流之辈，你不是在作弄我吧？恩人啊，我……我蔡俊生对天发誓，如果我辜负了你的一片好意，就让我刀砍雷劈而死。”

经历了这么多的坎坷，夜晚也变得坎坷不平了，蔡俊生躺在床上翻来覆去睡不着，有对过去的感慨，更多的是对未来的希望。

今晚，睡不着的还有一个人——朱大凤。

她现在肚子如吃饱苍蝇的蜘蛛——气的。晚上，吃罢饭，朱大凤开始刷锅洗碗，可是找不到水瓢舀水，这才想起被大嫂家的儿子舀水带回屋子里去了，于是丢下手里的活儿来取水瓢。

来到大嫂的门口，刚要迈步进去，只听得里面传来大嫂二嫂一会儿咯咯咕咕母鸡刚下了蛋似的笑，一会儿又神秘得似情报人员接头而窃窃私语。大家庭，表面看来风平浪静，其实暗流汹涌，特别是女人之间，表面姐妹妯娌相称，但是背地里争风吃醋、相互倾轧。

女人最大的兴趣莫过于对别的女人隐私的打探，大嫂二嫂的密语勾引起朱大凤的兴趣，她停住脚步，倾耳以听这两个平时对她“另眼相看”的嫂子谈话。

“哎，他二婶，你觉察到没有，老头子对她和对我们俩可不一样啊。”语细得似要扯断的蚕丝。

“怎么没有？我早就觉察到了。”得意地说，“老头子三天两头往她屋里跑，啧啧，哪有老公公经常往儿媳妇屋里跑的？”朱大凤隔着墙壁看不到二嫂的脸，但能想象到她现在嘴鄙夷得要撇到耳根了。

“就是呀，他三叔在家也就罢了，可关键是他不在家呀，这里面……哼哼……”阴冷的笑似从地窖里冒出。

“在家也不能经常跑，我娘家的大大从不跨进儿媳妇的门一步。”

大嫂也不输给二嫂地说：“我娘家大大也是。”

“唉，不要出什么乱子了。”二嫂摸着自己的大肚子，“要不，蔡家丢人现眼就大了，以后怎么在蔡家集抬得起来头？大嫂，你说是不是?”

“对，这事有必要对婆婆提醒一下，要不，我们脸上都没有光彩。”

“咦，她肚子怎么一点儿动静也没有?”

“一晚上怎么行？你那时候一晚上就行了？嘻嘻……”

“她也不急得慌，这么长时间男人不……”

“咯咯”，朱大凤在外面假咳着，她没有经历过男女之间那种事，所以听不懂也不愿意再听下去。大公鸡似的昂头挺胸进来立在她们中间，可只见到她们正襟危坐着，然后满脸假笑，热情地招呼道：“哎呀，妹子来啦！我们刚才还提到你呢，说曹操曹操到，嘻嘻。”

“你们肯定说我好事了，我这耳朵根子都热得像烧火棍，大嫂、二嫂，是不是?”

“当然了。”大嫂眼睛瞟着二嫂，“我们夸你能干，勤快，能讨得……讨得公婆的喜欢，不简单呀，蔡家能娶到妹子这样的人，是他们的福分。”

“是吗？那多谢你们了，你们继续夸我，我去逮那个整天咕咕噜噜的长舌老母鸡，把它的臭嘴撕碎喂狗。”说完，连水瓢也忘了拿，一阵旋风似的出了门。大嫂二嫂在后面做着鬼脸，吐着舌头。

“唉，俊生，你现在在哪里呀?”朱大凤躲在自己屋里望着天上的银河这样地问，“你要知道，这些天，我的心憋闷得都要炸了。”这样地想，脑子里现出刚才大嫂屋子里的那一幕。

“哼，就会背后糟蹋人，有本事我们一对一斗。”朱大凤不服气地想。

这话倒是真的，如果个对个地斗，她们哪一个她朱大凤都不放在眼里。她朱大凤可不是吃素的。但是，单虎怕群狼，现在，麻烦的是她们俩抱成一团。

这也不是最闹心的，最闹心的莫过于那个冤家陈铁柱。他似影子一样跟着自己，又似种子一样种在自己心田里。

本来朱大凤打算彻底忘记陈铁柱，最起码不让陈铁柱这颗种子在心田里发芽。谁知道现在陈铁柱又在蔡家集现身了，并且还三天两头在家里出现，又加上蔡俊生长久不在家，这给了那颗种子抬头发芽的缝隙。现在的朱大凤寝食难安啊！陈铁柱似一根木棒，把她朱大凤的心河搅得一塌糊涂。

在蔡家好好过安稳日子的心理让朱大凤这条美女蛇冬眠起来。蔡家集的街面她压根不敢去——怕看见陈铁柱，也怕陈铁柱看见她。公公几次让她到街面帮做生意卖豆腐豆芽，她都借口推脱了，这倒让蔡老拐喜欢不已，认为她不喜欢抛头露面，是个懂得三从四德、安分守己的好儿媳妇。

银河里，芝麻大的群星闪耀着，扰乱了视线，迷惑了情思，朱大凤躲在那里，心似一锅粥，一锅沸粥，一锅糊涂的沸粥。

第二天上午，她来到野外秫秫田里打秫秫叶回家喂牛。快到中午时分，把打好的叶子捆起来，准备回家。这时候，田边一个熟悉的人影一闪而出。朱大凤瞧见呆住了！

陈铁柱站在她前面几十步远的地方！

这个鬼，怎么追到这里来了？朱大凤偷眼四下瞧了瞧，还好，临近中午，没有人，四周都是秫秫田。

“他怎么找到这里来了？”这个问题在朱大凤脑海了反复地问，接着另一个问题出现，“这如何是好？”

十几步之遥的陈铁柱站那里，既不说话，也不离开，是在装模作样吗？还是在等待什么？

“唉！”朱大凤叹了一口气，径直走向秫秫田深处。陈铁柱瞧了心领神会，从旁边钻了进来。

七月天流火的天，更何况是临近中午的秫秫田里，闷热得如在蒸笼里，但是朱大凤居然毫不在乎，虽然脸上挂着汗滴，衣服粘贴在身上。她站在秫秫田的中央等待着，不一会儿，听到远处嚓嚓响，心也跟着嚓嚓，既而看见近处秫秫杆子摇晃着，她的铁柱哥宛如一头大熊似的钻了过来。

本来满肚子的话，见面倒是无语了，真是应了那句：相思千万重，相逢两茫茫。二人都不敢看对方，默默地站在那里，千言万语口难开呀！

“来了。”二人几乎同一时刻张嘴，又说出同样的话，接着又陷入沉默。朱大凤用鞋尖踢着地，眼睛看着鞋尖。陈铁柱呼呼地喘气，眼睛没有地方瞧，赤膊的上身满是肥膘，上面好像不是流着汗，而是淌着油。

“大凤妹子，你……你那个蔡俊生怎么……在你们洞房第二天就……就出门了?”陈铁柱终于忍不住先说话了，他这个直炮筒子性格永远改变不了，上来就把这个如鲠在喉的疑问吐了出来。自从听了有关蔡俊生的事后，这个鲠一直卡在陈铁柱的喉咙里，今天上午，他早早地就瞄上朱大凤的行踪了，所以一下街，他就撵到这里想问个明白。

“他……他出门做生意。”

“为什么你们洞房第二天他就出门了?”

“这样的事不算稀奇的，男人嘛，出去挣钱养家糊口，天经地义。”

“哦，这样呀。”

“他出门……与我没有关系吧?”

“没有!”朱大凤干脆地回答，只是从来没有在她的铁柱哥面前撒过谎，现在撒谎了，本来红润的脸更红了，唱戏的花旦似的，但是有这秫秫田里的热浪掩护着，权且是热浪闹的，所以倒没有露出破绽。

“哦。”陈铁柱到底没有怀疑，“大凤妹子，你……你过得还好吧?蔡家人对你怎么样?”

“过得好……好得很。”

“哦。”陈铁柱心粗，粗到没有感觉到朱大凤没有回答他的第二个问题。

接着又陷入沉默，看来现在二人距离拉远了，话也生分了，不像以前，无话不谈。唉，人为什么要长大?二人现在心里发出同样的感慨。

一会儿，朱大凤抬起头，郑重地看着陈铁柱：“铁柱哥，你怎么到蔡家集来了?是他们找你麻烦了?”

朱大凤的话揭开了陈铁柱内心的伤，伤口疼痛着，伸手擦着满脸的大汗，然后硬挤出几丝笑，轻松的一脸无所谓地道：“没有什么大不了的，到哪里做生意都一样。”

“如果我……我爹爹他们有什么对不起你的地方，你多担待些，看在我的面子上。”

“嗯，我晓得。”

“铁柱哥？”

“什么？”

“你……你就把我忘了吧！你我没有这个缘分的。”

陈铁柱沉默不语。

“你好好做生意，攒些钱，娶个媳妇，能给你洗洗补补。”

陈铁柱依然如故。

“以后，我们不能经常见面——这样下去不好的。”

陈铁柱依然不回答，用脚不停踢着泥土。

“唉，今生我们不能做夫妻，那就等下辈子吧。”

“大凤！”陈铁柱瞪大了眼睛看着朱大凤，颤抖着声音问，“我问你，假如蔡俊生死在外面呢？”

“不……不会的。”朱大凤摇着头，摆着手，“他怎么可能死了呢？”

“他……他几个月都没有音讯了。”

“你……你怎么知道这个的？”忽然明白似的，“二哥他们对你说了？”

“你一个人……你一个人……”

“我一个人过得很好，铁柱哥，你不要操心。”

“可你这样也不算事啊！”

“我真的过得很好，铁柱哥，对你说件事，到这个陌生的地方，凡事都要多个心眼，不要把心里的什么都掏给人家，你没有心机的。”

陈铁柱听了，感动得眼泪都要流下来了。这个世界上，除了他娘，也只有大凤妹子这般如此地关心他，真心为他好啊。

“铁柱哥，不要哭，不要哭。”朱大凤劝着陈铁柱，自己也“呜呜”地哭了起来。

陈铁柱抹了一下眼泪，瞪着充满血丝的大眼看着朱大凤，突然，上前一把搂住她，顺势放在地上，然后大手摸向她的胸脯。

朱大凤呻吟着："铁柱哥，铁柱哥……"

陈铁柱狂吻着她的脸、脖子、胸脯，手向她腰间摸去。

"铁柱哥，铁柱哥……"朱大凤呻吟着，身体慢慢软下去、软下去……

"铁柱哥，不要！"朱大凤突然身体使劲挣扎着，手紧紧拽住裤带。"铁柱哥，千万不能啊！呜呜……"

陈铁柱愣了一下，停下手来。

"铁柱哥，你想过没有，我们这样做的后果会怎么样？死路一条啊！呜呜……我死了无所谓，你……你和你娘怎么办啊？"

"走，我带你走！"陈铁柱说着站了起来，拉起朱大凤。

"呵呵，"朱大凤冷笑着，"要走，那时候我们已经走了。"

"唉！"陈铁柱一拳砸在自己头上，"都怪我。"

"这就是命！命该你我不能成为一家人，命该我是他蔡俊生的人，逃脱不了的，我已经认命了，铁柱哥，你也认吧。"

"唉，妹子，你既然这么说，那……你就走吧。"陈铁柱蹲到地上挥着手。

"哦，我真的是要走了，临走之前，铁柱哥，你要答应我一件事。"

"什么？"

"你要过得好好的！答应我。"

陈铁柱低头不语。

"答应我！"朱大凤疯了似的大声喊。

陈铁柱被镇住了，望了朱大凤一眼："我……我答应。"

朱大凤听了，转过身去，抹着眼泪跑了。

陈铁柱看着秫秫秆子的摇动一点一点地远去，蹲在那里一把鼻涕一把泪地"呜呜"地哭着，秫秫似乎被感动了，叶子"唰唰"响着陪着他呜咽，一直哭到中午过后才离开。以后，周围村庄的人纷纷议论着这事，都说这秫秫田里有鬼，因为某某某在中午听到里面鬼的啼哭声。

"你被鬼迷住了？摘了那么点秫秫叶子到现在才回来！我看你吃……吃洗碗水！"当朱大凤回到家后，婆婆指着她的鼻尖骂着。婆婆年轻时就得了气管炎，气一直不顺，现在，骂几句，就停下来喘息几下，然后继续骂。

大嫂二嫂吃饱了躺在床上睡午觉，听了外面的骂声，一骨碌爬将起来，乌龟似的伸出头向窗外望。院子中央，朱大凤低着头，默默站着。

大嫂乌龟缩回了头，痴痴地笑。

蔡富贵说："俗话说得好，最毒不过妇人心，一点儿不假，人家挨训，看你乐的！"

"我高兴笑，怎么了？不行呀？"老婆翻着白眼道，"你……你知道什么呀？这里面……"后面不说了，只是眨着眼，透出这里面暗藏玄机！

朱大凤站在那里，倒是没有感觉到受到多大的屈辱，也没有感觉到肚子饿，因为她现在的心思全放在刚才秫秫田里发生的事情上了。

"快去洗洗吧，锅里还有点儿剩饭，吃了吧。"蔡老拐出来吩咐道，然后转向自己的老婆训斥道："中午猪杀了似的嚷什么？让人睡不着，滚回屋去！"

大嫂二嫂听了，嘴撇着，鼻子"哼哼"地喷着冷气，这倒减轻了中午的暑热。

朱大凤独自一人吃着残羹剩饭，不知其味，外面，知了躲在柳树上"知了、知了"地叫个不停，似婆婆刀子嘴里吐出的恶毒言语。

"唉，也不知道铁柱哥到家了吗？现在吃饭了没有？"朱大凤看着碗里的饭，叹道。

"娘，我饿，我饿，娘，我也饿。"庄墓镇街道，一个满身补丁的妇女怀里抱着一个几个月大的孩子走来，她身后还跟着三个光着屁股的孩子。

"哇哇"，怀里的孩子不停地哭，身后几个孩子一连声地说饿。可是这个满脸灰色的妇女一声不吭，只是在前面低头闷走着。

来到谢翠莲的客栈门口，这一家人停下脚步，那妇女冲里面有气无力地喊道："谢大妹子……卖饭西施……"

谢翠莲正在客栈里算账，听到喊声，出来招呼道："是二狗家的呀，有事吗?"

"我……我问一下，薛二兄弟在家吗?"

"他……不在，怎么，有事吗?"

"我向他打听一下，二狗是不是和他在一起。"

"哦，薛二昨晚出去，到现在还没有回来，你……你找二狗有事?"

妇女低头不语

"哇哇"，怀里的孩子大哭起来，"娘，饿，娘，饿……"身旁的孩子一齐叫着。

谢翠莲见了，心里明白，赶紧道："还没吃饭吧？进来吃点儿。"

"不……不了。"那妇女说着可是脚不自主地动了一下。身后一连串的声音："娘，饿，娘，饿。"

"二狗家的，是不是二狗赌钱没有归家，家里揭不开锅了，唉，作孽啊!"谢翠莲说着手向那几个孩子招呼着："饿了吧？进来，快。"

那几个孩子听了，嘴停止吸吮自己的手指头，可怜巴巴地望着自己的娘。

"晌午都过了，到现在还没有吃饭，孩子怎么受得了?"谢翠莲说着上前拉住那妇女胳膊把她拽进客栈，那几个孩子愉悦跟进。

看着那几个孩子狼吞虎咽的样子，谢翠莲一连声地嘱咐道："锅里多着呢，慢点儿吃，别噎着。"哪里能阻止得了。

二狗媳妇一边喂怀里的孩子，一边抽空当往自己嘴里填两口，吃着吃着，似自言自语，又似向谢翠莲诉苦："他谢婶，这日子怎么过啊?"

"怎么了?"

"唉，饥一顿，饱一顿，吃了上顿没下顿。"向那几个孩子望了一眼，"这几张嘴，永远填不饱，二狗他三天两头不归家。"

"唉，这些男人，还算男人吗？老婆孩子都不要了。"

"二狗再这样下去，我……"说着望着那几个狼吞虎咽的孩子，"我就带着这几个跳河去。来之前我已经想好了，今中午再找不到他，我们娘几个下午就去……”呜咽着说不下去了。

“二狗家的，千万不能。”谢翠莲接过二狗媳妇怀里的孩子，“我来喂，你吃。”

“不投河死，也是饿死。晚死不如早死，少受罪。”二狗媳妇一边吃一边流泪，泪水滴落在碗里，可是她一点儿也不在意，依然吃着自己的泪水拌着的饭。

“唉，我们女人到这个世上，就是来受罪来了。”谢翠莲一边喂着孩子一边说道，“也不知道薛二、二狗他们跑到哪里去了。”

“他谢婶，不瞒你说，昨晚家里就没有一粒米了。”望着自己的孩子一眼，“他们……他们闹了一夜啊！我都想那个时候去死。”

“千万不能啊，你死了，这几个孩子怎么办？”救人如救火，谢翠莲说着从口袋里掏出些钱来，“二狗家的，拿着先救急吧。”

“我……我……”“咚”的一声，二狗媳妇放下碗，又夺了几个孩子手里的碗，大声呵斥道：“给你谢婶跪下磕头！”说着自己带头跪在谢翠莲面前，“咚咚”地磕着头，那几个孩子也跟着趴在地上磕着。

“哎呀，二狗家的，不能这样，不能这样……我怎么受得起的啊！”谢翠莲说着慌忙上前来搀扶。

门外，小梁子进门本来张口要说话，看到这些，那话吓得缩回肚子里去了。

一大锅饭，几个人吃得一粒不剩。二狗媳妇要帮忙洗碗，谢翠莲不让。二狗媳妇看了自己孩子一眼，来到谢翠莲面前，小声地说道：“他谢婶，你这里路子广，消息灵通，给我打听一下，看有没有人家要孩子的，我……我想让出一个。”

“你……你要卖？”

“实在没有办法了，逃出一个是一个吧。”

“唉，这个二狗，真是作孽啊！我帮你打听一下吧。”

二狗媳妇听了千恩万谢地带着孩子走了。

小梁子终于能够开口说话了：“谢老板，驴子没有找到。”

“哦，这下怎么办？推磨只有用人了，哎，你街上都找遍了？”

“都找遍了，就是没有，几天都过去了，肯定被人牵去杀了。”

话音未落，“吭吭”外面传来驴叫声。

“驴！”小梁子说着一溜烟跑了出去，一会儿，手里牵着一头驴进来，离老远嚷道：“掌柜的，驴回来了，驴回来了！”

“咦，这驴怎么自己回来了？小梁子，你不是说找不回来了？”

“我也不知道。”小梁子摸着自己的头，一头雾水地说。

“好个小梁子，尽会偷懒！看我不打死你！”说着，谢翠莲拿起扫帚追打着，驴子在后面“吭吭”地叫着。

外面，又传来几声驴叫。谢翠莲疑惑着出来，看了半天也没有看到驴的影子，只是看到了一个黑点子向远处跑去。看那身驴屎蛋似的黑，谢翠莲心里冒出那天河边的小毛贼——姚小六，可是又不敢断定，嘴里叽叽咕咕道：“是他吗？”

谢翠莲刚想转身回到客栈，看到薛二走着牛尿路回来了，看样喝了不少。她本来不想搭理他的，但是想到二狗家的事，于是先回到客栈等着薛二进来。

薛二踉跄着进了客栈，谢翠莲冷冷地问：“二狗和你在一起吗？”

“问……问这个干……干什么？”

“他家里的找他。”

“找他干……干什么？”

“一家老小都快饿死了，你说找他干什么！”谢翠莲没有好气地说。

“饿……饿死算了，饿死活……活该。”薛二吐着舌头说。

“你……”谢翠莲看着薛二的舌头，宛如看见了毒蛇的蛇芯子，一时不知道说什么好。

“对……对你说，他们再……再也找……找不到二狗了。”

“怎么啦？”谢翠莲惊慌地一下子从板凳上站了起来。

“他……他昨晚去……去偷胡大屁股家东西，她家东西也敢偷！吃……吃了豹子胆了，结……结果，叫……叫胡大屁股家的人给逮住了，给吊……吊到树上……打，到……到现在还……还吊……吊在那里呢。”薛二说着，踉跄着向自己屋子走去。

“天啊！这可如何是好啊？”谢翠莲两手拍着惊呼道。

“大姐，怎么了？”蔡俊生睡午觉起来，听到这里动静，跑过来问。

“大哥，你来得正好，我都不知道该怎么办了？”

……

三天后，庄墓镇的街面上，多了一个木牌，上写：丝麻、红花草籽。前面摆了些麻绳麻线等货物，后面站着个人——蔡俊生，原来他又干自己的老本行了。看来他是想在哪里跌倒，就在哪里站起来了。

之所以选在今天开张，是谢翠莲定的，为此她特地去请了大神。黄大仙闭眼，掐指，嘴里念念有词，一会儿，突然睁眼，说神仙已经告诉他，三天后是黄道吉日，大吉大利，宜生意开张，保证生意会顺风顺水，财源滚滚。

可是神仙也靠不住，一上午下来，连个来问的人都没有。蔡俊生尴尬得不敢回去，怕回到客栈，人家问起今天生意的事。

他在外面磨蹭着，一直到中午，才怏怏地往客栈走。

真是怕什么来什么。悄悄地溜回到客栈，想趁人不注意，一头钻进自己屋子，谁知道谢翠莲正坐在大堂等着他呢。

听完蔡俊生吞吞吐吐的汇报，谢翠莲莞尔一笑，道：“这很正常，刚开业，人家还不知道，时间长了就好了。”

蔡俊生知道谢翠莲在安慰他，头依然低着向自己今天糟糕死了的生意默默致哀。

“蔡大哥，你知道吗？做生意最重要的是人气。”谢翠莲看他那垂头丧气的样子教导道。

“人气？”蔡俊生一脸茫然地问。

“对，人气，大哥，你看过小猪吃食吗？”

“当然看过。”

“如果一个小猪独自吃一盆食，这个小猪就会挑三拣四的不好好吃，对吧？”

“对，对。”

“如果十几个小猪吃一盆食会怎么样？”

“它们会挤破头往里钻拼命地抢着吃。”

“对，做生意也是如此，你到外面看看，人们买卖都是往人多的地方钻，饭馆如此，买菜如此，他们都认为，既然这里买卖的人多，那这里的东西肯定好，价格也公道。”

“哦，对，对，我明白了，这就是人气。”蔡俊生恍然大悟道。

“开窍了？呵呵，孺子可教也。”谢翠莲开起了玩笑，然后胸有成竹地说，“大哥，明天你继续摆摊，其他的包在我身上了。”

第二天早街，蔡俊生还在老地方摆摊，街上行人渐渐多了，蔡俊生翘首以盼着。

一个戴着破草帽的人过来问：“大哥，这麻绳怎么卖？”

蔡俊生见了这第一单生意上门，赶紧热情接待，可是一看那破草帽下满是伤疤的脸，似蔡俊生小时候养的那条花狗的屁股，惊叫一声：“是你?!”

“好好，这麻绳不错。”那人生怕别人不知道似的，一边抖着手里的麻绳一边大声表扬着，引得路人纷纷侧目，然后道：“我要三斤，不，五斤。”那人手里的大钱儿摇得“嚯啷啷”响。

可是只听打雷，没见下雨，那人并没有把麻绳买走，而是来到蔡俊生身边抽起旱烟来。

“二狗，你……”蔡俊生刚要说下文，可是被二狗挤眉弄眼地给打断了。蔡俊生明白是怎么一回事了，这就是谢翠莲给他安排的人气。

“大哥，这鞋子绳怎么卖的？”远远地，二狗媳妇领着几个孩子奔过来喊道。紧接着接二连三地又来了几批人围住摊位，拨弄这个，问那个价钱，弄得蔡俊生分不清哪些是托儿，哪些是真正的买家。

别说，一上午，倒真做了不少生意，临下街了，蔡俊生对着二狗道：“兄弟，多谢了。”

二狗头摇得拨浪鼓似的说道：“兄弟，客气什么，我这一大家子的性命都是你和谢大姐救的。”

“说实在的，二狗兄弟，不能再赌了，一家老小靠着你呢。”蔡俊生望着二狗脸上的伤疤道。

“你如果看到我再赌钱，不要你动手，我自己就拿刀把我这狗爪子剁了。”二狗用右手掌切着自己的左手腕道。

“那好那好。”蔡俊生夸奖着给二狗的孩子每人三四个大钱儿，算着对他们一上午的酬劳。

二狗夫妻客气了一番，看推脱不了也就让孩子拿着了，然后笑眯眯地带着他们走了。

中午下街了，蔡俊生哼着小曲儿挑着担子回到客栈，谢翠莲一看，只笑，不说。

蔡俊生心照不宣，感激地对着谢翠莲微风吹春池地一笑，倒把谢翠莲笑的脸上开满了春花。

薛二睡好了出来，瞧见了蔡俊生的担子，惊讶，嘴张得水瓢似的大，道：“啊，蔡老板，你原来是做这个的呀？天，我还不知道呢！”

“小本生意，小本生意。”蔡俊生以为薛二在夸奖自己能干，谦虚地回答。

“是呀，卖这个，能赚几个钱？还是个男人呢！哼。”薛二鄙夷地说着就走了。他前两天赢了钱，烧包烧得坐不住了。

蔡俊生今日的高兴劲儿被薛二这一盆凉水浇得踪影全无。

“别听他的，狗嘴里吐不出象牙来。”谢翠莲赶忙来安慰。

“薛二哥说得也对，我本来想收购大宗的红花草籽和麻丝，然后向别处贩卖，可是……可是，今天连一笔也没有收购到。”

“哦，大哥，做生意，急不得，需细水长流的，没有听说过那句古话吗？一口吃不成大胖子，想收购那些东西，我帮你打听一下哪里有货，咦，你能不能在我店外竖个收购红花草籽和麻丝的牌子？这里离码头近，说不定生意能找上门来呢。”

“就是呀，我怎么没有想到！”蔡俊生拍着自己的头道，“这样，白天黑夜都可以做了，姜还是老的辣，大姐不愧为做生意的高手，真是听君一席话，胜读十年书啊！感谢，感谢。”

谢翠莲被夸奖得喜笑颜开，摇着手道：“大哥客气了，手到擒来的小事，谢什么。”

“哎，大姐，二狗是你安排的吧？”

谢翠莲只笑而不答。

“他今天还保证不再赌钱了呢。”

“他说不赌就不赌了？吃屎狗能离开茅厕?”

“他说如果再赌，就把自己的手剁了。”

“信赌徒的话就等于信令早上太阳打西边出来的话，他们那些人一丁点儿耳性都没有的，很多人输得倾家荡产、家败人亡，悔恨得把自己的手指头剁去了发毒誓说不再赌了，可是过不了几天，又往赌钱场里钻，哼，这样……这样的烂人我见的多了。”谢蔡莲不好说这样的人远在天边近在眼前，害怕薛二找自己的麻烦。

“可是，二狗他例外，一家人的性命全掌握在他手里呀，要不，那晚也不会去偷了。”

“唉，作孽呀。”谢翠莲说着脑子又影出那天的一幕。

那天，谢翠莲见蔡俊生来了，于是把二狗家里的事向他叙述。

“这可怎么办?”叙述完了，谢翠莲焦急地问。她当时脑子里影出二狗媳妇正带着一群孩子向滚滚的河中走去，河水慢慢淹没他们的头。

“大姐，你我只是听说，还不知道是真是假，这样吧，我们去二狗家看看，如果是真的，再作打算。”蔡俊生提议道。

二人来到二狗家，把二狗的事情向二狗媳妇说了。二狗媳妇一听，犹如五雷轰顶，瘫痪在地上，仰脸躺在那里，眼睛傻傻愣愣地望着房梁不说话，几个孩子吓得哇哇大哭：“娘，娘……”

谢翠莲赶忙过来拉她起来，哪里拉得动？只好任她躺在地上，谁知道她没有要人拉，身子一挺，自己倒坐了起来，双手一对掌，哧哧一笑，大声道：“偷得好，打得好，打死更好，打死扔到荒郊野外去喂野狗。”

“二狗家的，不要急，起来，现在还不知道二狗是不是真的偷了胡大屁股家的东西，先把事情摸清楚再说。”谢翠莲劝道。

二狗媳妇一跃而起，瞪着恶毒的眼看着自己的那几个孩子，咬着牙道：“以后，你们几个，谁敢再认这个贼爹，我拿刀就宰了谁，听到没有！你们只有娘，没有爹。”

“二狗家的，不能这样对待孩子。”

二狗媳妇指着家里的大孩子吩咐道：“铁蛋，去烧饭，烧干饭，吃饱了，娘带你们几个投河去!”

几个孩子号叫着哭成一片，呼天喊地的，屋里熟睡的最小孩子也被吵醒，“哇哇”地哭着，可是二狗媳妇并没有去管他，由着他撕破嗓子哭着。

这样凄惨的情景，别说谢翠莲，就是蔡俊生这个大男人见了眼都红润。

“大哥，你看怎么办?”谢翠莲已经六神无主了，抹着眼泪问蔡俊生。

“二狗家还有上人吗？找来，我陪他到胡大屁股家去看看，大姐，这种事情你们女人家不好出面的，你在这里陪着他们。”关键时刻，还是蔡俊生镇定，考虑得也周到。

“他家已经没有上人了。”谢翠莲回答。

“亲戚、家门中的长辈也行。”

于是谢翠莲吩咐二狗家的大孩子，去把他们家的一个家门长辈请来。接着蔡俊生和他一道向码头胡大屁股家走来。

约莫一个时辰后，蔡俊生他们回来了，告诉谢翠莲，二狗真的偷了胡大屁股家的东西——一袋子大米，现在还吊在树上呢。

二狗媳妇听了，一连声骂：“吊得好，吊死了省心，也不知道丢人现眼?”直到谢翠莲给她分析道：“二狗家的，二狗也是为了你们娘几个不挨饿才偷胡大屁股家的米的。”二狗家的才住嘴。

“胡大屁股怎么说?”谢翠莲把头转向蔡俊生问。

“怎么说？还不是想要几个？听她话的意思，如果不给，她就不放人，可能还要报官。”

“哦，要多少?”

“生意场上不是有假一罚十的规矩吗？胡大屁股说了本来要十袋子大米的，但是，看在都是街坊邻居的面子上，所以打了个七折五。”蔡俊生汇报着。

“七折五，七折五，胡大屁股是连要钱顺带腌臜人。”二狗的家门长辈愤愤不平地道。

“哼，还不够丢脸呀？还在乎这个?”二狗媳妇痴然道。那长辈听了吧嗒着嘴，不吭声了。

“七折五就七折五，顾不得那么多了，先把人救出来要紧。”谢翠莲道。

“救他？拿什么救？哼哼，干脆把我们娘几个卖了！”二狗家的眼望那几个孩子道。

“二狗家的，不要说气话，你们家的底子我知道，再想想，再想想其他办法。”谢翠莲说着眼睛寻着二狗那个长辈望。

那个长辈对谢翠莲的眼神视而不见，低着头，一会儿，突然想起什么似的，道：“哦，想起来了，一会儿人家找我还有事，这事你们看着办，我先走了。”说完不给别人说话的机会，抬脚走了出去。

屋里，谢翠莲和蔡俊生大眼对着小眼。

“唉，还是我来想想办法吧。”谢翠莲叹着气道。

“谢大姐，你……你……”二狗家的眼巴巴地望着谢翠莲，似看着救命的稻草。

“这个钱我来出！”

“谢大姐，你……你怎么对我这么好？这样的事，人家躲还躲不掉，你……你倒好，光头往刺窝里钻。”

“谁让平时你我姐妹俩走得近呢？这庄墓镇，也只有你二狗家的对我好些，瞧得起我。还记得吧？几年前，我……我落难的时候，整个庄墓镇人都笑话我，可是只有你二狗家的为我说了几句公道话。为了我，你还几乎和他们骂了起来，你现在遇到难处，我不帮你谁帮你？拿人心比己心的。”

“可……可你家薛二他答应吗？”二狗媳妇提醒道。

谢翠莲听了脸上顿时阴沉下来。二狗家的看她这样，希望如刚升到空中的肥皂泡，刚见到彩影就爆炸了，悔恨得只想把自己的舌头割了。

“还是我来吧。”蔡俊生说着，向谢翠莲挤着眼。

谢翠莲会意，点着头大声地道：“好，蔡大哥，你破财了，以后二狗会感激不尽你的。”

四、长相守

庄墓镇出怪人怪事了！一时，街头巷尾人们纷纷啧嘴议论："有这样的人？这人是谁？"

这个人就是卖绳子的蔡俊生。

这事还得从那天说起，早晨，蔡俊生像往常一样来到街上做生意，半晌午的时候，一个四十岁，打扮得花枝招展的妇女扭着大屁股挎着竹篮子路过他摊位前。蔡俊生看到她，心里厌恶，低下头装着没有看见。

"咦，你是……你是那个救二狗的人？"胡大屁股扯开老鸭嗓子问。

"哦，原来是胡大屁股呀？呵呵。"蔡俊生恍然被唤醒似的，脸上堆笑打着招呼。

"哎呀，你原来是做这个的呀？想不到，想不到！"胡大屁股不光屁股大，声音也打雷似的响。

胡大屁股不说话，就能招来许多人的眼光，现在胡大屁股两声雷打似的"想不到"，更加引起人们的兴趣，路人止步以观，有几个心里闲得慌的人已经围了过来。

"小生意，小生意。"蔡俊生不好意思地说。

"大兄弟啊，不瞒你说，我虽然是风尘之人，但是，对大兄弟的侠义做法，也是佩服……佩服得不得了，哎，老少爷们儿们，你们都已经知道二狗偷我家东西这事了吧？"

"哈哈，胡大屁股，谁不知道你把二狗吊打了一天一夜！"围观的人起哄道。

"放你娘的狗屁，老娘那是教训他。"稍微停顿，"你们知道谁救了他?”

“谁救了他?七袋半大米救了他，胡大屁股，真有你的，给二狗打了个七折五、七折五、七折五，二狗，哈哈。”人们嬉笑着。

“哼，那是老娘看在街坊邻居面子上，嘿，谁出的那七袋半米钱呢?傻眼了吧?”胡大屁股眼望众人卖着关子问。

“谁出的?”

“对了，二狗家穷得叮当响，怎么拿得起那么多钱?说出来我们听听。”

“喏，远在天边，近在眼前。”胡大屁股手指蔡俊生说。

众人齐刷刷地看着蔡俊生。

“你们不知道吧?这位兄弟和二狗一不沾亲二不带故，只是出于好心。”胡大屁股嘴里喷着唾沫星子在宣传着。

齐刷刷的眼神变得怪异、疑惑、好奇、惊诧、佩服……

蔡俊生惭愧地低下头，脸涨红成一张红纸，心里道：“胡扯什么?我哪里有钱?都是谢大姐的，我只不过转了个手而已。”

“我们庄墓镇来了个大好人，什么叫侠义之士，我胡大屁股这回算是见识了。”

“不是，不是……”蔡俊生被夸奖得身上已经冒出了汗，但是又不敢把实情说出来。

“啧啧。”众人看马戏团里的猴子似的看着蔡俊生。

“以后，这位兄弟在这里做生意，谁如果找他麻烦，老娘把丑话说在前头，那就是找我胡大屁股的麻烦。”胡大屁股说着，拍了一下自己的招牌——磨盘似的大屁股，挎起菜篮子走了。身后传来“大兄弟，没有事来玩儿呀”。

“到你那里玩儿?玩儿什么?哈哈……”人群中一人冲着她那大屁股喊道。

“你说玩儿什么?”胡大屁股甩出这句，消失在拐弯处。

“哈哈，这位兄弟，胡大屁股请你去她家玩儿呢，你去吗?”一人打趣道，“她那里的女人，个个骚得和狐狸精一样。”

蔡俊生脸色绯红，呵呵干笑着，说真的，长这么大，还没有见过妓女，那天他进了胡大屁股家门，一个满脸涂抹得如雨后彩虹的女人冲着自认为能勾魂的一笑，吓得他一溜烟跑了。

“咦，我知道你是谁了，你是住在卖饭西施家的那个人。”一见识多广的人得意地向众人介绍道，“嘻嘻，兄弟，你可当心，别让卖饭西施当饭菜卖了。”

“扯啥淡？是当心卖饭西施把他当饭吃了，哈哈……”另一人接过话茬子道。

蔡俊生翻眼白了那人一下，那人赶忙赔笑道：“对不住，开玩笑的，开玩笑的。”

蔡俊生救二狗这件事，在庄墓镇周围十里八里传开了，蔡俊生一下成为名人，他的生意也红火了，每天上午摊位前都围得水泄不通，还有下街撵到谢翠莲客栈买的。这让庄墓镇那些和蔡俊生做同样生意的人叫苦不迭。谢翠莲当然笑得合不拢嘴，私下和蔡俊生开玩笑地说：“这下，你的人气足了。”

秋天傍晚，彩霞西照，蔡俊生拿笔蘸着彩霞在写招牌，招牌也要写得如天空中的云霞一样醒目好看，引人仰观，以期引起效应。他这个名人一出动，马上引起名人效应——周围的人众星捧月似的围了过来。

“蔡老板，原来你是收购麻丝的？”一北方客商问。

“是呀。”

“白麻要吗？”

“当然要。”

“哦，俺们那里盛产白麻，不知道蔡老板你收购的价格如何？”

“这个好说，这个好说，兄弟，我们俩商量一下，双方都有些赚头就行了，又不是一锤子买卖，靠长期合作。”

“好，蔡老板，不，应该叫蔡大侠，改日，你跟俺去俺们那里一趟。”

“好的，好的。”蔡俊生欢天喜地地答应着，心里叹道，“唉，俗话说三十年河东三十年河西，一点儿不假，人倒霉的时候，喝凉水都塞牙，走起运来，好事都能主动找上门。”

“咦，在写招牌啊？”谢翠莲凑过来看。

“卖饭西施，看看，这位蔡兄弟多能耐，写一手好字。”围观的人向她介绍道。

谢翠莲只笑不答，看了看木板上的字问：“蔡……蔡老板，你给我写的招牌呢?”

“你……你不是说过不要写了吗?”蔡俊生疑惑着望着她的脸问。

“我还说日头今早上是从西边出的呢!”谢翠莲嬉笑着说。

众人大笑。

刚才那个北方客商道：“蔡兄弟，女人的话你也信?”

“讨厌。”谢翠莲伸手来打那人，可是没有够着。

“讨厌。”那人学着谢翠莲的声音，“蔡兄弟，女人说‘讨厌’是什么意思？就是反面儿，喜欢的意思，相当于打是亲来骂是爱，嘻嘻。”

谢翠莲听了，弯腰拾起地上的扫帚扬起道：“让我看看打是不是亲?”那人躲到一边做着猴脸两手乱挠道：“想给我挠痒痒啊?”众人又爆发一阵笑。

“说正事儿，蔡老板，抓紧时间给我写好，我等着挂上呢。”谢翠莲说完，过去忙了。

“哎，蔡老板，白麻要，红麻也要吗？我们南方有的是红麻。”一人问。

“大肚汉子还嫌锅大吗？肯定要。”蔡俊生答道。

“红麻细些，结实些，价格要高些。”

“这个我当然知道。”蔡俊生貌似懂行地说。

“那抽空我们好好谈谈。”

瑞阳高挂，祥云朵朵，良辰吉日已到，“噼噼啪啪”的鞭炮炸开了花。

写有“谢氏客栈”几个大字的匾牌徐徐上升。两个木匠站在客栈门楼上大呼小叫地喊着底下的人递这个东西递那个东西。

鞭炮声召集来许多围观的人，人们仰脸看着牌匾，评头论足着。成群的小孩拖弟带妹地在人群中穿梭，哄抢着地上没有燃着的鞭炮。两个孩子因此闹翻了脸而大打出手，胜者喜气洋洋，败者哭爹喊娘，只引得圈内的老驴“吭吭”叫着。

薛二谢翠莲忙不迭地招呼着客人，忙中偷闲，拿眼不停地瞟自家那好看的牌匾。蔡俊生则站在门楼下，一边批判性地欣赏着自己的墨宝，一边指挥着那两个木匠安装正牌匾。

“谢氏客栈，谢氏客栈，怎么叫谢氏客栈呢?”围观人群中一个敏感的人自言自语着，“应该叫薛氏客栈才对呀。”

旁边的人听了，恍然大悟，一连声地道：“对，对，这客栈姓薛，不是姓谢呀！哈哈，薛二改姓了还是倒插门了？什么时候？我们怎么不知道?”

三老歪听了他们的议论，嘴歪到二道河那里去了，向远处的薛二招着手喊：“薛二，你过来。”

薛二见了，走了过来，问：“怎么了?”

三老歪不能用语言来表达自己的愤愤不平，也找不出天下的恶毒语言来形容薛二的无知、愚蠢。他用手指戳了一下薛二，又指了指牌匾。薛二顺着他手指的方向看，半天没有看出什么不对的地方来，又问：“怎么了？挂得不正吗?”

“你看不出来呀?”三老歪喊道。

薛二又看，仔仔细细的，但仍是丈二和尚摸不着头脑。

“你装洋还是眼睛掉到裤裆去了？你看那上面的字。”三老歪提醒道。

“字很漂亮呀，一点儿也不歪。”薛二道。

“谢氏，怎么是谢氏？把自己的姓卖了?”三老歪喊道。

薛二好像明白过来，脸涨得猴子屁股似的红，憋了半天，这红变成猪肝红，然后张牙舞爪地冲着木匠喊道：“停下，停下，把匾给我取下来了!”

众人一起向薛二这里望，门楼上的木匠停住了手。

谢翠莲过来问：“怎么了?”

“你个臭婆娘，你干的好事!”说着一个耳光照着谢翠莲的脸扇过去，“啪”的一声似刚才炸的炮仗，薛二依然不能解恨，抡起拳头劈头盖脸打着，嘴里一连声嚷道：“我让你叫‘谢氏客栈’，我让你叫‘谢氏客栈’。”

谢翠莲还不明白怎么回事，已经被打倒在地，薛二还要抬脚来踢，众人赶忙过来把他拉开。薛二站在远处，指手跺脚地喊道："给我改了！叫什么'谢氏客栈'？客栈是我姓薛的，与他娘的姓谢的有什么相干？"

众人明白过来是怎么一回事了，还有更明白的几个人，他们来到薛二面前，指着薛二的鼻子质问道："你刚才骂什么？什么'与他娘的姓谢的'？我们姓谢的怎么了？"

薛二这才醒悟过来，但是今日受的窝囊太大，大到让他忘记了谢姓也是本地一大户，而他薛氏是本地小姓，嘴硬地说："我骂我家臭婆娘，与你们有什么相干？"

旁边两个薛姓人也附和着："对，对。"

"你打骂你老婆我们管不着，你骂我们姓谢的，就不行！"这几个谢姓人吹胡子瞪眼地说，然后他们向围观的众人来寻理："老少爷们儿们，你们看到了吧？我们这些谢姓人今天好意来捧场，没有招谁没有惹谁，谁知道平白无故地被薛二这浑蛋骂，你们说可气不可气？难道想欺负我们姓谢的没有人吗？我谢老八今日就把这话撂这，看谁敢把这牌匾放下来，我不打断他的狗腿我就不姓谢！"

那两个薛姓人看现场谢姓人多势众，没有敢出言相抗。众人大眼看着小眼，一时不知道怎么办。蔡俊生看着躺在地上的谢翠莲，虽然心疼，但是又不好来搀扶，好在一个谢姓人道："翠莲，起来，不要怕，今天有人为你撑腰，我姓谢的好欺负呀？哼！"又指着薛二，"薛二，今日你胆敢拆了这牌匾，我带人把你这客栈拆了，你信不信？"

"对，让你狗屁尿流地滚出这庄墓镇！如果不服气，你带着你们姓薛的，我约好我们姓谢的，选个日子，地点任你选，好好较量较量！"一个谢姓人吼着，"啪啪"地拍着芭蕉扇大的巴掌。

薛二嚣张之气已经完全被打压下去，可是又寻不到台阶下，心里气恼着三老歪多嘴，要不，哪里来的这些腌臜之事？拿眼睛来寻三老歪，哪里还有他的影子？

谢翠莲爬了起来，向着本姓人赔着不是，道："算了吧，算了吧。"

“不行，薛二今日必须给我们一个交代，要不，这事算不了，敢骂我姓谢的？吃了豹子胆了！也不撒泡尿照照他那熊样。”

薛二站在那里，骑虎难下，正在想：今天事情要闹大，如何收场？忽然听得蔡俊生道：“各位，我这个外人能说一句话吗？”

“蔡老板，你是侠义之士，一碗水能端平，说话也肯定公道，但说无妨。”众人道。

“老少爷们儿们抬举我，那我就直说了，依我看今日之事纯属误会，薛二兄弟只是骂漏了嘴，他无意也不敢得罪谢姓爷们儿，谢姓爷们儿发火，也不是不无道理。”蔡俊生是中间人说着中间话，两边各打五十大板，但是，谢翠莲是自己的恩人，无故被一顿打，所以心中愤愤不平，“今日要说有错，都是谢大姐的错——平白无故地被一顿打，呵呵。”奇怪的是，众人没有一人出言来帮谢翠莲说话。他们才不管这个呢！家族事大，一个女人算得了什么呢？“薛二兄弟，昨晚我们给你看这招牌你可是一句话都没有说的。”

薛二不语。

“我理解薛二兄弟，毕竟他是一家之主。”蔡俊生道。薛二听了不由头一抬，“可是，他今日有错在先——骂漏了嘴，所以，依我看……”蔡俊生顿住了，眼睛望着众人。

“蔡大侠，你只管说。”那个自称谢老八的道。

“现在已过午饭时辰了，大家肚子不咕咕叫吗？呵呵，这牌匾暂时不取下了，让它在上面饿着去，我们大家进客栈吃肉喝酒去，过阵子我把大家请到一起再商议，各位看如何？”

众人早已饿了，蔡俊生提到酒肉，嘴里不禁湿润，纷纷点头道：“看在你蔡大侠面子上，这事先搁这里吧，要不，哼！”

薛二借坡下驴，也说：“各位里面请。”

谢翠莲从地上爬起来，满身白面似的灰尘外带几根摇晃着的稻草，蔡俊生望着她一瘸一拐着往客栈里走，心揪缩成一个弹子那么大。

晚上，薛二为了感谢蔡俊生今日的调解请他喝酒，反正中午剩菜还有一点儿。薛二身子骨不大，酒也装不了多少，几盅酒下肚，话儿如家门前的庄河之水滔滔不绝——尽是些他在赌场上的闲闻逸事。

一会儿，酒壶没有酒了，薛二一连声地喊：“翠莲，翠莲，拿酒来。”可是半天没有答应声，“这个死婆娘，死到哪里去了？”

“她今日被你打得不轻，可能睡觉去了，薛二哥，你真的下得去手！”蔡俊生酒多了，话也重——带着针儿刺儿。

谁知道薛二被酒麻痹了，没有感觉到这针儿刺儿，手里的筷子拍打着桌子教授着蔡俊生训妇的经验来，道：“女人，三天不挨打，就会蹬鼻子上脸。”

“哦，这样啊。”蔡俊生理解似的说，心里暗骂道：“畜生。”

“蔡……蔡老板，你……你成家了吗？”

“没有。”

“哦，要不要我给你……说媒一个？保证……保证又漂亮又听话好使。”

“谢谢薛二哥了，当下我还没有打算，咦，薛二哥，谢大姐和你是怎么成一家人的？媒妁之言？”

“不……是。”

“娃娃亲？”

“不是。”

“那是……”

“嘿嘿，两……两个大洋。”薛二伸出两个手指在空中扬着。

“两……两个大洋？”

“对，两个大洋。”

“买的？”

“兄弟真是聪明！”

“啊，是这样啊？!”蔡俊生惊讶得嘴张成鹅蛋似的大，眼望着薛二，“她……她怎么……”蔡俊生刚想打听一下到底怎么回事，只听外面有人喊：“薛二，你在家磨蹭什么，他们都在等着你呢。”

“急……急什么？想把钱往老子口袋里塞呀。”薛二说着站了起来，晃晃悠悠地出去了，留下蔡俊生装着一肚子的疑问坐在那里无底洞地想。

谢翠莲今日确实被打得不轻，早早地睡下了，可是一翻身，只觉得浑身疼痛难忍，不由自主地哼哼唧唧着。睡不着，白天的事又冒了出来，苦难的日子没有尽头，但是蔡俊生为她辩解的话萦绕在她的耳边，心如久旱要枯死的禾苗雨润一般，寻思道：今日如果不是蔡大哥出来调解，那将怎么收场？说不定他们真的会拆了这客栈的，他们说到做到的，这样的事还少吗？涉及家族的事，说小就像一根针似的小，说大呢，天都会塌下来。

“谢大姐，谢大姐。”蔡俊生在外面喊，“睡下了吗？”

“嘎吱”一声，谢翠莲打开门，看见蔡俊生和小梁子站在门外。原来蔡俊生心里惦记着谢翠莲的伤势，但是，晚上自己一个大男人又不好独自前往问候，于是叫来小梁子陪着自己过来，这样就如皇帝宝座上的牌匾——光明正大了。

“蔡大哥，有事吗？”

“没有，我只是来看看你伤得怎么样？吃饭了吗？”

“多谢蔡大哥惦记，没什么。”嘴里这样说着，胳膊一动，身上一阵疼痛，赶忙扶住门框。

“还是看看郎中吧，哎，客店里住的不是有现成的吗？我去叫他。”蔡俊生说着迈步要走，小梁子腿快，说着“我去”，人已经跑去了多远。

“多谢蔡大哥了。”谢翠莲说着眼泪已经盈满了眼眶，只是晚上，别人看不到罢了。不知是身体伤痛的，还是内心悲苦的，抑或是感动的。

蔡俊生默默地看着自己的这个救命恩人，也许是今晚的酒激发出他的情感，心中不由一酸，感叹道：这么漂亮的一个女人，这么能干的一个女人，怎么就值两块大洋？在她身上到底发生了哪些令人不可思议的事？还有多少不可思议的事自己尚不知道？她是这么善良，她是如此侠肝义胆，可是偏偏好人就没有好报。唉，菩萨没有长眼啊！

“蔡大哥，郎中来了。”远远地小梁子喊。蔡俊生顺着声音望去，过来的好像不止一个郎中，因为几个人影呢。原来小梁子病急乱投医，他把住在客栈里的两个郎中——张郎中和膏药王都喊来了。

众人进了屋，张郎中先把脉看，膏药王其次瞧。蔡俊生问他们伤得如何，二人都说相当严重，但是自己保证能治好。蔡俊生让他俩会诊，可是二人如浸了油的麻丝，怎么也拧不到一块儿去。最后，二人各按照自己的法子来医治，张郎中开了医治脾肝的药，膏药王给谢翠莲贴了好几副独门秘方的膏药。

“大姐，看样你晚上没有沾米水，小梁子，你去做点儿稀的，我去熬药。”蔡俊生吩咐着，然后转过头来，“二位，你们的诊费明天与我算。”二人连连称是离开了。

谢翠莲今晚一句话都没有说，因为蔡俊生一切都给她安排得周周到到、妥妥帖帖，连给她插话的缝隙都没有。她静静地躺在那里享受着这难得的恩宠与高贵。唉，有时候，生病也不失为一种难得的享受！

朱大凤可不是这么想的，恰恰相反，她的这场病让她苦不堪言。

朱大凤这些天不知道怎么了，食欲不振，精神萎靡，今天吃午饭居然呕吐了。大嫂二嫂彼此对望了一眼，心里的算盘开始扒拉着月份天数。婆婆难得关切地望了她一眼，蔡老拐装着不知道，把碗里的饭快速扒完就回到自己的屋子。

婆婆随即跟了过来，进门便道：“老三家的看样是有了。”

“哦，请郎中看一下吧。”蔡老拐道。

“你去请吧。”老婆说着，眼睛怪异地瞥了丈夫一下。

“我吗?”

“是呀，你的腿不是很勤快吗?”婆婆翻了一下白眼珠道。

“勤快? 我……我腿怎么勤快了?”蔡老拐好像嗅到什么不对劲了，眼珠睁得牛蛋大问。

婆婆胆怯，笑着道：“说你勤快还不好呀?”

“我看你们吃饱撑的，饿你们三天，保证不出幺蛾子了。”蔡老拐愤然道，“老三家的倒是很勤快，不像那两个大的。”

婆婆不语，因为那两个大的是她的跟屁虫。

下午，郎中请来了，号脉后，说得了伤寒，开了三服药就走。

这下让蔡老拐夫妻空欢喜一场，特别是婆婆，觉得自己白对朱大凤好了一次，于是拿起扫帚向一个老母鸡狠狠打去，嘴里喊道：

“我让你光叫不下蛋，我让你光叫不下蛋!”那只老母鸡叫爹喊娘地飞跑了。

大嫂二嫂听了，高兴得恨不得彼此跑到一块儿相互拥抱祝贺，因为这样她们暂时还可以保住自己在蔡家的地位，还可以继续偷懒下去，这是仗着她们有蛤蟆似的肚子，而这，正是朱大凤所缺少的，怎么和她们相抗衡?

既然没有喜，活儿还是她干，晚上，众人把碗筷一撂就各自离开了。朱大凤拖着病身子开始收拾，正要洗涮，一看水缸，干底朝天，无奈地拿起扁担去河边挑水，一弯腰，虚弱的身子要倒下去，幸亏手里的扁担撑着。勉强努力地蹲下一水瓢一水瓢往水桶舀水，河水呼啦啦啦地响，朱大凤觉得她舀的不是河水，而是自己的泪水。河中的好端端的一轮弯月，随着她水瓢的摇动，慢慢扩散而去，最后消失了，就如人的希望一样，看着那抖动的银波，朱大凤冲动地想：如果自己现在一头钻进河里那会是什么样子?蔡家恐怕连个掉眼泪的都没有!朱家离得太远，知道的时候，恐怕自己已经成僵尸了，这个世界上，唯一掉眼泪的恐怕也只有铁柱哥了，想到了他，朱大凤站了起来，头一阵眩晕，周围满是星星，萤火虫似的在空中飘荡着，使劲摇着头镇定住，然后一步比一步艰难地把水挑回厨房，放下扁担，一屁股坐在锅灶下喘着气，脑子无名望地乱想着，眼睛盯在那木桶上，脑子里闪现出小时候她和铁柱哥抬水的情景来。

傍晚，晚霞满照，几朵调皮的云朵悄悄地溜着，村外，小陈铁柱小朱大凤抬着装满水的水桶往家走着，水桶几乎就靠近在小铁柱的面前。

小大凤一点儿也不费力气在前面走着。

“停下。”小铁柱喊道。

“怎么了?铁柱哥。”扎着小辫，红苹果脸蛋似的朱大凤放下扁担问。

“歇歇。”小铁柱喘着气说，“大凤，你晚上想吃什么?”

“我想吃葱油饼加鸡蛋。”

“好，等会儿娘从田里回来了，我就让她给你做。”

“姨娘给我做吗?”

“不给？还有我呢，闹死她！”陈铁柱说完，把系水桶的绳子往自己跟前捋了捋，二人抬起水桶向家走去。不远处，几间茅房沐浴在晚霞中，金碧辉煌。

“唉，人如果不长大，那会多么好啊！”朱大凤抹着眼泪想，过去的美好恐怕永远回不来了，残酷的现实还要面对，她站了起来开始洗碗刷锅，又煮好第二天早晨的猪食。蔡富贵他们把磨好的豆浆送来煮，她在灶下烧着柴，煮沸后，点卤，起锅，压实——这一系列做豆腐的工序完成后，已经小半夜了，朱大凤才拖着疲惫的身子回到自己屋子，一下倒在床上，感觉眼角有些痒，用手来摸，湿湿的。

“唉，这过的什么日子？连猪狗都不如！”朱大凤这样地想着脑海中飘过婆婆恶毒的目光，还有那两个嫂嫂阴森的笑，此时，她们睡得正香呢！“假如……假如那时候……”陈铁柱的影子在空中挂着，“不知道会是什么样？”

朱大凤迷迷糊糊地睡着了，三更时分，“啊”的一声惊醒，原来她做噩梦了，梦中，陈铁柱被蔡俊生拿着菜刀追杀着，眼看要追上，蔡俊生手中的刀高高举起，她被惊醒了，愣坐在那里，半天还沉浸在梦境中，不由得为陈铁柱担心起来。“铁柱哥！”朱大凤心里呐喊道，然后抱着枕头蜷缩在那里。外面，月亮如霜的清辉从窗户洒了进来，不知名的小虫在这秋天里敝落地绝唱，其他的一切归于寂静。

“嘿，铁柱，晌午到我家喝酒去。”第二天临近中午，蔡富贵远远地就朝着陈铁柱肉案子喊。

“怎么，来客人了吗？”陈铁柱问。

“对头，给我砍二斤菜，要肥的。”蔡富贵道。

“来的哪里人？”陈铁柱一边砍着肉，一边问。

“问这个干什么？你只管去喝酒就是了，喏，肉钱。”蔡富贵说着把钱递了过来。

“骂人了！请我去吃饭，还收你肉钱？想让我丢人呀？”陈铁柱说着把伸来的手挡了回去。

“那好，今个中午一定要来呀！我陪你好好喝几盅。”蔡富贵说着拎着肉离开了。

“富贵兄弟，我一定会去的，干活偷懒不去，吃饭还不去？傻啊！”陈铁柱这样打着诨语，引得旁边人一阵笑。

卖完了肉，陈铁柱赶忙朝蔡家赶，一路上吹着口哨，不断停下来和别人打着招呼，和大嫂小媳妇们开着玩笑，高兴得似锅里沸腾的水，因为他马上又可以看到他的大凤妹子了。

来到蔡家，嘴里喊着：“来了什么稀客了？”便一头钻进屋子一看。

傻眼了，原来是他！

朱三癞子正端坐在屋里。

真可谓冤家路窄，陈铁柱怎么也没有想到今日会遇到自己的冤家对头——自己的姨夫——大凤的父亲，要不，打死他也不会来吃这顿饭。他站在门框边，进也不是，退也不是。

“喀喀”，厨房里传来朱大凤的咳声，本来她就生病，又加上被油烟熏的，所以咳声不止，但是，这个多情的陈铁柱偏偏认为这是表妹在给他暗示——这是他父亲，要镇定，看在她的面子上，也不能胡来的。于是他礼貌地打声招呼：“来了。”一边头脑飞转着：这下如何是好？要露馅的。第一感觉就是形势不好，三十六计走为上策，马上寻他个借口，溜走。

朱三癞子千想万想也没有想到陈铁柱会到蔡家集来——大凤的身边，更没有想到在自己的亲家家里遇到他。要不，就是蔡家用八抬大轿请他也不会来。今日心血来潮，要赶他几十里路来看看自己的女儿，可是没有想到会有这一出戏。他刚才和陈铁柱对了一眼：彼此的眼神里只是惊讶，还没来得及愤怒。他装着不认识陈铁柱，连他的招呼都没有回应，只是吧嗒吧嗒地吸着旱烟，脑子里可一刻不停地想着应付今日这局面的计策。

“铁柱来啦！我来介绍一下，这位是我那老三家里的爹——我的亲家公——朱老三。”蔡老拐介绍道。本来，他的介绍词是：这位是我的亲家公——大凤的爹。但是这样未免太抬举了儿媳妇了，抬举了儿媳妇，就是抬举了亲家公，那样无形中就矮了我蔡老拐。秦晋秦晋，有联谊，也有战火的。

要说最担心的人，今日莫过于朱大凤了。她本来是在厨房切菜，听到陈铁柱的喊声，惊骇得刀走偏锋，手指头的一块肉已经不见了，伤口处露出白白的肉儿，一会儿鲜血盈盈冒出，捂都捂不住。

厨房里，朱大凤拖着病身子在厨房做饭烧菜，身子病算得了什么？心病那才厉害呢。现在，她的心思全放在客厅里了，假如陈铁柱和自己的父亲打起来怎么办？她只恨自己的眼睛不能凿壁穿墙——好看到客厅的形势。

一个更远更深层次的问题冒了出来：万一陈铁柱和自己的亲戚关系露陷，那蔡家人肯定要问：你们有这样的关系为什么不早说？他和她如何应答？这样会不会牵扯到以往的事情？以后陈铁柱和蔡家怎么相处？自己又……

“哦，幸会，幸会。”客厅里传来陈铁柱虚情假意的声音，这才让朱大凤稍稍放了些心，看来，这两个对自己一生来说最为重要的男人今日要休战了。可让她奇怪的是，怎么一直没有听到自己父亲的声音呢？

朱大凤错了，那是她耳朵不够灵敏，朱三癞子刚才用鼻子代替口，“嗯嗯”秋后的蚊子叫似的回答了陈铁柱。

蔡富贵打外面回来了，和陈铁柱说话，可是看他那垂头丧气的样子，认为是饿的，于是一头钻进厨房，一连声喊：“开饭，开饭。”

菜上来了，陈铁柱和朱三癞子二人抱着“来日方长”战略战术，大口吃菜，大口喝酒。席上，蔡老拐当然要说：亲家公是第一次来，都是些家常菜，粗茶淡饭的不要见怪等。

朱三癞子当然要客气一番，说道：“来给亲家添麻烦了，又破费了……”

蔡老拐又道：“来我这里很方便，不出门都能搞几个菜，不像某些地方……”

朱三癞子敬重道：“是啊，亲家公自己家磨豆腐，发豆芽，当然啰，这肉恐怕都是自家的吧？哪像我们那里，办不到好菜，只好下饭店……”

蔡老拐和自己的两个儿子对望一眼。

第一回合，朱三癞子胜。

陈铁柱听着，心里道："这两个老鬼确实鬼，话儿尽是针刺，明明知道我杀猪，而偏偏问这肉是自家产的，想想也是，这肉不花钱，和他自家产的没什么两样。

亲家走动，当然要提及儿女。

朱三癞子第一回合胜，不免有些得意，道："小女在这里，有什么不当之处，你们代我多教训，唉，这孩子，起小没有受过苦，没有干过重活，被我和她娘惯得不成样子……"

蔡老拐道："亲家，我家三个儿子，我对每个儿子儿媳都一样——这是做公公的本分。"指着大儿子二儿子，"这两个，第二个都会下地跑了，第三个马上……"

朱三癞子突然不说话了，因为他夹了块肉堵住了自己理屈的嘴。

第二回合，蔡老拐胜。

接着二人又谈到田地里收成、街面上的生意……

陈铁柱感到自己多余，并且越听越觉得不是滋味，本来主人公应该是自己的，结果现在自己成了晾晒的干鱼。他装着要上茅厕的样子出来了。

来到茅厕，厕门口人影闪动，接着传来朱三癞子恶狠狠的声音。

"小子，不要说你动大凤一手指头，就是有歪念邪想，我朱老三就扒了你的皮，抽了你筋，再剔了你的骨头！"

陈铁柱这才晓得，原来朱三癞子并没有放过自己。陈铁柱方便好了从茅厕出来，已经不见朱三癞子的人影，看样他是特地跟来警告自己的。陈铁柱耳边回荡着朱三癞子刚才的警告往客厅回，经过厨房，看到朱大凤一个人在里面，他恶意地悄悄走进去，用手拉了一下她的胳膊，算作对朱三癞子警告的回应。

几人继续喝酒，只是有声音伴奏着——朱大凤的咳声，陈铁柱这才知道原来她真正病了。这酒还能再喝下去吗？他借故下午还要买猪，就离开了。

下午，朱三癞子要赶早回去，朱大凤照例要送。只是她的心情如这秋天田野里的枯草一般，她恋恋不舍地跟在父亲屁股后头，听他絮叨做好儿媳的秘诀和做女人三从四德的道理。

"大凤，陈铁柱怎么到这里来了？"朱三癞子打着酒嗝问。

“爹，这个你还问我?”

“你……你们没有什么吧?”

“有什么?”朱大凤没有好脸色地反驳道。

“我女婿还没有音讯?”

这一句问话似刀，把朱大凤心里的伤口划开了，多少的憋屈，多少夜晚的孤独，多少的痛苦随即流出，她再也忍不住了，号啕大哭起来：“爹爹啊，我过得好苦啊!”泪珠挂在脸上，闪着光，银珠一般滴落。

朱三癞子不语。

“爹，是你……是你把我推进这火坑里的！呜呜……”

“好闺女，哪一个做老的不希望小的好啊？爹这么做，不也是为了你有口饭吃吗？谁知道会弄成这样？但是，你可给我听好了，你进了蔡家的门，活着是蔡家的人，死了是蔡家的鬼，千万不能胡来，给我朱家丢脸。再熬段时候吧，我那女婿一定会回来的。”

朱大凤愤然回敬道：“他死在外面，我就这样守一辈子活寡?”

“这……唉，等等再说吧。”朱三癞子回答不上来，只好采取拖延战术。

朱大凤虽然怪爹爹让她嫁错人，但是，现在他要走了，还真舍不得，毕竟血浓于水，望着亲人离去的背影，想到自己在蔡家的处境，朱大凤蹲在地上抱头呜咽起来，嘴里念叨着：“爹爹，我过得苦啊!”

“大凤，大凤。”

朱大凤正在伤心着，想不到在这荒郊野外有人喊她名字，她还以为自己连日得病精神恍惚了，或者是自己已经病入膏肓，鬼来催命了。

“大凤!”

这下听清楚了，不是鬼，是他！朱大凤循着声音的方向望去，果然，陈铁柱似燕窝里的小燕子，身子躲在沟堑里只冒出个头向她招着手。

朱大凤站了起来，四下望了望，只看到野鸡麻雀之类而没有看到人影，犹豫了一下，朝着沟堑快速奔了过来。

“表哥，你……你怎么在这里？咯咯……”

“表妹，看你咳成什么样了？这个你拿着。”陈铁柱说着，递给她一个纸包，警觉地四周看了看，道：“我走了。”说完顺着沟堑溜了。

朱大凤打开纸包，一个小罐子，一股酸酸的气味，她知道这是凤梨膏，专管咳嗽。她看着凤梨膏，痴痴地发着呆。

记得那也是秋天，小朱大凤来陈家走亲戚就不想回去了，整天跟屁虫似的跟在她的铁柱哥后面，那时候，陈铁柱父亲身体如牛似的健壮，母亲当然眼睛还没有瞎——还像月亮一样明亮着呢。

中午时分，两个小孩溜出家门，来到菜园。

“大凤，你想吃梨吗?”

“想，嘿，铁柱哥，自己家的树上不是有吗?”

“家里的不好吃，我们去偷二毛家的。”说完，陈铁柱朝二毛家的菜园子溜去。

一会儿，他抱着几个梨子飞快地跑了回来，后面还跟着一个龇牙咧嘴的大黄狗，大黄狗的后面是举着树枝的二毛。

“大凤，快跑!”陈铁柱远远地喊。

二人撒开光光的脚丫子一溜烟跑远了。

一草堆处，二人啃着梨。

“大凤，好吃吗?”

“好吃!”

“以后你想吃梨，就找我，我包了。”

“嗯。”小辫子闪动着。

朱大凤看着手里的梨膏嘴里念叨着：“以后你想吃梨，就找我，我包了。”呵呵甜蜜地一笑，想抬脚离开，脚下亮光一闪，一块大洋躺在地上，可能是她打开纸包时，没有注意从纸包里滑落在地的，她弯腰拾起，冲着陈铁柱离去的方向，自言自语地道：“铁柱哥，你这是何苦呢？你这么做，让我怎么受得起呀?”

朱大凤回到家，放下梨膏，奔向花生地。婆婆一见，不顾自己气管炎不能生气的病情，指着她的鼻子骂道：“你和你那爹有那么亲吗？耽误这么长时间？赶快干，今天就是披星戴月也得把这块田给我干完！”

傍晚时分，婆婆惩罚性地吩咐朱大凤把田里的花生往家里运。朱大凤一人挑着担子往家走，远远地就听到骂声：“死绝种的，你偷我家鸡，吃过不得好死，吃过烂肚肠，你个死全家的。”走近来看，原来是蔡老鬼老婆在骂，她坐在地上，面前放着菜板，菜板上放几根稻草，骂一句，手里的菜刀在菜板上剁一刀，稻草就一根变两根：“贼，你给我听着，你吃我家芦花鸡一块，你就要挨一刀，你吃两块，你挨十刀……”如此这般加到千刀万剐。

朱大凤也没有在意，像这样的事情如下雨下雪一样寻常，但是，回到屋里后越听越不对劲，蔡老鬼老婆骂声中似乎提及中午来客人的事。她不免多起心来，自己爹爹上午不是来了吗？自己家中午也吃了芦花母鸡，至于那鸡怎么来的，她听蔡富贵说是买的。

“怪不得她对着自己家门骂呢！”朱大凤恍然大悟，原来这女人是有所指啊！憋了这么多天的气没处发泄呢！她开始打水洗脚。

“贼，你给我听好了……”蔡老鬼老婆狠毒的语言都骂完了，于是又从头开始骂第二遍。

“哗”飞来一盆洗脚水，洒在面前的地上，蔡老鬼老婆身上已经湿了几片。

“谁……谁泼的水？没长眼啊？”蔡老鬼老婆喊道。

“谁……谁没长眼？说谁呢？”朱大凤撵了出来，倚在门框上。

“你没长眼！”蔡老鬼老婆抖着身上的水道，“怎么，想找碴儿啊？偷我家鸡的人才接茬子呢？你个挨千刀的……”菜刀刀刀落下，稻草截截乱飞。

“你才没长眼呢？我看你眼长到裤裆去了！要不，怎么跑到我家门口撒野来了？”

接着，二人鸡下蛋，蛋下鸡开始理论了起来，争论半天，朱大凤：“你为什么跑到我家门口骂？”蔡老鬼老婆：“你没偷鸡为什么接茬儿？”

二人唾沫星乱飞着，继而身子慢慢靠近，手指着对方的鼻子，只恨自己不会气功，否则会把对方指透戳穿。

“如果我偷了你家的鸡，我全家死光光！如果我家没有偷你家鸡，你全家今晚个个就尥蹄子死绝种！”朱大凤发着毒咒。

“哼哼，我家那个大芦花，捞野打野鸣儿……”蔡老鬼老婆冷笑着喊道。

朱大凤听了，感觉脑门子“嗡”的一下，然后号叫着扑了过来。二人互抓住对方的头发，缠绕在一起，扭打成一片。

别看朱大凤是个病人，可是打起架来一点儿也不差劲。一个猛翻，骑在蔡老鬼老婆身上，伸开十指把她的脸抓成花猫脸。围观的众人只是隔岸观火，远远地一个劲儿地喊：“不要打了，不要打了。”但是没有一个人敢近前来拉架——害怕惹了自己一身腥气。

蔡老鬼两个儿媳妇适时赶到，没等朱大凤反应过来，她脸上已经被抓了几道血口子，头发也被拽了几缕，衣服也被撕烂了多处。

朱大凤彻底疯了，她忽地站了起来，“噔噔”地向那把菜刀跑去，然后拾起地上的菜刀，挥舞着向那三个女人冲去。俗话说：狠的怕愣的，愣的怕不要命的，那三个女人见了，落荒而逃，跑到朱大凤够不着的距离，又停下脚步开始骂。朱大凤以一对三，居然骂了个平手。

婆婆大嫂二嫂他们在田里等朱大凤回来运花生呢，久不见她的身影，都说她在偷懒，这时，一邻居跑来喊：“打起来了！”

“谁和谁打起来了？”二嫂出嘴最快，问。

“你家老三家里的，你们还不回去看看？她一个人怎么能打过老鬼家三个？”

“我还认为她死了呢！原来在家和人家磨牙！”婆婆骂着苟延残喘着。但是骂归骂，她还是催促两个儿媳妇赶快往家赶。

三人跑回家来，战火已经熄灭。再看朱大凤，整个一个残兵败将，满身泥灰的衣服被撕烂得不成体统，散乱的头发上插了几根草，脸上倒是现出一点一点的艳红，细一看，原来是手抓的血印。

婆婆见了心疼那身衣服，破口大骂道：“小蹄子，看你都整天干些什么？成事不足，败事有余！你也不拿镜子照照，看看自己那吊死鬼模样！”骂怎么能解气？她现在浑身哆嗦着上气不接下气。

大嫂二嫂见了，躲在背后窃笑不已。但是，她朱大凤如此这般无能，让她们以前好不容易才在街坊邻居面前树起的威风受到损害，这不是小事，有必要有义务提醒婆婆，于是二人又在婆婆面前煽了风点了火，这样婆婆的火气更加的旺盛，嘴里喷着火道：“她不是有本事吗？让她今晚喝西北风去！”

蔡老拐回来，得知家里发生的事后，大发雷霆，指着众人劈头盖脸地骂：“窝囊废，一个个都是吃干饭的料，骂架骂不过人家，打架打不过人家，废物！还活着干什么？出去寻棵树上吊死了算了！”说着摩拳擦掌着恨不得自己亲自上阵，但是，蔡家集这里有不成文的规定：两家吵嘴打架，男对男，女对女巅峰对决，而今日蔡老鬼家男人没有上阵出手，现在他蔡老拐就是英雄无用武之地。吃晚饭时，他只好借酒消愁。

不知谁告了黑状，朱大凤屋里那梨膏也让婆婆知道了。她得气管炎的病半辈子了，什么时候丈夫给买过梨膏吃？老的没有吃到，你小的倒是吃了！婆婆本来气就不顺，现在变本加厉了，撵到朱大凤面前，怒斥道：“贱货，你身子就那么金贵？还吃梨膏？我让你吃，我让你吃！”说着把梨膏灌摔在地上，再一脚踏了上去使劲碾着……

朱大凤不语，她还能说什么呢？只能眼睁睁地看着铁柱哥送的梨膏在婆婆的脚下碾成稀巴烂，掺了泥灰，成了泥膏。

婆婆走后，朱大凤捂着身上的伤痕，感到心里阵阵发痛。呆滞地盯着地上那稀巴烂的梨膏良久，然后走了过来，颤抖的双手捧起地上的梨膏，一点一点吃着，连着泥灰吃，吃着吃着，眼泪扑簌簌落下，打湿了手中的梨膏。

吃过晚饭，上灯时分，如蔡老拐所料，蔡族长辈敲门而来——评理的来了。

通过他们的叙述，蔡老拐知道自己家今日并没有吃多大亏——对方家里现在还躺着一个人呢！他心里才好受起来，抱起大烟袋吧嗒吧嗒地抽着。

评理，首先从事情的起因说起，所以当然要提及那鸡的事。

“我明白地告诉你们，我们家今天晌午吃鸡了，吃的还就是芦花母鸡。”蔡老拐喷着一口烟道，两个族长听了，互相对望了一眼，“可那鸡是我买的，五个大钱儿！”

两个族长长吁一口气，道："你这老拐，想吓死我们呀？"然后进行据事分析，"他老鬼也没有指名道姓地说谁谁偷了他家的鸡，你们这只是误会，可能那鸡被小偷偷了，再转手卖给你家……"

"他老鬼不是想故意找我的碴儿吗？居然跑到我家门口来骂？我好欺负呀？二位叔伯来得正好，这事不能就这么算了。"蔡老拐得理不饶人。

两个族长开始斡旋，隐隐约约提到陈铁柱的事，说什么同姓一定要照顾同姓，如果内讧，人家会笑话，一根筷子容易折断，一把筷子砍不断之类的。

"同姓当然要抱成一团，要不会被人家欺，但是，话又说回来了，蔡家集如果生意都像他老鬼那样做，嘿嘿……鬼都不赶我蔡家集的。"蔡老拐分析着，只让那两个族长频频点头，一连声道："那是，那是，生意要公平要仁义的，集市才能够兴隆。"

两个族长看说不过蔡老拐，只得说出最后的来意——要回那把菜刀。蔡老拐派孙子把朱大凤找来。

"要吗？让她家人到茅厕找去！"这就是朱大凤进来的第一句话。

儿媳妇来了，蔡老拐把今日自己家的损失——朱大凤身上的伤一一展示出来，意思说：还问我要刀，他蔡老鬼还得赔医药费呢！

两个族长看没有办法，只得搬出撒手锏——长辈的无赖："就我说的，菜刀今天一定要还！"

蔡老拐被骂得呵呵笑，只得屈从。他吩咐朱大凤把菜刀拿来。谁知道朱大凤执拗地说菜刀她真的丢在茅厕里了。那两个族长听了脸阴沉得如外面的黑夜，蔡老拐脸色也好不到哪里去，现在得知朱大凤为了自家的颜面拼命了一回，蔡老拐准备事后在家人面前夸奖一番，谁知道她如此好歹不分，让他这个一家之长丢面子，看来这个女人不能给好脸色看，要不，会蹬鼻子上脸的，敬酒不吃吃罚酒就是这种人。

"那好，我们走了，明天就让老鬼到你家茅厕捞那把菜刀。"两个族长说着抬起屁股就走。蔡老拐赶忙站起来送。

"我说老拐啊，你真是找了一个好儿媳妇，能让我们这两个老不死的丢老脸，不得了啊，不得了。"

“你老拐真能耐，连儿媳妇都管不住！现世宝一个。”

两个族长丢下这如枪似箭的话，然后消失在黑夜中。

蔡老拐脸上被这枪箭射得火辣辣的，感觉丢人现眼大了，只恨自己这个当公公的不能亲自来打朱大凤，如果儿子蔡俊生在家，他会让儿子把她打得鬼哭狼嚎的。现在硬的不行，只好采取软的，于是命令道：“什么时候你把那菜刀交出来什么时候吃家里的饭!”

月亮高高挂天穹，几家欢乐几家愁。几家夫妻同罗帐，几家飘零在他州。夜深了，朱大凤独自一人躺在床上看着从窗户洒进来的月光。

月光苍白似冰霜，清寒得很，她不由得捂紧棉被，但是，一点儿作用也不起，因为她心里已经结了冰霜。

身上的伤痛、心里的刺痛、肚子的饿痛时时刻刻都在折磨着她，可是连一个能够倒碗水的人都没有。她感觉自己孤苦伶仃得要死了，此时她多么希望有个人随着那月光飘进来哪怕说一句安慰的话。

睡不着，干脆不睡了，艰难地爬了起来，来到窗口向外望着，月亮冷漠地挂在西天，几颗疏散的星星远远地躲着她，几缕丝状的云朵绝情地拂袖远去。

周围寂静得很，偶尔传来几声雁鸣告诉朱大凤，大雁南飞，冬天要来了。

咦，今天是八月十四，明天就要八月十五了，八月十五吃月饼，想到月饼，肚子里痛得厉害，心里的痛更加厉害。

“大凤，今年的八月十五到我家过吧？娘给你烙白面芝麻糖饼吃。”铁柱这句话在朱大凤的耳边萦绕着——这一年她清楚地记得自己十五岁。

“我不去。”

“为什么?”

“不为什么?”朱大凤脸上露出羞色。

“你不喜欢吃白面芝麻糖饼?”

“喜欢。”

“那……”小陈铁柱疑惑地看着她问。

“笨蛋。”朱大凤心里这么骂着他，“谁喜欢人家叫馋姑娘呀?”

虽然那天没有答应陈铁柱，但是，八月十五那天，她还是借理由来到陈家。她的到来一下子让这个沉闷的家活跃起来，铁柱娘磨面炒芝麻，铁柱捕鱼捉鸡逮鸭，陈家一时鸡飞鸭叫，狗叫猪哼，好不热闹！

朱大凤要帮忙，可是他们不许，好像她只有吃的权利和义务，但是她还是闲不住，把房子里里外外打扫得干干净净，又为铁柱补了衣服。这时候，她朱大凤真正感觉到她是这个家的主人。

晚上，娘一个劲儿地叫她吃这个吃那个，陈铁柱忙着给她夹这个菜那个菜，把她的碗堆成小山。

那香喷喷的饼子，那肥肥的鸡腿，那肥肥的鹅翅膀……

“来喽!”陈铁柱说着，端来一个大盆，双手捞起一根胳膊粗的猪腿骨放到她的面前，“大凤，吃这个，骨头里的肉，香!”

“呵呵。”朱大凤甜蜜地一笑，俊俏的脸蛋似棉桃开了花。

这也许是今生吃过的最香的晚饭，是今生过的最幸福的八月十五，想到这些，朱大凤的眼睛湿润了，一切都迷茫了，月亮躲进云里，起雾了。

突然想起什么来了，朱大凤转过身来，打开箱子，拿起一双鞋底，坐下，找来顶针儿戴在手指上，安心地纳了起来——这是一双男人的鞋底。

“夜儿深，月儿明，妹妹为哥哥纳鞋底。月儿哪知妹妹心？一针一线全是情!”

这么唱着，朱大凤忘记了肚子里的饿，忘记了身上的痛。

谢翠莲身上的伤痛好得很快，只一天，她就可以下地忙碌了，实际上，她不忙也不行，客栈里里外外哪能离得了她？拿蔡俊生的话说：“大姐，你这就是劳累的命。”

说这话，那是蔡俊生这些天清闲得很，农忙时节，赶集的人如秃子头上的毛——稀疏得很。生意清淡，人也跟着慵懒，没事时和客栈几个常客闲聊打发日子。

下午，闲来无事，蔡俊生和客栈几个闲人闲扯着，谢翠莲担着水桶去挑水，蔡俊生有心去帮她，可是又怕那几个人笑话，还是打消了念头。

薛二手里拿着一副色子过来，吆喝着要和他们玩儿掷色子。大家不干，薛二执着地再三劝说道：“玩儿得小，一个大钱儿一次。”

其中一人经不住劝说，道：“下雨天打孩子，闲着也是闲着，玩儿!”

蔡俊生说自己不会，欲离开，被大家拉住。膏药王道：“蔡大侠，离了你还成席啊？不会，先交点学费就会了，呵呵。”这么一说，薛二眼直愣愣地盯着蔡俊生道：“蔡老板，你怎么好意思扫大家的兴？不要一粒老鼠屎坏了一锅粥!”

蔡俊生不愿意当那粒老鼠屎，只好参与进来，于是大家吆五喝六地玩儿了起来。俗话说：拙手三天兴。还别说，一会儿他已经赢了十几个大钱儿，心里倍儿高兴，声音放肆的响亮。

谢翠莲担水回来，放下担子，走了过来，含沙射影地道：“几位好雅兴。”

“去去去，倒运的娘儿们，滚远点儿。”输钱的薛二骂道。他本来没有把几位新手放在眼里，开始时，不恭地玩儿，但是，正是这不恭，让那些大点儿也对他不恭，小点儿倒是老是光顾，掷的不是幺二三，就是一点两点，不一会儿输了二十多个大钱儿，这才意识到要来真格的了，于是认真起来，但是为时晚矣。

不知道怎么了，蔡俊生觉得谢翠莲那句“好雅兴”是冲着自己说的，脸上火扑扑的，玩儿兴全无，又不好半道儿走开，只好敷衍着，但是还是继承着那好运儿，又赢了几个大钱儿，大家都嚷道：“今晚有酒喝了，蔡大侠，你赢了那么多!”

玩儿到半下午时，场面上输赢大了，下的赌注也大了，一次一个大钱儿改为不限赌注。薛二输得抓耳挠腮，但是干着急没办法。膏药王眼睛都输红了；神算刘心疼自己输的钱，大骂这色子祖宗十八代；补锅孙赢得眼睛眯成一条缝，手不停地颤抖着；抢菜刀磨剪子刘每次赢了钱，就高兴得转着圈儿拍着巴掌，现在临到他掷，高喊着“豹子、豹子”。

“抱你娘的头。”膏药王早就看不惯他那嚣张样，现在逮住机会骂道。

“抱你家丫头。”抢菜刀磨剪子刘毫不相让地回敬道。

“咚”的一下，膏药王一拳打来，补锅孙跌了个王八翻盖——四脚朝天。他一骨碌爬起来，顺手抄起旁边的木棍。

众人赶忙拉开劝说，这样，今天的赌局不欢而散。

薛二没有放过蔡俊生，提醒大家道：“蔡老板赢的最多，要他晚上请客，吃过再玩儿，给我们这些输钱的捞回本钱的机会。”其他人一起附和道。

蔡俊生赌钱赢钱都是大姑娘上轿——第一次，不好意思装进口袋，反正钱是别人的，羊毛出在羊身上，说请客就请客。他把一大把大钱儿递给谢翠莲要她买些熟食再打些酒回来，还说剩下的钱不要了，权且吃喜和跑路费。

谢翠莲脸阴沉的似滂沱大雨来临前的天空，不情愿地接过钱出去了。蔡俊生看了她的脸色，还以为薛二输了钱，她在生气，所以也没有计较。

酒足饭饱之后，薛二剔着牙醉眼蒙眬地吆喝道：“以后，我们几个就这样，天天乐，乐天天。”其他人打着酒嗝附和着把色子往桌子上一放，又开始玩儿了起来。蔡俊生继续着下午的运气。薛二不知道怎么了，可能是财神附体了吧，把那几个人赢惨了，到了半夜，他们五个人倒有三人输空了口袋。

这时候，那这三人酒彻底地醒了，眼巴巴地看着原是自己的钱现在堆放在别人的面前，心疼得要死。现在脑子里唯一的念头就是捞回本钱，于是向薛二来借，谁知道薛二眼一瞪道：“你们知道赌场的规矩吗？玩家不能向玩家借钱的，会把运气也借走。”

三人傻了眼，想走，可是又不甘心，只能看其他人玩儿，蔡俊生看他们伤心，就借给他们一些，可是不一会儿，那两人又输得精光，只好厚着脸皮再向蔡俊生借——因为他好说话。

鸡叫头遍，蔡俊生说不早了，明天还要做生意，散了吧。薛二见他们身上的油水已经被榨得差不多了，打着哈欠也说困了，其他几人嘟嘟囔囔地不情愿，于是又玩儿到鸡叫三遍才结束。

蔡俊生回到自己屋子里，数着今日赢的钱，欣喜若狂，感叹道：比做生意来得容易，也快得多啦！

以后日子，果然如薛二所说：天天乐，乐天天。几个人每天只要一有空闲就赌，赌过就喝酒，日子过得好不自在！薛二又说：神仙过的日子也只不过如此！

可是这样神仙过的日子有人居然不愿意参与进来，这个人就是张郎中，每次他只是站在旁边笑眯眯地看，就是不伸手，他这样让大家很是看不起。

好日子不长，几天后，薛二再找那几个人玩儿，他们头摇得拨浪鼓似的。薛二明白，他们已经彻底没本钱了。蔡俊生是大侠，油水大，于是吃过晚饭，薛二来找蔡俊生说一道出去玩玩儿。

“到哪里?”蔡俊生问。

“问那么多干吗？去了不就知道了吗?”薛二说着上前拉住蔡俊生的手往外拽。

蔡俊生半依半就着跟着薛二来到镇子南头，进了一家房子……

两天下来，蔡俊生输了不少，原本赢钱的兴致荡然全无，现在唯一的想法是能够赢回本钱，以后再也不干了。

可是欲速则不达，他现在就如陷在泥潭里一样，越挣扎陷得越深。大半夜回到自己床上，闭上眼睛周围空中飘着的都是牌九，然后就是心疼自己输了的那些钱，心里发紧发酸，头皮发奓，使劲用拳头擂着木床道：“我的钱啊!”

中秋节到了，大大的皓月银盆似的挂在天空，周围丝云霓裳似的给它增添了妩媚，可是蔡俊生没有心思去欣赏，他跟着薛二来到赌场，他要再赌一次，争取捞回本钱。

几炷香工夫，二人出来了。

薛二赢了钱，高兴地对月当歌。蔡俊生病鸡似的低头走路——今晚，用当地话说，他输得精光。

路过胡大屁股家门口，薛二道：“蔡老板，今晚输了钱心里不畅快吧？没事，进去找个人玩玩儿就好了，我请客。”说着把手里的银圆摇得当当响。

蔡俊生好奇地向里面望了一眼，妓女他只见过一次，还是匆匆一瞥。

“走吧。”薛二说着上来拉着他。

“不……不去。”

“进去吧！不要不好意思，干吗既要做婊子，又要立牌坊，嘁。”薛二硬是簇拥着他进了胡大屁股的家……

蔡俊生在一间屋子里忐忑不安着，少顷，门帘一掀，进来一个女人，把他吓得一跳，原来那女人脸上涂满胭脂，在红蜡烛下一照，吓人的红。那女人进来后朝着蔡俊生一笑，露出黄黄的米粒牙齿。

“大哥，还愣站着干什么？脱了干正事。”那女人说完“嘿嘿”一笑，脸上泥墙厚的便宜货簌簌落下。

妓女原来是这样的！蔡俊生吓得赶忙冲出房门，鬼在后面追似的逃出胡大屁股家，一直跑到情人桥上，才缓下脚步。

秋天的河水默默地流淌着，天上的皓月完整地清晰地映在河中。

望着水中的银波，李白的诗句冒了出来，不由叹了一口气：唉，时间过得真快，自己来到这个镇子已经一年半了。

他来到自己曾经站着的地方，呆立住，望着桥下缓缓而流的河水，不禁心潮翻滚。这里就是自己曾经想了断的地方。

天上一个月亮，水里一个月亮，天上的月亮在鱼鳞似的云彩中穿行，水中的月亮在银波中缓缓流淌。蔡俊生望着那水中的月亮，想钻进去，好好清洗清洗，漂白漂白。

几个月前的那一幕在脑海中自然涌现，那个时候的他虽然身体肮脏，但是心灵干净，而现在的自己，身体干净了，可是灵魂肮脏。人啊，很容易忘记本分的，就如那句俗话：好了伤疤忘了疼。

他站在那里，想了很多，过去的点点滴滴，还有谢翠莲、朱大凤、小叶子、家人等。想到谢翠莲，他猛然想到好像最近很少看到她。是自己“忙”得忽略了她，还是她在有意躲着自己？

“也许是自己肮脏，她懒得看见我吧？也不怪，自己都忘了自己姓什么、怎么才有今天的了。假如那天谢翠莲不向自己伸出那根黄瓜，自己现在在阴曹地府会是什么样？”这样地想着，迈着沉重的脚步离开那桥，月亮也紧跟着他，这让蔡俊生无处躲藏。

小梁子揉着眼睛开了门，蔡俊生今晚之行见不得人的，所以蹑手蹑脚通过院子往自己屋子走。猛一抬头，一个小巧的影子木桩似的立在那里。

“大……大姐。”蔡俊生弱声地打着招呼。

“木桩”一动不动。

“大……大姐，这么晚了，还没睡?”

“你不是也没有睡？你这个大……忙……人!”“木桩”终于开口道。

蔡俊生听了羞愧得恨不得地上有条缝自己好钻进去。

“每逢佳节倍思亲，今晚是个特别的日子，看看月亮，想想亲人。”“木桩”继续说，可是依然一动不动。

“哦。”蔡俊生想快点儿离开这难堪之地，他答应着迈开步，身后传来：“他们几个住店的都回家团圆去了，大哥，你……你为什么不回去?”

这话如看不见的刀，在蔡俊生心头挖着。他站住了。

“过来坐会儿吧，现在回去肯定睡不着。”“木桩”到底活动了，坐在旁边石凳上。

蔡俊生无奈，只好硬着头皮走了过来坐下。天上，月亮是那么美好，但是，这一切好像与他无关，他一味地低着头，似犯错的孩童心虚地在大人面前。

谢翠莲瞄了他一眼，然后抬头看着空中的月亮，问：“最近生意不太好吧?”

“嗯。”蔡俊生低头弱弱地回答。

“农忙季节，当然的。”

“可能。”

“做生意就是这样，人家忙的时候生意人清闲，人家清闲的时候生意人忙。”

“是的。”

“真正的生意人可不是这样，他们一般在人家忙的时候，自己也忙——打听市场行情，准备好货源，这样才能在以后赚到大钱。”谢翠莲看着天空，好像是对着月亮说。

蔡俊生似懂非懂地听着。

“大哥，你不是要做大批量的麻丝生意的吗？现在南边的红麻已经成熟，北边的白麻马上也要收割，你不去收购，还要等人家送上门呀?”

蔡俊生惭愧得脸红到耳根，只是晚上看不见罢了。

“想靠赌发财吗?”

蔡俊生的头更加低。

“赌博害死人的！大哥，你知道膏药王他们几个怎么不和你们玩儿了？他们怎么回家去了?”

“回家过中秋节。”蔡俊生嘟嘟囔囔地回答。

“回家过中秋节，大哥只知其一不知其二，他们……他们可是连住店的钱都没有了——都输了。大哥，实话对你讲吧，膏药王他们几个后期玩儿的钱，都是向我借的。”

“啊?！这样呀。”

“唉，想一想，他们也怪可怜的，老婆孩子一大家指望他们带回去一些钱呢，现在倒好了，分文没有带，还欠了一屁股债，回去怎么向家人交代?”谢翠莲说。

蔡俊生心里除了同情之外，心想着：“怪谁？怪就怪他们运气差呗，愿赌服输。”

“唉，俗话说：赌博，赌博，越赌越薄，亲戚挚友，千万不能在一起赌博，你看膏药王和补锅孙他们俩，以前关系好得几乎穿一条裤子，现在倒好，成路人了。”

“他们小心眼。”蔡俊生辩解道。

“呵呵，是吗？俗话说，十赌九输。”

“这……这……我们只是小打小闹。”蔡俊生依然为自己开脱着，他也知道赌博猛于虎，可是面子让他过不去，所以不自觉地为自己辩解。

“蔡大哥，你还是读书人，不知道千里之堤毁于蚁穴吗?”

蔡俊生的脸火辣辣的，伸手捂住自己的脸不停揉着。

“蔡大哥，听妹妹一句劝，戒赌吧，有一句话：十赌九假。”

蔡俊生疑惑地看着谢翠莲。

“其中的老底我……我不能揭穿，那天下午，薛二输了，可是晚上换了色子，他就回回能够赢，里面设的机关，你们……你们这些新手是不会知晓的。”

“啊？色子里面有机关?”蔡俊生瞪着眼望着谢翠莲，似乎要把她吃了。

谢翠莲胆怯地往四周看，确认没有人听到，才安下心来，回答道：“知道就好，哎，大哥，今晚怎么样?”

“输……输了。”蔡俊生犹豫半天还是坦白了。

“我早料到，赌博，你不知道里面的水有多么深，初次给你甜头，以后就慢慢宰你了。”

“哦，这样啊!”蔡俊生如梦初醒道。

“蔡大哥，你听说过谁靠赌博发财的吗？没有吧？倾家荡产，家败人亡，卖儿卖妻的我倒见过。不相信吗？我……我自己就是证明。”谢翠莲望着月亮说。

“大……大姐，你……你……”蔡俊生脑子里现出薛二那句话：“我花两块大洋买来的。”

“唉，我也不怕丢丑，就实话告诉蔡大哥吧，我……我就是卖过来的。”

“谁……谁卖大姐的?”

“我……我是自己卖我自己。”谢翠莲低下头来道。

“啊？这……”

“大哥有兴致听吗?”

“大姐，你……你……”

“唉，这事说起来话长了。”谢翠莲又抬起头看了看月亮，陷入那永久的痛苦之中……

在离这庄墓镇北边十来里的地方有一个叫孟洼庄的，庄子里有一户四口之家，弟弟铁蛋活泼可爱，姐姐翠莲美丽贤淑，父亲谢大伟强壮忠厚，母亲谢王氏贤惠勤劳，他们全家守着那三间茅草屋，勤劳地耕种着家里的那两亩薄地，虽然不算富裕，但是还能勉强糊口度日，更重要的是那三间茅草房里经常笑声不断。

有一年夏季，出奇的热，出奇的雨大雨多，这一家人都认为这天不正常，心里闷闷慌慌地预感什么祸害要发生似的。

一天中午，大大、娘、姐姐正在家午睡，外面一声大喊让那三间茅草屋颤抖起来。

“不好啦，铁蛋大大，你家铁蛋出事了。”

“怎么了?”大大、娘、姐姐齐声问，他们吓得脸都变成茄子色了。

“你们去看看就知道了。”那人说着往村外跑，三人知道大事不妙，连鞋子都没有顾得上穿就跑了出去。

远远地，看到河边围着一群人，他们跑到近前，看到铁蛋赤条条地躺在地上，好像睡着了一样。后来知道，原来铁蛋和一个小伙伴来洗澡，那孩子腿抽筋在水里挣扎着，铁蛋见了赶忙来救，可是他被溺水之人拉下水去，就再也没有出来……

家里人一看就明白过来是怎么回事了，母亲号叫着扑向地上的弟弟，疯了似的抱住铁蛋的身子哭喊着：“铁蛋啊，娘的铁蛋啊，你怎么了？你醒醒啊，娘在这里呀，你睁开眼看看娘啊，老天爷啊……”

父亲不相信地揉着自己的眼睛，抱过铁蛋的头，把手伸到他的鼻子底下，又给他把脉。然后没了魂似的坐在地上，血红的眼睛瞪着圆大，眼球几乎要爆炸了。天塌了，地摇了，他“啊”的一声倒下去了。

姐姐哭着使劲推着弟弟，又赶忙过来哭喊着父亲，声嘶力竭地喊：“铁蛋、铁蛋……大大、大大……”

半下午的时候，村中两个年长的人抱着稻草绳子过来，他们按照规矩要把铁蛋身子用稻草绳子捆三道，然后抬到野外埋了——夭折的小孩子是不能葬在祖坟边的，这个你是知道的。娘紧紧搂着儿子尸骨死活不让，大声喊：“你们要干什么？我的铁蛋没有死，我的铁蛋没有死，娘的心头肉怎么能死呢？嘿嘿……哈哈，呜呜……”娘已经疯了。

可是，铁蛋还是被他们抬走了。

“铁蛋啊，娘的铁蛋啊！我的儿呀，你等着，娘跟你去……”“轰”的一声，娘一头撞在地上。

大大抱起昏死过去的娘，呆呆地望着他们抬走了自己唯一的儿子，老泪纵横着，这是翠莲打记事以来第一次看到他流泪。

以后，每当傍晚的时候，村子河边，都飘荡着一个母亲给她的儿子招魂的声音。娘一只手拿着木耙，另一只手端着碗，碗里放着豆子，娘往水里撒一粒豆子，然后用耙子在水里捞一下，嘴里喊着：“铁蛋啊，你回来吧……娘的好铁蛋啊，你回来吧，娘的好铁蛋啊，不要怕，你回来吧……”

娘喊一声，翠莲在旁边答应一声：“来啦。”伤心地呜呜哭着。可是立即让娘骂停了，说哭声会吓着铁蛋，让他的魂不敢回来。

翠莲家的好日子彻底到头了，从此家里再也听不到开心的笑声，笑声倒是有的，那只是娘病倒在床上可怕的傻笑疯笑。她醒来又哭，哭了又笑，笑了又睡，从来没有见过她脸上干过。可是几天以后，娘连眼泪也没有了。

父亲整天借酒消愁，田里荒芜了他也懒得做。那时候，家里唯一的支柱就是翠莲，她突然懂事了，能干了，家里的田里都是靠她一个人在维持着。那一年，她才十二岁啊。

娘病得很厉害，为了给她治病，家里那两亩薄地也不得不卖了，然后就是向亲戚朋友借债，可是他们也是泥菩萨过河——自身难保，所以也拿不出多少。

第二年春天，青黄不接，家里一粒米都没有了。中午过后大大出门给娘抓药去了，翠莲趁娘睡着了，就挎着篮子到野外挖野菜。

春天的野外，鸟语花香，可是翠莲心里哪能装得下这些？她只有一肚子的苦水。她焦急地漫山遍野地跑，可也没有挖到多少野菜。

她口渴了，来到小溪边，蹲下喝水，水里一阵翻动。

“鱼，有鱼！”翠莲惊喜地喊。

翠莲连裤脚都没有来得及挽起，就跳下了水，她多么希望能够抓到那些鱼啊！好给娘补补身子，娘已经几个月没有沾荤了，虚弱得连说话的力气都没有。

翠莲不顾还很凉的河水，她在水里抓呀抓，心里只有一个念头：抓鱼给娘吃，让娘快快好起来！

傍晚时候，翠莲篮子里已经有几条大大小小的鱼了，她满足得很，赶快往家赶，好给娘熬鱼汤喝。

“娘，娘，我回来了，你看我抓到了什么？”翠莲进屋喊。

可是家里床上不见了娘。

翠莲慌张了，大声喊着“娘、娘”四处寻找，屋子里里外外前前后后都找遍了，也没有看到娘的影子。翠莲更加慌张了，疯了似的在村子里到处寻找，逢人便问：“你看到我娘了吗？你看到我娘了吗?”

从田里回来的一个大爷告诉翠莲，说看到娘朝河边走去。于是翠莲跑着来到河边寻找，在铁蛋溺死的地方，看到娘的鞋子——娘肯定是投河追寻着自己的儿子而去了。

“娘，娘!”翠莲哭喊着也跳进水里，被随后跟来的大爷抱了回来。

安葬娘的那一天，大大跪在娘的坟前对着翠莲说：“翠儿，你以后无论怎么样，都要活下去，好给谢家传续香火，我们在阴曹地府还等着你逢年过节给我们烧点纸钱呢，好翠儿，答应大大吧?”

翠莲抹着眼泪点着头。

谢翠莲说着，已经哭成泪人。蔡俊生这个大男人也泪湿胸襟。

家里一连失去两个最亲的人，大大也失去活下去的动力，人们都说，父亲是座山，可是现在他这座山倒下了，他整天喝酒不算，还整天待在赌场里。

可怜的谢翠莲哭天天不应，喊地地不灵，她能怎么着?

第二年的春天，就是娘死的那天傍晚，翠莲挎着讨饭的篮子回到家，她惊呆了。

大大悬挂在房梁上!

“大大……大大。”翠莲登上板凳来给大大解开脖子上的绳子，那时候，大大已经浑身冰凉了。

夜晚，翠莲一个人给大大守夜。

“大大呀，你怎么这么狠心呀？你怎么就这么撒手去了？丢下翠莲孤零零的一个人怎么在这世上活呀?”翠莲趴在大大身上哭着，“我……我也跟你们去吧，大大、娘、铁蛋你们等着……”翠莲哭着拿起大大那根上吊的绳子挽了个结，慢慢登上板凳，系在房梁上，把头伸进绳子圈里。

“大大呀，呜呜，你不要走远，带着翠莲一起走吧。”翠莲最后看了一眼躺在地上的大大，来蹬脚下的板凳。

“翠儿，你以后无论怎么样，都要活下去，好给谢家传续香火，我们在阴曹地府还等着你逢年过节给我们烧点纸钱呢，好翠儿，答应大大吧。”大大这句哀求的话莫名地在翠莲耳边响起。翠莲现在明白大大的意思了，那个时候，大大实际上已经准备……他那时候是在嘱托后事。

“翠莲不能死，翠莲已经答应大大了，要不，谁逢年过节给阴曹地府的亲人们烧纸钱？”翠莲心里这么想，从板凳上面下来又趴在大大身上哭着保证道：“大大，您放心去吧！翠莲不死，翠莲就是上刀山下油锅也要活下去，逢年过节的时候翠莲一定给您二老还有铁蛋多多烧纸钱，你们在那边好好地等着我，会有那么一天的，到那个时候我们一家四口再在一起快快乐乐地过日子……”

第二天，要债的接二连三地上门来——很多是大大欠的赌债。

“唉，家里都这样了，伯父怎么去赌呀？”蔡俊生不解地问。

“我不怪大大，他的心思我知道，赌钱来得快，大大想赢些钱给娘治病，可没有想到……唉，俗话说，父债子还，话虽然这么说，可那时候翠莲哪有钱还债啊？那时候，翠莲只会哭，村中的人来说情，对那些要债的人说：还不起，该得起，人不死，账不烂，可是一点儿作用都没有。”

“他们怎么向你这么一个可怜的小孩子逼债呢？一点儿人性都没有！”蔡俊生愤愤地说。

“大哥，赌场里流传着这么一句话：赌钱，要有杀老子的心肠才行，所以赌徒一样都是六亲不认，冷酷无情的，他们只认得钱，至于你活下去还是活不下去，他们才不管呢。”

“怎么这样啊？”

“厉害的还在后面呢！”谢翠莲接着继续诉说着。

抢先而来的赌徒看家里实在没有什么值钱的了，于是打起了那三间茅草屋的主意。他们把大大的尸体抬出屋子，把翠莲撵出家，霸占了那三间茅草屋。

翠莲再也没有栖身之地，只能露宿外面，整天抱着大大的尸骨哭得死去活来。好心的邻居轮换着给翠莲一口吃的，他们不敢接受一个戴孝的人进家去住——晦气的，实际上翠莲也知道这些的，所以也不愿意进他们家门。

父亲的尸骨躺在外面已经三天了，俗话说入土为安，可是棺材还没有着落，翠莲对不起死去的大大呀！可是又无能为力。

第三天上午，一个瘦猴似的男人出现在翠莲面前，他也是来要债的，说父亲欠他一块大洋，看没有什么可以要的了，于是打起翠莲的主意，要把翠莲拉去卖了。

"你如果把大大用棺材葬了，我就跟你走，要不，翠莲就一头撞死。"翠莲坚毅地说。

那男人看不能人财两空，点头答应了，就这样，翠莲成了这个男人的女人，那一年翠莲十四岁。

这些年来，翠莲虽然受尽了人间的苦，但是强忍着，因为时时刻刻都铭记着大大那句话，无时无刻不在想念着天上的亲人。

谢翠莲说完，望着天上的月亮，突然跪倒在地，向着月亮哭道："爹、娘、铁蛋，今天是中秋节，翠莲给你们磕头了。"说完，"咚咚"地磕着响头。

蔡俊生含着眼泪也跪下，"咚咚"地磕着头。

天上，月亮从云朵里钻出来，似亲人的脸。

"大……大姐，现在俊生对月亮发誓，俊生今后如果再赌钱，天打五雷轰!"

"蔡大哥，言重了，戒了就好，俗话说浪子回头金不换。"

"俊生今日才知大姐的一番苦口婆心，大姐的好意俊生心领了，俊生定当不辜负，明天我就动身去北方收购麻丝去。"

"嗯，男子汉，大丈夫，应该干出一些事来。"

"大姐，薛二哥……薛二哥今晚他……"

"大哥，求求你不要说出来，好给翠莲留些颜面。"说着站了起来，一边走一边说道，"其实，我……我什么都知道的。"

蔡俊生看着那娇小的身影，不由得对这么一个小女人佩服起来："这么个弱小的女人，一肚子苦水，但是，表面上一点儿痕迹都不露，内心多么强大啊！她生生死死经受的那么多磨难，不要说放在一个小姑娘身上，就是放在一个大男人身上都会经受不住的，但是，她偏偏能够咬着牙挺了过来。我蔡俊生如果不发奋，就连一个女流之辈都不如，那就枉来世上一遭！”他抬起手来，咬破手指，然后举起流血的手指对月发誓道：“月亮仙子在上，我蔡俊生现在对你起誓：我今后一定不走歪门邪道，实实在在干点事情出来，以报答恩人的一片好心！”

“你……你说什么？俊生他……他死了？！”中秋节晚上，蔡老拐屋子里，当蔡老拐听了一个人的话后简直不敢相信自己的耳朵。

“俊生哥他……他放排的时候落进水里了，三大爷，说句不该说的，凶多吉少。”旁边的那人说道，“我从打鼓佬那里听说这件事，一回来就赶快来告诉您二老了。”

“俊生啊，我的儿啊，你死得好惨啊……”俊生娘瘫倒在地，一把鼻涕一把泪地哭了起来。

“哭哭哭，就知道哭，现在还没有确定俊生就一定死了呢！他没死也被你这老不死的咒死了。”蔡老拐用手里的烟袋敲着桌子骂道。

“打鼓佬说他们找了好长时间也没有找到俊生，那时候那个大水如何凶，三大爷你也是知道的，十有八九俊生哥他……听说……听说下游有人看到俊生的尸体了，因为没名没姓，所以就随便找了个地方埋了。”

“俊生啊，我的儿啊。”蔡俊生娘又哭了起来，这次蔡老拐没有骂她，只是点着烟，低头默默地吸着，然后抬起头，吩咐道：“小声点哭，这事，你们先不要对外说，特别是老三家的，谁也不许对她说，谁对她说了，我就把他的舌头割下来喂狗，听到没有？”蔡老拐眼露凶光。

蔡老拐这么吩咐是有他的打算，这件事，如果传出去，多么丢人！他们已经发话出去了，他们家的老三在外面做大生意呢！不久就会背着满袋子的银圆回来。再说，如果外面知道了这事，他蔡老拐家的势力就会大打折扣——三个儿子，失去一个，等于损兵折将三分之一。这年头，缺兵少将可不行。至于朱大凤，一个年轻的媳妇，知道这事后，会容易生出事端的，还是不知道的为好。

屋内三人好像明白蔡老拐的意思，默默点着头。那来告诉消息的人起身和蔡老拐夫妻道别要离开。

门外一个影子飘在白色的月光中，长长的头发披散着，女鬼似的……

女人打闹三件宝：一哭、二睡、三上吊。朱大凤睡了一天一夜——其实她不睡都不行，因为生病加饥饿让她爬不起来。

婆婆害怕闹出人命，终肯放下架子，吩咐大儿媳二儿媳送饭进来。一会儿，这两个儿媳妇回来报告道：“老三家的怎么这么犟，送去的饭菜连一筷子都没动。”

“饿死算了！”婆婆见朱大凤不买自己的账恼羞成怒地吼道。

蔡老拐见了翻着白眼吐着烟道：“你们三个平时干的好事，认为我不知道？老三不在家，你们不能太过分了。”

婆婆大嫂二嫂听了，彼此对望一眼，都认为自己比窦娥还冤。

晚上，公婆二人疑惑起来：“难道老三家的要跟随自己的丈夫而去？看样是俊生的阴魂来索她了。”

谁知道第二天早晨，朱大凤竟然自己起来在院子里转了两圈。

婆婆吩咐二儿媳给朱大凤煮了几个荷包蛋送过来。朱大凤二话没说，端起碗来狼吞虎咽着，让二嫂看了心里更加的鄙夷。

正当二嫂把自己的鄙夷向婆婆汇报的时候，朱大凤手里拿着一把菜刀过来，二嫂见了害怕，她认为朱大凤找自己算账来了。

“咣当”一声，朱大凤把菜刀撂到大嫂面前：“这是老鬼家的菜刀，拿去吧。”

和老鬼家的事就这么解决了，蔡老拐夫妻后来明白过来了，他们二人后来还夸奖朱大凤呢！说她做得对，为自己家挣回了面子。农村家族为了打出自己的势力范围，常常有这样的分工：有人专门出去闹事，有人躲在后面等出事了才出面和事了事。这和黑社会打天下有着异曲同工之妙。

说出事，就出事，而且还是大事，让人心惊胆战的大事。

陈铁柱早晨来摆好肉案子，就听街面上人议论纷纷：“财主蔡八家被劫了！”

“啊？什么时候？”

“八月十五晚上。”

“什么人干的?”

“蒙着面呢，肯定是强盗。”

“家里都给劫了什么?”

“金银财宝、粮食布匹，听说她家儿媳妇……啧啧。”

“啊？报官了吗?”

“昨晚的事，哪有那么快？今天肯定要……咦，官府的人来了。”说话的人看到两人在张贴一张纸，大家赶忙围过去看

“……悬赏二十大洋捉拿抢劫的强盗。”一老先生念着。

陈铁柱抱着事不关己高高挂起的态度，自己没有钱，别说强盗，就是鬼都不上门，所以担心不着，至于捉强盗，那是吃公家饭人的事，自己也没那本事，也不想多事，所以连布告也懒得去看，一本心思地做着自己的生意，现在唯一让他牵挂的是表妹的病好些没有。

说曹操曹操到，猛一抬头，看见朱大凤正向自己走来，这可不寻常呀，不寻常得就如嫦娥下凡来了。是什么缘故让她主动来看他的？陈铁柱捋了捋心窝，安慰了一下胸腔跳跃着的小兔子，等待着好事来临。

好事真的来了，在这以后，朱大凤没有再躲着陈铁柱——愿意和他说话了，有外人在场的时候，还可以开句玩笑。这让陈铁柱幸福得就如家里的那只狗得到了一根肉骨头，不，是成堆的骨头！陈铁柱就这样抱着这些骨头，在蔡家集快活地待了下去。

秋天的田野里黄绿交织，欣喜悲凉相参。下午，陈铁柱推着独轮车走在回家的路上。太阳晒得他额头上冒着的汗就如肥肉上沁着的油。口渴得很，放下车子，来到红薯田里，扒了一个红薯躺在地上吃着，蓝蓝的天空宛如洗旧了的蓝褂子，上面几朵白云棉花团似的往远处飘去，心里道：“时间过得真快，一眨眼，一年又过去了。看样子，那个蔡俊生确实死在外面了，这么长时间了，一点儿音讯也没有，看来和大凤还是有很大的希望的。”想到大凤，那红灯笼似的脸出现在脑海里，随即“嘻嘻”甜甜地一笑。

五、惜惜相怜

傍晚，庄墓镇沐浴在晚霞中，炊烟袅袅升起，牛羊缓缓进圈中，鸡鸭悠悠栖于舍，孩童嘻嘻在游戏。

谢翠莲端着洗衣盆拿着洗衣棒边走边看几群孩子的游戏——几个女孩在玩儿老鹰捉小鸡，男孩在斗鸡，还有两个男孩甩着鞭子，比谁甩得更响些。谢翠莲来到河边，慢慢蹲下，悠闲地洗衣，眼睛不经意地张望着远处，似在欣赏河面上美丽的风景。河水把天上的晚霞搂抱在怀里，很是不平静，泛起的浪花，闪耀着金色，几条好奇的鱼儿被这金色的浪花儿吸引了，跳出水面，掀起的涟漪黄金似的流淌，远处几艘帆船披着晚霞归来。

“卖饭西施，我们都是早上洗衣，你怎么老是在傍晚洗衣呀？”李二老婆一边往嘴里填着饭，一边问。

“早晨客栈忙不过来，就只好放在这个时候洗喽。”

“哦，这样呀。咦，今儿个蔡老板没有帮你端盆子呀？”

这话似一阵东北风，让谢翠莲的脸马上由晴转阴。记得半年前，也是傍晚，谢翠莲要帮蔡俊生洗衣服，蔡俊生过意不去，帮她端着木盆来到河边，被李二老婆看见，先是“嘻嘻”一笑，然后唱着黄梅戏道：“你洗衣来，我端盆，你我好比鸳鸯鸟，比翼双飞……”

“哈哈，你不是在等什么人吧？不是有句诗吗？叫……叫什么来着？王秀才说过的，哦，想起来了，叫……叫过尽千帆皆不是，斜晖脉脉水悠悠，说的是女人等男人的事，哈哈。”李二老婆笑着，硕大的胸脯晃动着。

“李二家的，你瞎扯什么？你那张嘴，空穴来风，没有的事都能扯出一窝腥臊蛋来，吃你的饭吧，干饭都堵不住你那张嘴。”谢翠莲说着，把石板上的衣服当作李二老婆的嘴，用洗衣棒“噼噼啪啪”地捶着。

“呀，心慌了吧？没有的事你心慌什么呀？俗话说：心里没鬼，遇事不急。”李二老婆翻着白眼道。

“你嘴着痒了吧？着痒了就往南墙上擦擦，不要在这里瞎扯。”谢翠莲说着把衣服丢在水里来回摆着，开始回击，“各人自扫门前雪，你还是把你自家门前的雪扫干净吧。咦？那个南方佬昨天搬出去了？听说李二昨天赶船回来了？”

这两句，似枪子儿射中了李二老婆，她一呻吟，脸上一道红，吧嗒着嘴半天，道：“我只是随便开开玩笑，何必当真？”说着转身躲进屋里。

谢翠莲继续洗着衣裳，眼睛飘向远处，远处，一条帆船踩着晚霞正向这里驶来。

谢翠莲没有太在意，太好的风景见惯了就不成为风景了，她把洗好的衣服放进木盆里准备离开，但是还是习惯性地站立一会儿，似乎在眺望西山，这一望，让她的心头一震，她似乎看到那船头站着个人。

虽然太远，看不清楚，但是，她预感到了，就是那人！朝思暮想的那个人，为了他，几次到庙里烧香拜佛祈愿他平平安安。

“卖饭西施，洗好啦？”不知道什么时候李二老婆又出来了，现在讨好地问候着，以希望修好二人之间的关系，做到互不干涉“内政”。

“洗……洗好了。”谢翠莲害怕心思被她瞧出来，赶忙端起衣盆往回走，但是心里的眼睛还是向那只船张望着。

回到客栈，赶忙看看锅里的饭菜，觉得菜不太好，不，而是太差，饭呢，觉得不够多，怎么办呢？她一时不知道如何是好。

眼睛飘过鸭笼鸡舍，“不不，这样不好”，谢翠莲心里否定着那个想法，又打开菜橱，看到里面有新晒干的咸鱼，拿了出来，又去拿了几个鸡蛋，又赶忙跑进菜园里拔了几棵葱，摘了些辣椒……

“谢老板，怎么做这么多菜啊？”小梁子进到厨房，吃惊地问。

“不……不是今晚吃的，给明儿个准备的。”谢翠莲结巴地回答着，“小梁子，你……你去打二斤油，家里油不多了。”

“明儿个吃的，今儿个就准备了？”小梁子疑惑着拿起油罐子走了。

支走了小梁子，她开始剥葱洗辣椒。

“我说我们在码头那家饭馆吃点儿，你非要到客栈来吃，这么晚了，肯定没有什么好吃的了。”一个声音从院子传来。

“累了，想早点儿到客栈歇歇。”一个人说道。

“回来了！”谢翠莲心里一震，洗菜的手停在空中。

“谢大姐，谢老板。”那个朝思暮想的声音喊。

“来……来了。”谢翠莲丢下手里的活儿，迎了出来，两个男人，谢翠莲眼睛里只有一个——蔡俊生！但是却把满面春风的脸对着二狗打着招呼，“回来了”。

这声弱弱的招呼，好像是期盼的妻子对出门久远归来丈夫的问候。

“回来了。”蔡俊生呵呵一笑回答，然后“嘘”了一下，似乎有一种回到家里的释然。

“哎，有好吃的吗？如果没有什么好吃的，我可就要拽着蔡大哥到孙大头饭店吃了。”二狗嚷嚷着，“这些天，累死了，要吃点儿好的，好好补补。”

“二狗，这么久才回来，也不回家给老婆孩子报声平安？就想到吃吃。”谢翠莲嗔怪着。

“呵呵，犒劳犒劳自己呗，我们这一趟，嘿嘿……”

“这一趟不错？”谢翠莲虽然看着二狗问，嘴却对着蔡俊生。

“一般。”蔡俊生似乎知道她问自己，所以抢先回答道。

“还一般？”二狗眼睛瞪着惊诧道，“我在船上都计算好了，这一船货兜售出去，起码要……”

“二狗，算计不到变化到，光凭想是没用的，钱装到口袋才是真的。”蔡俊生打断二狗的话道。

谢翠莲骄傲地看了一眼蔡俊生，道：“对，不要到时候老猫衔了个猪尿脬。”

“反正这船货稳赚不赔，蔡大哥，无论如何你今晚得请我吃顿好的。”二狗无赖道。

“怎么个吃顿好的？干饭填不住你的嘴！”谢翠莲打趣道。

“干饭肯定要的，还要有大肥肉，酒。”二狗说着嘴吸溜着。

“好，看在你这趟辛苦的分儿上，我答应你，家里肉没有了，等会儿我让小梁子买些回来，二狗，你回家和老婆招呼一下，等会儿把他们也带来一起吃，他们也可是个把月没有沾荤腥了。”

“好嘞。”二狗欢天喜地答应着回家去了。

支走了二狗，谢翠莲问道：“蔡大哥，这趟真的像二狗所说的吗？”

“呵呵。”蔡俊生不置可否地笑着，谢翠莲心领神会不再问，进厨房开始忙碌起来。蔡俊生进来要帮忙被谢翠莲轰了出来：“哪有大男人待在厨房的呢？”

蔡俊生还真的感觉到累了，准备回到自己屋子躺会儿，正要起身，门口人影一闪。

“哎呀，蔡大老板回来啦！我说我这左眼老是跳个不歇呢。”薛二说着过来搂住蔡俊生。

“薛二哥，好久不见，一向可安好？”蔡俊生问候着，但是一阵恶心，因为薛二身上泛出浓重的汗馊味儿。

“好……好个屁！”

“怎么了？”

“手有点儿不顺。”

“哦，那要歇歇。”

“输了不捞，家有金条啊？”

“呵呵，我的意思是等这段霉运过去再玩儿。”

“实话告诉你，我现在正转运，只是……只是……”薛二眼睛巴望着蔡俊生的口袋说道。

“哦，我这里剩的不多，只有这些了，你拿去吧。”蔡俊生说着把口袋里的一些钱掏出递与薛二。

“好好，蔡老板，你等着，我赢了就回来加倍还与你，我还要去玩儿，今晚就不相赔了，明儿个我摆宴为你接风洗尘。”说着话，人已经到了门外。

一会儿，二狗带着老婆孩子一大家子浩浩荡荡地过来，一顿海吃，大家抹着嘴上的油说：“撑死了，撑死了。”

蔡俊生长叹一声道：“还是谢大姐烧的菜好吃！”

这蜜似的话，让谢翠莲甜得满脸地笑，道：“你们就会说假话糊弄人。”可能是喝了酒忘了话的缜密，“家里的饭哪有外面的饭香”，说过了，才知道这话问题大了，这是客栈，而不是家，除非……悬心低头，用眼角扫视大家。看到大家没有在意，悬着的心才放下。

吃过饭，二狗醉醺醺地连骂带赶地带着老婆孩子回家去，几个孩子前呼后拥拥拥挤挤问他要这要那，他倒财主似的大方答应着。老婆笑眯眯地跟在他们后面走，让谢翠莲羡慕得眼幽幽地望。

“呵呵，这一大家子，真是难得。”蔡俊生看着他们离去的背影叹道。

“二狗如果不再赌，就这么走正道，那会多么好啊！”谢翠莲说道，“他这一趟还听你吩咐吧？”

“如果不赌，就是好人，很能吃苦。”

“都是苦命人，怎么不能吃苦？你多看着他点儿，不能再让他下水了，要不，这一大家子就毁了。”谢翠莲吩咐道。

“嗯。”蔡俊生点头，“这段时间，大姐过得还平安吧？”

“就那样。”

“薛二哥他……他没有再打你吧？”

“就那样。”

“哦。”蔡俊生不语了。

“蔡大哥，如果薛二问你要钱，你可不要再给他，无底洞填不满的。”

“我没给，我没给。”蔡俊生说着，摸了一下自己的钱袋。

“让小梁子烧些热水，蔡大哥你洗洗就睡吧，赶了这么远的路，小梁子，小梁子……”可是半天没有回音。

“肯定喝醉了，我去给蔡大哥烧吧。”谢翠莲说着站了起来。

蔡俊生打着酒嗝剔着牙，然后身子往椅子背上一靠，大有这家男主人似的安适。

洗过澡，回到自己屋子，躺在床上，浑身放松的似屋子外面飘着的月光，他惬意地眯着眼，享受着这安定。

这一年来，生活很是安顺，生意也像那芝麻开花——节节高，他按照谢翠莲的教导——薄利多销。这样一来虽然赚得不多，但是做得够省心，不像过去那样熬操着没有人来买。

他现在做的是大批量的买卖，把北方的白麻运过来，除了庄墓镇本地用的，就是拉到南方去，再把南方的红麻顺便带过来，再运到北方，这样省了许多的运费，还落了个两头赚。

红花草籽的生意也是如此，哪里能赚钱，就往哪里贩卖，拿谢翠莲的话说：生意人就是朝钱窝子里钻。

这样一来，他就需要经常在外地转，可是不知道什么原因，每当停留在外地的时候，总是有一种漂泊感，特别是“鸡栖于埘，日之夕矣，牛羊下来”的时候，这种感觉越加强烈，这时候，他才真正感觉到古代思乡诗中所描绘的意境：“枯藤老树昏鸦，小桥流水人家，古道西风瘦马……”这个时候，他有一种归心似箭的冲动，只是这箭射的心不是归向蔡家集，而是归向庄墓镇。

庄墓镇不是他的家乡，也没有他的亲人，为什么有这种强烈的归属欲望呢？连他自己都不清楚。

在庄墓镇，他感到亲切，感到温馨，感到莫名地安心，“这可奇怪了！”他经常这样问自己。“难道是谢大姐的缘故吗？怎么可能呢？她是有夫之妇！我蔡俊生不是那种偷鸡摸狗之徒——小人的做法。”而他蔡俊生是堂堂的正人君子。

说不想蔡家集，那是假的，毕竟那里有自己的父母兄长，至于朱大凤，他只道她已经死了。

几次下南方，都想回到蔡家集，可是一想到要见到朱大凤，马上就会想到谢翠莲，一个排斥，一个吸引，可想而知最终选择的是什么。

“唉，还是等等吧。”蔡俊生这样给自己以借口。

俊生对谢翠莲有一种依恋，她是自己的救命恩人，又把他从赌博路上拉了回来，以至于有了现在的生意，这就等于给予了他第二次生命，这样的女人，对自己的关爱与照顾如同母亲一般。

蔡俊生心存感恩，要报答翠莲，他是这么理解自己对她的感情的，不知道别人是怎么理解的，反正外面已经有说闲话的了，但是，身正不怕影子斜，不做那龌龊之事，不去想那非分之想，他们能把白的说成黑的，但是不能把白的做成黑的。俊生这样解脱着。

这次乘船回来的路上，二狗一次问："蔡老板，你和卖饭西施到底是什么关系呀?"

"这话从何说起?"蔡俊生诧异地问。

"我听别人说，你们关系不一般。"

"谁说的? 当然……当然不一般了，她是我的救命恩人!"

"救命恩人?"

于是，蔡俊生把谢翠莲救自己的经过说了一遍。二狗这才恍然大悟，头点得似鸡吃米，连声道："哦，这样啊，这样啊。"

蔡俊生对二狗的话耿耿于怀，追问那话的出处。二狗开始不肯说，经不住蔡俊生的软硬兼施，只好道出原委："只是听三老歪说了一次。"

"唉，可惜不是真的，如果是真的才好呢，能够娶这样的女人做老婆，那是祖宗八辈积了大德了。"蔡俊生这样地想着，慢慢睡着了。

半夜里，俊生迷迷糊糊似乎听到哭泣声和打骂声，因为太劳累又加上喝了很多酒，瞌睡虫们在作弄他，让他以为自己在做梦，所以眼睛没有睁开，又昏睡过去了。

早晨醒来，隐隐地想起昨晚的事，赶忙来到客厅寻找谢翠莲，只见她在默默地在扫地，见了蔡俊生，只是一声弱弱的招呼"起来啦"，然后又继续低头默默干活。

蔡俊生心里明镜似的，昨晚她又被打了。

蔡俊生回到自己屋子，拿起昨晚换的衣服准备到河边去洗，刚走出屋门，被谢翠莲看见，一把夺下道："我来洗。"

"不不，还是我自己来洗吧。"蔡俊生拽住衣服不撒手。

"啰唆什么? 干你的正事去!"谢翠莲强夺着。蔡俊生已经看见她手臂上的瘀伤——青得似古墓的砖块。

蔡俊生装着没有看见，松开了手，好让她的衣袖盖住那伤。远处二狗喊他，他答应着去了。

谢翠莲端着洗衣盆来到河边，秋天的河水很是清澈平静，可是她的内心极不平静。昨晚半夜，薛二输光了钱，回家来要钱再回去赌，结果……唉，佛说：人生是苦海，而苦海无边啊！好在这苦海里面还漂着几片绿叶，比如蔡俊生，要不，活着真没有意思了。这样边想着边洗衣服。

李二老婆在家看见，晃动着胸前的猪水脬，诡秘地一笑：

“咦？卖饭西施，昨儿个下午才洗的衣裳，怎么今儿个早上又洗了呢？咦，洗的是男人的呀！谁的呀？”

“住我店里的蔡老板的。”谢翠莲安安稳稳地回答道。

对于好奇心特强的人来说，有些事是越描越黑，如果向他们兜了个明底儿，会起到意想不到的效果。李二老婆就是如此，一听，兴趣减少不少，但是依然没有减完，痴然道：“你这个老板当得真好，管吃管喝管……睡，还管洗衣服，嘻嘻……周到啊，太周到了！”说着，巴掌拍得“啪啪”响，硕大的前胸颤悠悠着。

“有钱就周到，没有钱就不周到，开店做生意，为的就是赚钱。”谢翠莲弯腰，身上伤处一阵痛。

“洗衣裳还有钱？没有听说过，咦？给多少？”

“你没有听说过的多着呢，一件衣裳三个大钱儿。”谢翠莲要把李二老婆吓到，所以报了个大大的虚数。

“我的娘啊，不少！”李二老婆拍着脑袋叹道。

“你也想给你住店的洗？”

“不！”李二老婆严正地说。

“呵呵。”谢翠莲意味深长地一笑，心里骂道：“不洗才怪呢！”白眼珠瞟着李二老婆道：“也是，给别人家的男人洗衣服可不是一般的活儿，那些嘴碎的人会说闲话的。”

“咳，大骡大马都见过，还没有见过小毛草驴吗？”李二老婆不屑一顾地说。

毛驴叫着，码头，二狗带着老婆孩子正赶着毛驴下货，按照蔡俊生的意思，卸下一部分，剩下的第二天送到南方去。

“停下，停下！”远处，气势汹汹地过来几个人吆五喝六地呵斥道。二狗一见，感到要来事，因为来的几个人都是本地有名的混混。

“二狗，谁让你下的?”领头的一个“三角眼”喊道。

“谢三哥，自己的货自己下，货少，呵呵。”

“那也不行！码头的规矩你不知道呀？把卸下的送回到船上去！要不，哼哼。”“三角眼”搓着手，“别怪爷们儿不客气!”

“这麻丝一点儿也不干净，要好好洗洗澡。”旁边一个小混混举起一缕麻丝，手一松，飘进水里。

二狗老婆奋不顾身捞了出来，一连声地问：“干什么？干什么?”

“各位，各位，不能这样，凡事好说，凡事好说。”二狗拱手道，“都是街坊邻居的，抬头不见低头见。”

“知道了就好，赶快把货送回到船上去，省得弟兄们动手，弟兄们动手代价可就大了。”“三角眼”说着，对着手下使着眼色。那几个混混跨步上前，二狗赶忙来拦。

“欠揍啊。”一个手上戴着铁扣的混混说着过来“咚咚”两拳把二狗打倒在地。二狗躺在地上捂着冒着血的嘴巴，一个劲儿地喊：“怎么打人？怎么打人?”

“老子打的就是你这个不识时务的腌臜货。”“铁扣”骂着抬脚要来踢二狗，二狗老婆倒是勇敢，上前护住二狗问：“你们怎么打人？你们怎么打人?”然后猪杀似的高呼，“打人啦，打人啦，打死人啦!”

马上围过来一群人，大家看把戏似的津津有味地看着。

“怎么了？怎么了?”蔡俊生拎着裤子从茅厕跑了出来，拨开人群进来问。

“哟，这不是蔡老板，蔡大侠呀?”三角眼一眯，更加的三角。

“狗屁的大侠，连规矩都不懂。”“铁扣”道。

“几位之言，俊生笨拙，请明说。”蔡俊生双手抱拳作揖道。

“那好，我问你，谁让你们自己下货的？还给老子活路吗?”“三角眼”问。

“呵呵，我还以为什么呢？为这个呀，几位不知，我们只是卸下一小部分，大部分不下船，今晚就走，所以没有劳各位大驾，多多海涵，多多海涵。”

“那也不行!”“三角眼”道，“你蔡大老板走南闯北，不知道靠山吃山靠水吃水的道理吗？”

“也是，也是，这样吧，几位看看得多少下船费用，我一定给，一定给。”

“那好，给三个大洋。”“三角眼”草稿都没有打，出口报出数字，然后巴掌伸了过来。

“这么多！”蔡俊生心里思考着，“看样子，今儿个这事没有这么简单。”

“呵呵，三哥真会开玩笑，这货一共才值几个？这样吧，今天中午我请客，孙大头饭店见，怎么样？”

“不行！”那个三角眼横竖眉毛愣瞪眼着，那眼睛倒是中看了许多。

“怎么了？怎么了？”谢翠莲赶了过来，后面跟着二狗老婆，看样子，是她给谢翠莲报的口信。

“嗬，卖饭西施也出面了，蔡老板，你面子不小，艳福不浅呀。”

“哈哈，住店住进她屋子里面了吧？”

“合穿一条裤子，合盖一床被子，嘻嘻。”

几个混混浪浪地笑，眼睛肆意瞟着谢翠莲的身子。

“放屁！老娘开店挣钱，蔡大哥住店给钱，天经地义！有什么见不得人的地方，尽管指出来给老娘看看！”

“哟，这么厉害？滚远点儿，这里有你什么事？半路上蹦出个蚂蚱，当心把你蚂蚱爪子给你掐了去！”“铁扣”抚摩着手上的铁扣恶狠狠地警告。

“这批货有老娘的股份，怎么没有我的事？”

“不管有还是没有你的股份，三个大洋，少一个子儿都不行。”三角眼眯成一条线，透出寒光，一副六亲不认的样子。

“你吃人啊？我把话挑明了，今儿个一个子儿都没有。”谢翠莲少有的气势，怒目以对，“都是家门前的人，这样干什么？”

“动手！”“三角眼”手一摆，其他混混欲上前。

“我看你们今儿个谁敢动我的货！”谢翠莲说着从衣袖里掏出一把匕首，护住货物，“要动也行，那就从老娘的尸首上踏过去。”

“大姐，你……”蔡俊生上前一步挡在谢翠莲前面。

“蔡大哥，你走开，这些人欺人太甚。”

“哟，拿刀？想吓唬人啊？”“铁扣”说着上前一步。

“别过来！”谢翠莲手里的刀乱舞着，在阳光下划出明亮的弧线。

人群越聚越多，大家七嘴八舌议论着：“这不是讹人吗？”

“这算什么世道，一点儿道理都不讲！”

混混们回头看看众人，又瞧了瞧谢翠莲手里的刀，终于没有上前。

“庄墓镇的老少爷们儿们，你们给评评理，按说今儿个下货没有对他老三说一声，我承认这是我们做得不对，他们毕竟就靠这个吃饭的，但是我已经答应按平常的价给他运费，他们还不依不饶，这还让人活吗？大家看看，今儿个就下这点儿货，才值几个钱？可是他谢三儿硬讹我和蔡老板三个大洋，他谢三儿之所以这样做，那是看蔡老板是外地来的，势单力薄，但是，他这样欺生，这三庄墓镇不是成强盗窝了吗？以后谁还敢来这里做生意？庄墓镇还有没有讲理的地方了？”

众人纷纷议论着，几个胆大的人还对着混混们指手画脚着。

“三角眼”看形势不对，喇叭似的高喊：“大家看看今天这出戏，这娘儿们这么护着这野男人，肯定和他有一腿。”

人群一阵哄笑。

“放你娘的狗屁！路不平有人铲，何况这批货里有我的股份。”

“对，就是这样的，我……我二狗可以证明。”二狗从地上爬了起来向众人解释道。

“二狗，你就是一条狗，被他们喂养的看门狗，哪天我把你狗爪子码了。”“三角眼”威胁道，然后对着众人宣扬道，“今天就这样了，三个大洋，给也得给，不给也得给。”

“老娘一个子儿也不给。”谢翠莲丝毫不相让。

“哟，这里这么热闹？”一个老鸭嗓子声音从人群外面传了进来，接着，人群闪动，胡大屁股挤了进来。

“老三，你真有本事，和一个女人家杠上了，你动手呀？看你怎么动手！”转头对蔡俊生道，“蔡大侠，我向你保证过的，在这庄墓镇，谁敢欺负你，那就是和我胡大屁股过不去，让我不好过，哼哼，他也别想过好日子！我今儿个就把话撂这儿了。”说完，一屁股靠在货物上，倒是把那货压下去一大截。

“胡大屁股，你和他认识呀?”“三角眼”说着指着蔡俊生。

“你说呢?”胡大屁股反问。

“哦。”“三角眼”似乎明白了。

“你是存心找人家碴儿，我就是看不惯这样的人!”

“不是，不是，是他们下货不打招呼，你也知道我们这些弟兄们就靠这吃饭呢。”

“那也不能讹人呀，光天化日，干这龌龊之事！哼哼……”胡大屁股双手交叉抱在胸前。

“这……”谢三脸露难色。

“不要这那的，今天反正三个大洋不给你!”

“你，你想怎么着?”

“你想怎么着就怎么着。”胡大屁股满脸不在乎地道。

“三角眼”不语，几个混混大眼对小眼，小眼巴望着谢三的三角眼。

“你老三也是这庄墓镇街面上有头有脸的人，不能让你下不了台的，这样吧，中午就按照蔡大侠说了，到孙大头饭店一叙，怎么样?”

“你胡大屁股既然这么说了，就给你胡大屁股这个面子。”“三角眼”说完，手一挥，带着几个混混离开了。

“多谢胡大姐。”蔡俊生作揖道。

“不要叫我大姐，听了不习惯，还是叫我胡大屁股吧，老娘就是卖这个的。”说着抬脚要走，想起什么，转回头道，“中午就在孙大头饭店见吧。”

“好的，多谢胡……胡大屁股。”蔡俊生追着胡大屁股说。

“不要谢我，人出来混，没有势力不要紧，但一定要有义气，混，靠的是义气。”胡大屁股向人群布道着，然后拨开人群扭着她那招牌——磨盘似的大屁股离开了。

吃过饭回到客栈，二狗高兴地说：“这下好了，这下好了，老三以后不会再找我们麻烦了，他今天拍着胸脯保证以后会罩着蔡大哥，哎呀，真是应了那句话：不打不相识。哎呀，今儿个的事，没有想到会是这样，没有想到，没有想到。”

“二狗，酒桌上的话你也信？酒桌上这么说，下了酒桌他们就忘到九霄云外去了。”谢翠莲道，“这顿饭，请得不值，但是又是胡大屁股提议的，不好驳她的面子。”

“今天要不是她，僵持到那样，还真的不知如何收场，在这庄墓镇，也只有胡大屁股能降得住老三这一伙，她开妓院，家里有几个打手，方方面面的关系也都能通融的。”二狗拉出一个精通时事的架子道。

“我不佩服她，俊生真正佩服的是谢大姐，你才是真正的女中豪杰，那个时候那种气势……唉，真的让俊生无地自容啊！”

“是啊，是啊，我那个时候都蒙了，哪里还知道怎么办？这帮人可不是吃素的，谢老板居然敢和他们唱对台戏，还拿着刀！咦？谢老板，你平时杀只鸡都胆战心惊的，今儿个怎么了？”二狗不相信地看着谢翠莲问。

“逼上梁山的，这些人，欺软怕硬，如果这次敷衍过去，他们会认为你好欺负，下次他们肯定还会找你麻烦，还有可能变本加厉。所以，那个时候，针尖儿要对麦芒，拼了命也不能服软，我已经想好了，如果他们敢上来，我就豁出去了。”

“我倒没有想过这些。”蔡俊生脸红地说。

“你这个窝囊废，那个时候缩到哪里去了？”二狗老婆埋怨二狗着，”蔡大哥、谢老妹救了我们一大家子，用得到你的时候，你这个熊包倒好，屁都不敢放一个！”

“谁说我没有吭声？我吭声了呀。”二狗摸着自己的伤口委屈地道。

“蔡大哥、二狗，你们得罪过谢三他们吗？”谢翠莲问。

二人齐摇头。

“那今儿个就怪了，谢三他们好像故意来找碴儿的。”谢翠莲一脸疑惑，沉思了一会儿，恍然道，“哦，想起来了，只有一种可能。”

“什么？”蔡俊生二狗齐声问。

“同行是冤家。”

“哦，那是谁会干这样龌龊的事?”蔡俊生脑子里过滤着街上和自己做同样生意的人。

“我想起来了，肯定是叶祥那个老家伙，他和老三是二代老表关系。”二狗道。

“有可能，你们生意太兴隆了，夺了他们的饭碗，所以怀恨在心使了这个绊子。”谢翠莲分析着。

“那没有办法，我们又没有跑到他摊子面前去拉顾客，谁让我们的货既好价格还便宜呢?”二狗头昂得似公鸡报晓似的说。

“我们走的是大宗货，所以进的价格当然便宜，他们本地货，货品次价格还高，我也不想夺了他们的饭碗。”蔡俊生一脸无辜地解释。

“大哥，你们听说过什么叫盗亦有道吗? 真正的盗贼，偷人家钱的时候，总是不偷尽，给人家口袋里留一点儿，这叫作给人留活路，人不能把别人逼得走投无路。俗话说得好，狗急还跳墙，兔子急了还咬人呢。再说，这庄墓镇地方势力你还不得不考虑到，不是有句话吗，强龙拗不过地头蛇。”

蔡俊生以前在蔡家集也做生意，蔡家就是地头蛇，只有蔡家找别人的麻烦，而没有人敢找他蔡家的麻烦，所以在他的心目中，整个世界都是朗朗乾坤，公平着呢，现在经过谢翠莲的教导，顿悟道：“算见识了什么叫江湖了，大姐的话说得在理。听大姐的，以后，我会把价格抬……”

“高”字还没有说出口，只听得外面一个声音，“蔡老板，蔡老板在吗?”

“谁呀?”

“是我。”说着打外面进来一个刀鱼脸的瘦高男人。蔡俊生一见，赶忙站了起来抱拳一笑道：“原来是张老板呀，稀客，稀客，请坐，请坐。”

来人坐下，谢翠莲赶忙看茶。这位张老板倒是个爽快之人，闲聊几句之后，便开门见山说明了来意。

这张老板是南方客商，来这里找蔡俊生收购红花草籽。去年冬季，南方发大水，很多红花草被洪水淹了，所以今年红花草籽很紧俏。

听了张老板的叙述，蔡俊生犯难了，因为手里的这批白麻要连夜赶到南方去出手，恐怕没有时间。但是张老板给的报酬又不低，所以现在蔡俊生宛如手里拿着鸡肋——啃之无肉，弃之可惜。

张老板赚钱心切，一听，连忙说："蔡老板，蔡大哥，帮帮忙啦，有钱赚啦。"

本来谢翠莲心里有一股莫名的哀怨，才回来一天，又要出门了，现在有个机会可以挽留住那个他了，赶忙道："我提个建议，不知道可行不可行，蔡大哥，南方让二狗一个人去得了，你在家陪张老板收购红花草籽。"

"没有其他办法，也就只好如此了。"蔡俊生做无奈状。

谢翠莲目的达到，十足的满意，这满意心里盛不下，溢到脸上，盈盈一笑，转头对着二狗道："二狗，你一个人去行吗?"

"这还用说！我又不是没去过。"二狗嘴撇着，对这样的问题简直不屑回答。

话是这么说，谢翠莲为了保险起见，还是让蔡俊生给江苏的客商写了一封信，千叮咛万嘱咐二狗要小心。

送走了二狗后，蔡俊生每天上午在庄墓镇做生意，下午陪着张老板下乡收购红花草籽，忙得屁股不沾板凳。

对于谢翠莲来说，蔡俊生就是鸦片，有他在身边就会让她精神大振，整天小鸟似的乐呵呵的。傍晚，做好了饭，然后站在门口，不时向路口张望着，盼望着他们早点儿回来。

"这样不好，这样不好。"夜晚，她躺在床上这样警告着自己，"他是自己的什么人？不沾亲不带故的，这样下去，会闹出笑话的，以后，一定要注意了。"

可是第二天一睁眼，依然如故。

自己拗不过自己，索性不再给自己找苦恼吃了，每天大大方方地照顾蔡俊生，争取不给别人留下口舌。这个苦恼算结束了，可是另一个苦恼又来了。

"唉，他早晚要走的，他是别的女人的男人。"一想到这，谢翠莲头皮就发麻发爹，真的不知道，如果蔡俊生不在自己的身边，她还有什么奔头，如果他走了，对于她来说，就等于世界末日的到来。

“咦？他喜欢的女人会是什么样子？是自己这样类型的，还是……”这个天大的问号，一直盘踞在谢翠莲的心。

这天早晨起来，蔡俊生左眼老是跳个不歇，望着东边血红的太阳，心里怪怪的，感觉今天不同寻常。

上午来街面做生意，生意出奇的好，心里道：“应了那句老话：右眼跳——灾，左眼跳——财。”

“这鞋绳怎么卖？”一个妇女问道。

“一个大钱儿一串。”蔡俊生回答着抬头来看，不由大吃一惊，眼睛愣愣地盯着眼前的妇女——小叶子手里拉着小小叶子天外飞仙似的站在他面前。

“你……你……你长得像一个人。”小叶子问，“大哥，你不是本地人吧？”

“呵呵，大姐，你也不是本地人吧？”

“俊生哥！”

“小叶子！”

“俊生哥，到底是你啊！你……”

“哎，你生意做还是不做了？光在说话。”一个买绳子的人怪罪着。

“对不住，对不住，不做了，不做了。”蔡俊生说着收起摊来。

当蔡俊生领着小叶子娘俩回到客栈时，谢翠莲见了先是一愣，然后大赞小小叶子长得如何如何的可爱，把她描绘得如王母娘娘身边的金童玉女似的，接着又是拿糕点又是拿梨子给她吃。母亲一般面对别人这么夸奖自己的女儿，总是笑不拢口。可是，今儿个就不一样了，小叶子脸上没有一丝笑意，只是低着头坐那里手不停搓自己的衣角。蔡俊生也是，默默坐那里，有时候还抬眼偷偷打量这个年轻漂亮的少妇，似乎有一肚子的话要说。

屋子的气氛很是憋闷，谢翠莲虽然在自己的家里，但是明显感觉到自己是个局外人，她老猫似的嗅到了什么，道：“漂亮的小妞儿，我带你去玩儿好玩儿的。”说着拉着小小叶子的手出去了。可是并没有走远，而是悄悄地来到窗口。

“俊生哥，那天是你吗？”

蔡俊生不置可否。

“你那个时候怎么不说呀？也不进门坐坐？”

“呵呵，我那时人不人、鬼不鬼的样子，还有脸见人吗？再说，也不想打扰你们。”

“俊生哥，你把我看外了。”

“没有，没有。”

“那你……”

“唉，一言难尽啊，小叶子，你……你过得还好吗？”

“呵呵，死不了，什么样你那天也看到了。俊生哥，你呢？怎么到这里来了？”

“这事一时半会儿说不清楚。”

接着，蔡俊生把自己出来做生意遇到的坎坷经历向小叶子简要叙述了一遍。虽然中间减去了许多艰难的细节，但是小叶子听了眼泪还是稀里哗啦的，道：“俊生哥，你受苦了！”

接着，屋内陷入沉默，虽然二人心里都装着童年无限的美好，历历往事好像就发生在昨天，可是，今天已然物是人非了，童年的纯真与美好已经随着时间的流逝和距离的隔绝而淡化了、疏远了。二人都不愿提及那美好，害怕撩起内心的伤，屋子里静得能听到地上蚂蚁的脚步声。这时候，门外传来小小叶子银铃般的笑声。

中午，小叶子要走，谢翠莲无论如何不让她走，非要留她娘俩吃饭不可。无论小叶子用什么理由推辞，她就是拉着小叶子的手不放，好像小叶子是她多年不见的亲姐妹似的：“哎呀，妹妹这么远，又是第一次上门，哪能走呢？这不是打我脸吗？传出去，我哪还有脸见人呀！咦，妹妹，你拎着这么多药，家里有人不舒服呀？”

“大大，大大病了。”小小叶子答道。

“哦，大大得的什么病呀？”

“吐……吐血，吐了好多血。”

“啊！”谢翠莲惊叹着，蔡俊生脑子里立刻影出那个罗锅子来，弓背、秃头、三角眼、干瘪的身躯、恶毒的语言、破鼓的声音……小叶子嫁给了这样的人，真可谓一朵鲜花插在牛粪上了。

男人情敌之间是这样，那么女人情敌之间又会是什么样？看小叶子默默地坐那里，谢翠莲拉起小叶子的手安慰道："妹妹，不要担心，俗话说病来如山倒，病去如抽丝，不要着急，慢慢治吧，肯定能治好的，走，到厨房给我打下手，无论如何，饭还是要吃的。"

到了厨房，趁着蔡俊生人不在，谢翠莲问了小叶子好多问题，特别是她和蔡俊生之间的关系。

小叶子只是说自己和蔡俊生小时候经常在一起放牛，其他的一概不说。谢翠莲宛如初次下塘游泳的新手一样一步步探着水，但是，到吃饭时也没有试出这水的深浅来。倒是小叶子似乎是那游泳的老手，从谢翠莲那里探出蔡俊生身上发生的很多事情来。

吃饭了，谢翠莲搂着小小叶子在怀里，给她夹菜，眼睛望着蔡俊生道："这孩子真乖！给我做干女儿好了。"

小小叶子没有等自己的母亲答应，乖巧地喊道："干娘。"

"哎！"谢翠莲响亮地答应着，眼泪都要出来了。这么多年来，她和薛二只种田，没有收获，为了这，没少挨薛二打。薛二一直用"不孝有三，无后为大"的理由折磨她。

小叶子满意地看着自己的女儿盈笑着，这是蔡、谢二人第一次看到她笑，一笑，脸上旋起两个小酒窝，谢翠莲看了羡慕得不得了。实际上，她不必羡慕的，对于笑，小叶子都忘记多少天多少年没有笑过了。

"这丫头真有福气，认了这么个好的干娘。"小叶子说过话就收起笑容低头默默吃饭，好像心事重重的。一会儿，抬起头悄悄瞄了一下蔡俊生，似乎要说什么，但是，只是吧唧了一下嘴巴，又低下头去。

谢翠莲进屋，一会儿手里拿着一个银项圈出来，套在小小叶子脖子上，说是给干女儿的见面礼。小叶子说不能要这么贵重的见面礼。一个坚决给，一个坚决不收。二人僵持着。

"拿着吧。"蔡俊生劝道。小叶子倒是非常听俊生哥的话，不再客气，这倒让谢翠莲狐疑不少、泛酸不少。

送走了小叶子娘俩，看着蔡俊生痴痴地望着小叶子的背影，谢翠莲心里泛着酸，道："没有想到，这么远，你们俩居然还能相见，挺有缘分的。”

“唉，小叶子也是够苦的了。”蔡俊生叹着气道。

“哦，怎么回事?”

接下来，蔡俊生把小叶子的遭遇以及自己遇到她的经过详细说了一遍。谢翠莲听了比照着自己，叹道：“唉，女人，活在世上真不容易啊!”

“他的那个老掉牙的罗锅子死后，她们孤儿寡母的，不知道怎么活下去?”

“大哥不必太担心，车到山前必有路的。”看着蔡俊生担忧的样子，中饭里的酸醋味再次泛起，赶忙引开话题，“咦，二狗出去十来天了吧? 再过些日子就应该回来了。”

“对，可能还要十来天，但愿不要出什么事。”

“呸呸，乌鸦嘴，能出什么事?”

“呵呵。”蔡俊生不语，这两天他总是感觉到不对劲，但又说不出什么所以然来，“哎，这几天没有看到薛二哥，他到哪里去了?”

“吃屎狗离不开茅厕，他能到哪里去? 赌场呗。”

“但愿他手顺。”

“我倒希望他不赢，但……但也不输。”谢翠莲说着干事去了。

蔡俊生猛地没有明白谢翠莲所说的话，仔细一分析，才觉得她的话不无道理。薛二是赢也折腾，输折腾得更厉害了。

谢翠莲刚才说吃屎狗离不开茅厕，她错了，狗只有饿的时候才去茅厕，吃饱的时候是到处溜达的，比如去招惹母狗。薛二昨晚手顺，赢得口袋快装不下了，现在左右两边各有一个女人伺候着，那个惬意，那个潇洒!

三老歪进来吩咐道：“薛二，今天外地来了两头肥猪，不要老趴在女人身上，留点劲儿晚上好宰那两头肥猪。”

“哼……哼……”两头猪一边走一边哼唧着，陈铁柱拿着树枝在后面赶着，哼唱着：

妹妹藏在哥心窝，

一路想来一路歌。
祈愿老天遂我意，
天长地久乐呵呵。

这样唱着，朱大凤那高粱红的脸蛋浮现了出来。

这一年来，陈铁柱和蔡家的关系密切了许多，原因是他认了蔡老拐为干爹，为了尽孝道，他三天两头拎着猪杂碎过来看望蔡老拐。蔡老拐一年到头有荤吃，真是越吃越想吃，越吃越能吃，只吃得脸色红润，似返老还童一般。

婆婆更是如此，中医认为“缺什么补什么”，她有气管炎，所以吃猪心肺不但能解馋，而且还是吃天下最好的药。

蔡老拐老婆好卖弄，今天吃了肥肠，逢人便说如何如何的肥、如何如何的香，只说得自己嘴里吸溜着。邻居们当然羡慕，叹道：“啧啧，你真是上辈子积了大德了，认了这么个干儿子，亲儿子也不过如此！”

这样陈铁柱能经常看到朱大凤，她那漂亮的杏眼、红火的脸蛋，默默递过来的饭菜，这让陈铁柱乐不思蜀。更让他高兴的是那天在包里发现了一双新鞋子，回家后，拿在手里翻来覆去地看，不相信自己的眼睛又放嘴里咬了一下，虽然没有味道，但是快活得似吃了唐僧肉。

生活是这样快活，生意又怎么样呢？唉，简直不值得一提，糟糕死了！不知道什么缘故，他居然被强盗盯上了，两次半道上买来的猪被强盗劫去，损失巨大。但是为了自己的面子，又不好到处宣扬，只能哑巴吃黄连——有苦说不出。

为了躲避强盗，他今天特意绕道而行，可是心里还是没有底，山里，山高暮早，人去空寥，他警惕地留意着周围的动静。

“啪嗒”，树林里一阵响。他立马站住，从腰间拔出杀猪刀握在手里。一只兔子从旁边草丛中飞奔而过，这让他悬着的心掉了下来，赶着猪继续上路。

绕过这个山包，前面就有庄户人家了，陈铁柱看了看西天一树高的日头，长嘘了一口气，然后扬起手里的树枝，吆喝了一声猪，吹起口哨，好把自己心里的鬼驱跑，在如血的晚霞中缓行。

“站住!”从左右两面树林里各走出来一个手持大刀的蒙面人，虽说是蒙面人，实际上对陈铁柱来说他们两个已经成为老熟人了，就是这两个人已经劫了他三回了。

“又……又是你们?!”陈铁柱说着握刀在手，“你们怎么老找我的麻烦?”双手抱拳道，“好汉，饶了我一回吧?”

“少废话，把猪给老子丢了，否则，别怪我手里的刀不认人!”高个强盗说着晃了晃手里的大刀。

陈铁柱观察了一下自己所处的地形，还好，地势较高，便于防守，于是也晃了晃手里的杀猪刀，道:“你们欺人太甚，三番五次找我麻烦，今儿个老子和你们拼了!”

两个强盗听了一愣，互相对看了一眼，然后慢慢夹击过来，手里的长刀在夕阳中闪着血红。

两个强盗成夹击之势，看来顾了头就不能顾屁股，大鼓书说过:要攻击敌人弱处。于是陈铁柱飞舞着手里的杀猪刀以猛虎下山之势向右边那个矮瘦的强盗奔去。这个强盗怎么也没有想到居然会这样，以前陈铁柱可都是乖乖地丢下猪就跑的。现在风水轮流转——轮到他跑了。

陈铁柱知道，必须死盯住这个强盗不放，不能让二人会合在一起，这样自己才会安全，于是拼命在后面紧追着，这样形成了一个猫追老鼠、狗追猫的现象:陈铁柱举着杀猪刀“呼哧呼哧”地在追矮瘦强盗，而他屁股后面高个强盗“呼哧呼哧”地在追他。

前面是一条小山涧，矮瘦强盗奋力一跃跳了过去，陈铁柱看了看觉得他再跳过去有些困难了，于是猛折回头，高举着杀猪刀向后面的强盗奔来。

风云突变，现在形成一对一了，形势不妙，三十六计走为上策。高个强盗后军变前军，折回头就跑。

“你……给……给老子站住，说说怎么……怎么老是劫……老子的猪?站住，你给我说……说……明白。”陈铁柱边追边喊。

“老子……老子求财不害命，你再追，你再追，别怪老子下次……下次不留情。”强盗一边跑一边威胁着说，可能是头套让呼吸不畅快吧，那个强盗扯下头套扔在地上，陈铁柱从后面可以清楚地看到他只有半只耳朵。

听了强盗的话，陈铁柱心里一振，逐渐放慢了脚步，眼睁睁地看着那半个耳朵消失在树林里，于是折回头，找到了那两头肥猪，回家去了。

第二天早晨，来到蔡家集肉案子还没有摆好，就听到人们议论纷纷："昨天晚上，离这十来里地的李家庄财主李金田家被抢了！"

"谁干的？"

"问我？我问谁去？"说话的人虽然这么说，但是手指着山里。

"还是去年那伙人吧，官府怎么老是逮不住？"

"那些人来无影去无踪的。"

陈铁柱听了，脑子里冒出那半个耳朵来。

大半晌午的时候，官府的公文又张贴出来了，这次赏银加到三十个大洋。

"啧啧，三十个大洋，乖乖，这么多！"围观的人纷纷叹道。

"这钱好挣吗？哼哼……"

"你要他钱，他要你命。"

陈铁柱混在人群中，寻思着："只要他们不再来祸害我的猪就可了，至于赏银嘛，压根就没有那个奢望，意外之财，不好使的。"

中午时分，街上行人渐渐少了，肉案子上还剩下几根骨头，于是收拾摊子，向蔡老拐，不，朱大凤家走来。

"哎呀，大兄弟来啦！"大嫂看着陈铁柱的担子热情地打着招呼。

"来蹭饭啦，大嫂，嫌弃了吧？"陈铁柱说着把担子里的猪骨头、一块猪油外加几块猪血旺拿了出来。

"看你说的？欢迎还来不及呢！哎呀，来就来吧，还带这么多东西干什么？家里还缺你吃的？"大嫂说着接过东西，笑眯眯地拎向厨房。

到了厨房，把东西往砧板上一放，向朱大凤吩咐道："把这些烧了！"然后夸耀道，"我家富贵的朋友送的！哎呀，我们一年要沾人家多少光，都不好意思了。"

"都是大哥的功劳，处了这么个好朋友，我们沾光不少，肉三天两头地吃，都吃腻啦，啧啧，看看街面上，有的人家一年只能吃上两三回。”二嫂道。

“呵呵，二妹，你家亲戚也不赖，上次……”

朱大凤听着两个嫂子的一唱一和，心里又好笑又鄙夷，假装糊涂地道：“大哥真不赖，处了这么个大方的朋友，俊生他不在家，我只好小秃跟着月亮走——沾光了。”

二嫂听了翻着白眼道：“那是，你就是小秃子。”

朱大凤回敬道：“二嫂嘴这么顺溜，肯定是用猪油擦的嘴。”说着拿起猪油往她嘴边送。

三个女人躲着，追着，笑着，俗话说三个女人一台戏——一台热闹的戏。

“哎，你们在笑什么？”陈铁柱伸头进来问。

“哎呀，大兄弟啊，进来，进来。”大嫂说着一把拉他进来，“我们刚才说你呢。”

“说我什么？我有什么好说的？”

“说你能干，人长得又英俊。”二嫂说着一个劲儿向两个妯娌眨着眼。

“是吗？嘿嘿……”陈铁柱一时被夸得昏了头，用手摸着那昏头一个劲儿地傻笑。

“大兄弟呀，不瞒你说，我们蔡家集好多姑娘都看上你啦！说吧，喜欢哪一个？给嫂子我说一声，保证……”

陈铁柱万万没有想到她们会说这事，还在朱大凤面前！既有些得意，又有些慌张——怕他的大凤妹误会，赶忙说道：“不急，不急，我……我没有留意那些人儿。”眼光扫过朱大凤的脸，又赶忙转向锅灶，把话题扯开道：“哎，饭烧好了吗？肚子咕咕叫啦。”

“不要转了话题，大兄弟，和你说正事呢，街南边的钱老大家里的——就是那个经常挎着篮子满街拾萝卜叶子的女人，三番五次托我向你提亲，她家的三丫头——你见过的，高高大大的，又泼辣又会过日子，看她那大屁股大胸脯，保证生孩子像老母鸡下蛋一样顺溜。”

“街西头闫老西家的二丫头也不错，雪白干净的，他家也向我提了好几次了。”二嫂不输于大嫂地说。

“不要，不要。”陈铁柱说着，头一个劲儿地向着朱大凤摇着拨浪鼓，似乎在向她表决心。

“这两个丫头可是我们蔡家集的门面啊！提亲的人都踏破门槛了，你还不稀罕？打着灯笼都难找的。”二嫂道。

“呵呵，反正我不稀罕。”陈铁柱说着拿起朱大凤胳膊边的萝卜“咔嚓咔嚓”地吃着，似乎没有在意，胳膊挨着了她的衣服。

“这个不行，那个不要的，咦，是不是心里有人了？”大嫂郑重地看着陈铁柱的脸问，“看上谁了？给我说一声，是这个屋子里的吗？”

陈铁柱心一咯噔，不由慌张起来，心里寻思着：天啊！难道自己刚才碰了大凤让她们看出来了，还是她们打探出他和大凤的关系来了？

朱大凤赶忙蹲到灶下烧火，脸上的红跳跃着。

“没有没有，哪有？”陈铁柱没有烧火，脸上的红掩饰不住。

“嘿嘿……和你开玩笑呢。”

朱、陈二人这才长舒一口气，心里不由叹道：“我的亲娘啊！”

“娶一个不错，俗话说老婆孩子热炕头儿……”二嫂罗列着结过婚后的诸多好处，那真是无法用话语所能说完道尽的，总之就是：好，太好了，好得不得了。

“还是娶一个好好过日子吧。”半天，朱大凤冒出这么一句，似自言自语，又似在帮二嫂说话。

“就是，就是，三妹说得一点儿没错。”二嫂今天有些特别——热心得过了头，这让大嫂很是看不惯。

“累死啦，饿死啦，你们烧好了吗？哎呀，铁柱兄弟在啊！哈哈，今儿个好好喝一盅，在厨房待着干什么？走，到堂屋坐去。”蔡富贵说着拉着陈铁柱走了。

二嫂看大嫂走了出去，走到朱大凤跟前，道：“三妹，求你一件事。”

“二嫂，我们谁跟谁呀，还说求，吩咐就是了，咦，什么事？”

二嫂把嘴凑到朱大凤的耳朵边，眼睛望着门口，低声细语地道：

“我娘家侄女今年十六了，我看铁柱兄弟这人不错，想请你……想请你……给我说一声。”原来刚才几人议到陈铁柱的好，又谈到婚嫁的事，二嫂心里临时冒出自己娘家的侄女来，她要肥水不流外人田了，但是这样的事要避嫌，不好自己出面，又不好让大嫂来提——她可是成事不足败事有余的，说不定她自己娘家还有几个侄女呢，所以只好请朱大凤出面来说——她可真会找人啊！

“好，好啊。”朱大凤满口答应着。

接着，二嫂在朱大凤耳朵边又是一阵叽咕，朱大凤揉着自己发痒的耳朵疑惑地问：“这样好吗？”

“这有什么不好？”二嫂说着端菜出去了。

吃过饭，朱大凤回到自己屋子里，心里暗流汹涌，坐也不是，站也不是，摸摸这，看看那，屋子里已经很整洁了，可是她总觉得不是太好。

一会儿，门“吱呀”一声，陈铁柱浑身散发着酒气进来朝着地面问道：“三嫂，你……你找我？”

“铁……铁柱兄弟来……来了。”朱大凤颤着声音招呼道，指着一个凳子说道，“坐，坐。”眼睛不停地望着窗口。

陈铁柱并没有坐那板凳，而是仗着酒胆一屁股坐在朱大凤的床上。让朱大凤看了，心里浪潮翻滚。

“找我有事？”陈铁柱一边问，一边打量起来她的屋子，这可是第一次进她的屋子，咦，原来是这样，真干净！

“也没有什么事，就是有人托我给你提亲。”

“哦，什么人啊？哎，三嫂，你……你这床睡得肯定舒服。”陈铁柱说着摁了摁床垫，然后仰身躺下。

朱大凤见了心河里浪打着浪，强镇压住全身的颤抖，道：“是我的一个亲戚。”

“你的亲戚？我怎么不知道？”

“二嫂娘家的侄女。”

“不干！”

“人长得可俊了，脾气还好。”

“有你俊吗？”

“不要乱说。”朱大凤说着眼睛看着窗外向陈铁柱示意着，“你什么时候看看人吧，如果合意，就……”

陈铁柱明白了，坐了起来，冲着窗外大声地道：“好，多谢三嫂的厚爱，三嫂，你……你对我太关心了，怎么让我承受得起呀?”说完，站了起来往外走，摆动的手似乎不小心碰到了朱大凤的手。

朱大凤宛如被开水烫了一下，猛地缩回手来，半天反应过来，冲着陈铁柱的背影声音大得全家人都能听到地喊：“不……不坐啦?慢……走。”

门口人影一闪，吓了朱大凤一跳，以为陈铁柱又回来了。进来的却是二嫂，笑嘻嘻地问那事怎么样。朱大凤因为说媒这件事，从此以后多了二嫂这么一个盟友。

俗话说：一回生，二回熟，三回坐下吃，四回躺下住，从此，朱大凤的屋子陈铁柱进出也就理所当然了，因为他们有正事要商量。做媒的人不会把自己做了出去吧?

薛二这些天成神仙了，整天小调哼着，小酒喝着，小女人玩儿着。他是如此快活，三老歪带来的那两个“肥猪”可就惨了，输得几乎只剩内裤了。

“这样的牌技也敢出来玩儿?找死!”薛二私下对三老歪说。

“可能是刚下水的菜鸟。”

“对，肯定是!”

“不过他们家有的是钱，这次钱带得不多，输了还不服气，所以邀请我们俩到他们那里去玩儿，薛二，你去吗?”

“去，当然去，去就是拿大洋，嘻嘻，咦，这两个肥猪是哪里人?”

“合肥县城的。”

“哦”的一声，薛二犹豫了，因为他知道，大地方水也深。

“不管他们是哪里的，反正他们的牌技就是程咬金耍斧子——就那么两下，这你也见识了，薛二，你准备一个大口袋吧，防止到时候银圆盛不下。”

“呵呵。”薛二咧嘴笑着，感觉自己周身都装满了银圆了。

“哎，薛二，你去吗？不去，我可就对他们说了。”三老歪说着拔腿要走人。

“去，去，满世界哪里找这样的好事啊？”

“那好，就这么说定了，薛二，你快回家准备准备，我们下午就走。”

“好嘞。”薛二干脆响亮地答应着向家里走来，身后传来三老歪破锣的声音：“多带些本钱。”

薛二回到家，吃空中的馅饼似的盘算着这趟能赢多少，又计划着如何用那些钱，一直计划到吃中午饭还没有计划完。他是如此呕心沥血，对于中午的饭菜简直不知其味。

“嘿，给老子好好看家，我出去几天。”薛二边吃饭边对谢翠莲吩咐道。

“到哪里去？去干什么？”

“问老子这些干什么？多管闲事！哎，在家给我老实点。”

“你一个人吗？”

“和三老歪一起。”薛二说着走出家门，吹起口哨，把钱袋子摇得“唧唧”的响。

“嘿，薛二，你这是去哪里呀？”铁匠铺前，铁匠王问。

“去外地做生意。”薛二眼望天地回答。

“哈哈，相信铁公鸡会下蛋，也不会相信你薛二会干正事，出去玩儿牌九玩儿女人吧？”

薛二白眼珠一翻：“要你管，狗拿耗子——多管闲事。”

“走路看着路些，不要把头昂得老鹅似的，防止石子绊你个狗吃屎。”货郎余出来凑着热闹说。

“老子乐意，管得着吗？”薛二这么说着，脚下一滑，低头一看，一脚踏在一泡猪屎上。

“哈哈……”众人一阵幸灾乐祸地笑。

“哪家的祖宗拉屎不选地方？”薛二一边骂着，一边擦着鞋子，然后，快速离开这是非之地。

“啧啧，看这家伙那熊样，整天不务正业。”铁匠王道。

“懒人有懒福，谁让他捡了个有本事的卖饭西施呢？唉，人的命，天注定。”货郎余羡慕地叹道。

货郎余的老婆听了丈夫这话，不干了，撇着嘴道：“有本事？对对，是有本事，我们卖的是货，她卖饭西施不光卖货，还卖肉——人肉，所以，老天爷要惩罚她，老母鸡光打鸣不下蛋。”

“抓奸要双，这个不能白嘴说黑话的，蔡老板那个人很仗义，连胡大屁股都佩服的。”铁匠的小徒弟说。

“小屁孩儿懂什么？知道母鸡打鸣是什么样吗？”货郎余的老婆说着拂袖进屋去了。

“不论怎么说，这个薛二有福气倒是真的。”最后，铁匠王和货郎余英雄所见略同地总结道。

薛二来到镇子东边，远远地看见三老歪和那两个“肥猪”在等他。

三老歪迎了过来，悄悄地问，“哎，钱带足了吗？”

“家底都带来了。”薛二说着指了指自己鼓鼓囊囊的腰包。

“哦，走吧。”三老歪放心地手一挥，二人向合肥县城而来。

合肥县城比庄墓镇大多了，什么都有，只要有钱，薛二被这里的繁华所打动，赢钱心切，当晚就进了赌场。

旗开得胜，第一晚，薛二就赢了三四个大洋，高兴得喜笑颜开，三老歪邀功道：“我说得没错吧？”

第二晚打了个平手，第三晚，形势急转直下，薛二一连气拿的都是小牌，气得大骂，大牌可能都被他骂跑了吧，以后再也不上门来了，到了半夜，口袋已经所剩无几了，看着自己最后所剩的两个大洋，提议道：“今晚背运透了，换换色子吧？”说着掏出自己口袋里的色子放到桌上。

“肥猪”之一把薛二的色子拿在手里掂量了一下，脸一阴沉，眼睛眯成一把刀子形状冒着寒光，一字一板地道：“还是用真的好，用你这个，容易出事，出了事，吃不了兜着走的，不要把我们当作三岁的小孩子。”说着手做刀状貌似不经意地在薛二身体上划了几下。

薛二听了，心里一咯噔，身上虚汗冒出，心里道：“他们……他们怎么知道这色子是假的？”

“还是用原来的吧。”三老歪明白那手势的厉害，出嘴劝薛二。

“那好，那好，不换就不换。”薛二借坡下驴，拾起自己的色子装进了腰包。

到天亮的时候薛二所有的钱都不姓薛了，倒是三老歪面前堆满了几摞银圆。

散了局后，薛二抖着空空如也的钱袋子，哭憋着道：“一个子儿都没有了。”

“这么快？咳，你怎么就带这么点儿钱呢？”三老歪怪罪道。

“带得还少啊，二十多个呢，唉，三老歪，你……你和他们熟悉吗？”

“不熟悉，朋友介绍的，怎么了？”

“他们这几晚和在庄墓镇相比那是天壤之别，你看他们的手法，娴熟得很啊，那时候他们在装相吧？”

“瞎扯！还是那样。”

“不是，不是。”

“不是什么？在我们庄墓镇，你靠的是那玩意儿。”三老歪说着指着他装色子的口袋，“这里，完全靠的是运气。”

薛二大吃一惊，他一直认为这事只有天知地知和他薛二知的，谁知道三老歪也知道，捂着自己的口袋问：“这个，你……你怎么也知道？”

“要想人不知，除非己莫为，就你那三脚猫功夫，哼哼……糊弄小孩儿可以，糊弄我们……哼！”

薛二羞红的脸似猴子的屁股，低头，半天，道：“回去吧，没有本钱了。”

“输了不捞，家有金条呀？再玩儿一晚，没有钱，我借给你，不过人熟礼不熟，你得写欠条画押，利息按赌场规矩算——十抽一，唉，我哪在乎那点儿利息？赌场无父子，你是知道的。”三老歪说着掏出一大把银圆放在薛二面前。

看着那些本来属于自己的银圆现在跟着三老歪姓了不算，还要付利息，薛二哪里甘心？一咬牙，一跺脚，道：“好吧。”

喝凉水塞牙——霉运当头，还没到半夜，薛二借来的钱一文没剩，还欠了人家不少，幸亏三老歪认识那两个“肥猪”作了担保，要不，就下不了桌面了。

天虽然已是大亮了，可是薛二还沉浸在黑暗中——他已经输得昏天黑地了，其他的一概不知，只知道自己叫薛二，一味地写着欠条画着押，三老歪随即作担保。

“怎么办?”中午，薛二可怜巴巴地望着三老歪问。

“还能怎么办?回家筹钱还人家。”

“三哥，你赢了不少，借与我还与人家，回家后我再还与你，如何?”

“那哪行?我也欠人家不少呢。”

“那，那我们现在偷跑吧?”薛二偷眼瞄了瞄大门小声地说。

一场秋雨一场寒，昨晚的秋风秋雨只让院子里落叶满地，那棵老槐树光秃着头，在寒风中瑟瑟发抖，“呜呜”地哭诉着昨夜秋风秋雨的无情无义，向人们展示着他的累累伤痕。

早晨，谢翠莲拿着扫帚扫着地上的树叶，一边思索昨晚蔡大哥的话：二狗怎么还不回来呀?

“他不会出事吧?二狗可是自己叫他去的，出了事怎么交代?不会的，不会的。”谢翠莲心里一个劲儿地宽慰着自己，接着寻找着理由来支撑，可能货不好出手，也可能二狗把货卖了在外面玩儿几天，他这个人好玩儿的。想到玩儿，谢翠莲另一个念头冒了出来：他不会拿了货钱去赌吧?他以前可是……唉，如果当初……就好了。她现在多么想听到二狗的声音：“我回来啦!”她这一期盼，倒真的盼来一个声音，门外传来：“卖饭西施在家吗?”

谢翠莲一听这鬼叫似的声音，马上起了一身的鸡皮疙瘩，立刻紧攥着扫帚。

门口伸进来三老歪的头，嘻嘻一笑，歪嘴露出黄黄的大牙，三角眼紧盯着谢翠莲馒头胸脯，对着那馒头说道：“卖饭西施，你在家呀。”

“我说今天一早起来就听到乌鸦老叫呢，原来是有鬼上门。”谢翠莲说着拿起扫帚把地上树叶向门外一阵狠扫，树叶箭似的向三老歪射去。

三老歪躲闪不及，头上身上满是枯叶，他跳闪着，一连声地道：“这是干什么？这是干什么？”

“本店欢迎正经人，不欢迎乌龟王八羔子。”

“不要好心当作驴肝肺，我是来告诉你正事的。”

乌龟王八羔子摇身一变成了另外一个动物，谢翠莲搂着扫帚戒备着骂道：“黄鼠狼给鸡拜年，滚滚。”

“不想听呀？好好好，我不说了，哼哼，保证你以后用八抬大轿抬我来说。”三老歪鼻子喷着冷气，向院外退去。

“快滚，给老娘滚远点儿。”谢翠莲说着扬起扫帚向三老歪当头扑下。三老歪一边跑，一边道：“好好，薛二的事你不管，老子也不管了。”

谢翠莲这才想起自己的丈夫和三老歪一起出门这件事来，可是现在三老歪回来了，薛二不见了踪迹，发生什么事了？再看三老歪，已经跑远了。

下午，小梁子一边跑一边呼啸地喊：“掌柜的，出事了！掌柜的，出事了！”

“看你，怎么咋咋呼呼的？”谢翠莲怪罪道，“哎，到底怎么了？”

“薛二哥……薛二哥出……出大事啦！”

“啊?！出什么大事了？”

“薛二哥输钱被人家扣住了。”

“你……你听谁说的？”

“街上都传遍了，说薛二赌输了好多好多钱，被人扣住了，还说，还说……”看着谢翠莲，欲言又止。

“还说什么？”

“还说你见死不救。”实际上，小梁子还没有把更难听的话传给谢翠莲，街上还有传闻：“这是她卖饭西施存心的，哈哈，他薛二这次死了才好呢，这样，她卖饭西施就可以和那个蔡老板名正言顺地在一起了……”

“我怎么见死不救了？这事我现在才知道呀。”谢翠莲叫屈着。

“三老歪说他上门告诉你，你居然不听，还把他赶跑了。”

“这下坏了！三老歪来是为了这事啊，本以为他是没有安好心来的。”谢翠莲后悔着。

客栈里膏药王等也闻讯赶来问什么事，谢翠莲于是把事情经过告诉了大伙，大家都安慰着谢翠莲，说他们可以向街邻解释。

“嘿，小梁子，他们说薛二输了多少了吗?”张郎中问。

“好多好多!”小梁子双手放开画了一个圆状，足有一个筛子那么大面积。

“这么多!”众人齐惊叫着。

谢翠莲一屁股瘫坐在椅子上，愣愣地不出一声。

“唉，我说早晚要出事吧，常在河边走，哪有不湿鞋？这下好了，掉深水里淹死了吧。”补锅孙叹道。

“小孩儿不听老人言，吃亏就跟在后面，我老早就教导过薛二了，可是他就是听不进去。”膏药王惜惜地道。

“都不要马后炮了，看看怎么办吧。”张郎中道。

接着，几个人都陷入沉默。筛子堆大的银圆，那会有多少?

“我去把蔡大哥叫来吧，他也许有办法。”小梁子道。

这话似拨云之日提醒了大家，大家一连声地道：“对，对，快去，快去。”

蔡俊生此时也遇到了大事，现在他正愁得如热锅上的蚂蚁似的。

上午，在码头，他看见了拉他那批货的船，赶忙向船主打听二狗的事。船主只说船到了江苏钱运码头后，卸了货，拉走了，他等了几天也不见二狗的影子，于是只好先回来了，他正要准备来向蔡俊生结算运费呢。

当小梁子告诉他发生的事后，蔡俊生一个意识涌现：都说祸不单行，坏事扎堆过来了。

二人匆匆赶回到客栈，众人迎神一般围了上来，七嘴八舌地问他怎么办，好像蔡俊生是救世主一般。

“还是先向三老歪打听清楚再作打算吧，哎，你们谁和三老歪熟悉?”蔡俊生问。奇怪了，众人低下头不作声。

见众人不搭理自己，蔡俊生只好自我解脱：“还是我去吧。”

“你……你去不合适。”谢翠莲断然否定。她心里清楚，蔡俊生这一去，等于火上浇油——由他的角色决定的。男人之间的醋可以变成油的。

“不是我们不愿意去，而是我们都和三老歪不对眼。”补锅孙他们解释道。

“还是我去吧。”谢翠莲说着站了起来。

“让小梁子陪你去吧。”蔡俊生不放心地道。

“不用了。”谢翠莲说着站了起来，向门口走，突然想起什么来了，又折回头向自己屋子走去，一会儿，大家看到打扮得漂漂亮亮的谢翠莲走出来，然后消失在门外。

“我总是觉得这事有点儿蹊跷，也许是我以小人之心度君子之腹了。”张郎中这个老江湖望着谢翠莲离去的方向道。

大家赶紧问怎么了。

“薛二和三老歪一起出去的吧?”

“对呀。”

“怎么三老歪一个人回来了，薛二被人扣住了?”

“薛二赌输了，欠人家钱呀?”

“听说三老歪这次可是欠条就赢了一大把，这里面水深着呢。”

“哎，张郎中，你怀疑什么?不要藏着掖着，明说了吧?”小梁子性急，问。

“没有凭据，不好乱说的。”张郎中说着离开了，留下众人一脸的疑惑，心中掂量着：这个张郎中，葫芦里装的什么药?

三老歪此时正躺在床上哼着小调，在等着谢翠莲送上门呢。

“有人在家吗?”三老歪一听，一骨碌翻身起来，对着正在玩儿的女儿吩咐道：“带着弟弟去田里看看你们的娘。”然后又从口袋里掏出几个大钱儿递给女儿，“买几个麦芽糖和弟弟吃。”

两个孩子接过钱，欢天喜地地出门去了。

“我不在家，呵呵。”三老歪咧着嘴开着玩笑，“谁呀?”

“我，谢翠莲。”

“哎呀，是卖饭西施呀，请进，请进。”

谢翠莲迈步进来，正色地道：“三哥，上午是我不对，我向您道个歉。”

“没什么，没什么，咱俩谁和谁呀！嘻嘻。”

“咱俩什么也不是，我来向你打听薛二的事的，薛二这次输了多少?”

“嘿嘿，告诉你有什么好处吗?”三老歪说着脸凑了过来。奇怪，谢翠莲站那里动都没动。

“你想要什么?”

“我……嘻嘻，你知道的。”

“我不知道。”

“我想要……”三老歪说着盯着谢翠莲鼓鼓的胸脯如饿坏的孩子似的看。

“想要什么，尽管拿吧，但是你得先告诉我薛二到底欠了人家多少钱。”

“呵呵，好啊，我都告诉你。”三老歪说着关上门，然后一把搂住谢翠莲，“哎呀，想死我了。”

“多少?”谢翠莲站在那任那手在自己身上摸着揉着。

“啪”的一声亲了一口鸭蛋脸，“六十二个大洋。”说着话，手可没有停着，继续在揉搓着谢翠莲胸脯的馒头。

“他们要怎么的?”

“拿钱赎人。”

“好了，你该说的也说了，该拿也拿了，我走了。”谢翠莲说着如落水狗般抖去身上水似的使劲一抖身子，挣脱开三老歪的双手。

“嘿嘿，急什么？还没有玩儿正事呢。”说着欲再扑上来。

“站住！你再敢动我一下，我就死在你家!”说时迟那时快，一把匕首已经在手，匕首尖对着自己的胸脯。

“哼哼，你……你想吓唬我？我三老歪是被吓大的呀?”三老歪说着步步逼近。

“你看我是不是在吓唬你?”谢翠莲说着一使劲，匕首尖处已经插进自己衣服里。

“别，别，我会心疼的。”三老歪说着打开了门。

“钱给谁?”刀口依然对着自己的胸脯。

“给我就行，不过就三天期限，超过了，我可不管。”

“好。”谢翠莲答应着离开了。

三老歪看着谢翠莲离去的后背，然后又看了看刚才摸过谢翠莲胸脯的手，回味着那细滑弹性，对着谢翠莲离去的身影嘿嘿一笑道：“我就不信你这小猴子能逃得了我如来佛的手掌心！”

客栈里，众人一个个老鹅似的伸着长长的颈子在等着谢翠莲呢。

“回来了！”小梁子眼尖，离老远看见谢翠莲走来喊道。

到了客栈，谢翠莲不语，只是呆立在那里。大家看她的脸色，知道薛二这次输得不是倾家荡产也够刮几层皮。

蔡俊生看了心疼，于是道：“还是把情况说说吧，我们好应对。”

谢翠莲倒是很听他的话，把在三老歪家打听的消息向大家叙述了一下。大家听了都倒吸一口凉气，叹道：“乖乖，这么多！”然后都陪着谢翠莲沉默着。

半天，张郎中打破了这沉默：“不出我所料，果然如此。”

“怎么啦？老张，你看出有什么不对的地方了？”众人齐声问。

“里面的水又深又浑！”

“快说，都要快逼死人了，你还在卖狗皮膏药？”

“你们看看，按说三老歪只是传话的，他怎么能收钱呢？人家这么放心他？除非他们穿一条连裆裤。”

“你是说三老歪捣了鬼？”

“我只是怀疑，你们知道三十六计中有一计叫欲擒故纵吗？”

大家都不出声，表示这个还用说呀。然后一起用眼神催着张郎中赶紧往下说好解开谜底。

“如果我没猜错，那两个人也是三老歪请来的，我们江湖上叫媒桥，生意上叫托儿，他们在这庄墓镇肯定输钱了，这叫放长线钓大鱼，懂不懂？”

大家好像明白过来了，拍着头道：“原来三老歪和那些人是一伙的呀！他们挖好了坑让薛二自个儿往里跳，我的天，真歹毒！哎，张郎中，既然你这么聪明，你说这事怎么办？”

“怎么办？给人家钱，愿赌服输。”

“那薛二哥就吃这么个哑巴亏了？”小梁子问。

“毛头小子，你有本事你说怎么办，当场抓住人家把柄了吗？江湖上讲究的是明理儿，至于暗的，谁能说清楚？不要浪费唾沫了，赶紧筹钱救人吧。”

“如果不给钱呢？”膏药王问。

“轻者打个半死不活，重者缺胳膊少腿。”

谢翠莲听着一声不吭，说实在话，她倒是愿意让人家把薛二打个半身不遂，自己心甘情愿伺候他后半辈子，那样自己虽然落个劳累，但是最起码能过个安稳日子，可是现在又不能眼睁睁地看着薛二他……

“大家有钱儿帮个钱场，多少不拘，没钱儿帮个人场，俊生代大姐谢谢大家了。”蔡俊生双手抱拳道。

“那还用说吗？”大家高调表示着，然后纷纷解囊——一共也就凑了两三块钱。

蔡俊生回到自己屋里，拿出一个布袋回来，向众人扬着道：“我的钱都在货上，所剩不多，这些就聊表我的心意吧。”说着一股脑地倒在桌子上，足有二三十大洋。

“我的天，不愧为大侠！”众人看着那些银圆心里暗暗佩服着，心里又有个念头在潜滋暗长着：“他平白无故地怎么这么大方呀？难道他和谢翠莲真的……”

蔡俊生看着众人怪异的目光，已经猜出大家的心理，大声地道：“男子汉大丈夫做事光明磊落，大家可别想歪了，我蔡俊生这条命是谢大姐救的，生意是谢大姐资助的，也是谢大姐捧红的，我蔡俊生能有今天，完全靠的是谢大姐，俗话说受人滴水之恩，定当涌泉相报，这点儿钱算什么？身外之物而已。”

众人你望望我，我望望你，然后竖起大拇指赞道：“蔡大侠，你这么仁义，佩服，佩服。”

谢翠莲悄悄走开，拿起一把铁锹，来到后院墙角，挖了半天，挖出一个陶罐，回到大家面前，使劲往地上“啪”地一摔，陶片乱飞，几十个银圆“嘤嘤”响地翻滚着。

“这是我的棺材钱。”谢翠莲说着拾起地上的银圆。

大家数了一下，一共有二十个大洋，加上蔡俊生的二十八个大洋，离三老歪报的数还差一大截呢。

“不行的话，就把这店卖了。”谢翠莲要砸锅卖铁了。

“不到万不得已，千万不能这么做。”众人一齐予以否定，小梁子更是害怕，一脸愁苦地道：“卖了我去哪里呀？”

蔡俊生安慰道：“我、我再想想办法吧。”

傍晚，一群一群的阴云被北风赶着而来，又马不停蹄地离去，后面的又紧跟而上，生生不息，无穷无尽。枯黄的柳叶簌簌落到河水里打着旋儿不知归落何处。蔡俊生站在河边，眺望着远处，他在期盼着二狗及时赶回来。

云染着黑，黑带着夜早早而来。远处朦胧，云水一色，看样子二狗今天回不来了，蔡俊生失落得如河水中的柳叶。半天，叹了口气，然后转身往回走，一路寻思着二狗到底是怎么了。

“嘿，蔡老板，在想什么心事呢？思春吗？哈哈……”

“黄老板，是你呀？”原来蔡俊生只顾及南来的船只而忽视了身后，现在黄老板——他的一个生意伙伴站在船头押着货而来。

“是啊，好久不见了，怪想你的，今晚咱哥俩好好喝两口，说说你和那个卖饭西施的事。”

“瞎扯什么？”蔡俊生瞪眼道，现在，他哪里还有心思开玩笑。但是，地主之谊还是要尽的，他站住，等黄老板上岸后，二人朝孙大头饭店而来。

孙大头饭店里，蔡俊生和黄老板一边喝着酒，一边闲聊着。说是闲聊，也就是黄老板一个在说——庄河之水似的滔滔不绝，蔡俊生好像只带了耳朵过来而忘了把嘴带来。

“不喝了！”黄老板把酒杯往桌子上重重地一放道。

“怎么了？”

“蔡老板，我欠你钱吗？”

“没……没有呀！黄大哥，这话从何说起？”

“看你阴沉的脸，和外面的黑夜差不多。”

“哦哦，怪我，怪我。”蔡俊生说着端起酒杯，“来，我敬你。”

“看你心不在焉的，有什么事吗？”

“没……没什么事。”

“不说我就不喝。”黄老板拿起北方人的执拗来，坐那里一动不动。

“唉，一点儿小事。”

“小事？小事能把你蔡大老板熬操得对水发呆？看得起兄弟，就对兄弟言语一声。”

蔡俊生实在没辙了，冒着被黄老板笑话的风险把谢翠莲家发生的事简要地说了一下。

果然如此，先是一阵爽朗的笑，只把房梁上的灰尘震落下来，“还说你和卖饭西施没有什么呢？她家的事你怎么这么牵挂？你们俩肯定有一腿，老实说吧，你们上床了吧？”

“你这样太龌龊，她是我的救命恩人，怎能瞎乱猜想？”

“这只是借口，兄弟，听我一句，感情的事，说不清道不明的，你肯定是看上了卖饭西施了，只是不识庐山真面目，只缘身在此山中罢了，不过，没有什么的，男人嘛，老猫偷偷腥没有什么的，哈哈。”

这话点到蔡俊生心窝里了，脸上现出苋菜红。只是黄老板把自己比作偷鱼的老猫，实在受不了，发急道：“哪里有？”

看着蔡俊生那苋菜红的脸，黄老板知道蔡俊生脸皮薄，不能再逗他下去，哈哈一笑，道：“不要不承认，古代很多英雄还舍弃江山爱美人呢，她的这个忙你应该帮，说吧，还缺多少？”

“你手头宽裕？”

“薛二那人刻薄得很，整天游手好闲，不务正业，按说不应该帮他，但是，卖饭西施倒是没话可说，特别是你蔡老板，仗义！看在你的面子上，这个忙我帮了。”黄老板说着掏出二十来个大洋放桌子上，“我带得也不多，这些，你拿去救急。”

“多谢黄大哥，算我借你的，以后连带利息在货物里一起算吧。”蔡俊生今天真是山穷水尽疑无路，柳暗花明又一村，此时他想起胡大屁股的一句话：“出来混，要仗义的。”唉，这话真管用。

“我不要你的利息，只要你今晚陪我好好喝酒。”

蔡俊生只好舍命陪君子，但是，他哪里是水泊梁山好汉家乡来的人的对手？只喝得桌子没有下，就回了酒，倒让黄老板高兴不已，说他够处。

蔡俊生酒高了，失去了方寸，没有待黄老板来问，倒把自己对谢翠莲的好感和盘托出。

黄老板开他玩笑道："红尘一骑妃子笑，无人知是荔枝来，为了博取卖饭西施美人的一笑，这点儿钱，值！"

这老黄真是料事如神，当蔡俊生把钱放到谢翠莲面前时，她真的莞尔一笑，男人肯愿意为自己这样付出，哪个女人不喜欢？

北风继续吹着，看样子，不把客栈院子里那棵老槐树上那几片顽固的树叶摧残了是不会罢休的，三天后，那几片执着的树叶到底抵御不住，乖乖投降。下午，谢翠莲一边扫着落叶一边注视着外面，心里道："应该回来了呀。"

左盼不回，右盼不至，谢翠莲只好忙其他的了。

"薛二哥，你回来了！"小梁子叫道。

"嗯。"薛二鼻子里答应了一声，径直走到谢翠莲面前，"啪"一个响亮的耳光放鞭炮似的响起。

谢翠莲捂着脸，瞪大眼睛看着薛二不知所措。

这突如其来的意外，让小梁子惊呆了，可是又不敢出来劝，眼睁睁地看着薛二又向谢翠莲踢了一脚，嘴里一连声地骂："让你不拿钱赎老子，让你不拿钱赎老子，要钱干什么？养野男人呀！"接着又是一阵噼里啪啦。

大家听了小梁子的报告，赶忙跑过来，只见谢翠莲已经被打倒在地，薛二可能打累了，站在一旁喘着粗气。

众人赶忙把事情经过向薛二说了，薛二心里知道自己错怪了谢翠莲，但又不好低头认错，他什么时候向谢翠莲认过错，低头寻找着歪理，半天，道："谁叫她让老子在那里受了三天的罪呢，她倒好，在家享着清福。"然后又是一顿骂，骂够了，骂累了，骂饿了，指着小梁子吩咐道："去把那只老母鸡逮住杀了，老子晚上要吃。"

大家看了只摇头，又不好多说，对于别人家的事，最好是不要插嘴，但是，大家心里疑惑不解，薛二怎么这么不识好歹啊？谢翠莲千方百计筹钱把他救了，这倒好，落了一顿揍。

大家分析来分析去，也寻不到原因。补锅孙按捺不住了，跑去问道："薛二，你听谁说的谢掌柜不救你？"

"你当我不知道呀？哼哼，三老歪什么都对我说了。"

大家恍然大悟，于是把三老歪挖坑的事向薛二说了。薛二一个劲儿地摇着头道："不会的，不会的，我和三老歪一起相处这么多年了，我还不知道他呀！"说完哈拉着嘴，回自己屋子抽大烟去了。

大家简直不相信自己的耳朵，什么叫鸡成群鸭扎堆？什么叫狼狈为奸？这就是。

秋雨是一场连着一场，人身上的衣服是一件一件地添多。添多了累赘，添多了冷漠，添多了沧桑。

自从被薛二打了之后，谢翠莲如霜打的茄子一般，整天咳嗽不断，张郎中他们给她药吃她也不吃，只说自己没有病。

既然没有病，活就要照样干，早晨吃过饭，谢翠莲在店里忙活着，一弯腰，就是几声"喀喀"。

"还是吃些药吧？"蔡俊生看着她苍白的脸关切道。

"不要管我，蔡大哥，你去二狗家问问二狗老婆是否知道点儿二狗的消息，唉，这个二狗，到底怎么了？"

"好，我去，你不要操心了。"蔡俊生说完，朝二狗家而来。

一进门，二狗老婆迎头便问："蔡老板，二狗他什么时候回来呀？几个孩子都想他了。"

蔡俊生看了看那几个孩子，一个个脸色蜡黄，骨瘦如柴，虽然快到冬天，可是身上还穿着单衣，一个个被冻得嘴唇乌青，瑟瑟地蜷缩着，便问："你们想你们的父亲了吗？"

"大大回来我们就有吃的了。"大孩子道。

"啊！"蔡俊生惊叫着走过去看了看米缸，里面还躺着十几粒米，再看看锅里，空空的冒着寒气。蔡俊生见了心酸，不忍心再让他们绝望，于是撒谎道："就快回来了，就快回来了，你们还没有吃早饭吧？走，我带你们去吃东西。"

"不了，不了，他们不饿。"二狗老婆拉住欲往外走的孩子手道。

“大嫂，不要和我客气了，二狗帮我做事去了，我应该照看你们的，唉，都怪我，这些天忙，没有来得及过来看你们。哎，你们饿吗？我带你们去吃烧饼油条好吗？”

几个孩子吮吸着手指头，口水顺着手指头往下流，眼睛巴望着他们的娘。

“大嫂，走吧。”蔡俊生说着拉起身边孩子的手就往外走，二狗老婆犹豫了一下，抱起床上的最小孩子跟着出来。

来到吴老二烧饼摊前，蔡俊生买了二十个烧饼、二十根油条，看着孩子狼吞虎咽的吃相，蔡俊生心里默念道：“二狗呀，你千万不能出事，我那船货是小事，你这一大家子可是大事呀！”

“蔡大恩人，二狗还没有消息吗？”二狗老婆边喂着孩子边问。

“还要等几天。”蔡俊生答非所问。

“出去这么长时间了，按说应该回来了，不会出什么事吧？”

“不会的，不会的，二狗家的，你放心吧，这批货可能出手有些困难。”

“唉，二狗他笨，其他的我倒是不担心，就怕他连累了您蔡大恩人。”

蔡俊生听了眼泪都要出来了，这样的女人天下难找！一大家子都断顿了，居然还为别人操心！想到这里，他把自己口袋里的钱全部掏了出来，趁着二狗老婆没有注意，悄悄地塞到二狗大儿子的怀里然后离开了。

回到客栈，谢翠莲满脸疑问地看着他，眼睛里都是话。蔡俊生没有说话，只是向她轻轻地摇了两下头，然后收拾东西准备上街做生意。

“是哪个造谣说老子陷害薛二了？有种的给老子站出来！谁说的？”门外传来一阵叫骂声。

大家纷纷出来看，只见三老歪手里拿着一把菜刀，对着客栈的大门在骂。

“老子好心做了驴肝肺了，薛二，你出来说说是不是我陷害你了，老子如果不救你，你尸首早喂狗了，薛二，你个龟孙子，给老子出来！”

“怎么了，三老歪?”薛二听到动静，出来问。

“薛二，说，是谁造老子的谣说我挖坑让你跳了？我问你，老子骗你了吗?”

“没有，没有。”薛二摇着手道。

“是哪个造谣的？有种的站出来。”三老歪一边喊，一边挥舞着手里的菜刀。

“他们只是随便说说。”薛二说着眼睛看着张郎中，“三老歪，你不要当真，消消气。”

三老歪心里明白了，朝着张郎中骂道：“嘴如果着痒了就朝南墙上擦擦，老子怎么得罪你了，又没有抱你家丫头。”

张郎中再也忍不住了，向前一步道：“你嘴上留点儿德吧，难道你家没有丫头呀？龌龊!”

“呵呵，终于跳出来了，是你说的?”

“是我说的，怎么的?”张郎中少有的气势。

“你凭什么造老子的谣?”

“你嘴放干净点儿，不要一口一个老子老子的。”

“老子就说。”

“你再说我听听。”张郎中说着握紧拳头上前一步，“老实告诉你，我走江湖这么多年，什么样的人没有见过？什么样的事没有经历过？就你做的那点儿勾当，在我眼里，哼哼，属于小把戏，根本不值得一提。”

“不要风大闪了你的舌头。”

“不知天高地厚的东西，实话告诉你，我在合肥县城赌钱的时候你还在你娘肚子里呢，那里场子里哪一个人我不熟悉?”

三老歪知道遇到高人了，口气缓和下来开始讲道理了：“我又没有拉他去，是他自愿去的，张郎中，你说你是老江湖，江湖规矩你懂不懂?”

“你和薛二之间的事我不愿多掺和，你如果再骂人就不行!”说着张郎中独自离去。

薛二这头笨猪终于嗅出味道来了，问：“三老歪，你真的放我鸽子呀?”

“放个狗屁！”

“薛二，三老歪宰了你还讨你的谢呢！”众人纷纷道。

三老歪恼羞成怒，掏出一沓欠条来在手里抖着道：“这些不是假的吧？白纸黑字的。”

众人不说话了。

“薛二，你今儿个就把欠老子的钱还了，少一个子儿老子敲掉你一个牙！”

“缓缓，三哥，现在我手头紧。”薛二可怜兮兮地说。

“一定还你，不要说砸锅卖铁，就是卖房子卖人也还你！说，欠你多少？”谢翠莲咬牙切齿地说。

“这话可是你自己说的，大家都听到了吧？到时候给我证明。”三老歪说着数着手里的欠条，“一共是三十一个大洋，还不算利息，卖饭西施，你抓紧时间筹钱吧，看在街坊邻居的面子上，我给你三天时间，如果到时候还不上，哼哼，我就要你这客栈，要你这人！”说完，抬脚走了。

“三哥，不要走呀，我们再商量商量，哎，能不能宽限几天？”薛二撵着三老歪的屁股说。

“不要求他。”谢翠莲吼道。

薛二转回头来，张牙舞爪对着谢翠莲一阵骂：“臭女人，有你说话的份儿吗？你倒算老几呀？看你皮着痒了。”说着握着拳头过来，众人赶忙过来架住他往后拖，薛二一边挣脱一边骂道：“臭女人，嘴倒硬，拿钱出来呀，拿不出钱来，明天就把你卖了！”

“他真的能把她卖了，这样的事，薛二能做得出的。”蔡俊生站在生意摊子前这样想着，一个上午，蔡俊生都没有心思做生意，他在担心着谢翠莲。脑海里不时冒出她那痴呆得如死鱼般的眼神，这是以往他所没有见过的。

她不会想不开吧？为了以防万一，临走之前，他特意吩咐小梁子盯紧谢翠莲。

“抓住她，抓住她。”码头那边传来叫喊声，街上一阵哄闹。

蔡俊生没有多去在意，以为又是谁和谁发生了纠纷，协调不好，只好用拳头来解决，这些浓缩的春秋战国的烽烟战火经常在镇子里燃起。

哄闹声越来越近，人们纷纷驻足观看，只见前面一个披头散发的女人在前面疯跑，后面两个大汉穷追不舍，一边追，一边喊："站住，站住！"

那个女人跑到蔡俊生跟前，"扑通"一声倒下，呼啸着喊："蔡大哥救我！"

蔡俊生呆愣愣地看着地上遍体鳞伤披头散发的女人，半天没有认出谁来。

"蔡大哥快救救我！"地上的女人抬起头来哀求着蔡俊生。

"小叶子！"蔡俊生脱口而出，"小叶子，你……你怎么了？"欲伸手来拉小叶子。

那两个大汉飞奔了过来，老鹰抓小鸡似的抓住小叶子，恶狠狠地说："跑，还跑呀，看你能跑到哪里去？回去再和你算账！"说着架起小叶子要走。小叶子拼命挣扎着，声嘶力竭地喊叫着："蔡大哥，你救救我们娘俩吧……"

"小叶子，你……你怎么了？"马上又转向那两个大汉，"两位大哥慢走，她怎么了？"

"蔡老板，你认识这个女人？"络腮胡子问。

"是的，是的！"

"哦。"两个大汉站住了。

"她怎么在你们那里？她有家呀？"

"是新买来的，犟得很。"

胡大屁股上气不接下气地赶来问："逮……逮住了？"

"逮住了。"络腮胡子提着小叶子来到她面前。

"押回去。"胡大屁股挥着手吩咐。

"胡大屁股，请留步。"蔡俊生说着走到她前面。

"蔡大侠，你有事？"

"是有事，能不能借一步说话？"

络腮胡子走过去对着胡大屁股耳朵嘀咕了两句。

胡大屁股看了看蔡俊生，又看了看小叶子，道："是这样啊，那好吧，就到我家说吧。"

胡大屁股家里，蔡俊生听完了胡大屁股的叙述才知道事情的经过。原来三天前晚上，小叶子是被人用麻袋装着来的。胡大屁股看人长得还可以，经过一番讨价还价，最终用二十个大洋达成交易，谁知道小叶子整天里就知道哭，这样怎么接客赚钱啊？于是好言相劝，可是她听不进去，她这样敬酒不吃只好给她罚酒吃了——一顿狠揍，今天早晨，趁大家吃早饭工夫，她逃跑了出去，看样需要好好调教调教。

“哦，这样啊，胡大屁股，能不能让我和小叶子单独谈一下？”蔡俊生请求道。

“看在你是大侠的面子上，我就破例一次，如果是其他人，哼，门儿都没有，买她是为了挣钱！”胡大屁股说完，示意络腮胡子带蔡俊生去见小叶子。

蔡俊生跟着络腮胡子进到一间杂货屋，只见小叶子被绑在一辆独轮车上。听到动静，小叶子抬起头，看到蔡俊生，一声“蔡大哥”然后眼泪雨点般落下。

络腮胡子随即出去锁了门离开。

蔡俊生赶紧过来一边给小叶子松绑，一边问：“小叶子，到底发生了什么事了？”

“蔡大哥，你救救我们母子吧。”说完，“扑通”跪倒在地，“呜呜”哭了起来。

“快起来，说一说到底怎么了？”蔡俊生说着扶起小叶子。小叶子虚弱地站在那里摇摇欲坠，蔡俊生赶忙扶着她坐在地上，靠着墙。

小叶子把身体靠在墙上，然后一把鼻涕一把眼泪地诉说起自己的遭遇来。

今年秋天，小叶子家的那个罗锅子没有再熬过这一场连着一场的秋寒驾鹤西去了。罗锅子的大老婆把自己的失宠归罪于小叶子，背后里不知道骂她多少回狐狸精。现在她们俩的靠山倒了，好日子也就到了尽头了。罗锅子刚咽气，小叶子就被大老婆一顿骂，说罗锅子的死与她照料不周有关。在罗锅子死去的第三天晚上，大老婆带着她的三个儿子冲到小叶子屋子里要她们滚出这家。

小叶子当然要辩解，说自己也是这个家的人，有权住下去的。

大老婆道："你算什么东西！十个大洋买来的货，老头子在时他要你这货，现在老头子不在了，谁还稀罕？"

小叶子指着自己的女儿据理力争道："她不是这家的血脉啊？"又指了指大老婆的几个儿子，"她和他们是一样的。"

"哼哼，怎么可能？我是明媒正娶过来生下他们的，他们才算这家的种。"指了指畏缩在小叶子背后的小小叶子，"她只能算是野种。"

"你们这是欺负人，我要找三堂公亲评理。"小叶子拿出最后的撒手锏。

"哼哼，三堂公亲来了，有你说话的份儿？"大老婆指着屋里一大群人，"有这些人呢。"

"对，对。"几个儿子一起附和。

"这样吧，也不能让你饿死，这里是十个大洋，拿去连夜滚开，至于这孩子，虽然是野种，但毕竟是这家的血脉，不能让人家说闲话的，就留下吧。"大老婆说着掏出大洋放在桌子上。

"我要和娘在一起，我要和娘在一起。"小小叶子知道自己将要大祸临头了，哭着喊着。

"是死是活，我们娘俩都要在一起。"小叶子搂住小小叶子道。

"这容不得你！"大老婆说着手一挥，她的大儿子过来抱住小小叶子就往外走。小小叶子在空中挣扎着喊："娘，娘，我要娘，我要娘，呜呜……"

小叶子疯了似的奔过来拉住自己女儿的脚不放，一个劲儿地喊："我的孩子，我的孩子，你们不能抢走我的孩子啊！"

"不要给你脸不要脸。"大老婆说着过来扯住小叶子的头发把她摔在地上。小叶子随即爬起来，跪在大老婆面前，哭泣着哀求着："大姐，求求你，你什么条件我都答应，只要你不带走我的女儿啊，她可是我的命根子，没有她，我怎么活啊！求求你，放过我们母女吧，求求你，求求你。"小叶子"咚咚"地磕头，然后抱住大老婆的双腿。

大老婆犹豫了，眼睛向门外扫了一眼，门外一个黑影使劲摇着头。大老婆随即一抬脚把小叶子踢翻在地，一群人随即离开。

“娘，娘……”

“孩子，我的孩子啊！”

可是，哭喊是无济于事的。

漆黑的旷野里，小叶子手里攥着那十个大洋站着，她是刚才被大老婆的两个儿子架过来丢在这里的，这里的路通向四面八方，可是她不知道向哪个方向走。她茫然地看了看四周，一屁股坐在地上，“呜呜”地哭着，孤魂野鬼似的。

大老婆家明亮的堂屋里，大老婆和一个人坐着商量着什么，这个人就是刚才躲在黑暗中摇头的那个人——大老婆的娘家舅。

娘家舅为自己的姐姐那是实心实意的好。姐夫死了，害怕自己的姐姐撑不起这个家，所以办完丧事，他主动请缨留了下来，本来依他的意思，来个一了百了，免得留下后患，他对着自己的姐姐做了个狠毒的手势——把小叶子母女挖坑活埋了。

姐姐害怕，万一事情败露，后果会怎么样？所以还是按照原先的主意做——让小叶子远走高飞，离得越远越好。

现在，娘家舅心疼那十个银圆，正在埋怨自己的姐姐呢。说她心慈手软，干不了大事，不像男子汉那样无毒不丈夫。

他是大丈夫，所以狠毒，现在他向自己的姐姐提议：趁着夜黑，神不知鬼不觉的，小叶子肯定没有走远，找个人劫了她，把她活埋了，这样既可以不留后患，还可以追回那十个银圆，真可谓一举两得，何乐而不为？

姐姐听了不无道理，想来想去认为家里老二干这事最合适，因为他不是人，而是鬼——大烟鬼。

重赏之下必有勇夫，烟鬼老二听自己的娘说要多分一份家产给自己，并且还有十个银圆可以拿，爽快地答应，马上带着绳子，扛着铁锹追寻小叶子而来。

“呜呜……”离老远，烟鬼老二就听到小叶子伤心的哭声，他野狗似的悄悄靠近。

“谁？”黑暗中小叶子问。

“我，老二。”

“你……你来干什么？”

“二娘，我……我是来叫你回去的。”说着话的工夫，烟鬼老二已经来到小叶子跟前，举起铁锹当头拍下，小叶子随即昏倒在地。

“二娘，不要怪我无情，都是他们叫我做的。”烟鬼老二一边用绳子捆着小叶子一边说，怕她醒过来乱喊，于是脱了臭袜子塞住小叶子的嘴。

挖好了坑，烟鬼老二把小叶子推进坑里。可能是身体翻动的缘故吧，小叶子这时候苏醒过来，知道自己正在走向地狱，于是在土坑里拼命挣扎着，嘴里“呜呜”叫着。

“二娘，你好好地去吧，你的鬼魂千万不要来找我，我一定多给你烧些纸钱。”说完，烟鬼老二开始填土。一会儿，小叶子的身子已经被埋了一半。

小叶子已经彻底绝望了，她知道反抗是徒劳的，所以躺在坑里不再挣扎，任凭着上面的黄土向自己头上、脸上、身子上不断飞来。

天上，寒星点点，冷漠地睁着眼看着这一切，小叶子仰脸和这世界作最后的告别。这个世界，她已经受够了，但是，诀别之时，只有一样让她最为牵挂，那就是自己的女儿，唉，自己死了倒无所谓，可是，自己就这么去了，丢下小小叶子孤零零地在这世上怎么办？女儿的身影不断在小叶子的脑海里涌现，小叶子对着那身影道：“女儿呀，娘的乖妞，娘走了，你一定要乖乖地听他们的话，他们才不会虐待你。”

突然，小叶子觉得上面的土不再向自己飞了，难道是烟鬼老二良心发现了？小叶子似乎看到了希望，求生的本能让她嘴里又发出“呜呜”的声音。

烟鬼老二是发现了什么东西来了，不过不是良心，而是想起了银圆——小叶子的那十个银圆，刚才太慌张忘了这件事，现在烟鬼虚弱的身体累了，稍微一喘息，猛地想起。

烟鬼老二跳下坑来，把小叶子拽出土来，在小叶子身上摸着，终于摸到那十个银圆，欢天喜地地捧在手里。

也许是累的吧，烟瘾来了，烟鬼老二流着眼泪打着哈欠想：“如果有口烟抽就好了。”可是哪里有啊？家里最后的一点儿烟土为了壮胆也在来之前抽了。掂量着手里的银圆，想：“明天无论如何都要去买些好烟土回来。”想到烟土，烟鬼老二认为还是庄墓镇的最好——便宜，质量还八斤半的老鸭——呱呱叫的。

现在，烟鬼老二恨不得立即就去庄墓镇买烟土，越往这方面想，烟瘾发作得越厉害，身体越没有力气，坐下，看着坑里的小叶子，一个奇思妙想突然冒出，烟鬼老二腾地站起往家里走去。

悄悄溜回到自己家里，拿起一个麻袋，又偷偷牵上驴子，回到坑处，拽出小叶子，装进麻袋，掀上驴背，连夜向庄墓镇走来。

听完小叶子的哭诉，蔡俊生骂道：“天下居然有这种禽兽不如的一家人！”

“蔡大哥，我死都行，可怜我那孩子，没爹没娘的，以后怎么过啊？呜呜……”

“小叶子，不要哭，不要哭，会有办法的，会有办法的。”蔡俊生安慰着，思想到处飞着寻找着办法。

“你知道我冒死逃跑是为了什么吗？就是为了见你一面，这个世界上，只有蔡大哥你能救我那苦命的孩子。”

“唉，只有这样了。”半天，蔡俊生冒出这么一句。

“蔡大哥，你有办法啦！”小叶子眼睛冒出亮光。

“也不知道行不行，但是也只能这样了，小叶子，你在这里好好待着，我去去就来。”蔡俊生说着喊络腮胡子来开门。

听了小叶子的遭遇，胡大屁股呵呵一笑道：“进这里来的女子谁没有一肚子的苦水。”

这话当头给蔡俊生泼了一盆凉水。

“唉，蔡大侠，我就不明白了，这事如果是别人，躲还来不及呢，你倒好，自个儿找虱子挠，二狗家的，卖饭西施，还有这个小叶子不小叶子的，天下不平的事多呢，你能管得过来吗？”

“胡大屁股，我之所以这么做，还是你教的呢。”

“我教你的？什么时候？”

“你忘了你自个儿说的那句话：人出来混，讲的是仁义，靠的是义气。”

“呵呵，这话是我说的吗？我倒忘了。”

“二狗全家饿得要去投河，我能见死不救吗？谢翠莲是我的救命恩人，她遇到事情我能袖手旁观吗？小叶子，自小儿我们就在一起玩儿，实话告诉你，如果她没有被卖到这里，现在我们俩就可能吃一锅饭了，这样的人我不管，那我蔡俊生还是人吗？”

“叫你一声蔡大侠，没有白叫你，蔡大侠，你说怎么办？”

“你能不能放过小叶子这个苦命的女人一回？”

“进了这个门，就是我的人，呵呵，但是今儿个冲你大侠分儿上，我就破例一回，可以让她从良，可是呢，蔡大侠，咱们在商言商，你靠贩卖货物赚钱，我靠那些女人赚钱，白给是不可能的，这样吧，我知道你为了救薛二花了不少钱，我给你多宽限几天，十天之后你拿二十个大洋过来，我放人，怎么样？”

“行行。”蔡俊生点头道，“胡大屁股，你好人日后肯定有好报。”

“算了吧，做我们这行的，一笔笔阎王都记着呢，还有好报？”胡大屁股说着拍了拍自己的大屁股。

中午时分，蔡俊生挑着担子往客栈走，虽然很疲惫，但是想到刚才小叶子高兴的样子，心里觉得很值。但是这种感觉只是像鱼儿浮水，只露一下头就又沉入水里，因为他想起了那些钱。唉，到哪里去搞啊？

“薛二，你当缩头乌龟呀？赶快出来！”远远地就听见客栈那里有人在喊骂，奇怪的是还不止一个人。

“是三老歪找帮手来催债了？可是还没有到期限呀，说好了三天后，难道三老歪反悔了？”蔡俊生想着的工夫人已经靠近了人群。

“怎么了？围了这么多人！”蔡俊生小声地问旁边一个看热闹的人。

“蔡大侠，你还不知道呀，哈哈，这下可有好戏看喽！”

“到底怎么了？”

“薛二用假色子赌钱的事不知道让谁捅了出来，这不，赌鬼们一齐找上门来了。”

“他们找上门干什么？”

“哈哈，你还不知道呀，听说赌博行业有个规矩，如果作假被揭穿，输钱的人有权要回自己所输的钱的。”

“哦，这样啊。”蔡俊生说完挑起担子进了客栈，身后传来：“薛二，你连老子都敢耍，不要命了，快出来！”

“蔡大哥，你到哪里去了？找了你半天也寻不到你，急死人了。”小梁子迎了过来憋着哭说，然后指了指外面：“你看看，都成什么样了？”

“谢……谢大姐呢？”

“在后面呢。”

“我让你看着她，有什么异常吗？”

“还是那样，一声不吭，看样苗头不太好。”

“小梁子你要看紧了，谢大姐平时可对你不薄，再说，这个客栈散了，你也没有事情干了。”蔡俊生吓唬道。

“知道，知道，我一定按照蔡大哥你的话去做。”

外面传来：“薛二，你再不出来，我们就冲进去砸了你家的店！”

“对，对，大家冲进去把这黑店砸了。”五六个人附和着。

“小梁子，薛二呢？”蔡俊生问。

“躲在屋里呢。”

“光躲也不算事呀。”

“哗——”潮水般涌进来七八个人，一个个气势汹汹，咋咋呼呼地喊：“薛二，薛二呢？”

“薛二哥不在家。”小梁子撒谎道。

“不在家？哼哼，骗谁呀？嘿，小跑腿的，快去把薛二找来，就说我们有事找他。”一个手腕上刺着青龙的人吩咐道。

“我去叫吧，小梁子，快给各位倒水，各位请坐，我去去就来。”蔡俊生说着颠起屁股朝后院跑来。

蔡俊生直奔薛二房间，到了门口，只见大门紧闭，“当当”地敲了半天门，里面一点儿动静也没有，看样子好像连鬼都没有，于是喊道：“薛二哥，薛二哥。”

门悄悄露出一拇指宽的缝隙，里面一只恐惧的眼睛紧张地向外望着。

“薛二哥，你在呀。”蔡俊生说着推门进来，只见薛二脸色苍白，浑身颤抖地躲在门后。

“薛二哥，他们叫你出去呢。”

“我……我不出去!”

“光躲着也不算事呀，还是出去向他们说明白为好。”

“我不出去，我不出去！我出去了，他们会撕了我。”蔡二说着那恐惧的后果，身子不由自主地往后躲，已经贴在墙面上了。

蔡俊生明白了，看来他真用假色子这种鬼把戏糊弄人了。

蔡俊生无奈，只好出来，站在院内，一脸茫然。

“蔡老板，蔡老板。”一丝声音飘来，蔡俊生四下寻找，半天也没有确认那个声音从哪个方向飘来，难道自己耳鸣吗，还是大白天遇到了鬼了?

“蔡老板，蔡老板。”

这下，蔡俊生知道了，那声音是从一个窗户飘来的，于是立刻向那里走去。原来是张郎中。

进了屋，看见张郎中的行李已经收拾好，便问：“咦，张郎中，你要走啦?”

“此地非久留之地，我戳穿了三老歪的伎俩，他岂能善罢甘休?”

“哦，这样呀。”

“蔡老板，今日外面那些人你知道怎么回事?”

“不……不知道，我正要向你求教呢。”

“如果我没猜错的话，这也是三老歪捣的鬼。”

“啊？他……他为何要这么做?

“哼哼，不外乎两个字——财、色，再说，三老歪和谢掌柜已经掐上了，不让她家倾家荡产，他是不会住手的。”

“求财，我理解，求色，我就不明白了，难道三老歪在打谢大姐的鬼主意?”

“不是现在，而是老早就有这歪邪主意了，他那奸淫之相蔡老板难道没有看出来？哼哼，几次都没有得手罢了。”

“啊！这样呀。”

“这个关口过不了，我保证三老歪既得了这个店，也得了谢掌柜的人，你？好吧。”

“三老歪那天说的是真的啊？这个人真阴险，张郎中，快救救谢大姐!”

“呵呵，这正是我叫你来的目的，但是我有一事不明，蔡老板得向我交个底。”

“什么?”

“你和谢掌柜到底是什么关系?”

“没有什么呀，我住店，她开店，还是我的救命恩人。”

“哦，就是如此?”

“对，我可以对天发誓。”

“发誓就不必了，没有就好，张生、崔莺莺最后的下场你是知道的，看来今天你不好出面，这样吧……”张郎中对着蔡俊生的耳朵嘀咕了一阵，蔡俊生频频点着头。

蔡俊生怀揣着张郎中的锦囊妙计来到厨房，看到谢翠莲正呆呆地坐在灶下，一脸茫然地对着冷灶。

“谢大姐，你在做饭呀?”

见到蔡俊生，谢翠莲眼睛一亮，站了起来，道：“蔡大哥，你……你回来了?”

外面传来那些人乌鸦般吵闹的声音，谢翠莲眼睛一红，道：“蔡大哥，你说这过的什么日子，还不如死了。”

“大姐，记得你曾经对我说过，天无绝人之路，振作起来吧，这个坎儿会过去的。”

“呵呵，安慰别人的话都会说，大祸降临到自个儿身上就不一样了，滋味可真不好受。”

“薛二还不出来? 看样子要管饭了。”“不出来，我们就在这里吃住他几天。”

外面的吵嚷声不断传来。

“大姐，先把那些人撵走。”

“怎么撵? 人家就是来挑衅的。”

“你就按照我说的做好了。”接着，蔡俊生把张郎中给自己的锦囊妙计传授给了谢翠莲。谢翠莲“嗯嗯”地点着头，俗话说：心中有底，遇事不慌。谢翠莲大摇大摆地走向客堂来迎战诸位赌客。

“嘿，各位大驾光临，小女子有失远迎，得罪，得罪。”

“卖饭西施，你家薛二呢?”

“哈哈，薛二你自己不敢出面，让女人出面做挡箭牌。”

谢翠莲拉了一个板凳坐下，若无其事地问：“你们找我家薛二有什么事?”

“无事不登三宝殿，当然有事，爷们儿平时忙，哪有闲工夫来这里扯淡?”青龙郑重其事地说。大家一阵笑。

“对对，各位都是挣大钱、干大事的大能人、大忙人，既然这样，那么就闲言少叙，各位有何贵干?”

“卖饭西施，你能当家?”

“当然，要不，就不会站在你们面前了。”

“那好，我们就和你这个当家的说吧。”青龙说着挽起袖子，露出手臂上喷着火的龙头，“哎，卖饭西施，你知道我一年输给你家薛二多少钱?”

“不知道。”

“这个数。”青龙伸出一巴掌，“五十。”

“我这个数……”其他人纷纷伸出手掌，在空中画着楼阁，把自己输的钱虚报了几十几百倍。

“乖乖！你们都输了这么多?你们几个谁我不了解?一年都不能挣个一两个银圆来。”

“我……我们借的，还是高利贷。”青龙道。

“对，借的，不行啊?”大家附和着。

“行行，咦，我就不明白了，你们输钱跑我家干什么?我家欠你们钱?”

“可以这么说。”

“这话从哪里说起?”谢翠莲一脸的疑惑问。

“薛二赌钱作假，今日我们大伙来要回我们自己的钱。”

“薛二会作假?呵呵，你们在开玩笑吧?”然后脸一沉，“这个玩笑可开不得的。”

“哼哼，要想人不知，除非己莫为，天下没有不透风的墙，以前我们被蒙在鼓里，现在都知道啦!”

“知道什么了?”

“他用假色子，里面灌了水银，想打几点就有几点的。”

“哦，这样啊，那你们想怎么样？”

“想怎么样，我们要薛二赔我们的钱。”青龙捶着桌子道。

“可以，可以。”谢翠莲一脸无所谓地说。

这话倒让大家蒙了，大家你望望我，我望望你，不知道谢翠莲葫芦里卖的什么药。

“看样子薛二被你们抓住现行了。”

“没……有，但是他做的事，有人知道了，他告诉我们的。”

“嗬，原来你们是道听途说的呀！哎，青龙，听说上个月西河里漂着的那个人是你杀的，哎，三斜子，上上个月胖子饭店被偷了，听说是你干的。”

“放狗屁，你……你不要血口喷人！”

“我血口喷人，你们才血口喷人呢！俗话说：捉贼捉赃，捉奸捉双，你们不是说薛二用假色子耍你们吗？证据呢？拿来。”谢翠莲说着把巴掌伸到青龙脸前。

青龙不作声，眼巴巴地望着自己脸前的巴掌。

谢翠莲看他们心虚，更加来了气势，指着屋子道：“各位，你们如果在我家找出半个你们所说的色子来，我加倍赔你们，如果找不出，趁早滚蛋！”

众人脸红低头不语。

“你们不要听信别人的挑拨离间，那个人不是什么好鸟，薛二这次输了那么多钱你们也知道了，秃子头上的虱子——明摆着是那个人下的套，可是我们能说什么？没有证据，所以只能吃个哑巴亏，但是我要提醒你们，他能这么对待薛二，他也能这么对待你们。”

屋里鸦雀无声。

“我现在就告诉你们一个秘密，下次你们和那个人赌的时候，留心他褂袖子，说不定里面有机关呢。”

“什么机关？”众人一起问。

“不能说，你们自己留心就是了。”谢翠莲说着对门外站着的小梁子喊道，“哎，小梁子，老驴喂了没有？都过中午了。”

“还没有呢，我这就去。”小梁子答道。

“还不快去喂？喂过了让那头懒驴赶快干活！”然后转回脸来，呵呵一笑道，“各位，时辰不早了，在这里凑合一口？”

众人知道谢翠莲刚才话语的厉害，如果在这里吃饭就是与驴为伍，于是纷纷道：“谁在这里吃？走！”众人说着离开了客栈。青龙一边走，一边骂道：“这个三老歪，今儿个洋相都出尽了，弟兄们，走，找他算账去。”

“咦，他们走了？”薛二探头进来问。谢翠莲不答。

“快去准备饭菜，快去准备饭菜，饿死啦！”薛二放心地踏进门来吩咐道。

谢翠莲一声不吭地走出客堂，迎面遇到蔡俊生，二人对望了一下。

“都走了？”

“嗯。”谢翠莲点头。

“谢大姐，我刚才和张郎中商议了一下，这次算是彻底和三老歪杠上了，所以我们得小心提防，及早打算。”

“哪里来的那么多钱？真不行，就把这客栈卖了吧。”话是这么说，可是眼睛里全是舍不得。

“不到万不得已，不要走这步棋，毕竟是你的营生，卖了以后靠什么生活？”

“唉，天要下雨，娘要嫁人，管不了那么多了，蔡大哥，你到客堂等着，我去端饭。”

“哎，蔡大哥，进来，进来坐。”薛二看到蔡俊生难得这么客气招呼。

“薛二哥，你好安逸啊！”

薛二毫无血色的脸今个儿终于红了，“嘿嘿”咧嘴一笑道：“今天丢丑了，哎，蔡大哥，我可没有赢你多少钱。”

“不要再提这件事了，下一步看怎么办吧，离限期还剩两天了。”

薛二的脸低沉下去，半天，抬起头来道：“蔡大哥，你有钱先给我垫上，日后还与你。”

“我有钱当然行，关键是我现在没有钱。”

“哦，这样呀。”薛二颓气地说。

“薛二哥，你赶快去筹集钱吧，要不三老歪到时候真的要了你这客栈拉了你的人。”

“我到哪里筹钱去啊？如果筹集不到钱，按说三老歪不会把事情做得这么绝的。”

“简直就是猪脑子，天下居然有这样的人！”蔡俊生心里这样地骂着，但又无可奈何地摇了摇头。

六、争　锋

秋天慢慢老去，冬天已经迫不及待而来。秋露不知道哪天早晨变成了冬霜，人们不知不觉地把手伸进袖口里捂着。放置大半年的纺车取下，弹去上面的灰尘，准备纺棉花，做新棉袄新棉裤过冬。

上午，朱大凤在纳着鞋底，准备为陈铁柱做双棉鞋，这是婆婆下的任务，来而不往非礼也，冲着他给蔡家的那些猪下水，有责任有义务这么做的。在婆婆眼里，她朱大凤冬天最闲，男人不在家，又没有孩子要伺候，女人特别是独处的女人不能让她闲下来的，闲得发慌，就会闹出什么幺蛾子出来的，所以这个任务非她莫属。

快到中午了，朱大凤放下手里的鞋底，来到厨房准备做饭。蔡老拐伸头进来，吩咐道："老三家的，多做些菜，中午铁柱过来吃饭。"

"咦，今儿个人怎么这么少？他们呢？"陈铁柱坐上饭桌的时候诧异地问。

"婆婆走亲戚去了，大嫂二嫂全家回娘家去了。"朱大凤回答。

陈铁柱一听，心一哆嗦，浑身一热。这个多情的陈铁柱认为这是大凤故意在向他暗示着什么呢，脑子里旋即影出大凤屋子里让他望眼欲穿的那张软绵绵的大床。

"铁柱，你操那些心干什么？老话说得好，干活人不嫌多，吃饭人不嫌少，呵呵。"蔡老拐看着桌子上那盆肥肉咽着唾沫道。

"哦，哦，呵呵。"陈铁柱敷衍着，心里警醒着自己道，"不能乱来的，这老家伙还在家呢。"

喝了几口酒，吃了几块肥肉后，蔡老拐话把子撂开了，说自己为这个家操心死了，这些天头老晕，腿老痛等。

作为干儿子，陈铁柱当然要深表同情和敬佩，劝他千万不要操坏了身体，全家就指望他一个人呢，头晕可能是营养跟不上，一连夹了几块肥肉给他，又给他盛了一碗猪心肺汤，劝他吃完后，端起酒杯道："今儿个我陪您老多喝几杯，驱驱腿上的寒气，肯定会好些。"

今天不知怎么了，蔡老拐喝着喝着，酒意慢慢退落下去，说不想喝了。陈铁柱这个干儿子"真孝顺"，使出浑身解数来哄他喝酒，真可谓好话说了几大箩筐外加几竹匾。

中午，二人一斤半老白干下肚，三老拐说自己头晕得厉害，饭也没吃，就踉踉跄跄回屋躺倒了。

屋里只剩下陈铁柱和朱大凤二人。陈铁柱睁着通红的眼睛瞄着朱大凤那鼓鼓的熟透了的苹果似的身子，真恨不得一口吞她下去。朱大凤被望得不敢抬头，害怕铁柱哥有更进一步的举动，更害怕别人看到，慌慌张张收拾完就回到自己屋子，刚想闩门，门被一股强大力量推开，然后人影一闪，陈铁柱跳了进来，关了门，随即旋风似的把朱大凤的身子卷在自己怀里。

"铁柱哥，不……不能啊。"朱大凤呻吟道。

"不要怕，老家伙已经睡着了。"陈铁柱指着外面说，然后不给朱大凤出嘴说话的机会，抱起她，向床边走去。

床上，棉被里，山也摇来地也动，那张床吱吱呀呀跟着动，陈铁柱压在朱大凤身上手嘴腿齐用上……

"啪嗒"外面木棍倒了似的声音。

二人愣住了，停住了动作，竖直了耳朵尖听着外面的动静。

"嗷嗷——"外面传来蔡老拐痛苦的声音。

二人慌了，到处找自己的衣裳，情急之下哪里找得到，半天才找着，胡乱地穿上，陈铁柱躲进床下，朱大凤则捋了捋乱了的头发，开门出来，只见公公睡在墙边一动不动。

朱大凤魂都吓飞了，赶忙抱起蔡老拐，只见他人事不省，这倒让她放心不少，重新放下他，跑回到自己屋子，催促着陈铁柱赶快跑。

“这个娄子捅大了！怎么得了？”陈铁柱躲在家里这样想，自己倒无所谓，可是，大凤她可要受苦了，以后会……心里莫名一个念头：“他们不会休了大凤吧？那样倒好了。”

一连三天，陈铁柱都没有敢跨进蔡家门槛，奇怪的是，蔡家那里并没有什么动静，是家丑不外扬吗，还是……

中午时分，远远地看见蔡富贵朝自己肉摊子走来，陈铁柱做贼心虚，低下头做着最坏的打算。

蔡富贵并没有兴师问罪，而是来告诉他，父亲病倒了，很厉害。

“啊！”陈铁柱假装惊讶得天塌下来似的，嘴巴张成鹅蛋大，接着怪罪道，“你们怎么到现在才告诉我？”

陈铁柱有义务去瞧自己的干爹的，收了肉摊，拎着两吊肉，心里十五个吊桶打水——七上八下地跟着蔡富贵来到蔡家。

奇怪了，蔡家人见到他依然还是那么热情，朱大凤看到他，高粱红的脸更深了些，然后低头做事去了。

“看样她并没有什么事，这到底是怎么的啦？蔡家大度，也不会大度到如此地步吧？”陈铁柱疑惑着。

等到他见到了自己的干爹，什么都明白了。心里叹道：“阿弥陀佛，原来如此！”

只见蔡老拐躺在床上，嘴也歪了，眼也斜了，中风了。郎中可不是这么医断的，说他中了邪气了。这郎中医术不太高明，但是料事如神，蔡老拐可不就遇到邪事了。

看到陈铁柱，蔡老拐眼睛睁开，看见毒蛇似的，嘴里“嗷嗷”叫着，想抬手，可是怎么也抬不起来，陈铁柱知道他想揍自己。

陈铁柱赶紧伸手握住蔡老拐的手，问候道：“哎呀，干爹，你怎么了？”说着把带来的肉放在他面前的桌子上。

“嗷嗷！”蔡老拐号叫得更厉害了。

蔡老拐彻底不能说话了，看样子，那天风流韵事就彻底成为秘密了。但是，让陈铁柱迷惑的是那天蔡老拐怎么会躺在墙边的？

原来那天，蔡老拐尿急，摇摇晃晃起来上茅厕，听到大凤屋里的动静，心里怀疑道：难道老三家的耐不住寂寞，在找野男人？赶忙凑过去听，只听到朱大凤的声音：“铁柱哥，快点儿。”

蔡老拐觉得五雷轰顶而来，一股血腥往头顶冲，浑身哆嗦着拾起身边一根树棍，要冲进去打这对狗男女，刚迈出一步，一个踉跄倒在墙边。

“菩萨保佑。”回家的路上，陈铁柱对着空中拜了几拜，不同的做法，朱大凤到庙里菩萨面前磕了响头，烧了高香。

既然老天这么保佑着，陈铁柱可以继续往蔡家跑，只是警醒着自己，以后千万要小心了。

小心的事还不止这一件。

大半下午的时候，他赶着买来的两头肥猪往回走，路上小心地四下张望，害怕那一高一矮的身影又出现，为了躲避这两个强盗，今天他舍近求远，绕道而行，前面一条小河，河上只有一根独木桥，他吆喝着猪过桥。

谁知道这两头猪虽然身体肥壮，但是，胆子却小得如芝麻粒，看着那独木桥，哼哼唧唧着死活不肯踏上去。情有可原，那桥对这两头猪来说，就是奈何桥，踏过去，死路一条。

磨蹭了半天，天色渐渐暗下来，陈铁柱心也跟着阴暗，一边狠骂着猪，一边扬起手里的树枝狠狠地抽那两头猪的屁股。

那两头猪“嗷嗷”叫着撒腿就跑，而且使用的是分头行动——一个向左，一个向右。

陈铁柱慌了手脚，犹豫了半天，向那头大些的猪追去，终于在一个沟堑里抓住它。把它赶到最近的村庄，托付给熟人看着，又急忙跑回来寻找另外那头。找了半天，连猪的影子都没有看见。陈铁柱脑子里闪着买猪的大洋，发誓不找到誓不罢休。

“我一年才赚几个呀？这倒好，跑了整整一头。”陈铁柱心里这么念叨着。天已经完全暗下来，树林里黑得浓密，别说躲头猪，就是躲头大象都看不见，没有办法，只好“唠唠”地唤着那猪。

“哼哼”，前面传来猪哼声，陈铁柱心中一喜，朝那哼哼声摸去，“哎哟”，脸被树枝刮了一下，那头猪听了动静哼着似乎说：“快跑呀，逮住就没有命啦！”然后“嚓嚓”地向前跑去。陈铁柱顾不得脸上的痛在后面追。

不知道追了多长时间，那头猪可能知道自己的哼声会暴露自己的行踪，不再哼了。陈铁柱失去了目标，在森林里深一脚浅一脚地到处乱摸，只摸得晕头转向——他迷路了。

“不能再瞎转了，搞不好掉进山崖就糟糕了，别猪丢了，连自己的这条命也丢了。”陈铁柱这么想便站住，站在高处四下张望着。

“咦，前面好像有亮光。”陈铁柱心中一喜，连忙向着那亮光处摸去。

山里有句谚语：看山跑死马。这谚语也适合这漆黑夜里的那道亮光，陈铁柱费了很大功夫才靠近。来到近前一看，才知道亮光是从一个山洞里冒出的。

“可能是猎人。”陈铁柱心里猜测着欲走进去。

“哈哈，弟兄们又要发财啦！”里面传来豪爽的笑声。

“老大，快过年了，趁机捞几把，让弟兄们过个肥年。”

“娘啊，原来这是强盗窝啊！”陈铁柱心里这么震惊着，忘了自己处在暗中他们看不见，他一头扑倒在地，一动不敢动。

“老大，点儿我已经踩好了，明晚动手吧。”山洞里传来一个嘶哑的宛如乌鸦叫的声音。

“咦，这个声音好熟悉。”陈铁柱不由好奇起来，他四周看了看，夜黑得伸手不见五指，张口不见白牙，这让他放心不少，趴在那里耳朵洞对着山洞。

“山豹兄弟，招子放亮些，外面风有些紧，咱们最近干了几起大买卖，闹的动静不小，财主们都买了枪提防着呢。”

“山豹？山豹是谁？”陈铁柱思索着，一个人影随即浮现在脑子里——朱麻子！他外号不是叫钻山豹吗？还有这乌鸦叫似的嘶哑声音——刻骨铭心的声音。十之八九就是他了！

“朱家集朱四可是只肥猪，秋天田里收入不少，佃户们的租子也都收上来了。”乌鸦继续说道。

朱家集？朱麻子住的地方。这更进一步让陈铁柱确定那乌鸦就是朱麻子了。要说强盗，陈铁柱怕，要说朱麻子，他恨——恨得直咬牙。现在恨占据了上风，恐惧倒减少了许多，他倒要看看以确定百分之百就是他，于是悄悄向洞口爬去。

洞内，烧着柴火，烟雾缭绕，五六人围在火堆旁吃着东西喝着酒，脸向外正啃着鸡腿的人不是朱麻子是谁。

“啊！”陈铁柱几乎惊叹出来，匪夷所思，在朱麻子左右各坐着一高一矮的两个人，那高个子的耳朵明显少了一块。天啊，原来他们是一伙的！

一个土匪慢腾腾地站了起来，陈铁柱的心蹦到嗓子眼了，好在那个土匪只是拿了酒后又坐了下来。

“快离开这是非之地。”陈铁柱心里催促着自己，然后弓着身子慢慢往外缩，到了洞口，站起，兔子样地向树林里跑去，不知道跑了多久，反正觉得他们找不到自己的时候才停下，坐下靠在树上喘着气，才感觉浑身疼痛不已，猜想可能是荆棘刮的。他黑暗里向那痛处摸着，把刺拔了出来，用手蘸着唾沫向那痛处涂抹。

一会儿，身上的汗凉飕飕的，这使他清醒不少，惊吓的魂也安定了下来，脑子开始活泛起来。

“都说兔子不吃窝边草，这个朱麻子，居然连自己同街同姓的人家都要抢！真是猪狗不如。”陈铁柱心里骂道。

想到了猪狗，陈铁柱就想起自己丢失的猪，就想到那半个耳朵。

“半个耳朵他们肯定是受了朱麻子的指使来劫自己的猪的，这是他故意和自己过不去。”陈铁柱十分地肯定着，“好个朱麻子，我没有找你算账，你倒来找我了！嘿嘿，老天有眼，今日让你犯到我的手里！”陈铁柱旧恨新仇一起涌出，牙齿咬得“咯吱咯吱”响，手攥紧成一个拳头……

月黑杀人夜，风高放火天。第二天晚上，阴云笼罩，夜黑得浓浓密密，鬼在这浓密的夜里恐怕都互相撞破头。朱家集被这黑笼罩住，悄无声息。

“汪汪”几声狗叫，是什么惊动了看门狗？黑暗中什么也看不到，只听到“嚓嚓”的脚步声向朱家集西头而来。

“是这家吗？”黑暗处一个声音问。

“嗯。”乌鸦叫的声音，阴森得就如鬼的声音。

“你们在外面等着，我翻墙过去打开门。”

一会儿，“吱呀”一声，门打开，门里一个声音：“快！快！”

两三个人留在外面警戒，四五个人蜂拥而入。

突然，“当当当”十几面铜锣猛然敲起，几十个火把同时举起，上百人声同时喊起：“抓强盗啊，抓强盗啊……啪啪”几声枪响。

一瞬间，朱四家的大院被围得水泄不通，火把把朱四家照得如同白昼，四面八方响彻着：“抓强盗啊，抓强盗啊……”棍棒、大刀、铁叉、铁锹、火铳、长短枪一起指向朱四家大院。

几个强盗赶忙向后退，哪里还有退路？

“当当”，大锣小锣在蔡家集一路走来一路响，大人小孩随着那锣声聚拢而来。一群人来到陈铁柱肉案前站住。

“哈哈，陈掌柜，恭喜，恭喜，恭喜你获得本地的奖赏。”何巡捕说着把手里的一个盘子端出，掀起上面的丝绸，露出一摞摞的大洋，在阳光下银光闪闪。

“苦也，苦也。”陈铁柱看着那些大洋，心里叫苦不迭着。

“接着吧，陈掌柜。”何巡捕催促着。

“哈哈，看看，陈掌柜都喜呆了。”

“陈屠夫，一下得了这么多大洋，怎么花得完？今天一定要请客呀！”人们纷纷睁着红眼要求着。

“一定，一定。”陈铁柱答应着接过盘子，顺手拿起两个大洋递给何巡捕道：“各位辛苦了，这个拿去喝茶水。”

“哈哈，这个……这个就不必了吧，那个案子劳累了兄弟们几年了，被上面责怪多次，这次得以顺利破案，几个强盗无一人漏网，全仰仗着陈大掌柜的信讯，以后本地就太平了，各位乡亲，你们应该多感谢陈大掌柜啊。”

“哪里，哪里，铁柱我微不足道，还是得益于何大捕头的神勇。”陈铁柱说着把手里的大洋往他手里塞。何捕头极不情愿地接住了。

“都神勇，都神勇，何捕头神勇得功劳，陈屠夫神勇得赏银，哈哈……”人群一阵笑。

人群中有一人没有笑，这个人就是朱大凤。这两天她都听说了，她的堂兄朱麻子被抓住了，报信的人是陈铁柱！

她躲在人群中，心中五味瓶翻倒了，悄悄溜出人群，向家里走来。

前脚回到家里，二嫂后脚跟着进来，眉飞色舞地道："三妹，看到了吧？那么多大洋！我的天，铁柱兄弟这下可发了大财啦！"

"嗯。"朱大凤鼻子里答应一声回到自己屋里，躺下，望着黄黄的秫秸房梁，一种失落感涌上心来，心里责怪道："怎么能这么做啊？无论麻子以前如何对你，也不能这么做啊！不看僧面也得看佛面，朱麻子是谁？他可是我朱大凤的堂哥！最起码事前也应该和我通口气，这下好了，麻子肯定要被砍头了，看来我朱大凤在你陈铁柱的心里根本就没有什么分量。"这样地想，把身边给陈铁柱做的那双棉鞋扔到一边。

二嫂跟了进来，把手里的一块布料递到朱大凤面前，道："三妹，这块布料颜色鲜艳了些，我穿着不合适，送给你吧，可以做个袄面。"

"不要。"

"怎么不要？"

"不要就不要。"

"哎哟，我不就是求你办件事吗？看你给我摆这么个大架子？"

"求我办事？求我办什么事？"朱大凤思索半天愣是没有想起来。

"三妹，你去叫铁柱兄弟中午来吃饭吧，我们再把那事说说。"二嫂一边摸着那块布料，一边说。

朱大凤恍然大悟："原来是说媒的事啊！"虽然有人来和她争夺陈铁柱，但是，今日的气还没有消，于是没好气地道："要去你去，反正我不去。"

"我去把他请来，你来说。"二嫂不待朱大凤答应，站起扭着屁股走了。朱大凤看着她那屁股尖，稍一停歇，站了起来，拿起镜子照了一番，然后到厨房去了。

"哈哈，铁柱兄弟，这下可出大名啦！"外面传来大哥蔡富贵公鸡报晓的声音。

"大哥，你说得不对，铁柱兄弟这次是名利双收、双喜临门啊！"二哥蔡耕田的声音。

"来了！"朱大凤心头一震。

"三嫂，在烧什么好吃的呀？"门口人影一闪，接着只听"咣当”一声，一个猪头落在案板上。

朱大凤吓了一大跳，虽然眼皮都不动，但是她能知道此时陈铁柱正在看着自己，她寒起脸来招待他。

陈铁柱热脸贴了个冷屁股，但是，一点儿也不觉得难为情，反而“呵呵”一笑道：“听说了吧？”

朱大凤依然寒着脸不语。

“我本来是不想……不想这样的，可是，可是……”

“哼哼！”朱大凤鼻子喷着冷气，“你这次可出大名了！”

“万万没有想到他们把东西送到这里来了，闹得满城风雨的。”

“哼哼，逞能的人都是怕事不做，做事不怕。”

“我……我……”

“你好大能耐，我朱……朱大凤算什么？”

陈铁柱早已经明白怎么回事了，叹道：“唉，我也是被逼得走投无路了。”

“谁逼你了？”

“还有谁？朱麻子。”

“他……他逼你走投无路了？”

“三……三嫂，你还不知道吧，光这一年，他朱麻子就指使人劫了我五次道，猪被抢了几头不算，几次还差点儿要了我的命。”为了博得情人的原谅，陈铁柱有意把事情夸大了好几倍。真是难为他了。

“啊，有这样的事？你……你怎么不告诉我？”

“又不是什么好事，免得你担惊受怕。”

这句话说到心坎儿里了，朱大凤听了心中之气消了一半。

“你们在聊什么呢？”二嫂进来问，眼睛盯着朱大凤的脸直直地看。

“撩（聊）你。”陈铁柱说着上来拍了一下二嫂的屁股。

“我有什么好撩的，去撩年轻女人吧，三妹，是不是呀？”说着意味深长地眨眼。

朱大凤明知道那话另有含意，但是高粱红的脸还是深了一些，赶忙道：“二嫂家的侄女年轻漂亮着呢。”

“哎，铁柱兄弟，你没有什么话说，就权当你答应了这门亲事了，今年冬天就定下来吧，明年春上我们就喝喜酒，来年春天就能抱上孩子了，呵呵。”

“你们背着我在叨咕什么？”大嫂闻声进来，“哎，铁柱兄弟，你一到我们家，怎么就朝女人堆里钻啊？哈哈，肯定有什么秘密吧，有什么秘密呀？怎么就背着我一个人啊？”大嫂的嘴炒豆子似的“噼里啪啦”响。

这些话，各人有各人的理解，朱大凤狠狠地低下头去烧柴火，陈铁柱只“呵呵”地笑淹没去脸上的尴尬，二嫂迈出门的一只脚又抽了回来。

“哪有什么秘密？都是鸡毛蒜皮的事。”二嫂赶紧地解释道，然后一个劲儿向朱大凤挤眼，告诉她和自己攻守同盟。

“铁柱兄弟，你今日得了那么多银子，能娶得上个好媳妇了，大姑娘已经排着队等候你啦，吃过饭不要走，大嫂找你有事说。”大嫂说完，剜了二嫂一眼，走了出去，又转回头来，“我等着你啊。”

“什么事都要插上一杠子，搅屎棍。”二嫂对着大嫂的背影嘀咕道，然后冲着陈铁柱一笑道：“铁柱兄弟，我的可是先说的，总有个先来后到吧。”

“呵呵”，陈铁柱不置可否地笑着走了出去，留下二嫂一肚子疑惑闷在那里，看样好事要多磨了，于是来到桌子边，把那猪大嘴当作大嫂的嘴扇着道：“多嘴的猪，看我不把你吃了。”转头向朱大凤求援道，“哎，三妹，这事还得靠你多帮忙。”

“我一定尽力，二嫂，我想对你说件事。”

“什么事？尽管说，只要我做到的，保证不说二话。”

“也没有什么大事，我就想趁现在空闲回娘家一趟。”

“哦，这事啊，小菜一碟，回头我去向婆婆说一声。”说到婆婆，二嫂把眼往门口瞧了瞧，把嘴伸到朱大凤耳朵旁，要告诉她天机似的，“哎，三妹，你注意到没有，婆婆她……”

“怎么了？”

“你没有感觉到吗？老家伙很不正常，整天找我们的碴儿，无论我们做什么，压根儿就没有她满意的，这么般磨人，老小孩儿，老小孩儿，入土之前，都这样，我看她活不长了。”

“哦，看样子病得不轻。”

“嗯，她整天说自己心口痛。唉，这个家，公公中邪瘫痪在床，婆婆又……邪门了，改天找个天地仙上门来，看看哪里有不对劲的地方。”

“铁柱兄弟，来，坐，我们兄弟俩今个多陪你喝几盅。”堂屋传来蔡富贵的声音。

“这个陈铁柱，别犯在我的手里，如果犯在我手里，不扒了你的皮，抽了你的筋我就不姓朱了！”第二天上午，朱三癞子正在家里指天跺地大骂着。

大儿子慌慌张张地跑了进来，煞白着脸，上气不接下气地喊道：“爹……爹，不……不好了，朱……朱四他们找上麻子家的门来了！”

“你快翻墙头进去，叫大哥他们千万不要开门，任他们闹去，我们毕竟理亏，得忍就得忍，唉，麻子也是，怎么带强盗来我朱家集呀？天下大呢，谁家不好抢，这下好了。”

“爹，我回来了。”朱大凤一身风尘地从外面进来道。

“你……你怎么回来了？”对于这个两年没有回娘家来的女儿，朱三癞子冷漠得如这冬天的天气。

“我回来看看你。”

“我有什么好看的，哎，那个陈铁柱还在蔡家集吗？”

“我……我不知道，可……可能在吧，怎么，你找他有事吗？”朱大凤明白不了糊涂了地问。

“没事，没事，我找他有什么事啊？哼哼。”朱三癞子眼睛眯成一条缝。

“不好啦，不好啦，朱四带人抄了麻子的家了！”外面传来二儿子的喊声，朱三癞子抄起铁叉狂奔出去。

朱麻子家，大门已经歪倒在一旁，屋里传来“噼里啪啦”砸东西的声音。

“你们在干什么？”朱三癞子大喝一声。

里面没有反应，“噼里啪啦”的声音依然在响着。

朱三癞子手一挥，带领几个儿子侄子冲进屋子……“啪啪”枪声响起。

这一仗，两败俱伤，朱四家抬回去两个人，朱三癞子家躺倒三人，其中包括朱大凤的大哥。

朱三癞子捂着自己流血的胳膊，吩咐家里人道：“朱四不会善罢甘休的，肯定会再来，这几天谁也不许出门，给我死守，进来一个，给我照死里打！”

“爹，你流血了。”朱大凤跑了过来，“我给你包扎一下。”

“啪”，一声耳光响，朱大凤已经躺在地上。

“滚，快滚！”朱三癞子指着大门道，“从今以后，我没有你这个女儿。”

“爹！”朱大凤眼泪汪汪地看着父亲。

“你……你这个孽种，事情都是因你而起，你连累了多少人？你亲大哥都要死在你手里了，滚，快滚，从今以后，不许再踏进这家一步！”

“爹！”

“不要叫我爹，你爹已经死了，滚，快滚！”朱三癞子举起手里的刀，“再不走，别怪我手狠。”

“你下手吧。”朱大凤把头伸了过来。

“滚！滚！”家里人一起咆哮，连她的娘也这么喊：“扫帚星，你滚得越远越好。”二哥气急败坏地跑到门后，拿起鞭子“啪啪”抽着自己的妹妹，嘴里一连声骂：“滚滚。”

朱大凤被抽得嗷嗷叫，知道他们已经恨死她了，事情已经到了无可挽回的地步，再待下去，说不定他们真下毒手，反正对他们来说，她已经是外人，是祸水。“咚”一声，大凤跪在父母面前，“咚咚咚”磕了三个响头，然后“呜呜”哭着离开了朱家集。

野外，田地里一片荒芜，枯萎的秫秫秸玉米秸垂头丧气地呆立在那里，灰黑色的枯叶在风中“嚓嚓”地响，似乎是对逝去美好的哀叹与哭泣。

朱大凤哭着，跑着，不时回头张望一下朱家集，这里生了她，养了她，这里有她的爱，有她的恨，但是，从今以后这里与她再也不相干了。她成了没有娘家的女儿，成了没有丈夫的女人。

家乡慢慢远离，她蹲在一个河边“呜呜”地哭泣着，自己第一次回娘家，没想到落了这么一个下场。这几年了，自己过的是人过的日子吗？简直是行尸走肉。封冻的河面，映照着日头灿烂的光，想象中，那里面一定非常美好，直直地看着那光，朱大凤有一股冲动，钻进那冰水里面去。

她想喝一口水，一弯腰，身上一阵痛，二哥的鞭子、爹爹手里的刀出现在她的脑海里。

“你们这么绝情？怎么把一切罪过都归咎于我一个人？假如当初你们答应了我和铁柱哥的婚事，假如朱麻子不找铁柱哥的麻烦，假如麻子不带领强盗来抢朱四家，有今天这样的事发生吗？”看着冰面上自己的脸，朱大凤这样哀怨着，然后用拳头猛地砸向冰面，自己的影子魂飞魄散，她捧起水洗了一下脸，恨恨地道：“不要我就不要我，反正我在朱家比一只鸡一条狗好不了多少，多了我，他们是那样，少了我，他们依然还是那样。”这样地想，朱大凤喝了两口水，然后，拿起一块冰，向远处河面上扔去，“啪”冰块粉身碎骨，四处乱飞。

陈铁柱这些天总是心神不定，预感大祸将要临头一样，心里想了半天，只有一种可能，那就是强盗的报复。可是另一个理由来否定：怎么可能呢？强盗游街示众后，都被砍头了。

想到游街示众，至今也忘不了朱麻子那狠毒的眼神，那天，游街到他肉案跟前时，原本紧闭双眼的朱麻子突然睁开眼来，先是瞪着陈铁柱看，然后眼睛眯成一条缝，冒出毒蛇般的光。

“陈铁柱，老子做鬼都不会放过你。”朱麻子吼道。

那诅咒的话、那毒蛇般的眼光似一根套索勒在陈铁柱的脖子上，使得他噩梦连连，醒来浑身冒着冷汗。

朱麻子被砍头那天，陈铁柱没敢去看，怕回来后更加睡不着。蔡富贵倒去捧场了，回来后对陈铁柱道：“那朱麻子确实是条汉子，临砍头时，大叫‘二十年后，老子还是一条汉子’。”

傍晚回到家里，陈铁柱怕夜里又睡不着，于是想用酒麻痹自己，于是让老娘做了两个菜，一边喝酒一边对老娘千叮咛万嘱咐要她以后一定要小心。娘问他怎么了，是不是在外面得罪什么人了。

“没有。”陈铁柱撒谎道。

“没有就好，儿呀，你常在外面混自己要当心啊，我都是黄土埋到脖子的人了还怕啥？我死了，你一个人得照顾好自己啊。”

“娘，不要说这晦气的话，你肯定要活到一百岁的。”

“呵呵，我自己能活多大，我自个儿清楚，唉，我死了也没有什么遗憾的，就是没有抱上孙子。”

陈铁柱不语，脑子里涌现出朱大凤高粱红的脸来。

“儿呀，听娘一句话，娶个媳妇好好过日子吧，不能再耽搁了，我知道你喜欢着大凤，可她已经是别人家的人。”

“我……我没有再和她有瓜葛呀！”

“知儿莫若母，儿呀，你是从我这里出来的。”说着指着自己的肚子，“你心里那点儿心思，瞒不了我的。”

“我真的没有和她……”陈铁柱来个死活不认账。

“不要三斤半的老鸭，二斤半的嘴——净落个嘴了。”

“真的。”陈铁柱说着夹了块鸡屁股吃着。

“那好，既然没有，那赶紧娶个女人过来，今天，你二大娘过来了，说她娘家……”

“汪汪——”外面传来狗叫声。

“咦，外面狗叫了，来人了，我出去看看。”陈铁柱没有等娘后面的话说外，躲出去了。

外面，漆黑一团，陈铁柱朝着狗叫的方向望去，除了黑还是黑，于是呵斥着自家的狗，缩了回来。

“铁柱哥，快来。”红高粱地里，大凤羞涩地在向他招着手。

“大凤妹子，我来啦。”陈铁柱欢天喜地地奔跑着奔跑着。

跑到大凤待的地方，大凤不见了，陈铁柱那个急呀，四处寻找，可是怎么也找不到，急得大喊：“大凤……”

“大凤！”陈铁柱脚一蹬醒来，才知道自己在做梦。

“啊，四周怎么红红的，热热的，灼人的烫？”陈铁柱一骨碌爬起来，才发现自己已经处在火海之中了。

大火熊熊燃烧着，映红了半个天空，火里夹杂着“噼里啪啦”

的声音。

“失火啦，失火啦!”“救火呀，救火呀!”朱家庄，人声鼎沸，狗在叫，鸡在飞，猪在哼，牛在疯。

屋内到处都是火，陈铁柱如困兽一般在火海里乱撞，烟浪袭来，呛得他几欲晕倒过去，捂住嘴四下看了看，找准了房屋门，不顾火烧，伸手来拉，奇怪，怎么也拉不动。又抬脚使劲来踹，亦然没有踹开。

头顶上一根燃烧的房梁砸了下来，陈铁柱赶忙躲开寻找着出路。窗户吐出长长的火舌要把他吞没似的，陈铁柱抡起长板凳，向火舌砸去，然后不顾一切地跳了出去。

窗户外，火势居然更大，他似一个火球在火海里滚着。

“铁柱，拉住!”火海外伸出一个木棍。

陈铁柱拉住木棍，只见一个火球猛然滚出，然后几盆水一起向这个火球浇来，随即，火球只剩下烟了。

“啊，啊!”陈铁柱躺在地上发出痛苦声，猛地想起什么来了，一骨碌爬起来，“娘，娘!”地喊着，欲向火海里冲去，众人赶忙抱住他。

“娘还在里面，不要拉我，不要拉我。”陈铁柱瞪着充满血丝的眼睛看着拉他的人，然后拼命地挣脱。

“啪啪”，两个耳光扇在陈铁柱脸上，“你是想进去送死呀!”二大爷的声音。

陈铁柱看着蹿起一丈来高的火焰，颓然坐了下来，双拳捶着头，哭着喊：“娘啊，娘啊。”

天亮的时候，大火被扑灭了，陈铁柱家被烧了个精光不算，邻居家房子也被烧了几间。那两家大人小孩在冒着烟的残痕断垣里哭叫着：“老天爷呀，这个冬天怎么能过得去啊!”

二大爷他们在灰烬里寻找了半天，终于找到铁柱的娘，哪里还是他的娘啊！黑干木炭的一具尸体。

陈铁柱跪在尸体旁，抱头痛哭：“娘，娘，你死得好惨啊，儿不孝……”

“这火烧得邪了，这么大!”众人议论着。

“家里堆那么多干柴干什么？外面场地大呢。”

二大爷过来，看了看地上的陈铁柱道：“铁柱呀，最近得罪了什么人了吧？”

陈铁柱低头不语。

“我刚才看了一下，门都被锁上了，窗户口都堆满了干柴，看样子这次对准了是要你的命。”

陈铁柱还是不语。

“是不是与你向官府汇报强盗的事有关？唉，没有事捅那马蜂窝干啥？”二大爷拿起烟袋吸着，“你看，他们来报复了吧。”

陈铁柱脑子里冒出朱麻子那毒蛇一般的目光。

几天来，朱大凤一直心神不宁——对娘家人的绝情耿耿于怀，这情绪如酿酒一般，随时间越来越浓烈。

环顾周围，家里两个老家伙，一个躺着在床上整天哼哼唧唧，一个整天咳嗽不断苟延残喘着，大嫂二嫂呢？整天阴阳怪气尔虞我诈地，能和她们交心吗？现在唯一剩下的只有铁柱哥了。

想到陈铁柱，奇怪了！最近几天都没有看见他踪影，怎么了？拿了赏银就不需要做生意了吗？

惦记着陈铁柱的不止朱大凤一个人，还有大哥大嫂、二哥二嫂。婆婆躺那里，脑子里浮现着猪心肺汤，哼唧着道：“铁柱最近怎么没有看到？”旁边的蔡老拐听了，“嗷嗷”乱叫，众人都认为他也想念自己的干儿子了。

晚饭时，朱大凤把公婆的话在大家面前学说了一下。二哥炮筒子开炮了：“肯定发生了什么大事了，以前他可是风里来雨里去，就是下锥子一天都没有耽误过卖肉，离今儿个快一个月了，肯定发生大事了，要不就是得了什么厉害的大病，不信你们等着瞧，咦，他不会让强盗报复绑架去了吧？那些强盗报复心很强的。”

“不会吧？”大家一起给予否定，大哥等着喝他的酒，二嫂等着把自己的侄女说给他做老婆，大嫂已经答应街上李老四老婆把她闺女说给陈铁柱呢！至于朱大凤嘛……

大哥自告奋勇地说：“我明天到他家看看去。”

第二天一大早，蔡富贵就上路了。半晌午的时候，二嫂回到家里母鸡下蛋似的叫：“陈铁柱回来了，陈铁柱回来了！”

朱大凤正在屋里纺着棉花，听了，急忙向外跑，鞋子都跑掉了也来不及穿，跑到门边才想起什么来着，又折回来穿了鞋子，然后若无其事，事不关己地走了出来。

“陈铁柱回来了？”二哥问。

“回来了，回来了，在街上卖肉呢，三妹，你去叫他中午来吃饭吧。”

这样的吩咐，如果放在平时，朱大凤会一千个不愿意，还有可能顶撞她一句，顶撞完还会解释：“我和他又不熟。”今儿个朱大凤却没有拒绝。

“赶快去，赶快去。”二嫂又一次催促着，俗话说：机不可失，时不再来。大嫂回娘家去了，她要趁着这个机会把自己侄女的事定下来。

“那好吧。”朱大凤极不情愿地答应着然后慢慢转身，好像想起什么来着，又折了回来，挎了一个篮子，走了出去。

来到街上，远远地就听到街上的人和陈铁柱打着招呼：“陈掌柜的，好久不见了，跑哪里去了？害得我们没有肉吃，呵呵。”

“没有到哪里去，没有到哪里去。”陈铁柱一边回答，一边做着生意。一瞥眼，看到朱大凤，千言万语、万语千言涌上心头。

朱大凤在街上这个菜摊前问问，那个菜摊前看看，又到另外一个菜摊前摸摸，直到看见陈铁柱肉案前没有人了，才过来，伸着篮子道：“陈掌柜，砍二斤肉，要肥的。”

“嗯。”陈铁柱答应着动手砍肉。

“铁柱哥，二哥二嫂上午叫你去吃饭。”

“哦，好吧。”

“我……我有话要对你讲。”朱大凤声音压低得别说街上的其他人，就是空中的鬼恐怕都听不到。

“嗯，我一会儿就去。”

“给你钱。”朱大凤说着把钱撂在肉案上，挎起空篮子随即离开了。

“肉，你的肉。”身后传来声音。

“哦。”朱大凤臊个大红脸，折回来，拎起肉，转身就走。

来到家里，朱大凤一刻不停地开始忙碌，细细地回味刚才和铁柱哥见面的场景。

“咦，他好像瘦了许多，脸上好像还有伤，说话无精打采的，看样子真的发生了什么事了，嗯，等会儿好好问问。”心里这么想，竖起耳朵听着外面的动静。

“铁柱兄弟来啦!”外面传来那久等的招呼声。

“来了，来了，二嫂，怎么就你一个人在家？其他人呢？”

“我家当家的在街上摆摊还没有回来，大哥去你家找你去了，大嫂回娘家了，三妹在厨房呢。”

“大哥去我家找我了？”

“是啊，这么多天没有见到你人影，大家都不放心，所以让大哥去看看你。”

“多谢二嫂你们的好意，二嫂，你去打点酒，我中午和二哥喝一杯。”陈铁柱说着递过来一把钱。

“到我家吃饭哪还要你破费？不行不行。”二嫂望着陈铁柱手里一大把钱，摇着头道。

“什么你的我的，都一样，拿着吧。”陈铁柱说着把钱往二嫂手里塞。

二嫂貌似非常无奈地接下，脸上阳光灿烂地一笑，道：“我叫大妞去。”又看了手里那么多钱一眼，不放心地说，“还是我亲自去吧，防止他们在酒里掺水。”说着走出大门。

陈铁柱径直来到厨房，看见朱大凤正在切着菜，灶下大嫂的女儿在帮着烧火。陈铁柱看了看桌子上的菜，嫌菜不够多似的朝着那女孩吩咐道：“大侄女，给你些钱去买点卤菜回来，剩下的买些糖吃吧。”陈铁柱说着把一些钱递过去。那孩子哪里遇到这样的好事？接过钱，欢天喜地地跑了出去。

厨房里只剩下朱、陈二人，朱大凤低头一本正经地切着菜，恍恍惚惚中感觉陈铁柱在向自己靠近，他每靠近一步，朱大凤的心就加快一点儿，闻到他身上的味道了，她激动得几乎要晕厥过去。

“你……你有话要对我说?”话到，手到，两只粗壮的手抱住朱大凤的腰。

“不要。”朱大凤呻吟一声，“铁柱哥，我要告诉你，你……你以后要当心点。”

“怎么了?”

“也没有什么，我……我最近回娘家了一趟。”

“哦，娘家怎么样?”

“已经闹翻天了!”

“怎么闹了?”

“朱四家到麻子家来衅事，结果两家就打了起来，伤亡都不小。”

“啊！这样呀!”

“父亲他们都怪我们俩呢，说这事都是因我们而起，我……我被赶了回来，他们从此不认我这个女儿了。”

“和你断绝关系了?”

“嗯。”朱大凤点着头答应，眼泪要下来了。

“有这样的事，哼哼，他们怎么能拿你出气!”

“铁柱哥，你当心点儿，他们已经说了。”

“说什么了?”

“反正小心一些为好。”

“他们要报复我?”

“可能吧，也许是随便说说的。”

“这是什么时候说的?”

“一个月之前。”

“一个月之前?”陈铁柱心里计算着：那不是自己家失火前吗?难道……难道那火是朱三癞子他们放的?肯定是的！真歹毒，此仇不报，枉做男人了！回去找他们报仇去！陈铁柱这么地想，松开手，丢了一句道：“我有事去了。”说完抬脚走出门去。

“我要报仇，我要报仇!”野外，陈铁柱一边急速地走，一边咬牙切齿着对天发誓。北风呼啸，一块块阴云狼撵似的飞奔着，今年头场雪要下了。

下雪了，早晨，推开门一看，前面屋顶上白花花的，谢翠莲看着那屋顶上的雪，似乎那雪盖在自己的心上——今天是还债的日子，可是自己口袋里只有三个大洋！

假如还不上怎么办？自己的话已经撂出去了，昨天，她要把自己的客栈卖了，结果被薛二骂了个狗血喷头。

“怎么办？怎么办？”谢翠莲望着外面的雪一筹莫展。整夜地睡不着，让她的脸色如那天空铅色的云一般。云在空中悄悄地悄悄地消失，自己也像那些云悄悄地消失吗？昨晚她这么地想，从枕头底下拿出那把刀。

要问这个世界还有什么值得留恋的，谢翠莲第一直觉就是蔡俊生。她曾经无数次地妄想着在这冬天，他能光明正大地为她端洗衣盆到小南河边洗衣；她妄想着，在春天傍晚的彩霞中，他能光明正大地陪自己在河边柳树下散步；她妄想着，在八月十五的晚上，他和她光明正大地在情人桥上赏月……可是，这些仅仅是妄想而已。“唉，马上连妄想都不能了。”她抚摩着那冰凉的刀叹着气一直挨到天明。

蔡俊生一大早晨就过来问：“薛二哥呢？他有什么打算？”

“一早就跑了。”

“跑了？跑了不算事的，三老歪可不是说着玩儿的。”

“蔡大哥，你就不要管了，随他吧。”谢翠莲呆滞地望着外面，一阵风吹过，树上的雪末儿白雾似的飞下，“哎，蔡大哥，时辰不早了，你准备准备去街上做生意吧，我……我去给你做饭。”

“今儿个就不做了。”

“这怎么行？生意细水长流可以，但是千万不能断，一断，人家今日找不到你，以后就不做你的生意了。”

“大姐，你……你一个人能行？”

“不要管我了，去吧。”

蔡俊生无奈地出来，心里还是执着那个想法：“今天无论如何也不上街做生意了。”

“蔡大哥，过来，过来。”

蔡俊生抬头一看，原来是小梁子，他站在远处不停地招着手，蔡俊生走了过去。

“小梁子，有什么事?”

“蔡大哥，谢掌柜你得好好劝劝。”

“怎么啦?”

“她……她怀里总是揣着一把刀。”

“啊！她……”

“蔡大哥，你看怎么办吧?”

“小梁子，你把她看紧些，有什么情况，随即向我报告。”

“嗯。”小梁子答应着走开了。

“她怀里揣着刀干什么?”小梁子走后，蔡俊生一直都在想这个问题。记得自己想自杀时，谢大姐一个劲儿地对他讲道理劝他要想开，可是现在临到她了，也是这么地想不开。看来道理大家都懂，但是大祸降临头上，谁都受不了那份痛苦与绝望。

这老天爷是个慢性子，一上午，零零星星的小雪徐徐慢慢地一直下着，院子地上，梧桐树叶半掩在雪里只被冻得脸色乌青，屋檐下“滴答滴答”地滴着雪泪，点点滴滴地滴在愁苦人的心里。

吃过中午饭，小梁子他们都躲在自己的屋子里留意着外面的动静，只有谢翠莲堂堂正正地坐在客堂中，迎接着即将来临的灾难。

时间慢得如一把钝刀，在慢慢剜着苦难人的躯体。谢翠莲终于经受不住了，站起来拿起鸡毛掸子，扫着家堂上的灰尘。

“钱准备好了?”那个声音终于出现了。谢翠莲转过头来，只见三老歪带着几个人冲了进来。

“没有。”

“那就别怪我了。”三老歪说着对着旁边一个账房似的人一使眼色，那人坐了下来，把手里的算盘放在桌子上。

“卖饭西施，我们已经找人估算了一下你这客栈的价钱，你这客栈值五十个大洋。”“啪”的一声，算盘响了一下。

“卖饭西施，这价钱还算公道吧?”三老歪歪着脖子看着谢翠莲。

“公道。”

“薛二他原欠三十个大洋。”算盘珠子拨弄着，“十分利，利息一共是……一共是……”算盘珠子“啪啪”一阵响后，道：“一共五十二个大洋。”

“听到了吧，卖饭西施？拿钱吧。”三老歪道。

“我说过，欠你三老歪一文钱，我谢翠莲就打掉一个牙给你。”谢翠莲说着拿起早已准备好的锤子向嘴里敲，三老歪手快，一把夺下，扔在地上。

“我要你的牙干什么？我要你这人！”然后转向众人喊道，“大伙听着，从今天起，这店不再叫谢氏客栈了，跟我三老歪姓赵了，这个女人也属于我的了。”

众人哑然。

“从今儿个起，你就乖乖地伺候我吧，哈哈。”三老歪狂笑着上来摸了一下谢翠莲的脸蛋。

“三老歪，你……”蔡俊生从外面冲了进来。

“我什么？蔡老板，蔡大侠，你和她之间的龌龊事谁人不知？哪个不晓？薛二那个浑蛋能容得你，我可容不得你！从今以后，你休想再靠近她一步，快去收拾铺盖，趁早滚蛋！”

“你……”蔡俊生气的脸色煞白，握紧了拳头。

“怎么，想动手？想英雄救美呀？动手呀，快动手呀，哈哈。”三老歪说着走过来在蔡俊生跟前晃动着身子。那几个汉子虎视眈眈地盯着蔡俊生。

“蔡大哥，和浑蛋说什么，歇歇吧。”

“呀呀，倒会心疼人！你应该心疼我才对，因为你和他没有什么关系，我才是你的男人，哈哈。”

“三老歪，你把事情做绝了，连老天都不会放过你！”蔡俊生自己无能为力，只好借老天爷来惩戒三老歪了。

“老子是用钱买来的，正大光明，怕什么。”

“蔡大哥，你……你不要再和这个腌臜的泼皮无赖磨嘴皮子了，免得弄脏你的嘴。”

“到这个时候了还嘴硬？我以后倒要看看你这嘴怎么硬，今晚我……”

“你……你这个畜生。”蔡俊生骂道。

“你骂谁？告诉你，今儿个容不得你这个外人在这里撒野！哎，今儿个关你屁事啊?”

“路不平有人铲，我看不惯你这么欺负人。”

“我看你皮着痒了!”

“你这样就不行!”蔡俊生已经彻底失去理智了，大声叫道。

“给我打!”三老歪说着对着身旁的那几人挥了一下手。

那几个用钱雇来的打手一听，马上过来按住蔡俊生，“嘭嘭”一顿拳打脚踢，三老歪见了还不解恨，嘴里骂着，挥舞着拳头过来向蔡俊生身上狠打着。

“不要再打了!”谢翠莲厉声喊道。

众人哪里听她的?嘴在骂，拳在打，脚在踢，蔡俊生痛苦地叫着。

“我死给你们看!”谢翠莲说着掏出匕首对着自己的胸脯，眼睛喷着火。

“啊!”三老歪等人惊讶着停了下来。

“三老歪，你这个畜生，呜呜……”谢翠莲哭着一使劲，匕首尖捅进棉袄里。

“不要!”蔡俊生挣扎出来喊。

“蔡大哥，你……你不要再参与进来了，你是个好人，但是，好人不一定有好报，你听我一句话，离开这里吧。”

“谢大姐，你……”

“看在你我相识一场的分儿上，我死之后，你就用张芦席把我卷了埋了。”

“谢大姐，你千万不能想不开啊。”蔡俊生喊着要过来夺谢翠莲手里的匕首，谢翠莲苦笑着摆着手制止住他。

“掌柜的，你千万不能死呀，你死了，我怎么办啊?呜呜……”小梁子已被吓哭了。

“小梁子，不要哭，天下大着呢，我死之后，你……你再寻个店家做事吧。”

“卖饭西施，有话好说，有话好说，死什么呀?”三老歪也被这突如其来的事故吓蒙了。

“有话好说?哼哼，你三老歪是个什么样的人，别人不知道我还不清楚？你这个破烂的肮脏货，你不知羞耻，三番五次纠缠我，千方百计想占我便宜，一计不成，又生一计，你挖了坑让薛二往里跳，让我倾家荡产，其实真正的目的就是想得到我，哈哈哈，我谢翠莲有什么好？让你这么费尽心机！好，今儿个就成全你，让你得到我——得到我的尸首。”手一使劲，匕首又深进去一些。

“你……你这个破鞋，怎么平白在这里侮辱人？”

“人之将死，其言也善，我都要死了，还要侮辱你吗？”

“哼哼，那不一定，好好，你死吧，你认为你死了我就放过你了吗？”

“那你就到阴间来找我算账吧，哈哈……”

“不要啊！”蔡俊生等人一起喊。

谢翠莲深深地望了蔡俊生一眼，脸上一丝苦笑，胸前的匕首又深了些。

“蔡大哥，蔡大哥，我回来啦！”外面传来声音，然后一个人跑了进来。

“二狗！”众人一起叫道。

“蔡大哥，我回来啦！”二狗兴高采烈地喊着，一看屋里的形势，呆立在那里，半天，愣愣地问：“怎……怎么了？”又瞧见谢翠莲胸脯的刀，“谢大姐，你……”

“二狗，你……你回来了？”蔡俊生欣喜若狂地问。

“回来了。”

“钱带回来了吗？”

“带回来了，带回来了。”二狗说着把后背的包解下，放到桌子上，打开，露出一堆银圆来。

蔡俊生上前来拨弄着那些银圆，来不及数，急切地问：“有多少？”

“六十三块，蔡大哥，这些天花销不少。”

“没什么，没什么。”蔡俊生哪里还管花销之类的事，他满心欢喜还来不及呢！心里道：“这下好了！”眼睛来找寻谢翠莲，只见她手里还攥着刀，“大姐，钱来了，还拿着刀干什么？”说着两步跨过去，一把抢过她手里的刀扔到墙角旮旯里。

三老歪看着桌子上的银圆，泄气下去……

“哈哈……”谢翠莲客栈大堂里，大家围坐在一起喝着酒，笑声不绝。

“二狗，我还以为你不会回来了呢，猜想你肯定拿了蔡老板的钱去赌，结果输光了，无颜再回江东了，呵呵。”膏药王道。

“二狗，我认为你不是被劫持了就是掉进河里淹死了，都这么多天了，几个来回的都够了。”补锅孙道，“不过话又说回来了，回来得早不如回来得巧啊，回来的正是时候。”

“看你们说的，蔡老板是我的恩人，信任我，我怎么能够那样呢？我一路上都在向老天爷祈求，千万不能出纰漏，结果，总算是平安归来。”

“你这一归来，救了大急了。”神算赵道，“不是我吹牛，本神算已经算出谢掌柜吉人自有天相，危难时刻逢凶化吉，这不，今天这道坎儿不是过去了吗？”

二狗老婆听了笑盈盈地看着二狗，然后把怀里的孩子递给二狗，道：“你的种，这么多天了还不快抱抱？”

二狗接过孩子，看了看，又抖了抖儿子的小手，居然伸嘴亲了一下。那几个孩子见了一起围了过来争宠，嚷嚷着要吃这个要吃那个，二狗应接不暇，但是脸上荡着笑，给他们夹完菜，一声叹息：“唉，金窝，银窝，都不如我家的狗窝，一点儿不假。”

“哎，二狗，快给我们说说，这些天你跑到哪里去了，怎么到现在才回来？”神算赵问。

这个问题是大家都所想问的，蔡俊生、谢翠莲等人一起用眼光催着二狗快说。

“唉，出门才知在家好，回家才知出门难，这一次虽然平安回来了，但是也如唐僧西天取经一样经历了九九八十一难啊！”二狗接着讲述他这一趟的经历来。

原来二狗把货盘给老主顾钱老板后，就等着收钱回家，可是一天两天……十几天过去了，就是见不到钱，每次催钱，他总是爽快地答应，只是光听着打雷，就是见不到雨点。

一个月过后，二狗慌了，心里道：“他不是想讹我吧?”这样地想，留心着那钱老板。但是钱老板还是像往常一样，每天依然好茶好饭地招待着二狗。

“钱老板，我来这里已经一个多月了，你这么拖延着什么意思啊？不是想讹我货钱吧?”一天，二狗终于忍不住直白地问。

“不会，不会，怎么会呢？我钱大壮做生意这么多年，钱没有赚多少，但是名声倒是赚了不少。”

“那你怎么老是不给钱?”

“唉，二狗兄弟，一言难尽啊！你闻闻这屋里有什么味道。”

二狗嗅了嗅，道：“有点儿药味，哎，钱老板，这有什么稀奇？自从我来到你家，不是每天都有这个味道？不就是你家公子得了小病吗?”

“小病？呵呵。”钱老板苦笑着摇着头，“小病就好了，那是对外人说的，唉，家门不幸啊，我那根独苗得的可不是什么小病。”

“啊！这样啊!”

“不瞒你说，他这病已经医治很久了，花光了我所有积蓄，依然不见效，但是还得医治呀，他可是我钱家的独苗啊！我还得靠他传承香火呢，没有办法，只好拿你二狗的钱来救急了。”

“哦，原来是这样啊！可这也不算事啊，不能老是这么一直拖下去，我还得回去和蔡老板交代呢。”

“二狗兄弟，求求你再等一些日子吧，等我收割了田里的庄稼，就把那些田卖了，另外，我还有几笔没有到账。”

二狗无奈，只好等下去，可是不久他自己也得了伤寒病卧床不起，幸亏那钱老板还算仁义，整天里抓药伺候着……

“蔡大哥，我……我本来以为再也见不到你们了。”二狗眼睛红红地说。

“二狗，你受苦了，来，我敬你一杯。”

接着，大家轮番敬二狗的酒。二狗哪里受过如此的待遇？今儿个可是土老鳖变成龙了，大口喝着敬来的酒，一会儿就东倒西歪了，被老婆孩子架着回家去了。

雪涤荡了空中的浮尘，夜沉淀了白天的喧嚣，星星睁着明亮的眼睛注视着天下万物，一轮新月高高在上，她似一位亭亭玉立的少女一般可人、悦目，为这夜绘制出一幅迷人的风景。

屋里只剩下谢翠莲、蔡俊生、小梁子。暴风骤雨惊涛骇浪之后让人感到劫后逢生的欣喜，但又有些精疲力竭。谢、蔡二人都不说话，至于小梁子，他已经鼾声呼呼了。但是他们俩都没有叫醒他回屋睡，因为他这个第三者在场能够很好地证明他们之间的清白。

不说话，能够待在一起已经足够了。谢、蔡二人默默坐着。谢翠莲慢慢抬起头，眼睛新月似的看了一眼蔡俊生。蔡俊生明显感到那威力，身体就是那烧着的木炭炉子——热得发烫。

“谢大姐，你伤着了吗？”蔡俊生说着关切地来看谢翠莲那棉袄上的洞，马上迅速移开，因为那是她的敏感部位。

谢翠莲用手捂住自己胸前的洞，脸一热，道：“没有，没有。”实际上那刀已经伤着了皮肤，“蔡大哥，多谢你了，花了你那么多钱。”

“说这些干什么？钱是人挣的，也是人花的，不要再惦记着那些钱了，没有你谢大姐，哪有我蔡俊生的今天？”

“不要这么说，钱一时半会儿我没有那么多，我已经想好了，赶明儿个我就把这客栈抵押给你。”

“大姐，你这是在打我脸，你想给我蔡俊生留下乘人之危的骂名吗？”

“这客栈该是你的。”

“什么你的我的？都一样。”蔡俊生话出口，才后悔这话问题大了。

谢翠莲脸一红，好在有这夜色掩护着，她躲在那里没有吭声。

“以后不要遇事就这样想不开，我……我们都被你吓死了。”他本来要说“把我吓死了的”，可是吸取了上面的教训，害怕那样说有人听了会多心邪想的，所以半道上加了个“们”。

“不是没有办法呀，落到那魔鬼手里，你……你愿意呀？”新月的光亮又扫了过来，这次倒没有越过眼睛。都说月光幽幽，新月更是如此。

蔡俊生的眼睛迎着那新月的光亮过去，两个光亮在夜空中相撞，天上的闪电一般，二人明显都被电着了，心颤身热。

蔡俊生被电得受不了了，站起来，来到窗口，佯装看外面风景。自己管不住自己的眼睛，悄悄地慢慢地扭转头窥视了一下谢翠莲，发觉她也正在打量着自己，二人眼光再次相遇，这次，谢翠莲没有躲闪，脸上迷人的一笑。崔俊生恨不得现在去抱住她！

可恶的小梁子，早不醒来，晚不醒来，偏偏在这个时候醒来，揉着眼睛打着哈欠问："什么时辰了？"

蔡俊生恨不得拿个口袋装了他，丢到驴棚去。

蔡俊生回到屋里，温馨回顾刚才的一幕，心里的小兔子又开始跳跃起来，谢翠莲的瓜子脸、柳叶眉、烟囱似的翘鼻子、红得如蹿动火苗似的嘴唇，特别是那新月似的目光在空中闪耀着、跳动着。

"这样不好，这样不好，谢大姐是我的救命恩人，是有夫之妇，不能心生邪念的，再说人家也会说闲话的。"蔡俊生这样地想，咬牙跺脚，把谢翠莲空中的影子顿去，但是，半夜醒来，那些影子又不请自来，如此三番，整个夜被这些影子搅得七零八落。

蔡俊生刻意地要人家不说闲话，但是，闲话还是不请自来了。

"那个外地来的蔡老板，用自己几十块银圆救了卖饭西施"，这个消息如长了翅膀一样在庄墓镇四面八方传开来了。

茶社烟馆里，这也成了人们的谈资。

"他为什么会舍得把那么多的钱给卖饭西施？"

"这里面啊……哼哼，桃花潭水深千尺啊！"

"哎，三老歪，听说你一直想要卖饭西施，有这事吗？"有人问。

"她，谁不想要？"三老歪说着拍了拍自己的屁股。

"成了吗？"

"呵呵。"三老歪笑而不答，随他们去猜吧。

"原来薛二绿帽子戴的还不止一个呀！哈哈……"

"你们等着看吧，过不了多久，小蔡老板就会有了。"三老歪心里泛滥着酸，龇牙咧嘴地道，"到时候，我们吃喜蛋去。"

"吃，就知道吃！"夜晚，一间临时搭起的茅草屋里，陈铁柱向身旁正在一本正经啃着骨头的狗骂道，然后飞起一脚踢了过去，那狗呻吟着跑出去了。这两天，他米粒未进，只喝酒，看到家里那只不争气的狗只顾得吃，不由火冒三丈。

“铁柱哥。”身后一个声音——好熟悉的声音。

“大……大凤，是……是你!”弹簧似的跳了起来。

“嗯。”朱大凤一边答应着，一边担心地看了一下门。

“你……你什么时候来的?”陈铁柱问着过去把门关得紧紧的。

“来半天了。”

“就站在我后面?”

“嗯。”大凤轻轻点头答道。

“怎么不说呀？刚才吓了我一跳，咦，你还没有吃饭吧？我这就给你做。”陈铁柱说着撩起衣袖，走向灶台。

“铁柱哥，你烧火，我来做。”

二人夫妻一般配合起来，倒也使这个简陋而肮脏不堪的小屋里温馨了不少，陈铁柱这两天来第一次心中没有了仇恨，只有激动。

一会儿，饭锅里冒出大米饭的香气来，这香气是如此诱人，只把外面一个声音诱来。

“铁柱啊，怎么现在才吃啊？这都什么时候了?”门晃动着，只是陈铁柱刚才闩得紧，没有被推开。

朱大凤被吓坏了，赶紧蹲在灶下藏起来。

“二……二大爷，我……我回来得迟。”陈铁柱赶忙应答，慌张中扯谎，漏洞百出，因为他和二大爷谈了一下午的话。

“回来得迟？你什么时候出去了？铁柱啊，听我的话，君子报仇，十年……”

陈铁柱知道下面要说：君子报仇——十年不晚，留得青山在不愁没柴烧诸如此类，现在哪有工夫听这些？声音轰天雷似的响打断外面的话，冲着门道：“我知道啦！就照您老说的做，哎，二大爷，你……你进来坐?”话虽然这么说，可是，陈铁柱站在那里纹丝未动，只是竖起耳朵听着外面的动静，心里盼望一句回话：“不啦。”

可是外面静悄悄的，二大爷好像站在门口在等着给他开门。朱大凤眼睛瞄着陈铁柱，一脸的惊恐。情急之中，陈铁柱装起糊涂蛋来，冲着门外喊道："二大爷，你走啦，我就不送了。"

片刻，外面脚步声响起，且渐行渐远。危情解除，二人长长地松了一口气，陈铁柱阴谋得逞，吐着舌头做着鬼脸，再得意地看着朱大凤来邀功。朱大凤盈盈一笑，算作对他的犒赏。

害怕再有人来打断这千年等一回的好事，陈铁柱过去抱了床单和衣服过来，把那柴门围堵得不留一丝缝隙，别说人，就是外面的夜鬼都看不见了，怕那门不够牢固，又搬来两个板凳死死抵住，然后"啪啪"拍着手道："吃饭。"

二人对饮着，陈铁柱不停地往朱大凤碗里夹菜，一会儿，朱大凤面前的碗变成小山了，还嫌不够，一个劲儿地催促道："大凤，吃，吃，走了这么远的路了，肯定饿得不行。"

"铁柱哥，你也吃。"

"大凤，你……你今儿个怎么来了?"陈铁柱终于把自己心中最大的疑问说出来了。

"富贵大哥昨儿个不是来过这里吗？他回去都对我们说了，我怕你有事，对他们扯谎说娘家发生大事了，回来看看。"

刚才是温馨满屋，朱大凤的话把陈铁柱活生生拉回到现实的悲痛中来，脸上的笑容立刻消失殆尽，低头，不语。

"怎么会这样啊?"

陈铁柱痛苦地双手抱着头。

"铁柱哥，都怪我。"

铁柱抱头不语。

"要是我早对你说他要对你下手，就不会发生那些事了。"

铁柱抱着头痛苦地摇着。

"铁柱哥，你要想开些呀。"

铁柱抱着头还是不语。

"铁柱哥，你说话呀，不要气坏了哪里。"朱大凤说着过来拉了拉陈铁柱的胳膊。

"大凤，你知道吗？娘死得好惨啊!"陈铁柱说着一拳头擂在桌子上，那些碗儿碟儿似乎被擂痛了，跳着，呻吟着。

"姨娘，我对不起你呀!"朱大凤说着"扑通"一声跪在地上，向着空中磕头，眼泪滚滚而下，滴滴落在地上。

“大凤，起来，起来。”陈铁柱说着伸手拉住朱大凤的胳膊。可是这一拉不要紧，朱大凤反而稀泥似的瘫倒在地上。

“姨娘，我苦命的姨娘啊，是我害了你啊，你要怪就怪大凤我吧，你如果不解恨，明儿个就带我去吧。”朱大凤双手拍着地在哭泣着，可是又不敢大声。

“大凤，起来，起来。”陈铁柱也是满脸的泪水过来抱住朱大凤的身体把她往板凳上拉。他心里在仇恨着朱三癞子，可是现在又不好骂出口来，虽然大凤和他已经脱离了父女关系，但是，在她面前……

朱大凤软软的身子终于被抱到板凳上坐下，陈铁柱刚想松手离开。朱大凤一把搂住他的腰，倒在他的怀里抽噎着。

陈铁柱感到自己体内一股热流在涌动，也能感到朱大凤身体在颤动。他伸出双手抱住朱大凤的头，把她从自己怀里抱了出来，痴痴地望着。

朱大凤脸上挂满泪水，迎接着陈铁柱的目光，死死盯住陈铁柱的脸看，眸子亮了，更亮了，然后呻吟一声：“铁柱哥。”脸上现出一丝苦笑。

“嗯。”陈铁柱答应着伸手擦去她脸上的泪，可是手却没有离开她的脸，而是停留在那里轻轻地擦，然后改为轻轻地抚摩。

朱大凤的脸迎合着那粗糙的大手亲昵地甜蜜地擦，高粱红的脸蛋变成天上燃烧的彩霞。

陈铁柱摸着那彩霞，自己也燃烧了。

小屋里静极了，能够听到小洋油灯吸油的吱吱声，除此之外，就是陈铁柱“呼哧呼哧”的喘气声。

朱大凤凸起的胸脯剧烈地起伏着，成了连绵不绝的山峦。

陈铁柱的手就是一条龙，绕着那山峦转，一会儿钻了进去。

“哟……”朱大凤呻吟着，双手抱住陈铁柱的头。

朱大凤的呻吟就是号角，催着陈铁柱赶快行动。他一把抱起朱大凤放到床上，身体大山似的要压过来，谁知道朱大凤猛地坐了起来，身子一伸一缩再一躺，一个泛着光亮的的胴体呈现在那里。

那只小洋油灯睁着豆粒眼来看，陈铁柱哪里还容得它？“呼”的一声，一口大气吹了过来，屋里立刻一片黑暗，只听得床板“吱吱呀呀”地叫着，里面夹杂着朱大凤痛苦而欢快的呻吟声，她现在就是浪口的鱼、风雨中的燕。

当那只洋油灯再次睁开眼的时候，二人已经完事躺卧在床上了。朱大凤把头枕在陈铁柱那宽大的胸脯上。

陈铁柱躺在那里，手摸到湿漉漉的东西，拽出来，原来是朱大凤身下的那块布。

“咦，大凤，这布怎么是红的呀？血！”

“呵呵。”

“你……你还是第一次。”

“嗯。”朱大凤望着那红羞涩地点头道。

“你和他没有那个啊？”

“没有。”

“到底怎么回事啊？”

于是，朱大凤把新婚之夜发生的事向陈铁柱简单地叙说了一遍。陈铁柱听了如坠云端里，敲着自己的头道：“原来这样啊！哎，那个他现在人呢？”

“在那里呢。”朱大凤说着指着空中。

“在……在哪里？”陈铁柱说着眼睛在朱大凤指的方向来寻，哪里能寻到？只有空气。

“他……他已经死了。”朱大凤毫不在乎地说。原来，去年中秋节夜晚，蔡老拐屋外的影子是朱大凤。

“哦，这样啊！大凤，这样我们俩岂不可以……”

“唉，难啊！”

“怎么难啊？”

“口水都能把我们俩淹死，除非……除非……”

“除非什么？”

“除非蔡家公开蔡俊生已经死了，到时候你明媒娶我。”

“好，这个交给我好了。”

“能行？”

“保证能行，你也看到了，我现在能当蔡家一半的家了，蔡家老大老二两个混头都被我哄得不知道自己姓什么了，我的话他们肯定听。”

“嗯。”听了铁柱哥的话，感觉黎明就在前头，朱大凤紧紧抱住陈铁柱。

“大凤，明天就不要回去了，在这里多过两天。”陈铁柱揉着朱大凤的胸脯说。

“不行的，我们现在千万不能让人知道，等你娶了我，想过多少天就过多少天。”

“噢。”陈铁柱答应着抓紧时间揉着。

“铁柱哥，你能确定那火是……是他们放的吗？有证据吗？”

“不是他们放的是谁放的？能干出这样歹毒的事一般的人是做不出来，除非有深仇大恨，我陈铁柱除了和麻子家有这样的过节，其他想置我于死地的仇家还没有，你们朱家发生的事你也知道。”

朱大凤耳边回响着父亲狠毒的话，觉得铁柱哥分析得有理，于是问：“你……你打算怎么办？”

“我……我……”陈铁柱看着自己怀里的人说不出口，半天道：“朱麻子家的人我肯定不会放过的。”

“铁柱哥，得饶人处且饶人，冤冤相报何时了？麻子的命换了姨娘的命，这也算一命抵一命，扯平了。”

“这……”

“不说这些了，睡吧，一会儿我就要回去了。”

“哦。”陈铁柱答应着可是并没有去睡，而是一翻身压住朱大凤，被窝里一阵翻江倒海着。旱久了，一次雨是解决不了旱情的，必须连着下。

花儿越浇越艳丽，朱大凤这朵花就是如此，回家来后，虽然不像小鸟似的整天欢唱不已，但是，骨子里透出的精气神似吃了天上王母娘娘九千年一开花、九千年一结果的蟠桃——她成仙了，飘飘然，欣欣然。

朱大凤现在在蔡家的地位那是芝麻开花——节节高，因为大嫂二嫂整天巴结着她，要她帮她们亲戚家的姑娘说媒。朱大凤谁也不得罪，嘴里爽快地答应着，可是雷声大，雨点小。她还等着陈铁柱娶自己呢！

陈铁柱现在没有了家，在蔡家集租了两间房子住了下来，没事的时候就往蔡家跑，虽然心里经常警醒自己：不要跑得太勤了，免得别人说闲话。可是他总是管不住自己的腿脚。

上午，二嫂娘家办喜事，二哥他们全家都去了。大哥卖完豆腐豆芽被人拉去喝酒去了，大嫂呢，她带走孩子到邻居村子看戏还没有回来，家里只有朱大凤一个能自由活动的人，不由得乱想："铁柱哥不会来吧？"

"富贵兄弟，我来啦，喝两盅？"可不是陈铁柱的声音！朱大凤心里那只小兔子开始跳跃了。

没有人答应，陈铁柱向蔡老拐屋子走来，一进屋，喊道："干爹我来了。"说着把手里的猪心肺扬了扬。

蔡老拐现在是只能听不能说，眼睛看了看猪心肺，嘴开，发出"嗷嗷"的怪叫声。

朱大凤端着一碗药进来，一本正经地打招呼："铁柱兄弟，你来啦。"

"嗷嗷……"怪叫声越来越尖厉。

陈铁柱看到大凤，眼睛一亮，答道："嗯。"然后把手伸了过来，"哎，三嫂，我来喂干娘药水。"伸过来的手已经在朱大凤的手上摸了一下。

"哪里敢劳你的大驾？还是我来吧。"朱大凤虽然被摸得心波荡漾着，但是脸上倒是风平浪静。

"还是我来吧？"陈铁柱执拗着夺着那碗，这样能够多摸大凤妹子的手几下。殊不知，蔡老拐的眼睛已经瞄了他们的手几下。

"嗷嗷……"

"三嫂，你去把这个猪心肺烧了，中午我和富贵大哥喝几杯。"陈铁柱说过了才后悔，因为这不是把大凤妹子往外撵吗？他是多么想和她在一起多待一会儿啊！

朱大凤不好再客气了，只好把手里的碗给了陈铁柱，转身离开向厨房走去，一路上，只觉得刚才陈铁柱摸过的手发红发烫。

饭烧得差不多了，朱大凤有心去喊陈铁柱，可是又怕……正在左右为难之时，厨房门口人影一闪，陈铁柱冲了进来。

“咦，家里其他人呢？怎么没有看见他们？”

“都……都出去了。”

“都出去了？”

“是的。”

机会难得啊！陈铁柱色胆大了，走了过来，一把搂住朱大凤，“这么说我们俩可以……”

“不，不，床上还躺着一个呢。”

“他？半死不活的，甭说不知道，就是知道了也没办法说出来。”

朱大凤不作声，低头拨弄着自己的衣角。

沉默就是默许，陈铁柱拉着朱大凤向她的屋子里跑去，关了门，二人倒在床上，以迅雷不及掩耳之势脱了衣服，然后一个似云，一个如雨，云雨交欢，酣畅淋漓。时间仓促，一阵疾风骤雨之后，二人没有敢打岔，出来，到了厨房，端起饭菜，匆匆来到蔡老拐屋子里，随即外面传来大嫂孩子们的说话声。

“好险啊！”朱、陈二人对望了一眼，心里都是这么惊叹道，惊叹之余，还有一点儿得意——冒险成功，刺激而快乐。

以后的日子里，陈、朱二人不放过任何一次交欢的机会。二人这种快活的事虽然能活动的人都不知道，但是，床上躺着的蔡老拐看他们二人的眼神越来越怪异了，“嗷嗷”的叫声也越来越恐怖……

七、辞　店

薛二看蔡俊生的眼神也越来越怪异了，外面的传闻当然传到他耳朵里了，于是时刻留意着谢翠莲和蔡俊生的一举一动，可是观察了几天，只落得个竹篮打水——一场空。他观察了很多日子，可只是看到谢翠莲和蔡俊生眼神似乎有那么一点儿意思，但是，他们彼此之间可是连手都没有碰一下的，时间久了，他失去了抓奸的兴趣。

流浪惯了的狗如果把它拴起来，它会急疯了的。薛二虽然没有疯了，但是整天睡在床上，身子都睡痛了，捶着自己发痛的身子，一个劲儿地叹气道："太无聊了！"

有心出去玩玩儿，一摸口袋，娘的，连一个子儿也没有。今天大烟瘾又犯了，一个哈欠打过，鼻涕飞流，嘴里馋水满溢。

"怎么办？这样下去，非憋死不可！"薛二这样地想。为了不憋死，他赶忙出了门，希望自己像那流浪狗一样能打到野食，远远地看见蔡俊生收摊回来，赶忙过去招呼道："收摊了？"

"是的，薛二哥。"

"今天生意怎么样？"

"还好。"蔡俊生说着向自己屋子走去。

"哦"的一声薛二跟屁虫似的跟着。

"薛二哥，你……你有事？"蔡俊生站住问。

"没……没有什么事。"话这么说，眼睛瞄过蔡俊生怀里的钱包。

蔡俊生一看，明白了，心里想："我还不知道小叶子那件事怎么办呢，哪里还有闲钱给你呀？"明白不了，糊涂了，张口道："哦，没有事我就回屋了。"说完快步离开了。

望着蔡俊生离去的背影，薛二恨不得拿刀去劫了他，好去吸两口。一想到吸烟，立刻哈欠不绝，眼水扑闪。

来到客堂，只见谢翠莲正在扫地，冲着她喊：“嘿，今天店里收的钱呢？拿来。”

薛二一蹲腰，谢翠莲就知道他要拉什么屎，现在看他那个样，知道薛二烟瘾上来了，不给，自己免不了受皮肉之苦。她默默地从怀里摸出几文钱来，撂到桌子上，然后弯腰继续扫地。

“怎么就这么点儿?”薛二手里掂量着那几文钱，怀疑地看着谢翠莲的怀里。

“你倒认为家里还有多少钱呀?”谢翠莲连头都没有抬回答道。

薛二自知理亏，不再作声，看了看手里的钱，然后转身出了门。

来到姚老六店铺里，薛二企图还像往常一样先吸后付账，谁知道姚老六这家伙一反常态，看着他瘪瘪的口袋，向他伸着巴掌。

“赊账。”薛二道。

“不行，你，必须是现钱。”

“你……你狗眼看人低，老子不就是这几天手头紧点吗?”

“薛二，连媳妇都差点儿是别人的了，还有钱抽烟？老子赊给你，那不是肉包子打狗——有去无回呀。”

“老六，求求你，让我吸几口吧。”薛二闻着屋子里飘出来的烟味儿，口水小河水似的哗啦啦淌着。

“要吸可以，拿钱来。”巴掌又伸了过来。

薛二看着那巴掌，无奈地把几枚大钱儿放到上面。

“这几个子儿能买得着?”“嚓”的一声，姚老六把钱扔到薛二的脚下。

“姚老六，你……”薛二弯腰拾起钱，想发作，但是，骨气拗不过烟瘾，哀求道：“先给两个烟泡过过瘾。”

“不行!”

“嗬，这是谁呀？这么没有志气!”一个破锣似的声音。

“三老歪，您来啦！请进，请进。”姚老六满脸堆笑，点头哈腰打着招呼着。

“怎么，没有钱抽烟了?”三老歪径直走到薛二面前斜眼睨视问。

薛二嘴咧着接受着三老歪的腌臜，几滴不争气的鼻涕烂面条似的挂着，“阿嚏”一声，烂面条飞出多远。

“看你那熊包样！走，进去抽几口，我请客！”三老歪说着自己带头进去了。

薛二站在那里犹豫着，三老歪可是自己的仇人啊！抽他买的烟？烟馆里，传来阵阵烟香，引得薛二身体里千万个烟虫一起出来啃噬着他的躯体。疼痛难忍，他随即进了烟馆。

二人躺在那里一阵吞云吐雾后，三老歪眯着眼看了看闭目养神的薛二，伸手戳了他一下：

“薛二。”

“干吗？”

“你真的认为我陷害了你吗？”

“谁做事谁知道。”

“老子和你玩儿了这么多年，老子的为人你还不清楚？我什么时候陷害过你？”

“赌局的事不是你安排的？我用假色子的事不是你捅出去的吗？”

“老子还想要你家卖饭西施呢，我要了吗？抓奸靠双的，靠证据的，那些都是子虚乌有，是蔡俊生他们诬陷我的，你怎么听他们的挑拨离间？赌局里，如果不是我，你的小命能保住？假色子的事，我早就知道了，如果想陷害你，早就捅出去了，还等到现在呀？”

“你……你还图谋我老婆和我家那客栈，这可是真的。”

“两个公鸡斗架，谁想输啊？老子那是情非得已的，就是要杀一杀蔡俊生他们的嚣张气焰，一个外地人，居然在本地这么……哼哼……”

薛二闭目思考了一下，认为三老歪说得不无道理，没有再作声。这样，这两人就算摒弃前嫌，重归于好了。

“都说你家卖饭西施和那个蔡俊生有一腿，是真的吗？”

“他们瞎扯的。”

“不会吧？你想想，他蔡俊生凭什么为你家愿意花那么多钱？”

“你以为人家都像你三老歪啊？是她救了他的命。”

“不会这么简单吧？你这个猪脑子想想，他有家有业的，怎么老不回家？哎，他在你家已经一两年了吧？”

“嗯，差不多吧。”

“哈哈……你这个绿帽子肯定早就戴上了。”

“去你的，是你老是想给老子戴绿帽子，哼哼，你倒是有那本事呀。”

“我嘴歪眼斜，你老婆当然看不上，但是，她看上小白脸了，说不定你我躺在这抽烟，他们两个躺在你的床上正在……”三老歪说。

“老子都留意过不知多少日子了，连个毛都没有抓住。”

“你太傻，他们能轻易让你逮住？哎，薛二，你不是没有钱抽烟吗？我倒有个好主意，能让你既有钱抽烟，还能抓住奸夫淫妇。”

想到有钱花，有烟抽，薛二兴奋万分，坐了起来，眼睛巴望着三老歪问：“快说，什么好主意？”

三老歪也坐了起来，伸嘴在薛二耳朵边一阵嘀咕，薛二频频点着头。

“走，到胡大屁股家过过瘾去，那里来了个新的很不错。”三老歪吩咐完，站了起来说。

“新的？什么时候来的？我怎么不知道？”薛二诧异地好像这事胡大屁股应该先向他汇报似的。

“就是上次逃跑被抓的那个，脸蛋儿俊着呢。”

“哦，那个呀？”薛二说着重新躺下，跷起二郎腿，“那个还没有开房呢。”

“没有开房？你……你怎么知道的？”

“我怎么不知道？蔡俊生他们说的我都偷听到了。”

三老歪一听这事与蔡俊生有关系，立刻兴趣大增，追问道：“到底是怎么回事？薛二，快说说。”

“她和蔡俊生是亲戚，被人偷卖到胡大屁股那里，现在，蔡俊生正在想方设法救她呢。”

“哦，这样啊。”三老歪嘴上这么说着，心里恨恨地道：“蔡俊生啊蔡俊生，你毁了我的好事，我岂能轻易放过呢？”

“走，去看看去，越是这样的女人，越是玩儿得过瘾快活。”

“还没开房，去玩儿什么？”薛二屁股赖在床上道。

“没有开房，就让胡大屁股快点儿给她开房，她开妓院要的是钱，老子有的是钱。”三老歪说着把口袋里的银圆摇得啷啷响，“薛二，你一点儿也不够种，他蔡俊生能玩儿你老婆，你就不能玩玩儿他亲戚?”

薛二的雄性被激起，手一挥，道：“走，去照死玩儿她!”

刚才，三老歪猜测谢翠莲和蔡俊生在一起，确实被他猜中了。谢翠莲发现蔡俊生这几天老是精神不振，于是便过来看看，一进门，看到蔡俊生坐在那里发呆。

“蔡大哥，你……你不舒服?”

“没有呀。”

“我看你这两天好像霜打的茄子似的，是不是发烧了?”说着瞄了外面一眼，见没有人，于是伸手在蔡俊生额头上摸了一下，“好像不发烧，哎，怎么了？看你心事重重的样子。”

“没有呀。”

“你……你我还不了解呀？肯定有什么事瞒着我……们。”

“我……”蔡俊生欲言又止。

“蔡大哥，你如果看得起我，就说，如果把我看成隔心人，就不要说。”谢翠莲实实在在地将了蔡俊生一军。

还不要说，这招还真的见效！蔡俊生“唉”的一声叹口气，道：“是小叶子的事。”

“小叶子的事？她……她怎么了?”

“她……”接下来，蔡俊生把小叶子的遭遇向谢翠莲说了一遍。

“天啊，原来那天逃跑的女人是她呀!”

“唉，小叶子命苦啊!”

“唉，都怪我，用了你那么多钱，要不……”

“不要再说其他的了，一码归一码，你的事比她的更急。”蔡俊生打断了谢翠莲的话道。

女人之间喜欢争风吃醋，情敌之间呢？有过之而无不及。谢翠莲见自己占了上风，心里一甜，脸一红，瞥了一眼蔡俊生，爱怜地问：“蔡大哥，你准备怎么办啊?”

“我现在哪有什么办法?”

“不行的话，就把这客栈抵押给胡大屁股吧。”

“不行，不行。”

“救人如救火，不要再说了，就这样吧。”

“谢大姐，你……”蔡俊生被感动得坐不住了，站了起来，两只眼睛痴痴地望着谢翠莲鸭蛋脸，半天，感慨道：“谢大姐真是个有情有义的人啊！”

鸭蛋变成了喜蛋——红红的，微微一笑，道：“你不也是？能认识你，是我谢翠莲上辈子修来的福分。”

“掌柜的，来客人了。”外面传来小梁子的声音。

蔡俊生吓得被蛇咬了似的，身体弹到窗户口，脸色煞白地向外探着。

“来了。”谢翠莲答应着，然后冲着蔡俊生盈盈一笑，嗔怪道：“看你吓的！小梁子，不妨事的。”

看着谢翠莲走了出去，蔡俊生身子才敢动，一动，身上凉凉的，才知道刚才吓出了一身的冷汗。

也许是要续上被打断的温馨吧，一会儿，谢翠莲又回来了。可能是那冷汗给蔡俊生的情致降了温，现在，他再也热不起来了。

“蔡大哥，你准备怎么去救我那干女儿？”

“唉，先救小叶子要紧，今天可就到了期限了。”

“哦，那你还在这里磨蹭什么？还不快去胡大屁股那里。”谢翠莲责怪道。

“我这就去。”蔡俊生说完向外走，看谢翠莲跟着自己，回头道：“谢大姐，你……你不要去了。”

谢翠莲知道蔡俊生的意思——害怕别人戳脊梁骨，只好站住，交代道：“去和胡大屁股好言相说。”

蔡俊生来到胡大屁股家，远远听到胡大屁股的声音：“那不行，我答应过蔡老板了，做生意要讲信用的，这样吧，等到天黑，如果那个时候他拿不出钱赎人，我就让你们玩儿。”

“胡大屁股，我看你有钱烧的，现成的钱不赚？”接着里面传来嘴吹银圆“唧唧”的声音。

“咦，这不是三老歪吗？他怎么在这里……”害怕进去撞见，蔡俊生没有进屋，而是向着里面喊："胡大屁股。"

胡大屁股出门来，看见蔡俊生，道："蔡老板，你来得正好，我正要找你呢。"说着的工夫，三老歪也出门来，看见蔡俊生，对着胡大屁股道："哎，大屁股，那个叫小叶子的女人，老子现在就要玩儿！"说着把弄着手里的几枚银圆，"老子要玩儿头夜。"

"钱带来了吗？"胡大屁股看着蔡俊生的身体，寻找着钱口袋。

"胡大屁股，我最近手头紧，一时半会儿凑不齐那么多银圆。"

"那怎么办？"胡大屁股指着三老歪手里的银圆，"你看看，都耽误我挣钱了，假如你凑不齐，我就让她接客了。"

"不，不，不能那样。"

"哎，胡大屁股，现在我用双倍的价钱玩儿那女人。"三老歪把手里的银圆又摇得"唧唧"响。

"蔡老板，你准备怎么办？我可是要做生意的。"胡大屁股显然被那"唧唧"钱声摇得心动。

"我……我用房产抵押给你可以吗？"

"房产？你……你哪里来的房产？"

"谢大姐那个客栈。"

"什么？"薛二从里面疯狗似的蹿了出来，指着蔡俊生的鼻子问："你刚才说什么？"

"哈哈，他刚才说用你家的客栈赎那个婊子，哎，薛二，你这个当家的真会当家。"三老歪破锣的声音点着火。

薛二的火被点着了，蹦跳着喊："我怎么不知道？谁……谁答应你的？"

"薛二哥，这件事还没有来得及和你商量，我只是和谢大姐随便说一下。"

"薛二，你老婆和她的野男人背着你把你的家产都卖了！哈哈，你这个大当家的真有出息！"三老歪继续往那火里加油添柴。

"看我回去不把她的骨头剔了！"薛二咬牙切齿着，然后把拳头在蔡俊生眼前晃着道："姓蔡的，我告诉你，你胆敢动我那客栈一根草，我……我就把你打出这个庄墓镇！"

"哦，薛二，我看你是忘（旺）鸡蛋吃多了吧？这么好忘事？

当初如果不是蔡老板，你那个客栈现在还姓薛吗？”胡大屁股看不过去了，出嘴道。

薛二脸红，不作声了。

“哈哈，薛二，你可要当心了，防止奸夫淫妇谋杀亲夫啊！”三老歪阴风邪火多着呢。

“我不管，反正想动我那客栈歪主意，就不行！”薛二耍起无赖来，“我现在就回去找那婆娘算账去！”说着撩起袖子，向门外走去。

蔡俊生知道薛二这一回去，谢翠莲就遭殃了，肯定被打得几天爬不起来，伸手拦住薛二，道：“薛二哥，稍等，话还没有说完呢。”

“还有什么好说的？走开，好狗不拦路。”薛二拨弄着蔡俊生的胳膊道。

“薛二，你怎么不讲理？别说你那个客栈，就是你老婆都是人家蔡俊生的，你不要不识好歹。”胡大屁股道。

“我回去问问那个婆娘还不行吗？”

“薛二哥，你先不要回去，我们再商议一下。”

“姓蔡的，我问你，人家薛二回去找老婆商议商议，关你屁事！你和卖饭西施到底是什么关系？”三老歪质问道。

“三老歪，你到底想干什么？”蔡俊生终于忍不住了，上前两步蹿到三老歪面前，指着他的脸问。

“你手指什么？你手指什么？你这个外来的还想在庄墓镇撒野呀？我看你皮着痒了？”三老歪说着推了蔡俊生一下。

“怎么，你们想在我这里闹事？”胡大屁股道，然后手指着外面，“想打架到外面打去，我这里可不是打架的地方！”

“薛二，我们走。”三老歪说着往外走，走到门口回过头来，“胡大屁股，你想好了，我用五个银圆玩儿那个女人三天，愿意的话就从今晚开始。”然后对着旁边的薛二道：“薛二，我们俩一起上。”

“好好。”薛二不知廉耻地答应着。

“蔡老板，你看这怎么办？”胡大屁股双手一摊，问。

“胡大屁股，这样吧，我不能耽误你挣钱，那五块银圆算到总账里，到时候我一并付与你。”蔡俊生道。

“胡大屁股，我出六块。”三老歪加码了。

“我也加到六块。”蔡俊生是水涨船高。

“我出七块。”

“我也出七块。”

鹬蚌相争，渔翁得利，胡大屁股屁股没动，就多收几块银圆，不禁眉飞色舞，高兴之余，又有些担心，于是道：“蔡老板，你空口说白话啊，人家三老歪可是现钱。”

“胡大屁股，我蔡俊生是不讲信誉之人吗？这样吧，你让我见见小叶子吧，如果真的拿不出钱，那就只好随便你处置了。”

“那好，现在离天黑还有几个时辰，到时候我们就按原先说的办。”胡大屁股道，然后转过头来看着三老歪，“你再急也不会在乎这一会儿吧？等到天黑吧。”

几日不见，小叶子憔悴了许多，见到蔡俊生，赶忙问：“俊生哥，快说说，我那孩子怎么样了？”

“她……她很好。”蔡俊生不想再让这个苦命的女人伤心，撒谎道。

“哦。”小叶子长长地松了口气。

“小叶子，我一时凑不到那么多钱救你。”蔡俊生坦白道。

“俊生哥，我……我不怪你，有你这心意就可以了。”

蔡俊生低头不语，似乎在为自己的无能默哀。

“俊生哥，我……我……”小叶子看着外面欲言又止。

“小叶子，有话快说。”

小叶子把嘴对着蔡俊生的耳朵眼嘀咕着。

“真的！”蔡俊生听着一振奋，“我这就去。”说完拔腿就往外跑。

“俊生哥，记得啊，一定要把我那女儿带出来啊。”小叶子对着蔡俊生的后背嘱咐道。

出了门，蔡俊生抬头看了看天上的日头，心里着急，一路小跑，刚出了胡大屁股家的门，就被三老歪薛二拦住了去路。

“哪里去？”三老歪骂着过来揪住蔡俊生，然后照着蔡俊生的嘴巴就是一巴掌。

薛二猴子似的蹿到蔡俊生的身后就是照头一拳，随即底下一脚。

“你们干什么?”蔡俊生躲闪开来问。

“我们要你滚出这庄墓镇!”说着，二人追了过来，又是一顿拳打脚踢。

蔡俊生喊道：“你们要打，明天我会主动送上门让你们打，现在我有急事，求你们了，放过我吧。”

哀求他们，等于是哀求饿狼放过羔羊，二人哪里肯住手，骂着，踢着，跺着。

蔡俊生在地上滚着，爬着。

打累了，二人拍拍手，然后骂骂咧咧地扬长而去。

蔡俊生顾不得身上的痛，一骨碌爬将起来，鼻子口感觉有蚯蚓在蠕动，手一摸，一手的鲜血，感到嘴里腥腥的，吐了一口唾沫，红红的，他来不及多想，赶忙向客栈一瘸一拐地跑来。

“怎么了？怎么了?”谢翠莲看着满脸鲜血的蔡俊生一边一连声地问，一边惊慌失措地要去拿布来帮他擦。

“不要问了，快给我把马牵来。”

“小梁子，小梁子，快去把马牵来。”谢翠莲喊着，一边摘着蔡俊生头上的草，拍着身上的灰尘憋着哭问：“蔡大哥，你这到底怎么了呀?”

害怕谢翠莲难过，蔡俊生撒谎道：“没什么，刚才不小心跌了一跤。”

“跌跤？跌跤怎么会跌成这样?”

“不要再问了，我还有急事。”

“有什么急事啊?”

“我要到小叶子家里取一样东西。”

“哦，这样啊！我的娘啊，吓死我了!”谢翠莲松了一口气，用手捋着胸口，然后“噔噔”跑去厨房，舀了一瓢水过来给蔡俊生漱口，又端来一盆水，要他洗脸。

小梁子牵过马来，蔡俊生接过马绳一翻身上了马。

“哎，蔡大哥，你就这么去了?”谢翠莲看着蔡俊生满是灰尘的衣服问。

“去迟了害怕来不及了。”

“还是换身衣服吧？你这样去人家会待见你?”

蔡俊生略一思考，还是下了马，回到自己屋子里。谢翠莲站着一想，立即奔出客栈。

一会儿，蔡俊生出来，好像换了一个人似的，此时，真乃一个富贵之家的公子哥了，唉，真是人靠衣裳马靠鞍啊。刚要上马，谢翠莲上气不接下气地跑了进来，把手里的东西递给他，道：“给，这个带上!”

蔡俊生接了过来，是一把盒子枪!

“从哪来的?”

“刚才去找谢老大借的，害怕你会吃亏。”

蔡俊生稍犹豫了一下，还是挎在腰间。

“小梁子，你跟着蔡大哥去，这样彼此好有个照应。”谢翠莲吩咐道。

于是二人骑着马向小叶子婆家奔来，一路上，二人合计着……

“你想欺负我娘家没有人啊?”这是庄墓镇这个地方的口头禅，做别人家的媳妇如果娘家腰杆子不硬，那么就会在婆家受更大更多的气，小叶子就是如此。

当蔡俊生二人出现在大老婆一大家子人面前时，他们都愣住了，小叶子娘家怎么有这样的人？骑着高头大马，挎着盒子枪，还带着仆人！小叶子是卖来的呀!

“我妹妹呢?”蔡俊生以娘家舅自居道。

“她……她已经死了。”大老婆回答道。

“啊!”蔡俊生假装惊诧的嘴巴张得鹅蛋大，“怎么死的?”

“得病。”

“得病？年纪轻轻的得了什么大病能致死?”

“得的……得的是……绞肠痧。”

“哦。”蔡俊生说着站起来，来到小叶子的屋子里，看着里面的摆设，对着一个墙角嘴里喃喃地道：“前天晚上，小妹托梦给我，说她被人害死的。”然后指着那个墙角，“梦里小妹就躲在这里。”

大老婆脸色煞白，嘴里咳个不停以遮掩脸上的慌张，一连声地来否定："怎么可能呢？怎么可能呢？"

"什么事都有可能发生，大姐，你们出去吧，我要一个人在小妹房间里待会儿。"

大老婆等人早就想溜了，因为他们觉得这房间阴气太重，害怕小叶子的阴魂附在自己身上，于是答应着出去了，身后传来："小妹啊，哥来看你了，你死得好惨啊……"几人听了浑身起鸡皮疙瘩，赶忙躲得远远的。

蔡俊生一使眼色，小梁子关上房门。

"小妹啊，你有什么冤屈尽管对哥哥说，哥哥一定替你报仇雪恨。"蔡俊生大声说着迅速来到那个墙角，用手把墙面抠去，露出两块墙砖来，把砖拿去，抱出一个瓦罐，一看，满是银圆，倒出，装进怀里，又把那空瓦罐重新放到洞里，把砖块再按上，外面用泥灰涂抹住。

房门"吱呀"一声打开，蔡俊生小梁子出来了。

"人呢？人呢？"蔡俊生大声喊着。大老婆等人听了赶忙跑了过来，两个儿子眼睛瞄着靠墙的铁叉，以备不时之需。

"刚才还了心愿，我心也安了，大姐，听说小妹给我留了一个外甥女？"

"是啊，是啊。"

"把她带过来我看看。"

一会儿大老婆把小小叶子领来，小小叶子浑身脏得宛如在泥灰里滚打过一样，她眼睛胆怯地看了一下蔡俊生，低头不说话。

"这就是我那外甥女？"蔡俊生说着上前一步拉住小小叶子的小黑手，"怎么这么脏这么瘦？"

"舅舅。"小叶子懂事地叫了一声，她已经认出这个是那天给她买了好多好吃的"舅舅"了。

"好好，乖外甥女，舅舅马上就带你去买好吃的。"然后转身对着大老婆道，"我要带我这外甥女回去过几天，还请大姐你允许。"害怕他们不答应，于是出重言说了一声："也不知道我那可怜的妹妹是怎么死的，怎么老托梦给说她冤，阴魂不散啊。"

大老婆做贼心虚，再说，这孩子在这里也是累赘，巴不得有人要呢，但是戏还要演一番，道："哎呀，她舅，你这外甥女在我这里娇惯着呢，什么没有吃过？不过呢，你这个舅舅至今还没有见过她，带回家宠爱几天也无妨，不过说好了，过几天一定得再送回来。"

蔡俊生不再啰唆，立刻抱起小小叶子，跨上马，三人向庄墓镇奔来。

西天已经泛黑，只留几抹彩霞孤零零地挂着，蔡俊生看着那即将消失的彩霞，心已经落进黑暗里，这里离庄墓镇还有十几里路，到了庄墓镇还得一多时辰，那个时候小叶子恐怕……

小小叶子紧紧抱住蔡俊生，她不知道将要发生什么，但是，她知道，无论如何都要比在大娘那里好。

"舅舅，我们去哪里呀？"

"去找你娘。"

"找我娘？"

"是的。"

"她们说我娘死了，不要我了。"

"没有，没有，我这就带你去找她。"

有娘的孩子像块宝，没有娘的孩子是根草，小叶子走后，小小叶子从天堂走进地狱，待遇比家里的小鸡小猫好不了多少，因为小鸡小猫不需要干活，而她却需要。小小叶子一旦受到欺负虐待，就哭喊要娘，一哭喊，就招来一顿毒打，她已经彻底不敢提及娘了，现在这个舅舅说带她去见自己的娘，思念如洪水冲破了闸门。

"娘……娘……我要娘……"小小叶子呼啸地哭喊。

"不要哭，一会儿就见到你娘了。"蔡俊生安慰着，心急火燎地向庄墓镇奔来。

小半夜才赶回到庄墓镇，心想："完了。"来到胡大屁股家，见到胡大屁股，把兜里的银圆一股脑地丢到桌子上，上气不接下气地问："小叶子……小叶子没有事吧？"

"她已经接客了。"胡大屁股一脸郑重地说。

"啊！"蔡俊生望着桌子上的银圆呆呆发愣。

"这个孩子是小叶子的吧？啧啧，可怜的孩子。"胡大屁股说着伸手摸着小小叶子的小脸，一摸，手上黑黑的，赶紧擦着。

“三老歪他们……他们……”

胡大屁股盈笑不答。

蔡俊生泄了气，一屁股坐下不吭声。

“我的孩子啊！”从外面黑暗里冲进来一个人，一把抱起小小叶子亲着，“我的孩子啊，娘的心头肉啊，呜呜……”

“娘，娘。”小小叶子紧紧依偎在那个女人怀里叫着。

“小叶子！”蔡俊生喊道。

“哈哈，蔡老板，刚才逗你玩儿的，她没有接客。”

“胡大屁股，你……你怎么开这么大的玩笑，我的亲娘啊！”蔡俊生大叫着。

“对不住，蔡老板，让你受惊了，难得你这么有情有义，我也不能把事情做得太绝。”说着看了桌子上的银圆一眼，“再说，你……你也不会亏待我的。”

“多谢你，胡大屁股。”蔡俊生说着走了过来，把桌子上的银圆推向胡大屁股……

“回来啦！”谢翠莲打开门看见蔡俊生等人，欣喜地打着招呼。

几人进到客栈，没等谢翠莲来问，小梁子把今天的传奇经历添油加醋地说了一遍，大家都夸蔡俊生不但会做生意，还会诈唬人，蔡俊生被夸得咧着嘴傻笑不止。

“掌柜的，有什么好吃的没有？饿死了。”小梁子捂着肚子道。

蔡俊生的饿被提醒，也说饿得快不行了。谢翠莲赶忙去烧饭，小叶子跟去打下手。一会儿，饭菜端来，谢翠莲看着小小叶子狼吞虎咽的好像几天没有吃饭似的，问：“妹妹，你下一步怎么打算？”

“我这样命贱的人还有什么打算？只能走一步算一步，唉，只要我们娘俩能够在一起，就是要饭我也心甘情愿。”说着，摸了一下女儿的头。

“要不就先在我这客栈待段日子？”

“不行，不行。”蔡俊生摇着头道。

“为什么？”谢翠莲问。

“你不要再问了，小叶子肯定不能留在这客栈里。”

“薛二的缘故？”

“谢大姐，薛二哥怎么又和三老歪沆瀣一气了？三老歪是个什么样的人还不清楚吗？他就是个流氓无赖，他们……他们今天还想打小叶子的主意呢！”

“啊！这个挨千刀的，唉……蔡大哥，你下午的伤是他们打的吧？”

蔡俊生不语。

“这个日子没法过了。”谢翠莲抬起衣袖擦着眼泪。

“要不，这样吧，让小叶子先在二狗家里待段时间。”蔡俊生提议道。

今年的冬天出奇的冷——阴冷、干冷。这老天爷不是赌钱输了就是夫妻吵嘴了，整天阴沉着脸。都说男儿有泪不轻弹，这老天爷倒够坚强，几次憋屈得要掉下眼泪，可是，最后还是忍住了。

雨雪没有，但是，东北风倒是勤快，三番五次地光顾。光秃的树枝在风中“呜呜”地哭诉着自己已经穷得叮当响，麦苗畏缩在泥土里不敢伸出头来，本来就有些营养不良的油菜被冻得颜色蜡黄，神情恍惚地趴在地上。

大家看着那不成样子的麦苗油菜，一股不祥之兆涌现，心里嘀咕道：今冬太邪乎，来年看样子是个灾年。

腊月腊八到了，为了能够躲过这天寒地冻的冬天，大家纷纷熬腊八粥，又到寺庙祈求神仙，保佑自己和家人平平安安。

朱大凤这些天很快活，快活得自己都觉得过分，因而心里有些忐忑，虽然和铁柱之间的风流韵事别人不知道，但是，天和地知道呀，于是冒着严寒来到附近的庙里向天地神仙烧了高香，磕了虔诚的头，祈求他们能够饶恕他们的罪过，保守这个秘密。

回来路上，感觉释然多了，因为神仙们可是二话没有说就受纳了那些高香，接受了她的礼拜。下午回到家，朱大凤把煎好的药送到公婆屋里，公公还是老样子，见到她，歪斜着眼，看她如看洪水猛兽似的，然后嘴里嗷嗷叫着。

婆婆接过药碗，嫌药煎得不够稠，又太苦，没完没了地唠叨。

朱大凤不愿意听她唠叨，回到自己屋子，正要坐下纺棉花，门

“吱呀”一声开了，陈铁柱满身的酒气冲了进来，“呵呵”一傻笑，从后面抱住她。

“别。”朱大凤挣脱着，眼睛警觉地往门外看。

“不妨事，今天腊八，办喜事的多，他们都去喝喜酒了，到半夜才能回来呢。”说着，粗大的手已经在朱大凤胸脯凸起的部位上荡了几下。

“那也不行，大白天的。”虽然这么说，可是身子并没有更使劲来摆脱。

“我都想死你了。”

“怎么想的?”

“茶不思来饭不想，睡觉梦中都在想。”

情人是这么牵挂着自己，朱大凤甜蜜地一笑，伸手在陈铁柱脸上戳了一下，当作对他的奖赏，然后嗔怪道：“没出息。”

“呵呵。”陈铁柱傻笑着，手不自觉地往她棉袄里面钻。

“你们在干什么!”门口一个晴天霹雳的声音。

二人魂飞魄散，惊鸟似的分开，再惊恐地向门口望。只见婆婆手里端着药碗站在门边，看样她是送碗过来撞见了。

婆婆臃肿的眼睛紧盯着陈铁柱刚才摸朱大凤胸脯的手，大骂道：“你们两个不知羞耻东西。”不知是身体虚弱还是气急败坏的缘故，颤抖的手再也拿不住那空碗，“啪”的一声掉落地上，粉身碎骨了。

“你……你这个披着人皮的狼，给我滚，给我滚，以后再也不许踏进我蔡家一步!”婆婆指着陈铁柱的鼻子骂着。因为刚才说了那么多话，累得上气不接下气，稍作喘息，来到朱大凤面前，有心给她一记耳光，可是力不从心，半天没有抬起手，只好骂道：“你……你这个骚货，你给我等着……等着。”说着转身往门外挪。

朱大凤知道等待她的将是什么，脸色煞白，看着陈铁柱绝望地道：“铁……铁柱哥!”

刚才陈铁柱也被吓蒙了，现在才缓过神来，听了朱大凤羔羊般的呼唤，再看婆婆大灰狼似的背影，头脑一热，跟了出去……

腊八这天，到庙里烧香拜佛的还有谢翠莲和小叶子，二人来到本地娘娘庙里，谢翠莲点着了香，跪倒，全然不顾身边的小叶子的存在，心里默默地祈祷着。

回来的路上，小叶子问谢翠莲今天许了什么愿。谢翠莲似乎很是没有心机地告诉她："祈求平平安安，祈求蔡大哥他……们在庄墓镇的生意永远一帆风顺。"

"姐姐，蔡大哥是不会离开庄墓镇的。"小叶子十分肯定地说。

"是吗?"谢翠莲警觉地瞄了小叶子一眼，"你……你怎么知道的?"

"虽然蔡大哥他没有告诉我，但是，我也知道他不会离开这里的。"

"小叶子，你……你听说了什么了吧?"

"没有，没有，"小叶子头摇得拨浪鼓似的说，"凭我的感觉，姐姐，我知道你们的难处。"

"呵呵，我们有什么难处?"

"可以看得出，你喜欢蔡大哥，蔡大哥也真心喜欢你，但是，你们又不能在一起，彼此之间就是镜中的花、水中的月。"

"小叶子，我们可是清白的。"谢翠莲正言正色地道。

"这个我当然知道，你们不是肮脏的人，但是，我觉得你们二人是天造的一对、地设的一双，真正的郎才女貌。"

听了这样的夸赞，谢翠莲心中狂喜着，紧咬了一下舌头，以抑制住这喜，不让它溢到脸上，然后否认道："哪里有?"

"唉，老天不成人之美啊!"小叶子看着阴沉的天空这样感叹道，她脑子里影现出：春天的早晨，蓝蓝的天空，白白的云朵，碧绿的河滩，黄灿灿的油菜花，悠闲的牛羊，旁边两个天真无邪的少男少女。

"只要能看到他，我就心满意足了。"谢翠莲喃喃地道，似自言自语，又似在向小叶子吐露自己的心声，这正是她所担忧的，也是今天她向菩萨所祈求的。她知道，蔡大哥总有一天会像天上的大雁一样飞走的。

"大姐，难道你们真的没有机会在一起吗?"小叶子天真地问。

谢翠莲"呵呵"一声苦笑，道："有是有，恐怕要到来世了。"

“你们不能那个吗?”小叶子说着伸出一个巴掌盖住另外一只手,盖住的手在抖动着。

谢翠莲看着那抖动着的手,脸一红,半天,回过味来,脸色一沉,拿眼白了小叶子一下,义正词严地道:“这怎么行!小叶子,你怎么能有这样的想法?三纲五常,妇道不要了吗?”

小叶子羞红了脸,低下头只顾走路。

看小叶子那样,谢翠莲蔡知道自己话说重了,安慰道:“这道红线谁敢越过?被人家知道了,那还得了啊?再说我谢翠莲不是偷鸡摸狗的人,我如果要,就必须名正言顺。”

“大姐,薛二哥他……他……”

“他什么?”

“他实在配不上你。”

“古话说得好,嫁鸡随鸡嫁狗随狗,这就是命,小叶子,你不是一样?”

这话捅到小叶子的最痛处,她“嗯”的一声呻吟,不再吭声。

“唉,要说我也真的对不起薛二,至今没有给他生个一男半女的,我上辈子干了什么缺德事了?老天要惩罚我。”

“大姐严重了,听说这个不一定怪我们女人的。”

“哦。”谢翠莲来了兴趣,用眼光鼓励着小叶子继续说。

“我们那里有个财主,娶了两房媳妇,几年都没有动静,一天,他们在田里除草,小姑子指着一群老母鸡大骂,说它们只打鸣不下蛋,有什么用,还不如卖了。”

“后来呢?”

“半年过后,那两个媳妇肚子都大了。”

“这怎么可能呢?”

“那财主家很富有的,雇了很多长工。”小叶子神秘地一笑道。

谢翠莲恍然大悟地“哦”了一声,叹道:“原来如此。”

“所以我说,那个事情不一定就全怪我们女人的。”

听了小叶子的话,千百天来,压着谢翠莲心头的千斤巨石虽然没有搬去,但是总算松动了一下。

回到家里,见到的一幕让谢翠莲简直不相信自己的眼睛,使劲揉了揉眼睛，才确定是真的。她看到薛二和蔡俊生这两个冤家对头居然坐在一起唠嗑！

更加蹊跷的在后头呢，薛二看见谢翠莲，吩咐道：“去做几个菜，晚上我陪蔡大老板好好喝上几杯。”

谢翠莲答应着满腹狐疑地走了，心里一个劲儿地嘀咕：“这到底是怎么回事呀？”

自从那天和三老歪一起偷袭蔡俊生后，薛二心里装着鬼，所以一直躲着不敢见蔡俊生，被三老歪知道后一阵臭骂：“他蔡俊生偷你薛二女人，你薛二应该在他面前理直气壮、气壮斗牛才对，你倒好，搞得好像你薛二偷了他老婆似的，你这么的，什么时候才能抓住奸夫淫妇？”

薛二被他骂得摸门不着，只好摸着自己的头请教怎么办才好。

“你看得越紧，他们就越小心，知道三十六计中欲擒故纵这计策吗？”

薛二不懂装懂，说自己当然知道。

“那好，你回去后，装着什么都不知道，什么都没有发生，千方百计接近他们，让他们一点儿也不防备，然后按照那天我教给你的去做。”

这样，薛二怀揣三老歪的锦囊妙计回来了。

腊八节中午时分，薛二在蔡俊生门口磨蹭着，看见蔡俊生收摊回来，油坊里压榨油似的脸上硬挤出一丝笑迎了上去，招呼道：“蔡大老板，你回来啦，呵呵。”

蔡俊生被这热情招呼吓了一愣，机械地回答：“回来了。”然后一个思想鱼伸头似的在脑海里冒出：看样又赌输来要钱了，他可真是无事不登三宝殿啊。

蔡俊生今天是彻彻底底的错了，只听薛二猴叫的声音道：“蔡老板，对不住，那天受了三老歪的挑拨，打了你，你……你不会记仇吧？大人不记小人过的，嘿嘿。”

天啊，是日头今天打西边出来的，还是他薛二哪条神经搭错了？蔡俊生这样想着走进自己屋子。

薛二跟着进来，不把自己当外人地拉了个板凳坐下，然后关心地问这个那个，那个热情啊，等同于刚才从云彩里露出头来的太阳。

晚上，薛二陪着蔡俊生喝酒，酒席就摆在谢翠莲的屋子里，难得的是，他居然叫谢翠莲也来坐着喝，这可是大姑娘上轿——第一次啊。

谢翠莲当然高兴，总算自己的丈夫干了件人做的事，他薛二应该感谢蔡大哥才是，他为薛家做了多少好事，落到什么没有，又挨了薛二一顿打。亡羊补牢——为时不晚，这感谢虽然迟了些，但是，薛二毕竟回心转意了。

薛二今晚真是热情，仰仗着自己主人的权利和义务，一个劲儿地劝蔡俊生喝酒——不喝都不行。

“不喝，我就倒在你身上了。”说着，高举空中的酒杯要倾斜过来。

蔡俊生盛情难却，只好喝了。

这还不算，他还鼓动谢翠莲陪蔡俊生喝。蔡俊生现在真正成了名副其实的红人了，脸上挂着红瀑布，眼睛闪着红灯笼。谢翠莲有意要他少喝些，免得受罪，可是有薛二在，就永远没有她谢翠莲说话的份儿，所以一直没有敢吱声。

薛二也喝多了，捂着肚子嚷嚷着骂孙大头家的酒太假，怎么一进到肚子里就成了尿了，憋得不行，说着踉跄着走了出去，旋即头伸进门来，对着蔡俊生道：“蔡老板，对不住，我有事出去一下。”又撂了一句话给谢翠莲“晚上我不回来了”，然后消失在黑夜中。

屋子里虽然只少了薛二一人，可是，气氛瞬间就不一样了。现在谢翠莲显然被解放了出来，敢抬头剜了一眼那红瀑布的脸。蔡俊生呢，坐那里看着桌子上的菜，竖着耳朵似乎在倾耳以听外面夜的脚步。

“蔡大哥，还喝点儿?”

酒壮人胆吗?蔡俊生抬起头顺着那话望去，用那红灯笼的眼睛照着谢翠莲闪着火苗一般的嘴唇，道：“已经喝了不少了。”

谢翠莲被红灯笼照得眼睛没有地方躲藏，半天，颤抖地端起酒杯，颤声颤音地道：“蔡……蔡大哥，我……我单独敬你一杯，我……”后面要说敬酒的原因的，可是话到嗓子眼，觉得还是不说出来为好，有些东西，只可意会不可言传的。

蔡俊生心有灵犀，站了起来，端起酒杯，朝着谢翠莲的酒杯“啪”地一碰，然后，一饮而尽。

这一碰，只把谢翠莲的心海碰撞得翻江倒海了，望着这杯不同寻常的酒，谢翠莲也是一饮而尽，只觉得那酒不是酒，而是蜜糖了。

外面夜黑得稠密，是鬼活动的好时机，窗户外，两个鬼在嗦嗦地活动着。

屋里，酒下去，寂静来，二人站那里木头人似的看着自己的脚尖，虽然那脚尖没有什么好看的，可是，二人足足看了有半炷香工夫。那个小油灯受不了这份寂静，“吱吱”地叫着。

谢翠莲慢慢抬头，眼睛刀子一般在蔡俊生身上刻。蔡俊生用自己红灯笼的眼睛在谢翠莲身上照射。

身子慢慢地、慢慢地移动靠近。

屋外，两个趴在窗户上的鬼影也移动着，准备动手。

屋内，两只手蜗牛一般慢慢爬，接近了，接近了，两寸、一寸……

“哇”的一厉声从桌子底下传来，二人身子急速弹开，再慌忙低头往桌子下望，只见家里的一黑一白两只猫正在为争夺一根骨头怒目以对，看样，少不了一番争斗。

谢翠莲害怕黑猫欺负白猫，呵斥住它。那黑猫怏怏走来。

这两只猫的争闹让谢、蔡回到了现实，二人重新端坐下来。

“蔡大哥，多谢你帮我家渡过难关。”

“什么话？没有你谢大姐，也许现在我蔡某人的骨头都生锈了。蔡某蒙谢大姐的悉心照顾，起食饮居不用操心，所以生意才得以顺风顺水。”

“只要你蔡大哥不嫌弃这里的粗茶淡饭就行了。”谢翠莲意味深长地道。

“谢大姐做得非常合我的口味。”

谢翠莲听了脸上滚开水似的笑，看样子，他是了解自己的心思的。

“时候不早了，我……该走了。”蔡俊生看着谢翠莲征求着她的意见。

“嗯。”谢翠莲乖巧地点头，温柔得如那只小白猫。

蔡俊生离开不一会儿，薛二蜷缩着冻僵的身子回来了。谢翠莲问他怎么回事。他说事情办完了，然后一头钻进被窝里打着寒战。

薛二为谢蔡二人创造了“大好”机会，谁知道谢、蔡二人不领情，没有越过楚河汉界，这让薛二和三老歪很是失望，那晚在窗户外白白受冻了那么长时间，为此，薛二抹着鼻涕在三老歪面前诉苦不迭，埋怨他净会出馊主意。为了补偿自己遭受之罪，他要三老歪请他到烟馆抽了两次烟。

“酒以乱性这招不好使了？怪了。”三老歪躺在烟馆里这样想，“难道他们俩真的没有瓜葛？”谢翠莲那白白净净的漂亮脸蛋、那鼓鼓的让人垂涎三尺的胸脯馒头又在脑海里浮现。

“那个时候，这对狗男女不是一直在靠近吗？如果不是那两只猫打架，他们也许会上床的。”三老歪十分肯定地断言。

“你老婆才和人上床呢。”薛二回敬道，然后加了一句，“她可有人要才行。”

“我老婆下了几窝崽，你老婆呢？”三老歪采取了田忌赛马的策略。

薛二没有资本和三老歪抗衡了，低头慢慢吸烟。

“薛二，想发财吗？”

“老子天天晚上都在做发财梦，每天走街上都低着头准备随时捡钱。”

“我倒有个好主意，保证能发财，想知道吗？”

“得了吧，你有发财的主意还告诉我？早八百年前就自己偷偷干了。”薛二斜眼白了三老歪一眼道，“咦，什么好主意？”

“那个蔡俊生，这次一下子能拿出这么多钱，看样他那生意很有赚头，不如你我一起把他撵走，那生意我们俩来做。”

“想钱想疯了，这样的事能干吗？这庄墓镇又不是你三老歪自个儿家开的，你要撵走那个蔡俊生，光这庄墓镇街面的老少爷们就不会答应，搞得不好，狐狸没有逮住，倒惹了一身骚，我不干。”薛二说着挽起胳膊来做袖手旁观状，想了想，觉得不对劲，于是问，

“哎，三老歪，你不是很有钱吗？怎么想起干这样的缺德事来了？”

“前几天去了一趟寿州县城，输了个光光卵蛋。”

多了个难兄难弟，薛二喜笑颜开，以后可以和他平起平坐了，躺下，享受地抽烟，祝贺着三老歪的灾难。

“我们不出面直接撵蔡俊生，而是让他乖乖地自个儿滚出庄墓镇，只要你听我的。”

“哦！”薛二重又坐了起来。

“这还不算，还能检验出你家卖饭西施是否红杏出墙。”

“一箭双雕啊，厉害，说来听听。”

三老歪把嘴对着薛二耳朵又是一阵唧唧咕咕。

薛二摸着自己发痒的耳朵怪罪道：“净会出馊主意，那么近，我又不能整天看着，万一他们来真的，我岂不吃大亏了吗？”

“看你那熊样，俗话说舍不得孩子套不住狼，舍不得老婆就没有钱花，就没有烟抽。”

“万一打出问题怎么办？”

歪嘴一撇，破锣的嗓音回应道：“哼哼，天下两条腿的蛤蟆难找，两条腿的女人到处都是，再说你家那个卖饭西施光打鸣不下蛋。”

“那好吧，我试试。”薛二说着，吐出一口烟。那烟雾在空中婀婀娜娜地上升着，然后向门口飘去……

蔡老拐家里，烧纸钱的烟雾在婆婆的灵堂前升腾着，发出一股怪味——死亡的味道。

傍晚，前来吊唁的人络绎不绝，儿孙们披麻戴孝，跪迎恭送着客人。这其中，当然也包括陈铁柱这个干儿子。

朱大凤等媳妇们则哭孝，没有客人的时候，就去厨房打下手。

“铁柱，铁柱呢？”蔡富贵从厨房里出来喊。旁边的朱大凤没有搭理，好像她不认识陈铁柱似的，一本正经地埋头切菜。

蔡富贵只好对着正在切菜的女儿吩咐道：“快去叫你铁柱叔过来，我有急事找他，快点儿。”朱大凤听了，忘了手里的活，眼光紧随着那小孩子的身子走。

一会儿，陈铁柱来到问什么事。蔡富贵不无得意地说前来吊唁的人太多，肉恐怕不够，让他趁着天亮赶快把家里的另一头猪也杀了。

“哦，这事啊!”陈铁柱叹声道，“我还以为什么事呢，这么大声小叫的，原来是这事!”说着拿起绳子走向猪圈。

朱大凤悬着的心才落地，随即又蹦起，她看到厨师端来的一大盆肉，心里一阵腻歪，捂着嘴跑开了。

茅厕里，朱大凤蹲着用手紧紧地捂着嘴，眼泪都憋了出来。她哪里敢大声地吐啊？自己这样，好在有去年的那次做挡箭牌，那个时候吐得比这厉害，结果虚惊一场，现在呢，想到和陈铁柱多次那个，盘算着日子，恐惧随即潮水般涌来。

“嗷嗷——”外面传来猪叫声。

“铁柱哥，都是你作的孽啊！你可把我害苦了。”朱大凤心里埋怨着，又“啊啊”地吐个不止。

外面，“啪啪”鞭炮响，接着唢呐呼应，看样，又有一批吊唁的客人来了。

“婆婆，你好好走吧，可千万不要怪我。”朱大凤对空祷告，“我们可没有害你，都是你自找的。”

那天，陈铁柱冲了出来，三步并作两步跨到婆婆前面挡住她的去路。

“干娘。”

“别叫我干娘，我没有你这干儿子，咳咳。”

“我们叔嫂在开玩笑呢，干娘您不要在意。”陈铁柱搬出这个正当的理由。

“你们欺负我这个老婆子眼瞎吗？我都看得清清楚楚了，喀喀，也听得清清楚楚，喀喀。”说着欲想一往无前往前走，可是耗干了灯油一样的身子如风中的稻草一般往前飘。

气管炎的身子走累了，在堂屋椅子上坐下咳喘着，门口人影一闪，“扑通”的一声，陈铁柱进来跪在她的面前。

“干娘，你……你饶了我们吧?”

婆婆不屑用嘴回答，只是鼻子一个劲儿喷着冷气。

“这事与朱大凤无关，要怪都怪我，要打要杀随你们的便。”陈铁柱说着把脖子伸了老长过来，宛如要求她给自己上绳套。

“与那个骚婆娘无关？咯咯，鬼才相信，你们哥的妹的那么亲！恐怕早就勾搭上了，咯咯，这个骚狐狸，我们蔡家的脸都让她丢尽了，等着吧，我要她死死不了，活活不成，咯咯……”

“干娘……”

“陈铁柱，你也不会有好果子吃的，你等着，咯咯，富贵他们回来，我就让他们扒了你的皮，抽了你的筋，咯咯……”

听了这没有余地的话，陈铁柱知道自己现在是死猪了，死猪是不怕开水烫的，他抬起头瞄了婆婆一眼，然后站了起来，拍了拍身上的灰，显得一身轻松，倒了一碗水，慢慢地喝，然后坦然地道：“不错，我早就和大凤那个了。”

“咯咯……”

“我还知道她的丈夫早死了，你们瞒着她让她守活寡。”

“咯咯……你……你这个狼心狗肺的东西。”

“我狼心狗肺，你们才狼心狗肺呢，我和大凤是表兄妹，我们早就喜欢上了，还山盟海誓过，可是你们家偏偏……所以我追到蔡家集来了，要不，认你们一对老家伙做干爹干娘做什么？我吃饱撑的，还是我陈铁柱有钱没地方花了，我那些酒儿肉儿没地方送了？撒泡尿照照你们样子。”

“你……你……咯……咯……”婆婆拿起手捂着胸口，脸色煞白。

“我就是和大凤好上了，我还准备带她走呢，看你们怎么样？惹火了，我……我……”说着掏出杀猪刀举着。

婆婆恐惧地看着那明亮的杀猪刀，脸都吓青了，喉咙处，一个核桃似的东西一伸一缩着。

“铁柱哥，你干什么？”门口人影闪动，朱大凤冲进到里来呵斥住。原来她不放心，害怕铁柱哥干傻事，所以过来看看，果然如她所料。

“快把刀收起来。”朱大凤说过之后，“扑通”一声跪在婆婆脚下，抱住婆婆的腿，晃动着，哀求她放过陈铁柱，说这事与他无关，蔡俊生死了，自己耐不住寂寞，所以就……

“你……你……喀……喀……”婆婆身体颤抖着，脸色由铁青转苍白，虽然是寒冬，可是脸上挂着豆大的汗滴。

见婆婆那样，陈铁柱吼道：“大凤，起来，不要再求她了，看他们能把我们怎么样！”

朱大凤还要抓住最后的救命稻草，不停地晃着婆婆的身体哀求着，可是婆婆依然一言不发，只是流汗不止。

陈铁柱蹿上前去，勒住她的衣襟，瞪着充满血丝的眼睛，举起拳头，骂道：“老不死的，我……”

婆婆“啊啊”地痛苦着，用手摸着自己的脖子。

门外一阵脚步声，接着传来蔡富贵和老婆孩子的说话声。

大祸即将来临，俗话说，夫妻本是同树鸟，大祸临头各自飞，情人之间呢？

“大凤，你快跑，这里我来应付。”

“不，铁柱哥，你跑，我来应付。”朱大凤说着站了起来，向门口迎去。

可是谁也跑不了，只见蔡富贵领着老婆孩子已经进到屋子里了。蔡富贵看见陈铁柱，打着招呼，然后吩咐朱大凤去做几个菜，晚上他陪铁柱兄弟喝几盅。

朱大凤留恋地看了陈铁柱一眼，快快地走了出去。到了厨房，哪里有心思做饭？一屁股坐在灶下呆呆地发愣，她知道等待她的将是什么，不是上刀山就是下油锅。与其受那慢慢折磨，还不如……绝望的眼睛在厨房里四下寻找，最后停在砧板上的菜刀上，过来，拿在手里瞧了瞧刀刃，然后揣在怀里。

“娘……娘……”

“婆婆……婆婆……”

堂屋传来喊叫声。

朱大凤跑到堂屋，只见蔡富贵搂着婆婆身子大呼小叫着喊娘。

“啊……啊……”婆婆狂叫着，眼睛瞪得滚圆，脸上一道铁青、一道苍白，细竹节的手在空中狂乱抓着。

“快去请郎中。”蔡富贵喊。

大人小孩一起往外跑。

屋子里只剩下蔡富贵、陈铁柱和朱大凤。

“蔡大哥，看样子干娘不是中了邪就是被鬼魂缠身了，快去拿些艾草过来。”陈铁柱终于开口了。

看蔡富贵跑出去后，陈铁柱又吩咐去端点水。

蔡富贵抱着艾草进来，陈铁柱点着，瞬间，屋子里烟雾弥漫，香气扑鼻，然后，把燃烧着的艾草围着婆婆转了几圈，嘴里念念有词往婆婆身子上扑打了几下驱赶着邪气。

朱大凤端来一瓢水，陈铁柱接过，抓了两大把艾草灰放进去，搅拌均匀，然后向干娘的身子喷去……

一会儿，郎中请来，号了脉后，摇了摇头，然后一声不吭地收拾东西要走。蔡富贵忙问他娘怎么了。郎中道：“灯油耗尽，外加急气攻身，痰堵住喉咙。”

蔡富贵向众人宣布娘是正常死亡，然后自认总指挥，吩咐准备办后事。

陈铁柱躲在阴暗处听了这话，长嘘了一口气，然后跳了出来，主动请缨去干自己的老本行——杀猪。

朱大凤听了，心中暗喜，恨不得现在就跪地对天上的神灵叩拜以感激他们再一次保佑了她。在婆婆灵前哭孝的时候，她祷告着要婆婆千万不要到神灵面前告状，她许诺会多烧一些钱过去让她在阴间过上好日子。

婆婆入土后第二天上午，蔡富贵哥俩请了公亲在对着账，大嫂二嫂惦记着亏空，没有工夫离开，所以出门办事这些活全落到朱大凤的头上。

中午饭时分，蔡富贵吩咐朱大凤去把陈铁柱叫过来吃饭，说陈铁柱这些天人前人后地忙，还一点儿抱怨没有，唉，哪里有这样的好亲戚？

为了显示自己的光明磊落，朱大凤把一棵大白菜放进竹篮，挎上，然后喊上侄女陪着向陈铁柱的肉案走来。

远远地看到陈铁柱平时摆肉案子的地方空空的，于是向陈铁柱住所方向而来。

“三……三嫂，你来啦。”陈铁柱嘴里含着饭打着招呼。

“嗯。”朱大凤答应着。这是朱大凤第一次进陈铁柱的屋子，不由好奇地打量了一下，只有三个字来形容：脏、乱、差。心里叹道：“唉，俗话说：无巧就成不了书，没有女人哪能算个家啊？”

“大侄女，你去街上给我打点酱油，剩下的钱就买些糖吃吧。”陈铁柱说着把手里的钱递给那女孩。

支走了那女孩，朱大凤问陈铁柱怎么吃这么早，蔡家还请他去吃饭呢。

陈铁柱只说快过年了，生意不错，所以早早地肉就卖完了，下午还要下乡买猪。

“那你中饭还去吃饭吗？”

“不去了。”

“铁柱哥，我有一事不明白。”朱大凤终于有机会把藏在心底的疑惑说出来了。

“什么事？”

“你真的会做法驱邪赶鬼？”

“我看过人家这样做，所以照着做的。”

“嗯。可是……可是铁柱哥，事情还远远没有完呢。”压低的声音宛如蚊子在叫，虽然这冬天没有蚊子。

“怎……怎么了？他们怀疑什么了？”

“这倒没有。”

“哦”的一声松了口气，“那是什么事？”

“我……我可能有了。”高粱红的脸露出羞色。

“有了？有什么了？”

朱大凤指着自己的肚子，道：“这里。”

“你是说你怀孕了！”陈铁柱惊诧地喊，喊过了才知道自己高兴得过了头，赶忙捂住嘴四下里瞧。再仔细瞧着朱大凤的肚子，伸手摸了一下，道：“这里面真的有我陈铁柱的种了？怎么不见鼓起来。”

“傻瓜，穿着大棉裤棉袄呢。”

“呵呵。”

“还笑呢，人家都急死了，怎么办啊？早晚会露馅儿的。”

“我会有办法的。”陈铁柱信心满满地道，也不怪，两次看样子都躲不过去的灾难，不都是逢凶化吉了。

“铁柱哥，你赶快想想办法，躲过了初一躲不过十五的。”

陈铁柱刚想张口，门外响起脚步声，那侄女嘴里含着糖，手里拎着酱油瓶回来了。

朱大凤不敢再待下去，带着侄女往回走，身后传来陈铁柱驴叫的声音：“三嫂，不要悲伤，多注意身体，没有过不去的坎儿。”

话是这么说，可是谁敢保证？菩萨也许可能，菩萨不是已经保佑过两次了吗？再说，公公的病、婆婆的死都是与自己有关，这些如鬼魂一般附在朱大凤的身上，钻在她的心里，每当夜里，这些鬼魂就出来闹腾，让她脊梁只冒冷汗，让她不敢灭灯睡觉。为了把这心鬼驱除了，朱大凤又到庙里烧了多次的香，一来感谢菩萨的保佑，二来祈求菩萨再接再厉。

谢翠莲也是多次到了庙里祈求，至于祈求什么，天机不可泄露也。

那晚的酒不是酒，是蜜，蔡俊生和谢翠莲喝了之后，一直甜到心底，而且这甜恐怕永远散不去了，以后，二人见面，总是灵犀相通地幽幽一望，然后是甜甜地一笑，幸福是什么？这就是。沉浸在蜜的日子里！

老天爷憋了许久的气终于发泄出来了，并且是一发不可收拾。鹅毛般的大雪纷纷洒洒地下了一天一夜，整个世界白花花、银灿灿，粉妆玉砌一般。

下午，薛二进到蔡俊生的屋来，刚坐下，就一个劲儿地喊冷，说这屋子不是人住的地方。蔡俊生听了翻着白眼。薛二站了起来四下里看了看，突然冒出惊天之语：“蔡老板，你搬到我隔壁那个房间吧，那个房间向阳暖和。”

蔡俊生感激得要痛哭流涕了，连忙说：“不行，不行，不方便的。”

“什么不方便？难道你蔡俊生心里装着龌龊？”

薛二这么一说，蔡俊生倒不好拒绝。

“搬，现在就搬。”薛二催促着，“你蔡老板这些年一直照顾我薛二的生意，我理应对你特殊一些。”说完居然自己动手来帮蔡俊生搬运铺盖。

看样子不搬都不行，蔡俊生只好搬了过去，心里叹道：“老天爷睁眼下雪了，薛二也开眼了。”

晚上住进来后，蔡俊生才后悔不迭，薛二说的这屋子向阳倒是真的，他说的这屋子温暖，也是真的，但是，这老屋年老体弱，肌体衰败不堪，山墙皱纹道道纵横，特别是和薛二房间连着的山墙，开出一指逢宽的裂缝，似西医开刀留下的伤疤，不要说那边说话这边能听到，就是那边放个屁，这边不但能听个一清二楚，而且能闻到味道。

“蔡大哥怎么搬到隔壁住了?”谢翠莲的声音。

“我让他搬的，怎么了？不行啊?”薛二阴阳怪气的声音，接着传来“咚”的一声门响，脚步声渐行渐远，看来薛二又出门赌钱去了。

夜静谧下来，蔡俊生在屋里小心谨慎地干事，害怕弄出声响吵着了隔壁谢翠莲，因为她那里一点儿声响都没有，猜想她已经睡着了。

蔡俊生躺在床上看着书，可是今儿个晚上不知怎么了总是看不完整句子，书中的意思也是支离破碎，气恼地把书扔在一旁，怔怔地望房梁半天，重又拿起书来看，可是依然如此。

“咚”，谢翠莲房间的一声盆响，蔡俊生的心立刻跑到那里去了，“咦，她现在才洗脚呀!”接着谢翠莲的影像就完全占据了蔡俊生的心田和脑海，这样这雪夜倒不显得漫长寂寞了。

谢翠莲上了床后不能像蔡俊生看书，她只能看房梁，房梁上的秫秫秸秆差不多看了个遍后，然后吹灯睡觉。睡眠这东西宛如门不当户不对男女之间的情缘——可遇而不可求，你渴求着快快来，可是它偏偏不给你。

有心起来纺棉花，可是又担心纺车唧唧的声音打扰了蔡大哥，只好作罢。

“他在干什么?”谢翠莲看着墙上裂缝处飘过来的那一丝微弱灯

光想，“可能睡着了，要不，怎么会一点儿动静也没有。”马上又把这判断推翻，“灯亮着呢。”

黑暗中，谢翠莲就这么看着山墙上的那丝光亮躺在那里，可惜眼光不能凿墙穿壁，最后实在忍不住好奇，披上衣服起来，蹑手蹑脚走过来趴在裂缝上看，只恨那裂缝太小，什么也看不到。

睡不着干脆不睡了，点上油灯，拿起鞋底纳着。

寒夜里，那两盏灯就这么亮着，窗外雪花似飞虫，纷纷扬扬地向这亮光飞舞而来，给着万籁俱寂的夜添了些生机和情趣。

第二天傍晚时分，老天爷依然在我行我素地下着雪。下雪天赌钱的天，薛二一晚也不耽误，吃过饭，打着饱嗝就出门去了。

蔡俊生脱了棉袄拿着大扫帚正在院子里左右翻飞着，身后，一条两尺来宽的小道人体血管似的在雪的躯体中蜿蜒穿行。

“蔡大哥，蔡大哥。”一个声音喊。

“小……小叶子，是你呀。”蔡俊生说着来到小叶子的面前，跺着脚上的雪，问：“这么晚还来，有事吗?”

“过来把这个送给你。”小叶子扬着手里的包裹说。

蔡俊生刚伸手来接，谁知道半路上杀出个程咬金来，一把抢了过去。

“我看看是什么?”谢翠莲嬉笑着说。她刚才在厨房洗碗，听到小叶子的声音，立即放下手里的活跑了过来。

打开包裹，两双崭新的棉鞋呈现出来。谢翠莲拿了放在灯下仔细地瞧着，嘴里啧啧地夸奖小叶子的针线活做得细密，还赞叹地说：“妹子，你真有心。”说着眼光瞟过蔡俊生的脸，“咦，妹子，你怎么光给蔡大哥做不给我做呀？呵呵，不要放心上，开玩笑的。”

小叶子嗅到醋味了，呵呵一笑道：“你还要我做呀？你有工夫给蔡大哥做，怎么没有工夫给自己做？怪了，怪了。”

谢翠莲的脸火炭似的红，稍停，把那红顿去，道：“你怎么知道我给蔡大哥做鞋了?”把头转向蔡俊生，“蔡大哥，我给你做鞋子了吗?”眼睛星星似的眨着。

“呵呵，没有，没有。”蔡俊生笑着摇头。

蔡俊生愿意和自己攻守同盟，说明他……谢翠莲心里的喜悦似火炉上水壶里沸腾的水——一个劲儿冒着热气。这样，也就原谅了小叶子今晚的自作多情。

夜晚，蔡俊生坐在被窝里看着那两双新棉鞋，小时候的一幕幕又出现了，直到现在，他才完全体会到少年时期的美好，懵懂的少年，情窦初开的少女，纯洁得似一张白纸，美好得用多少张纸也写不完。

他现在彻底明白了自己名义上是出来寻找小叶子，实际上那纯粹是负气后的冲动。好在自己此行救了小叶子母女俩，这样也不枉小叶子对自己的一番深情了。

想到小叶子，朱大凤高粱红的脸不禁涌现出来，接着爹娘哥嫂等也跟着一一涌现。

"唉，出来已经两年多，是应该回去看看了。"蔡俊生对着空中的那些人影说。

隔壁一个声音只让那些人影一个不剩，"蔡大哥，水烧好了，你烫烫脚吧。"

烫好了脚，重新上床，蔡俊生感到温暖一个劲儿地从脚往上冒，真是舒服！女人就是奇特，她们的体贴温柔就是这冰天雪地的热水，温暖你的身子，捂热着你的心，让你舍不得离开。

冬夜漫长，蔡俊生睡不着，于是继续看《红楼梦》，看着看着，他不禁拿书中的那些女子和谢翠莲比较起来，这让他突然想起"葫芦僧判糊涂案"中的那个苦命的翠莲来，他们两个倒是真的有些相像了。

"吱呀"，隔壁门响，接着就听到薛二破口大骂这冻死人的鬼天气以及桌椅板凳的叮咚声。

"咦，薛二哥怎么现在就回来了?"蔡俊生想，一股不祥之兆随即涌现出来。

薛二今晚手气不顺，几把之后，输了个精光，于是骂着霉运回到家来，看什么都不顺眼，尤其看自己的老婆睡那里一动不动，在薛二看来简直就是死猪一头。

他没有叫醒谢翠莲，而是把板凳弄得震天价响。谢翠莲终于醒了，看薛二那样，知道他又输钱了，招惹不起，于是穿衣起床端来洗脚水放在薛二脚下。薛二把脚伸进盆里，“哎呀”一声捂着脚后跟惊叫，接着一大堆的骂接踵而至。

谢翠莲不敢顶嘴，但是，也没有去舀凉水来掺那热水，而是默默上床，默默脱衣，默默睡下。

今晚输钱，本来是火冒一尺，烫了脚是火冒二尺，现在呢，是火冒三丈了，在薛二看来，谢翠莲默默的一系列动作就是默默反抗，就是对他这个一家之主权威的无视。薛二主意已定：今晚要好好教训教训这个娘儿们，反正下雪天，闲着也是闲着。

可是打她还要理由呀，稍微寻思了一下，道：“喀，快起来，去烧些菜，老子要喝酒。”

“三更半夜的。”谢翠莲嘟哝着睡那里没有动。

“深更半夜怎么了？老子现在就是想喝！”

“要喝自己弄去，我明天还要早起干活呢。”

“啪！”薛二一脚踢翻那洗脚盆，拖着鞋来到床前，一把掀起谢翠莲身上的棉被，横眉竖眼地嚷嚷着：“老子让你睡，老子让你睡！”然后拳头雨点般劈头盖脸地砸来。

蔡俊生缩在被窝里听那拳头的声音，只觉得那拳头不是打在谢翠莲身上，而是拳拳落在自己心头，但是又无处躲藏。

谢翠莲也无处躲藏，只得屈服，穿了衣服下了床，朝厨房走去。

蔡俊生突然听不到声音了，正在纳闷，墙壁被拍打得“咚咚”响，薛二在喊：“蔡老板，蔡老板。”

蔡俊生有心装着睡着了不搭理他，可是担心这样做未免太虚假，让他怀疑，只好回答：“薛二哥，有事吗？”

“起来陪我喝酒。”

“深更半夜的喝什么酒？我都睡着了。”

“瞎扯什么？你屋子里的灯一直亮着，快起来，再不起来，我可要过去踹门了。”

蔡俊生就纳闷了，老天不正常，怎么薛二也不正常？深更半夜打老婆，深更半夜要喝酒。他犹豫了一下，还是穿衣起来了。他心里还惦记着谢大姐的伤呢。

蔡俊生来到薛二屋子，首先拿了自己半夜被吵醒的理由，来替谢翠莲打抱不平，把薛二一顿狠臭，说他神经病，深更半夜喝什么酒，自己都瞌睡死了。

薛二当然回敬说蔡俊生是狗肉吕洞宾——不识好人心，喝酒这样打着灯笼都找不到的好事也不愿意，不就是有几个钱吗？烧什么包？又不向他借。

“哎，我向你借几个，蔡老板，你愿意吗?”

蔡俊生知道他现在说的才是真话，拿钱消灾——消谢翠莲的灾，说当然愿意。

“那……”薛二说着巴掌伸了过来。

“明天吧，我现在没有带。”蔡俊生扯谎着，他要给薛二一些想头，牵着哄着他不要再伤害人。

一会儿，谢翠莲鼻青脸肿着端着酒菜进来，薛二问：“酒烫了吗?”

谢翠莲低头不答。

“聋了还是哑了?”

蔡俊生怕又要起冲突，赶忙插嘴：“我来烫，不能白吃白喝，呵呵。”说着来拿酒壶。谢翠莲现在不聋不哑了，看着蔡俊生伸出的手，道：“已经烫好了。”

也许是蔡俊生愿意借钱的缘故，薛二忘记了今晚输钱的不快，高兴如酒壶里烫着的酒一个劲儿地向外溢。

二人喝着酒东拉西扯着，一会儿都有些醉意。

“蔡老板，你……你老家没有人了吧?”薛二突然冒出这么一句。

蔡俊生被问得一头雾水，眼睛扑闪看着问：“薛二哥何出此言?”

“人家出门做生意，一年半载地回家一趟，你倒好，出来几年了，也没有见你回家去一次。”

爹娘的影子闪现在脑海中，羞愧加急的，蔡俊生半天回答不上来，结结巴巴地道：“我……我……”

“喀喀——”床沿边谢翠莲咳着，可是并没有吐痰，而是道：“蔡大哥，时候不早了，回去睡吧。”

“哦哦。”蔡俊生答应着站了起来，被薛二一把按住，头转向谢翠莲，恶狠狠地训斥："臭婆娘，有你说话的份儿吗？滚一边去！我看你今晚还嫌打得不够。"头转回咧嘴一笑，"老哥，再喝一点儿，你回去一个人干什么？又没有女人陪，嘿嘿。"

接着家的话题，薛二边灌着蔡俊生酒边询问他家里的情况。蔡俊生开始是敷衍，可是随着肚子里的酒越来越多，思家的情绪越来越浓，最后眼泪扑闪地说了许多至今没有对别人说过的家事。酒多了忘了分寸，虽然薛二坐在对面，可是他却把嘴对着远处的谢翠莲。

谢翠莲坐那里纳着鞋底听着，身上的疼痛忘了个一干二净。

"家里有媳妇吗？"薛二问。

"有。"蔡俊生机械地答。

谢翠莲手一哆嗦，手上已被针扎出了血。

"媳妇肯定漂亮吧？这么久你不和她那个，也不急得慌？嘿嘿……"

蔡俊生知道自己说漏了嘴，想分辩，但是转念一想，这样也好，可以去除一些风言风语。

二人一直喝到鸡叫头遍，蔡俊生站起身体摇晃着向外走，还没有跨出两步，身子烂稀泥似的瘫在地上。

"起来，起来，滚回到自己屋子里睡，这里是我和老婆睡的地方，想看我和老婆睡觉呀，好好，我睡给你看。"薛二说着踉跄着过去一把抱住谢翠莲，"老婆，睡觉"。

"耍什么酒疯？"谢翠莲手一摆，把薛二推倒在床上，过来搀扶起蔡俊生向外走。

雪已经停了，星星们躲在暗处睁着明洗的眼睛眨呀眨的，映照出满世界的朦胧白。谢翠莲架着蔡俊生在半膝深的雪地上往前挪着。也不知哪里来的那么大劲儿，她瘦弱的身子居然能够撑得住蔡俊生高大的身躯。

蒙蒙之中，谢翠莲感觉到蔡俊生的手在她的脸上轻擦了一下，而且是那青肿的地方。谢翠莲感觉都要温柔死了，心里不禁多想："蔡大哥在抚摩我的伤啊！"唉，真的希望那手永远抚摩下去，希望二人就这么永远走下去。

可是那段路真不经走，两步就走到头了。谢翠莲把蔡俊生架到床上，然后给他盖好被子，磨磨蹭蹭地想多待一会儿。

“回来，快回来!”隔壁薛二号叫着。

谢翠莲身子一震，被毒蛇咬了似的，随即离开。

蔡俊生心里被酒烧灼得难受，根本睡不着，只听到那边传来谢翠莲蚊子叫似的声音：“今晚不行。”

“不行？怎么不行？老子想什么时候要就什么时候……”薛二理直气壮的声音似在放炮仗，而蔡俊生觉得这炮仗就在自己的心里爆炸，他缩在被窝里一动不动。

接着，谢翠莲的声音就彻底消失了，只有薛二“啊啊”的声音和那床叽叽呀呀的声音。蔡俊生听着那些声响，心似一只流浪的狗，在漆黑夜的旷野中，被狂风暴雨摧残着而又无处躲藏。

一会儿，那边没有声音了，蔡俊生再也憋不住了，把头伸出被窝，“哇”的一声，嘴下挂起了瀑布……

第二天早晨天放晴了，红日映白雪，朝霞满屋照，蔡俊生醒来，觉得头脑里有一千个蚂蚁在叮啃着，穿衣起床，天也旋来地也转，看着满地的污物，后悔不该喝那么多酒，使劲摇头，想把那痛摇去。回味着昨夜受到的煎熬，想象中那就是天底下最难以承受的痛苦，心里暗暗下着决心：无论如何今天都要搬回去!

谢翠莲端着草木灰一声不响进来，默默地遮盖在地上的污物上，慢慢地扫。蔡俊生瞥了一眼她，喃喃地说：“昨晚喝多了，我……”

“以后少喝点儿，受罪的，锅里熬了稀饭，去喝些会好受些。”说完端着污物出去了。

吃过早饭，谢翠莲在洗碗，蔡俊生默默地为她打水，如果放往常，谢翠莲肯定会客气一番，可是今天她默许了。

“谢大姐，我……我想搬回去。”蔡俊生看着谢翠莲手腕处的瘀青嘟囔道。

谢翠莲没有回答，只是把衣袖放了下来，继续洗碗。半天，撵着他道：“时候不早了，还不去做生意?”

看样子她不同意自己搬回去，可是她能理解自己昨晚受的那种痛苦吗？蔡俊生这样想，如果以后再有这样的事发生，说不定自己会疯的，不行，一定得搬回去。

下午，蔡俊生准备去找薛二说这事，谁知道他还没有去，薛二倒自己找上门来了。进来后，坐那里眼睛只盯着蔡俊生的口袋。

蔡俊生把自己想搬回去的想法告诉了薛二。薛二听了心里一喜，心里打好算盘，于是严正拒绝道："那哪行！"然后说了一大老套的理由："原来那个房间已经住上人了，现在如果让他搬出去，人家会说我薛二的，做生意讲究的就是信用，你说是不是啊？再说让你蔡老板搬到这里来，是我薛二的一片心意，没有事你我哥俩可以喝喝酒，交交心，就像昨晚那样。"说得蔡俊生只好表示自己很是感激。

"咦，蔡老板，你为什么不愿意住这里？"薛二突然问，眼睛直直地盯着蔡俊生的脸，仿佛要把他看穿看透。

蔡俊生早就想好了理由，不慌不忙地告诉薛二自己住那间房屋住惯了，自己睡觉认床，换了床睡不好觉等。

"那就把那床换过来好了。"

蔡俊生不好再说什么了，按说这事就这么定了，奇怪的是薛二屁股赖在床上一点儿也没有走的意思，难道他真的把蔡俊生当作自己的好哥们了？可是不像呀，二人都默默地坐着，屋内空气憋闷得似黄梅季节上霉的天气。

"蔡老板，昨晚……昨晚你答应的事……"薛二到底憋不住了说出自己来的目的。

蔡俊生竭力回想着昨晚答应薛二的事，半天，终于想起，心里道："原来如此，这个他是不会忘记的。"呵呵一笑，从口袋里掏出一枚银圆递给他。

蔡俊生借出的这枚银圆还真是母的，到半夜就生出些钱来，鸡叫二遍的时候薛二哼着小曲儿回到家里，上了床，嚷嚷着冷，嬉笑着要谢翠莲给他暖身子。

蔡俊生听着那边的动静，后悔着不该借钱给薛二，可是已经晚了。现在，那钱是肉包子打狗——有去无回了，睡眠也跟着跑得无踪无影。蔡俊生搂着枕头，睁大着眼，盼望着天赶快亮。

以后，每当半夜，梦魇就会出现，薛二赢钱回来隔壁是一阵骚动，输钱回来，骚动就更大了，看这个不顺眼，看那个不顺眼，天下就没有他薛二顺眼的东西，连风都误他事，当然了这些不顺眼最后都施加到谢翠莲身上。

每当这个时候，蔡俊生无助得就如院子里那棵梧桐树上剩下的最后一片树叶，在这寒冬里风雨雪一起袭来，他只能在那里空空摇摆，发出无助的叹息。

现在，蔡俊生已经彻底明白了：自己喜欢上了谢大姐！以前，心里一千个不承认，认为自己纯粹怀着报恩的心理在这里做事，虽然外面有风言风语，但是，在蔡俊生看来并不觉得可怕，反正自己身正不怕影子斜，后来看自己的恩人如此可怜，企图英雄救美，小时候《七侠五义》《水浒传》等书看多了，当英雄是他的梦想之一，再后来就是发展到对她的依赖了，她的温馨照顾似春风化雨，滋润着蔡俊生，让他乐不思蜀。可是现在薛二折磨谢翠莲时的每一句骂、每一拳打都实实在在地落在蔡俊生的心头上。自己怎么会如此在乎她？唯一的答案就是喜欢上她了。

实际上，自从蔡俊生企图救美的时候，爱的种子就播种下去了，因为英雄之所以救美，很大程度上是英雄喜欢美人，只是那个时候没有感觉到罢了，记得黄老板曾经提醒过他，那个时候，他还和黄老板急眼呢。

怎么办？

喜欢上一个有夫之妇可不是闹着玩儿的！搞不好，会落个身败名裂。不能这样，千万不能这样！蔡俊生躲在被窝里暗暗地下着决心。

第二天早饭时，谢翠莲像往常一样来给蔡俊生盛饭。蔡俊生佯装没有看到，自己拿碗盛了饭走到一边吃去了。谢翠莲看了他一眼，也没有放在心上，认为他是在耍小孩子脾气，或者在吃薛二的醋，因为昨天晚上薛二又……

下雪不冷化雪冷，整个上午，蔡俊生都没有精神做生意，脑子里老是想着和谢翠莲的事情。

中午，蔡俊生没有回客栈吃饭，而是在街上买了两块烧饼凑合着吃了，然后躲进茶馆里和人东拉西扯，一直到了半下午才回到客栈，然后躲在屋子里。

他从门缝里向外望着，可是半天没有看见谢翠莲，这让他有些放心不少，但是放心之余，一股失望的情绪却在潜滋暗长了，他倒是很希望谢翠莲现在来找他询问没有回来吃饭的原因。

“当当——”敲门声，不用说，蔡俊生就知道是谢翠莲。果然，外面传来她的声音：“蔡大哥，开门，我拿衣服洗。”

蔡俊生没有开门，只是应道：“不，不用了。”

“怎么了?”

“不烦谢大姐了，从今以后我自个儿的衣裳我自己洗。”

“啊？哦……”

虽然在屋子里看不见谢翠莲，但是，从这敝落的应声中可以判断她此时的表情：意外、错愕、尴尬、失落……

听着谢翠莲离去的脚步声，蔡俊生倒真的开始自己洗衣服了，这可是近三年来第一次。胡乱搓了几下，然后端着洗衣盆朝河边走。

谢翠莲在客堂里坐着看了，身体直挺着起来，随即又坐了下去，目送着蔡俊生离去的背影，心里的五味瓶翻倒了，结合着今天早晨盛饭的事，心里揣测着：“他……他这是怎么了？看样子他在远离自己!”唉，这苦难的日子，每晚受着薛二的折磨，但是她能受得了，因为心中装着一个人，有了他，就如黑夜中有一盏灯，现在，这盏灯难道也要熄灭了吗？谢翠莲身上的疼痛和心里的疼痛交织着，疼得她没处躲避。

晚上，蔡俊生早早地就关门上床，拿起《红楼梦》来看，企图一头扎进去。可是那颗心不知道跑到哪里去了，只看了两页，迷迷糊糊地不知所云，气恼地把书丢在一边，眼怔怔地望着门，不自觉“唉”的一声叹了一口气，这一叹，倒让自己苍凉了半天，不由想起那首诗：“少年不知愁滋味……”

“吱呀”一声，开门声——谢翠莲的房门，蔡俊生那颗流浪的心惊喜着跑了回来。

“咦，她进屋了!”

重新拿起书来看，可是自己俨然是那淘气的学生，根本心不在焉。

寒冷把夜冻得漆黑一团而又一声不响，外面连一声狗叫都没有，风也被冻住了不再吹树梢。这寂静更助长了寒冷的嚣张，铺天盖地而来，丝丝缝缝而入。蔡、谢二人各自蜷缩在床上，尖着耳朵听着对方，可是半天儿什么声响也听不到。

“难道他睡着了？”

“她在干什么呢？怎么一点儿动静也没有？”蔡俊生这样想，嗓子寂寞得发慌，“喀”的一声，倒把自己吓了一大跳。

“咚咚”墙响，“蔡大哥，你……你睡着了？”

“没有。”蔡俊生回答完后悔得直打自己的嘴，怎么又搭理她了呢？这是要前功尽弃的。

接着又陷入一片寂静，气氛宛如水结成了冰。

“蔡大哥，嫂夫人漂亮吧？”

蔡俊生听了糊涂起来：什么时候对她说过这事？细想了半天，才回想起那天晚上对薛二说过，看来她记在心里了，心里不免有些得意，想分辩，可是想到战略上要保持统一性，所以还是没有出声。

沉默等于默许，那边谢翠莲见蔡俊生不回答，心寒冷得结成冰疙瘩。

接下来的几天，蔡俊生依然刻意地躲着谢翠莲。蔡俊生的冷漠就是严霜，而谢翠莲就是那茄子，被霜打后蔫得不成样子，但是还要强撑着，只有在夜晚，一个人躲在被窝里哭泣，泪水沾湿了好大一片枕巾。

今天是腊月二十三——小年，家家户户除尘，然后杀鸡准备晚上过鸡灶。再艰难，日子还要过下去，上午，谢翠莲心事重重地打扫着家，小叶子带着女儿过来了。

见到小小叶子，谢翠莲难得高兴起来，拿瓜子糖果给她。这小孩儿倒也乖巧，一个劲儿跟在谢翠莲屁股后面“干娘干娘”地喊个不停，喊得谢翠莲心情好了许多，硬是要留她们母女俩在这里吃午饭。

小叶子见谢翠莲憔悴了许多，不由关心地问怎么了。谢翠莲苦笑一声，没作回答继续干活。小叶子好像嗅到了什么，对女儿道：“乖女儿，到门口看看你干爹回来了没有。”小小叶子“哦”的一声蹦蹦跳跳到门口去了。

“干爹，谁是她干爹？”谢翠莲问，心里冒出薛二，可是他像个干爹的样子吗?

“还有谁?蔡大哥呗。”

“啊!我……我怎么还不知道?”

“虽然没有正式仪式,但是早就是的了,丫头平常也是这么叫的。”小叶子指着女儿的背影,“唉,这丫头命好,有你这么个干娘,又有那么好的干爹。”

干娘干爹,这不禁让谢翠莲虚妄地多想,这又把她和蔡大哥联系在一起了,而且是不寻常的一对。谢翠莲高兴,停下手里的活,说杀鸡做饭。

饭已经做好了,可是蔡俊生还是没有下街来,谢翠莲心里明镜似的,可是小叶子就糊涂了,看了看日头,嘀咕道:“该回来了呀。”

“乖丫头,去叫你干爹回来吃饭。”小叶子吩咐道。

小小叶子去了半天,也没有回来,小叶子不禁担心起来,害怕女儿走失了,惶惶恐恐地站在门口张望。谢翠莲心里清楚,但是又不好明说,这不好说的话闷在心里发酵,开始怨恨起蔡俊生来:“怎么一点儿也不顾大场面?”

薛二来到厨房,瞥了一眼小叶子,难得客气地打招呼,嚷嚷着赶紧开饭,还要和小叶子喝几杯,至于蔡俊生,等他干什么?不吃,可以白白地省下一顿。有些东西没有得到,自认为那就是天下最好的,比如狐狸没有吃到葡萄,嘴上说是酸的,可是心里也许认为那是天下最好的美味呢。现在,薛二就是那个狐狸,而小叶子就是那树上的葡萄,他这样客气也就不足怪了。

小叶子哪里还有心思吃饭?心急火燎地顺着女儿的路迹来寻,到了蔡俊生的摊点也没见人,赶忙问旁边人家,才得知蔡俊生带着女儿到孙大头饭店吃饭去了。随即赶到孙大头饭店,看到蔡俊生和小小叶子正在吃本地的名吃——庄墓圆子。

“哎呀,你们怎么在这里吃起来了?谢大姐烧了许多好吃的呢。”小叶子嗔怪道。

“呵呵,这丫头喜欢吃圆子,所以我就带她来了。”蔡俊生解释道。他有意要躲着谢翠莲,更不愿看见薛二对谢翠莲那副嘴脸,所以问小小叶子喜欢吃什么。小孩子好哄,说出来自己的喜好。

接下来，蔡俊生也叫小叶子吃。小叶子推辞不过，也就坐下来吃了。客栈里，谢翠莲看着一桌子的菜，可一点儿胃口也没有。心里又惦记着小叶子，她去找人，怎么她也不回来了？莫不是小小叶子走丢了？于是要小梁子到街上打听一下。

一会儿，小梁子回来告诉了实情。谢翠莲心里开始埋怨起小叶子来：“不回来吃，也不告知一下？让人白等。”

小梁子还告诉谢翠莲，蔡大哥今晚在小叶子和二狗家过小年了。谢翠莲听了感觉今天屋里扫的尘灰都堆在自己的心里了。

晚上，早早地吃了饭，薛二就出去了。谢翠莲要等蔡俊生，于是叫小梁子去休息，自己慢慢地收拾家里。

等了很长时间还是不见蔡俊生回来，谢翠莲走到外面看了看，天上，星星被冻得缩成一团眨着眼睛，地上，街道幽暗，连条狗影都看不见，于是进屋掩上门，不放心，又露出一条缝，然后去拿来鞋底坐下纳着。

这是双单鞋，准备做出来给蔡俊生春天穿的，鞋帮已经做好。谢翠莲坐那里一针一线地纳着，嘴里不由得哼起小调。

夜儿深，月儿弯，
浅浅银河隔两岸。
妹妹望着哥哥脸，
千言万语不能言。

小油灯，光儿暗。
能照妹妹心中间。
密密细细针线缝，
一针一线妹情浓。
……

唱到这里，谢翠莲四顾一下，墙上孤影形萧，不禁“唉”的一声，叹了口气。

外面传来脚步声，谢翠莲赶忙起身，接着“吱呀”一声门开，蔡俊生一身酒气踉跄着冲进来。

"蔡大哥，你喝多了。"谢翠莲说着站起要来搀扶他。

蔡俊生手一甩拒绝了她，然后横冲直撞着向后院走去，进了屋，狠狠地关上门，一头扎到床上。

刚才蔡俊生那甩手扬起的风，刀子似的刺中谢翠莲的心，心里呻吟着想："他这是怎么了?"又担心他会摔着，赶忙闩了门跟在后面。可是现在她傻眼了！

蔡俊生直挺挺地躺在她的床上呼呼大睡。他醉酒摸错了门！

这可怎么办?

谢翠莲打量起这个让自己牵肠挂肚的人来，白皙的脸让酒染了那么一点儿红，鼻子直挺得如烟囱，上面停着两个小麻雀，毛茸茸的胡子似刚孵化出小黑鸡的绒毛，这个英俊的男人离自己是如此的近，可是又那么的远，远得遥不可及。

谢翠莲不敢久看，害怕薛二回来撞见麻烦那就大了，可是看他睡得那么香又不愿意叫醒他，她犯难了！

稍微思考了一下，谢翠莲叫来小梁子陪着自己，这样，如果被薛二撞见，好有个证人。又担心他醒来口渴，去倒了一碗水放在那里凉着。女人的心特别是爱恋的女人的心真是温柔周到啊！只可惜蔡俊生睡得如死猪一般，不能体会到谢翠莲的良苦用心。

小梁子可不干了，说这夜太冷，上来推蔡俊生身子，半天才把他推醒，对他说睡错房了，要他回自己屋子睡去。

蔡俊生坐起眼都没有睁开，道："我……我怎么……睡错了?这就是我的床。"说完又倒了下去。

"嘿，起来。"小梁子说着拉他，可是蔡俊生如死猪似的拉不动，又好气又好笑，伸手来拧他的脸，被蛇咬了似的赶忙缩了回来，原来沾了满手的哈喇子，小梁子气急败坏，双手拉着蔡俊生的胳膊，硬是把他拉起坐着，然后伸手撑开他的眼，"哎，看看，这到底是谁的屋子?"嘴里嘀咕着："我看你是酒醉心里明，要赖装疯。"

"说什么呢?"谢翠莲白了小梁子一眼道。虽然嘴上责怪小梁子，心里却还荡漾着他的那句话"酒醉心里明"，这些天的恍惚烟消云散，看来蔡大哥心里是装着她的，俗话说日有所想夜有所梦，梦是这样的，喝醉酒恐怕也是这样。

“掌柜的不要多想，我是说这死猪的，呵呵。”说完，小梁子架起蔡俊生向他的屋子走去。

第二天吃过中午饭，蔡俊生想睡觉，刚躺下只听到薛二破口大骂着：“骚货，野男人睡到我床上，瞒着我，哼哼，你当纸能包住火啊?”

谢翠莲一听，知道昨晚的事薛二知道了，心里怨恨道：“谁这么嘴快告诉他的？这不是惹是生非吗?”

是谁告诉他的？原来是小梁子。

小梁子没有心机，只觉得昨晚蔡俊生烂泥似的喝醉摸错门好玩儿，于是向别人说来取笑，恰巧被薛二听到，被他叫去问了个明白，觉得这是个机会，于是向军师三老歪报告。三老歪夸奖薛二干得好，要他继续努力，另外三老歪说他还想起一件事来……

“本来就没有什么大事，蔡大哥只是喝醉了酒，何必大惊小怪的?”谢翠莲辩解道。

“都睡在我的床上了还没事？我看你们早就……趁我不在家做那腌臜事，然后找来小梁子做挡箭牌。”

“你……你怎么血口喷人?”

“我血口喷人？做了还不承认。”接着一阵噼里啪啦。

蔡俊生在隔壁听了，再也睡不住了，趿拉着鞋子跑了过来，见谢翠莲已经被打倒在地，薛二手里拿着扫帚正要打下去，呵斥道：“住手!”

薛二看着蔡俊生愤怒变形的脸，恐惧了，停住了手，振振有词地道：“姓蔡的，你来得正好，今儿个就把事情给我说明白了，如果说不明白，哼哼……”

“薛二，你怎么无中生有，信口雌黄，见过往自己脸上贴金的，没有见过你这样硬往自己脸上抹屎的，这样你好看吗？如果你怀疑昨晚……就向这客栈的大伙打听打听我喝醉酒是不是真的。”

“这……这……”薛二自知理亏结巴着回答不上来，半天，怏怏地道：“我打我老婆与你何干？乱插一杠子。”

蔡俊生看薛二泥鳅似的往洞里缩，自己也不想再纠缠下去欲离开，刚转身，被薛二叫住：“蔡老板，那个账应该算一算了，快过年了。”

谢翠莲、蔡俊生四只眼齐刷刷地看着薛二，不明白他又要闹什么幺蛾子。

“什么账?”蔡俊生问。

“装什么蒜?”薛二嗤声道，转向谢翠莲，“什么事都瞒着老子我，看我不揭了你的皮!”

看薛二他那正儿八经的样子，谢翠莲也不禁问：“你说的是什么?”

“哼哼。”薛二冷笑着。

蔡、谢二人都被笑毛了，思想里一个劲儿寻找着是什么账。

看二人都怀揣葫芦不开瓢，薛二自己倒憋不住，朝着谢翠莲骂道：“用钱入股做生意，到今儿个也没有见回头子儿。”

二人这才明白薛二所说的。这也是三老歪那天告诉薛二的，记得谢翠莲在码头说过，蔡俊生的生意有她的股份，三老歪听了记在心里，现在要找蔡俊生的麻烦，所以搬出来，也许能够兴风作浪。

“哦，是这个事呀。”蔡俊生恍然大悟道，马上表白道，“薛二哥说得对，应该算的，该一是一，该二是二，这样吧，谢……大姐、薛二哥，今天晚上我们就算。”害怕薛二还要找谢翠莲的麻烦，于是对着谢翠莲道：“谢大姐，你去早点儿做饭，吃过了好算账。”

“要算就把总账一起算了!”谢翠莲语气坚定地说。

“什么总账?”薛二问。

“就是我们家总共花了蔡大哥多少钱，还有你平时借了他多少。”

薛二吧嗒着嘴巴不吭声，半天道：“算了，算了，不算了。”然后溜出屋子。

三老歪的诡计不成，让薛二很是恼怒，心里怪罪着三老歪道：“你出的什么歪主意?几乎把老子绕进去，假如认真算起账来，自己的客栈恐怕都是那个蔡俊生的了。”心里这样想，前来找三老歪算账。

三老歪听了赶紧说明道：“我那是病急乱投医，可话又说回来了，我可都是为了你好。”

“那不行，你得请我吃饭。”薛二趁机揩油道。

三老歪满口答应，二人来到孙大头饭店，几杯酒下肚，三老歪愤然道：“我就不相信撵不走那个蔡俊生！撵走了他，咱兄弟就能发财，整天就会吃香的、喝辣的。”

“尽出馊主意，没有一次成功的，你三老歪根本不是他的对手。”

“我就不信这个邪！”三老歪说完，端起酒杯，一饮而尽，然后睁着红红的眼睛瞪着薛二道：“薛二，回家继续打你老婆，要狠！”

快过年了，早早的，街道上人头攒动。蔡俊生也提早来摆摊，路过孙大头饭店，看到孙大头在向自己招手，于是走了过来，孙大头对着他的耳朵一阵嘀咕。

“啊！这样呀！”蔡俊生大惊道。

一上午，蔡俊生做生意都是心不在焉，他一直在思考孙大头告诉他的事情，原来谢大姐所受到的折磨，都是因为他蔡俊生！怪不得薛二“好心”让他搬房间呢，原来如此！

吃过中午饭，蔡俊生就上了床，他要好好想一想。

唉，看来庄墓镇非久留之地，自己在此一天，他们就不会善罢甘休，谢大姐就会多受一天罪。再说自己出门已经三年多了，也应该回家看看了，以免家人牵挂，也不知道父母现在什么样子了。

“走，尽快走！明天就走！”蔡俊生最后打定了主意。

晚上，等到薛二出门赌钱后，蔡俊生来到前厅，看到谢翠莲正在收拾，道：“谢大姐，你坐下，我有事要和你说。”

“什么事?”谢翠莲问，手并没有停下。

“谢大姐，你坐下。”蔡俊生指着一把椅子说。

谢翠莲看了蔡俊生一眼，感觉此事非同寻常，她望了蔡俊生一眼，坐了下来。

“谢大姐，我来这庄墓镇已经有三年多了吧。”

谢翠莲一听，一股不祥之兆涌现出来，难道他……她身子一哆嗦，慢慢坐了下来。

“这三年多来，承蒙大姐悉心照顾，俊生没齿难忘。”

谢翠莲越听越觉得不祥，难道那个让她时时刻刻都担心的事来临了？天啊！

“蔡大哥，何来此言?”谢翠莲试探地问。

“唉，每逢佳节倍思亲，明天我想回老家看看双亲。”

谢翠莲虽然猜测得八九不离十，但是听了蔡俊生的话，还是如五雷轰顶，半天，喃喃地似自言自语地道：“哦，这……这样呀，这样啊。”因为紧张，她不停摩挲着围裙。

屋内陷入沉寂，二人就这么坐在那里。

半天，谢翠莲结结巴巴地说：“大哥，你回家看望父母那是应该的，可是你这一去，什么时候回来?”

“这个……这个……”蔡俊生一时不知道如何回答。本来，此去就不打算回来了，可是他知道谢翠莲对自己好，说出口会伤了她的心，可是自己又不愿意欺骗她。

谢翠莲一看，知道蔡俊生去意已定，低下头，眼泪在眼圈里打着转。半天，抬起头来，看着蔡俊生，近在咫尺的蔡大哥模糊了。

“蔡大哥，你什么时候回来?”谢翠莲再次追问。因为焦虑，说话的腔调已经变了。

“唉，看情况吧。”蔡俊生深深地叹了一口气回答道。

谢翠莲知道这是蔡大哥的推托之词，他这一去，恐怕再也不回来了，想到这，眼泪簌簌而下，道：“蔡大哥呀，你知道翠莲我的心意吗?”

“大姐对我的好，俊生我一一都记在心里，这天下，除了父母，就是大姐你了。”

“知道就好，知道就好。”谢翠莲反复强调说。

“可是你我没有那个缘分的!”

“可是没有了你蔡大哥，翠莲我也活不下去了，每天，只要我能够看上你一眼，就足够了!”

“俊生我又何尝不是如此啊?”

“那就不要走了，翠莲我再苦再累都能忍，但是，翠莲不能没有你蔡大哥。”

蔡俊生心里道：“我不走一天，你就会多受一天罪。”于是出口道：“谢大姐，我这次肯定要回去一趟。”

“那你保证再回来!”谢翠莲说着，抬头紧盯着蔡俊生。

看着谢大姐那神情，蔡俊生不好再伤她的心，心一横，道：“如果不出意外情况，开春后我就回来。”

“真的？蔡大哥！”

“大丈夫一言，驷马难追！”

谢翠莲一听，马上由愁转喜，迅速站了起来，道：“我去为大哥准备行李。”

看着谢翠莲匆匆离去的背影，蔡俊生心里五味齐全，说真的，自己也是离不开谢大姐的，可是现实摆在这里，如何是好啊？

第二天早晨，蔡俊生牵着马走出客栈，后面，谢翠莲拎着装满干粮的布袋默默跟在后面。

寒冬的早晨，霜大如雪。下雾了，放眼望去，整个世界迷惘一片。

离别之时，二人心里虽有千言万语，但是却一句话也说不出口，就这样，一人在前面默默地走，一人在后面默默地跟，一直送到岔路口，蔡俊生停了下来。

蔡俊生看了一眼谢翠莲，轻声轻语地道：“大姐，回去吧。”

“我……我再送你一程。”谢翠莲怀里紧紧抱着干粮袋，看着前面一眼望不到边的道路说。娇小的身躯站在寒霜中，苍白的脸蛋冻得发青，可是眼神里露出坚毅。

蔡俊生心疼，但是欲言又止，牵着马继续续走。

送了一程又一程，一直送到四里地开外，蔡俊生再次站住。

“送君千里终有一别，谢大姐……”

谢翠莲站住，低头，半天，默默地把包裹递给蔡俊生。蔡俊生伸手来接，可是谢翠莲并没有松手，而是拽住包裹，似乎这一松手，蔡俊生就要飞了，就再也见不到他了。

二人就这么僵持着，蔡俊生看着那拽着包裹的小手，忍不住伸手盖住，凉，太凉了，他轻轻抚摩着，千言万语说不出。

这是二人第一次这么公开亲昵，可是居然在分手时刻！

“蔡大哥……”谢翠莲眼泪扑闪，泣不成声，俯身下去，把自己的脸蛋贴在那大手上，眼泪流落在上面。

此时此景，蔡俊生也不禁悲呛起来，鼻子一酸，哽咽道：“谢大姐……”再也说不出话来，害怕长久下去自己会改变主意，心一横，使劲夺来包裹，翻身上马，催马向前飞奔而去。

不知道什么时候起风了，谢翠莲呆站在寒风中，望着蔡俊生离去的背影，久久的，久久的，她就那么站着，望着，半天，她对着远处喊：“俊生哥，你一定要记得这里还有我谢翠莲，你一定要回来啊！奴家就在这里等着你，我的俊生哥！”

八、蝶　变

蔡俊生告别了谢翠莲，一路上快马加鞭，终于在年前二十九赶到了老家县界。

傍晚时分，蔡俊生路过朱家庄，此刻脑子里突然冒起去拜访从未见过的岳父的念头，自从遭遇了小叶子和谢翠莲后，蔡俊生原谅了朱大凤很多，再说自己现在身上装了很多钱，可以说是衣锦还乡，可以去给朱家添光加彩，同时也去打听一下自己的情敌——那个让朱大凤魂牵梦绕的表哥。

进了村子，经过打听，蔡俊生来到朱三癞子家门前。农村村落，一家来人，全村惊动，蔡俊生的来访，早就有人通报给朱三癞子。朱三癞子随即迎了出来。

看着长相不俗的女婿，看着桌子上蔡俊生带来的堆成小山似的礼物，想到家里重重变故，朱三癞子心里五味杂陈，一时不知从何说起，低头抽着闷烟，时不时伸手挠着癞子头。

蔡俊生见岳父只是一味抽烟不说话，还以为自己几年没来拜访，岳父生气了呢，于是把自己这些年在外做生意的情况说了一下。

“哦，哦，贤婿是干大事的。”朱三癞子嘴里夸赞着，心里后悔和女儿断绝了关系，要不，多好，看样子这个女婿赚了不少钱，自从和朱四家打了一次，朱家一蹶不振。

晚上，朱三癞子设宴招待蔡俊生。蔡俊生故意说等过了年自己带大凤过来给所有的亲戚一一拜年。

“那好，那好。”朱三癞子嘴里连声应道。

蔡俊生看了看朱家的摆设，又看到朱家年货没有准备多少，知道他家境况不佳，于是打开包裹，取出二十块大洋放到桌子上，道：

“岳父，女婿这几年也没上门拜访，实在不该，这些你拿着，算作我的赔罪。”

“贤婿，你太……”朱三癞子一时不知道说什么好。他看着那些银圆，眼睛里冒着绿光，心里盘算着那些钱能买几条枪，那样能与朱四家对抗。

“岳父大人，听大凤念叨她有一个表哥叫陈铁柱的，可否叫来一叙？”蔡俊生终于说出正题。

朱三癞子脑子里“嗡”的一声，脸上青红相间。他万万没有想到蔡俊生提出这样的话题，难道……朱三癞子老到，略一思考，道：“贤婿，这些年你不在家有所不知，我们家很少和陈家来往，大凤姨娘已经不在世了，就更少来往了，基本就算断绝了关系，恐怕……咦，大凤在你面前提及他了？”

蔡俊生已经观察到朱三癞子脸上的不正常，知道他有事瞒着自己，于是打着哈哈道：“嗯，在我面前提及过一次。”

“哦，这样呀，来，贤婿，吃菜，吃菜。”

晚上，蔡俊生躺在床上，想着明天又见着朱大凤了，也不知道她现在什么样子，变了没有，自己回去该如何对她，想了半夜也没有想出结果。最后，心里道：“唉，走一步，算一步吧。”这样地想，心里又冒出谢翠莲的倩影来，也不知道她现在怎么样，但愿薛二不再折磨她，反正他的目的已经得到。

蔡俊生哪里知道，当薛二、三老歪得知他走后，二人高兴得哈哈大笑。特别是三老歪，高兴得几乎要蹦起来，为了庆祝此事，二人还到孙大头饭店要了最好的酒菜。

蔡俊生一走，让三老歪晚上睡不着，躺在床上，美滋滋地想着谢翠莲那漂亮的脸蛋、高高的胸脯、翘翘的屁股。只是这娘儿们不好驯服，怀里总是带着一把刀。可这也是三老歪所喜欢的，温驯的母马骑着没意思，刚烈的母马骑着才有滋味。三老歪知道，蔡俊生走后，早晚一天，谢翠莲是他的人，至于薛二，他压根没有放在心上。三老歪越来越肆无忌惮，一次，他在薛二面前说薛二把他老婆让给他一晚。

蔡俊生一走，谢翠莲整天是丢了魂似的，干活没了力气，经常半夜醒来，醒来就睡不着，想着蔡大哥现在到哪里了。为了寄托自己的思念，她不停地做鞋——为她的蔡大哥。今天白天，三老歪又来骚扰了，看着三老歪色眯眯地盯着自己，她浑身起了一层鸡皮疙瘩，为了防三老歪的图谋不轨，现在，谢翠莲是刀不离身，身不离刀。

“蔡大哥，你早点儿回来吧！”谢翠莲心里呐喊着。而此时，蔡俊生还没到家呢！

年三十中午时分，蔡俊生赶到了家里，当他一跨进院里就感到不对劲。以往年三十，家里总是热闹非凡，可是今日却显得冷冷清清。今天可是年三十，家家户户贴春联，可是自己家里没有见红。

“爹、娘，我回来了！”蔡俊生喊。

居然半天没人应答。

蔡俊生系好马，直奔爹娘的房间。

进到房间一看，愣住了，只见自己的爹躺在床上翻着白眼，见到蔡俊生，伸出鸡爪似的手在空中，嘴里嗷嗷地叫着。原来，他刚才听到自己的儿子在院子里的喊声。

蔡俊生扑向父亲，嘴里喊道：“爹，你这是怎么了？”

“嗷——嗷——嗷——”蔡老拐号叫着，眼睛里流出眼泪。突然，蔡老拐号叫得更厉害了，眼睛里露出恶毒，蔡俊生顺着他的视线往后看，一个女人站在他的身后——朱大凤！

几年不见，朱大凤瘦了许多，也更加丑了，特别是脸上，长了许多斑点，蔡俊生哪里知道那是妊娠斑。

“你……你回来了。”朱大凤弱弱地打了一声招呼，脸上涌现红晕来。

“我回来了。”蔡俊生答道。

“嗷——嗷——嗷——”蔡老拐怪异的喊声更加尖厉，眼神更加恶毒。

一会儿，大哥二哥他们都回来了，原来今天街上生意好，所以回来晚了，见到三弟，大家自然高兴得不得了。

二位哥哥把家里近来的情况向三弟叙述了一遍，蔡俊生得知自己的娘已经去世，不禁号啕大哭起来。

蔡家有喜有悲，只是喜的成分多些，因为他们看到蔡俊生骑回来的那匹高头大马，看到他带回的那么多礼物，看到他带回的那么多大洋，知道蔡俊生发财了。大家都喜笑颜开，特别是两个嫂子，咯咯的老母鸡下蛋似的把这消息四处传播。

这些人中只有一人高兴不起来，这人当然是朱大凤，她躲在厨房灶下烧着火，心里闷闷地想："他不是死了吗？怎么又回来了？这下如何是好啊！"思考着尽快偷空去把这一消息告诉给陈铁柱。

蔡俊生的衣锦还乡确实在蔡家集引起不小轰动。陈铁柱也知道了这个消息，惊愕万分之余，不由为大凤担心起来，万一事情败露，后果不堪设想，现在，他连杀了蔡俊生之心都有了。

今晚是除夕，万家灯火，陈铁柱没有心思过年，慵懒地躺在床上思考着对策，想回到陈洼庄去，以避免和蔡俊生相撞，可是，家里已经没有了房屋，正在不知道怎么办的时候，蔡富贵的大女儿进来，说父亲请他晚上过去吃饭。

"听说你三叔回来了？"陈铁柱问。

"是的，带回来好多好多好吃的，带回来好多好多的钱。"小丫头说着用手比画着。

"哦，哦。"陈铁柱嘴里敷衍着，心里很不是滋味。

"快走，快走。"那丫头说着上来拖住陈铁柱，她知道陈叔叔这一去的好处，往年都要给很多压岁钱的。

陈铁柱还没有想好到底去不去，但是，身子被那丫头拉着，不由出了门。走在半路上才有些后悔，但是转念一想，丑媳妇见公婆——总会有那么一天，去就去吧，于是到街上买了些礼物，向蔡家而来。

远远闻到菜香，进到院子，只听到蔡家一片欢笑，其中夹杂着蔡老拐"嗷嗷"的叫声。

"干爹，我来啦！"陈铁柱站在院子里高喊。

大门里冒出蔡富贵的头，向他招手道："铁柱兄弟，你来了，快进来，快进来！"

陈铁柱一进屋，一眼就看见蔡俊生。此时，蔡俊生看见陈铁柱，站了起来，满眼都是惊诧。

“铁柱，来，我给你介绍一下，这位是我家老三，他发了财回来啦!”蔡富贵眉开眼笑地说，然后转向蔡俊生，道：“老三，这位是你不在家，爹认的干亲，陈铁柱，哎呀，你不知道，你不在家的时候，他不知道救济过我们家多少!”

“哦，哦。”蔡俊生嘴里答应着，脑子里却想：“陈铁柱？哪个陈铁柱?”此时，洞房一夜的情景又浮现出来。

“老弟，你终于回来啦!”陈铁柱上来握住蔡俊生的手，那架势，简直不是亲兄弟，胜似亲兄弟。

“哦，哦，感谢，感谢。”

接着，蔡富贵计算着哪个是哥，哪个是弟。二人虽然是同年生，可是陈铁柱大月份，蔡俊生恭敬地叫了一声：“哥。”

说话的工夫，酒菜上桌。大家围桌在一起正要开席，屋子里，蔡老怪“嗷嗷”地怪叫着。

蔡富贵等人已经熟悉，蔡俊生听了跑了过去，只见父亲眼睛里都是恶毒。

今晚吃饭，朱大凤没有上桌，只是蹲在灶下吃了点。她哪里还能吃得下？只剩惊恐了。她倾耳听客厅的动静，害怕闹出什么事来。

客厅里，大家吃喝着。蔡富贵要自己的三弟把这几年在外的经历说一下。蔡富贵拣了几个重点和险要之处说了说，听得大家啧着嘴巴叹息不已。

今晚，陈铁柱坐在那里心里惴惴不安，他在为大凤妹子考虑。这个蔡俊生回来了，晚上，二人肯定同床，但是，大凤肚子里可是怀了他陈铁柱的种，假如他知道了，那会……陈铁柱想都不敢想。

“得尽快找大凤商量对策！万不得已，只有带着大凤远走高飞!”陈铁柱心里盘算着。实际上，蔡俊生心里也在盘算着这个陈铁柱到底是不是大凤的那个表哥。又想，这个好办，等晚上盘问一下大凤就知道了，假如她不承认，等到了朱家庄，再问问岳父即可。

“丫头，去把你三婶叫来，大过年的，怎么落下她一个呢?”蔡富贵对女儿吩咐道。

丫头起身去叫朱大凤了，半天，回来，说三婶不愿意来。

“我去。”二嫂自告奋勇地说，因为娘家侄女的事，她和朱大凤成了同一战线的人，现在，老三又带着那么多钱回来，二嫂更加巴结朱大凤了。

一会儿，二嫂拽着朱大凤来了。朱大凤人没坐下，脸已先红，半天，扭扭捏捏地坐下，低头不语，菜也少吃。

“三弟回来了，看妹子高兴的，菜都懒得吃了。”大嫂开玩笑地说。

“是啊，小别都胜新婚，你们不是小别，而是几年，嘻嘻……”后面的话二嫂不说了，含不尽之意于言外。

朱大凤头低得更狠，蔡俊生脸也红了，只有陈铁柱听了心里很不是滋味。现在，他才感觉到自己是个多余人，才不是这个家庭的一分子。

“妹子，三弟在外辛苦这么多年，还不敬他一杯?”大嫂讨好地说。

“对，要敬三大杯!”二嫂附议。

朱大凤只好端起酒杯，但是，她没有敬蔡俊生，而是先敬了大哥和大嫂。

朱大凤这一举动，让蔡富贵很有面子，现在他可就是家长！大嫂见了，不禁高兴万分，对着蔡俊生夸道：“三弟，你不在家，三妹里里外外都是一把手，唉，她可是真勤快，真能干啊!”说着“啧啧”地咂着嘴感叹。

二嫂听了，嘴撇到一边。

敬完了二哥二嫂，朱大凤端起酒杯，伸向陈铁柱，正颜正色地道：“这一年，陈大哥也辛苦了，妹子敬您一杯。”

陈铁柱万万没有想到大凤妹子会敬自己酒，而且还那么正规，慌忙站起来，因为慌张，胳膊肘子碰到桌子边的盘子。“啪”一声，盘子落地，粉身碎骨。

陈铁柱更加尴尬，脸涨得通红，朱大凤端着酒杯的手颤抖着，酒溢了出来。

“岁岁（碎碎）平安，岁岁（碎碎）平安。”大哥蔡富贵望着地上的碎盘子道。

“岁岁（碎碎）平安，岁岁（碎碎）平安。”大家跟着说，但是并没有消除陈铁柱和朱大凤内心的尴尬。二人尴尬地喝了酒，蔡俊生坐在那里，不知道怎么了，总觉得不对劲。

“蔡……蔡郎，我敬您一杯。”朱大凤低头端着酒杯，对着蔡俊生扬着。

“哦，好。”蔡俊生端起酒杯道，道：“你在家辛苦了。”说完一饮而尽。朱大凤见了手一扬，也是一口而下。陈铁柱见此情景心里痒痒的，猫抓似的。

吃过饭，陈铁柱借口说去玩儿几把牌九，然后匆匆告辞，临别之时，剜了大凤一眼，似有无尽之语。朱大凤在收拾桌子，装着没看见。

给了侄女压岁钱后，蔡俊生又去拜见了父亲，然后回到自己的屋子。

这间屋子，曾经那么的熟悉，可是现在看来是那么的陌生。红被子红窗帘已经褪色，红双喜不见了踪迹，可是几年前发生的那一幕，好像就发生在昨天。

这个陈铁柱到底是不是那个表哥？这个问题又出现在蔡俊生的脑海里。

假如是呢？他们该不会背着自己干龌龊事吧？记得大凤向自己发过誓，要和他一刀两断！

朱大凤在厨房磨磨蹭蹭了半天，最后还是回到屋子。

“你坐下，我有件事问你。”蔡俊生道。

朱大凤知道要问自己什么，她刚才在厨房一切都已经想好了，要把一切的责任揽在自己头上，要杀要剐随蔡俊生的便，谁让自己对不住他呢！所以并没有显得慌张，而是轻轻地坐下，等待着那一刻的到来。

“这个陈铁柱是你那个表哥吗?”蔡俊生单刀直入地问。

“是。”朱大凤镇定自若地答道，她知道瞒是瞒不住的，纸里怎能包得住火?

蔡俊生万没想到朱大凤如此承认，不由火冒三丈，呵斥道：“他怎么到这里来了？又如何混进我的家里？你们……你们……”

“我们干净得很，蔡郎，你听我说。”朱大凤轻声轻语地道。

接着，朱大凤把陈铁柱如何到蔡家集等事情胡编乱造了一通，最后强调二嫂要把娘家侄女嫁给陈铁柱。

对于朱大凤和陈铁柱之间是否干净，蔡俊生还不清楚。对于陈铁柱追到蔡家集这事，一般男人是不会原谅的，但是，自从他遇到了谢大姐和小叶子，蔡俊生倒是并没有表现出十分的恼火。这就是所谓的己所不欲勿施于人吧。

“嗯，只要你们不胡来，我也不会太在意的。”蔡俊生大度地说。

朱大凤听了简直不相信自己的耳朵。没想到几年不见，自己的丈夫竟然变成这样，难道是见了世面长了见识？可是也不至于此呀，可是他偏偏就这么说了。朱大凤暂时舒了一口气，但是自己和陈铁柱到底那个了，现在，朱大凤都后悔死了，假如那个时候自己坚持一下不失身子，现在多么好啊！

路途劳累，又加上喝了不少酒，蔡俊生上床后不久就睡着了，他并没有碰朱大凤，也不想碰她。这对于朱大凤来说既感到高兴，又感到悲哀。高兴的是自己鼓起的肚子没被发现，悲哀的是几年了，他还是那样不愿意碰自己，难道自己一点儿魅力也没有吗？

整个晚上，蔡俊生睡得香甜，可是朱大凤却假睡了一夜。

接下来几天，陈铁柱再也没有上门，这可少见！一次，蔡富贵遇到他问及此事，陈铁柱道：“这几天手气很好。”蔡富贵信以为真。

多年回来一次，蔡俊生当然要到处给人拜年。开头很是高兴，慢慢地失去了兴趣。原来，和人家见面寒暄以后，当然谈及家事，总有人说：“哎呀，大兄弟呀，你家真是好福气，认了那么一个干亲，对你们家真好，真让我们羡慕啊！看看，干爹干娘，哥呀妹呀，多亲热呀……”说的时候，脸上意味深长。

第一次，蔡俊生没有太在意，后来说的人多了，他感到不对劲，细细一琢磨，琢磨出其中的味道来——他们肯定说的是朱大凤和陈铁柱！

原来，要想人不知，除非己莫为。陈铁柱和朱大凤之间的事，早让旁人看出端倪了，也早在蔡家集传开了。特别是蔡老鬼等人，到处宣扬。

“看看人家老拐，真有福气，整天吃香的，喝辣的，那个干儿子图他家什么？不会是人吧？哈哈……”

“那天，陈铁柱又去了，听说就朱大凤一人在家。”

“他们会干什么呢？”

“你说会干什么？”

“唉，男人不在家，老猫见不得腥。”

蔡俊生受到羞辱，心里骂道：“这两个腌臜的狗男女！”

蔡俊生很有心计，表面上装着什么都不知道，暗地里开始观察起朱大凤和陈铁柱来，又拐弯抹角向哥哥嫂嫂等人询问了家里的情况。

哥哥嫂嫂平时被陈铁柱灌足了高汤，又受用了陈铁柱无尽的好处，哪里怀疑什么，只记得陈铁柱的好。他们对蔡俊生说这些年多亏了陈铁柱……

初四，蔡俊生到大姑家拜年，询问表哥的下落，大姑泪眼汪汪地说儿子几年都没回来了，最近来信，说在东北打鬼子呢，现在也不知道是死是活。

听了大姑的话，蔡俊生倒是很羡慕表哥，只觉得他很潇洒，惭愧自己不能像他一样。下午，他骑着马往回赶。

虽然今天才是初四，但是田里的油菜已经起苔，花骨朵已经打起，青绿中透出那么一点儿鹅黄；麦子也已经拔节，一眼望去，满目的绿浪，在绿浪中，夹杂着小路上盛开得缤纷五彩的野花，风一吹，宛如天上的星星在眨着眼睛。蔡俊生下马，慢慢地走，欣赏着田园风景。心里道：“今年的春天来得有些早。”

“蔡大哥，开春之后，你一定要回来啊！翠莲在这里等你！”这句话突然在脑海里冒出。

“唉！”蔡俊生望着远处，长长地叹了一口气，再也无心赏景，骑马向家里奔来。

此时，二百多里路之外，谢翠莲挎着篮子一边挖着荠菜，不时向远处张望。这些天来，薛二整天不见踪影，倒是三老歪经常光顾，歪着嘴道：“卖饭西施，你早晚是我的人，你等着瞧吧，嘻嘻……”

说实在话，现在的谢翠莲真的有些害怕，她知道薛二早晚一天会把这个家败了，那个时候……唉，要是蔡大哥在，他三老歪就永远不会得逞。想到蔡俊生，心里一阵温暖，也不知道他现在怎么样了，离开春不远了，他能履行诺言吗？千头万绪涌上谢翠莲的心头，她对着蔡俊生离去的方向期盼道："蔡大哥……"哽咽得喊不出声，蹲在地上，"蔡大哥，你一定要回来啊，你一定要回来！翠莲在这里等着你啊。"

这边，蔡俊生刚跨进院子就感到不对劲，哥哥嫂嫂见到神色怪异，一句话不说，手挥着要他赶紧进屋。

怎么这么神神秘秘的？难道发生什么事了？蔡俊生心里忐忑着进了屋。别说，还真的发生事了，还是大事！

原来，过大年唱大戏。为了庆贺新年，蔡家集请来戏班，搭了戏台。下午，蔡家大人小孩都看戏去了。

这些天，陈铁柱貌似整天在赌场潇洒，可是每时每刻都在留意着蔡家。当听说蔡俊生去走亲戚、哥哥嫂嫂都去看戏的时候，陈铁柱认为机会来了，他要去见他的大凤，商量对策，这样下去也不算事啊，早晚一天会败露的，等到那一天，可就晚了。

陈铁柱装着有事，堂堂正正地进到蔡家，高喊："人呢?"然后到了客厅坐下。

"嗽，嗽。"蔡老拐又开始号叫了。

陈铁柱装着没听见。

朱大凤听到喊声，进来，一看是陈铁柱，满眼睛都是话。

陈铁柱手指了指朱大凤的房间。朱大凤会意，带头走了出去，可是她并没有回屋，而是把陈铁柱带到了厨房。

"表妹，他没发现你吧?"陈铁柱迫不及待地问。

朱大凤摇了摇头。

"这样下去也不算事，早晚一天他们会……我们远走高飞吧!"

朱大凤低头不语，她哪里知道现在怎么办。

"如果他们发现了，就……"后果陈铁柱都不敢说出来。

朱大凤显然被吓着了，身子一抖，捂着肚子道："我死倒是不要紧，可这孩子怎么办?"

"听我话，走，赶紧走，你准备一下，明天晚上，我来接你。"

走投无路的朱大凤只好轻轻地点了点头。

陈铁柱说完，觉得此处不是久留之地，拿起水瓢，装着喝水，然后大声地道："我走啦！"随即走出，离开蔡家，他要立即赶回去准备。

朱大凤也从厨房走出，四下看了看，然后走进自己的房间，开始收拾起自己的东西。

这时候，从厨房南边窗口下走出一人，原来是大嫂，她向朱大凤的房间望了望，快速地向戏场飞奔而去。

大嫂去看戏，怎么会回来呢？

大人看的是真戏，小孩儿看的是热闹，大嫂家的两个孩子看二嫂家的孩子在买麦芽糖吃，不禁嘴馋，吵闹着也要买。大嫂虽然心疼钱，但是，不能输给二嫂，于是答应给他们买，可一摸口袋，分文皆无，于是回家讨钱，刚取了钱要走，听到厨房有动静，害怕是小偷，于是悄悄走了过来，一听，是陈铁柱和朱大凤的声音，于是绕到前面，躲在窗下偷听了起来，不听不知道，一听吓一跳。

现在，大嫂来到戏场，找到蔡富贵哥俩，把他们拉到一旁，把家里发生的一幕悉数说了出来。

蔡富贵哥俩听了，什么话也没说，铁青着脸往家赶。大嫂二嫂气势汹汹地跟在后面。

来到家里，蔡富贵对着大嫂二嫂命令道："你们俩，去，给我狠狠打！"

朱大凤正在屋子里收拾东西，明天要和陈铁柱私奔了，这个也想带走，那个也舍不得留下，真是难以取舍，正在犹豫不决的时候，大嫂二嫂闯了进来，破口大骂："你这个骚货，臭不要脸的东西，收拾东西干什么？和野男人私奔呀！"上来围住朱大凤就打。

朱大凤知道事情败露了！

大嫂二嫂骂着、打着、扯着、抓着，一会儿，朱大凤已经失去人形，头发被一缕缕扯下，脸上一道道的红。如果在平时，这两个女人不一定是朱大凤的对手，可是，她自知理亏，所以已经失去了反抗。

朱大凤已经被打倒在地，大嫂二嫂用脚不停地踢着、踹着。

“嗷，嗷……”朱大凤双手捂着肚子号叫着在地上翻滚，不一会儿，裆部流下血来。

“啊呀!”大嫂二嫂尖叫。

客厅里，蔡富贵哥俩正在商量如何对付陈铁柱，听到喊声，还以为自己的老婆不是朱大凤的对手，吃了亏了，赶忙过来，一看，气得几乎晕了过去。

“她怀了孽种!”大嫂冲着自己的丈夫嚷道。

“打，给我狠狠打，照死里打!”两个男人对着自己的老婆命令道。

“咚咚……”

“嗷嗷……”

蔡富贵哥俩出来，蔡富贵一言不发，拿起猎枪往外走，蔡耕田见了，顺手抄起一把铁叉跟在后面，二人直奔陈铁柱的住所而来。

来到陈铁柱的住所附近，蔡富贵装好火药，用枪对着房门，大喊:“陈铁柱，你给我出来!”

“出来!”蔡耕田端着铁叉跟着喊。

半天，屋子里不见动静，难道陈铁柱这个浑蛋不在家?

陈铁柱此时确实不在家，明天就要远走高飞了，街道上还有几笔账必须及时要回，所以他马不停蹄地走了几家。现在，他刚要回吴老二欠的肉钱，正在往回赶，只听到好哥们三斜子冲着他喊:“陈铁柱，你还不跑?蔡富贵哥俩拿着枪堵着你家门呢!”

晴天一个霹雳，陈铁柱站住了。

“他……他们找我干什么?”

“不知道，看样非要你命不可!”

陈铁柱潜意识里冒出他和朱大凤的事败露了，嘴里说着:“没事，没事。”却向街道外走，且越走越快，最后小跑、疾跑。

蔡家兄弟俩守着陈铁柱的家门，人们都不知道怎么一回事，纷纷来问。蔡家兄弟俩脸色铁青也不回答。

能回答吗?这次，蔡家的脸算丢尽了!

有人告诉蔡富贵，说看到陈铁柱往街道外跑了。

蔡家兄弟知道走漏了风声，只好回来。为了防止朱大凤逃跑，蔡富贵吩咐把朱大凤捆绑起来，至于怎么处置，等到三弟回来再作商量。

蔡俊生听了大家七嘴八舌地说了事情的经过，也不禁恼羞成怒，嘴里一个劲儿地道："打，打，打死这个不要脸的！"说完冲进房间。

屋子里，一片狼藉，惨不忍睹！

地上，躺着五花大绑的朱大凤，到处都是血，朱大凤裆部还在不停地向外渗着血。她看到蔡俊生，眼睛一睁，然后又闭上，也停止了呻吟。

这个时候了还这么犟，大嫂道："三弟，给我打，给我狠狠地打！"

蔡俊生不忍心再下重手，只是对着朱大凤的棉袄踹了几下，然后走了出来。

蔡家大门紧闭，兄弟仨商量着怎样逮住陈铁柱，此仇不报，还是人吗？

"我这就去朱家庄找朱三癞子，他养了这么一个好闺女！"蔡富贵愤然道，然后站起来，骑上蔡俊生的马，连夜向朱家庄而来。

好女婿蔡俊生一走，朱三癞子用他给的那些大洋买了两支长枪，吃过晚饭，朱三癞子正在擦拭着枪，心里想这下可与朱四家一搏，兴许能挽回自己家的名誉，正在美滋滋地想，蔡富贵来到了。

蔡富贵气得连朱家的饭也不吃，直截了当地把朱大凤和陈铁柱之事说了一遍。

朱三癞子听了，气得七窍生烟，连声大骂道："这个孽种，家门不幸，家门不幸啊！"然后拐弯抹角地怪罪蔡家，说他们没有看好陈铁柱，肯定是陈铁柱勾引大凤的。

本来是兴师问罪，现在倒好，朱家倒是怪罪蔡家来了，蔡富贵哪里肯愿意？道："听说大凤当姑娘的时候，二人就勾搭上了。"

"谁说的？"朱三癞子大声地呵斥，他知道，死活都不能承认的。

看朱三癞子如此大声，声大就是有理，蔡富贵倒是心虚了，现在不是纠缠这个的时候，于是问朱三癞子该如果处置朱大凤。

"嫁出去的女儿泼出去的水，她现在是你蔡家的人了，要杀要剐随你们的便！"朱三癞子想都没想回答道。

“好，好！”蔡富贵鼻子里喷着冷气道，“那个陈铁柱呢？”

“这个畜生，让我逮住，活剥了他！大侄子，你我两家合伙，一定要抓住这个畜生！”朱三瘸子随手抓起身旁的枪，眼冒凶光，咬牙切齿地道。

“好，那个畜生肯定回来了，你们这里离他家近，如果有消息，不劳你们朱家，只要给我蔡家报个信即可。”

“抓住这个畜生也是我朱家的责任，他还欠我一笔血债呢！”

这样，朱家蔡家商量好了，共同来对付陈铁柱。

此时，陈铁柱并没有跑远，而是躲藏在蔡家集附近，他的心一直在牵挂着朱大凤。

蔡富贵得到朱三瘸子的话回来，对家人说了一遍，然后让大家商议怎么处置朱大凤。

“还是三弟说了算，人是他的。”二嫂道。

此话有理，大家一齐望着蔡俊生，大家都想知道蔡俊生将要用什么样最恶毒的方法处置那个不要脸的骚女人。

怎么处置朱大凤？蔡俊生昨晚就想好了，道：“休了。”

大家睁大了眼异样地看着蔡俊生，好像他是个怪物似的。也不怪，出了这么大的事，蔡家的脸都丢尽了，三弟居然这么轻易饶了朱大凤，蔡俊生不是怪物是什么？

“不行！”大哥吼道。

“对，这怎么行？”大家一起反对道。

面对大家的一致反对，蔡俊生只好问：“那你们说怎么办？”

“活剥活剐了她！”

“烧死她！”

大家七嘴八舌着。

蔡俊生没有出声，不出声就是不赞成。

“老三，你处处为她着想，他给你戴绿帽子想到你了吗？”大嫂道。

蔡俊生依然低头不语。

大家看他这样，也不知道怎么办。

“嗷，嗷。”房间里传来蔡老拐的号叫声。

难道父亲有话要说？蔡俊生站起，向父亲房间走去，大哥二哥见了，也跟着走了进来。

蔡老拐看见几个儿子进来，抬起鸡爪手，向朱大凤房间指了指，眼冒凶光，又向街道上指了指，嘴里嗷嗷叫着。

蔡俊生没能理解父亲的意思，大哥蔡富贵问："爹，你是要我们向几个长辈请教？"

"嗷，嗷。"蔡老拐叫着，声音低沉，眼睛里凶光不现。

接下来，大哥让大嫂二嫂把几个宗族长辈请来，把蔡家的不幸向他们说了，然后向他们请教怎么处置朱大凤。

其实，几个长老早已听闻了此事，他们在家等候着心里猫抓似的急。现在是英雄有了用武之地了。

"你们是怎么搞的？连个女人都看不住，出了这样的事？"几个长老首先把蔡富贵哥俩一顿训斥。

"连我这张老脸都让丢尽了！"一个长老拍打着自己松树皮似的脸道。

"一定严惩不贷！"一个家族老秀才说。

"你们看怎么处置？"蔡富贵代表家庭问。

"奸夫，那个陈铁柱，无论如何要逮住他，让他尝尝我蔡家的厉害！至于淫妇，先来个鬼剃头，再挂上破鞋游街示众，再按照老规矩办法。"

对于游街示众，蔡富贵不赞同，那样，自己的脸也不好看，于是问老规矩是什么。

"沉水或者活埋！"

"好，就按照老规矩办。"蔡富贵代表蔡家表态说。

事情就这么敲定，蔡富贵赶忙安排几个女人做菜烧饭招待几个长老。

朱大凤肯定是死路一条了，可是蔡俊生没有得到胜利后的快感，傍晚，他躺在床上，想到朱大凤将受到的惩罚，身上不禁出了一身冷汗，假如在庄墓镇自己和谢大姐……也许会落个同样的下场。这样地想，不禁减轻了对朱大凤的怨恨。

她该死吗？那时候，不是传闻自己已经死了，所以他们好上了，早知道有这些事发生，自己还不如不回来了。蔡俊生这样地想。

几个长老酒足饭饱后回去了，至于到底是沉水还是活埋，他们在酒桌上已经敲定——活埋，就在后天晚上，至于为什么延后一天，一个会八卦的长老说，明天是初五，动武（五）不好。

侄女过来喊蔡俊生去吃饭。蔡俊生懒洋洋地向厨房走去，路过朱大凤的房间，有心进去看看，可是又怕大嫂他们说，只好作罢。

在厨房里，蔡俊生吃着饭，指了指朱大凤的房间方向问侄女："给她送吃的了吗?"

"没有。"

"送点饭给她?"眼睛望着二嫂征求道。

"不行！饿死那个臭不要脸的。"

蔡俊生哑口无言，半天，还是默默地站了起来，盛了一碗饭，默默向外走。

"叫你一根筋，一点儿没错!"二嫂冲着他的后背吼道，然后吩咐女儿赶快把此事告诉大哥。

房间里伸手不见五指，透着外面蒙蒙的光，只见地上一个黑影，发出微弱的呻吟。

蔡俊生点燃油灯，黑影可不就是朱大凤，她浑身是血，五花大绑着躺在地上，地上湿了一大片。

朱大凤看到蔡俊生，停止了呻吟，眼睛盯了蔡俊生手里的碗一下，嘴里一阵咕噜，然后闭上眼。

蔡俊生默默地解开朱大凤身上的绳子，然后把饭递给她。

朱大凤并没有伸手来接。

"吃吧。"蔡俊生轻语道。

朱大凤再次睁开眼，再次看了蔡俊生一眼，然后默默接过饭碗，一点一点地吃，越吃越快，最后狼吞虎咽起来。

"喀喀……"朱大凤咳喘着，显然噎住了。

蔡俊生默默地倒了一杯水，递给她，朱大凤狂吃着喝着。

"还给她吃?"外面一个尖厉的声音，接着，大哥蔡富贵冲了进来，一把夺过朱大凤手里的饭碗，"啪"的一声猛摔在地上，饭菜和瓷碗的碎片满地皆是。“我让你吃！我让你吃！”大哥用脚踏踩着地上的饭菜，那些饭菜被踏了个稀巴烂。

“我让你吃，我让你吃！”大嫂也进来，抡起巴掌，“啪啪”地扇着朱大凤的嘴脸，“骚货，不要脸的！还有脸吃蔡家的饭菜，呸！”一口唾沫吐在朱大凤的身上。

朱大凤坐在地上，闭上了眼。

蔡俊生不忍再看，也不好说什么，默默走出房间。

蔡家出大事了，这个消息在蔡家集悄悄传开了。几人欢喜几人愁，当然，看笑话的要多些。

朱大凤要被活埋的消息也不胫而走。这可是秘密，知道的人没有几个，这也是蔡富贵他们的要求：家丑不可外扬的。

原来那几个宗族长老回家后，把此消息告诉给枕边人，并嘱咐她们一定要把好嘴关。可是还是有长舌妇，此事不说，如鲠在喉，悄悄地又告诉给好姐妹，并嘱咐一定要严守秘密，这样，一传十，十传百就传开了。

这个消息也传到了陈铁柱的耳朵里了。

陈铁柱整天在蔡家集附近逡巡着，这几年，在此地也处了几个好哥们儿，现在又花了大价钱，要他们打探蔡家的消息，真的还起了作用。

“他们要活埋大凤妹子！”陈铁柱听了晴天一个霹雳，大喊道：“大凤啊，我的妹子啊！”然后号啕大哭起来，“是我害了你啊，哥哥对不起你呀……”

“你们太歹毒了！”陈铁柱冲着蔡家的方向狠狠地道，手摸向怀里的杀猪刀。

傍晚时候，炊烟四起，小镇表面上沉浸在一片安详之中。

蔡家，蔡俊生还是一根筋地给朱大凤送吃喝。蔡富贵认为自己的弟弟念及一日夫妻百日恩的情分，也不再阻挠，只是私下里发牢骚道：“唉，这个不争气的东西！她反正是死人了，还浪费那些粮食干什么？”

吃过晚饭，早早关了门——防止别人来串门，然后各自躲到自己房间。

蔡俊生躺在床上，眼睛呆呆地望着房梁，脑子里一会儿朱大凤，一会儿谢大姐，一会儿小叶子。

蔡俊生哪里知道，此时，谢翠莲也陷入无尽的苦难之中。薛二几天不见踪影，回来后，倒头就睡，第二天，三老歪就追上门来，逼着薛二赶快还钱。薛二哪里拿得出钱?

“不还钱我就拉你老婆啦!”三老歪威胁道。

“拉，拉去算了。”薛二毫不在乎地回答。

三老歪听了，上前就来拉谢翠莲。谢翠莲没有办法，只好把蔡俊生走时留下的最后一笔钱给了三老歪，这才躲过一劫。但是谢翠莲知道，早晚这个家会散，每个夜晚，谢翠莲都是躲在床上以泪洗面，心里期盼道:“蔡大哥，你快回来吧，你再不回来就……”

蔡家集，蔡俊生正在胡思乱想的时候，外面一个尖厉呼叫:“失火啦! 失火啦!”感忙爬起来往外一看，外面火光冲天!

蔡俊生冲出房间，只见厨房房顶蹿出火苗。

“失火啦，救火呀!”院外传来嘈杂的声音，原来是外人首先发现的。

大哥他们也听到，跃了出来，然后不顾一切地开始救火。

“咚咚——”敲院门的声音，蔡俊生过去开了院门，然后冲进来几人，然后是几十人，他们手里端着盆拎着水桶。

这火邪乎，火势非常大，大家喊着叫着救火，院子里一片混乱，鸡在飞，鸭在叫，狗在吠，人在跑……

蔡耕田拿着水桶从院外小沟里拎水，正要冲向厨房，眼睛一瞥，只见两个黑影冲出院门，然后慌张地消失在黑暗中。

“难道是有人称火打劫偷东西?”蔡耕田不由多了一个心眼，放下水桶，悄悄走了过去，四下看了看，也没发现什么不正常，眼睛巡视过朱大凤的房间，发现门大开着，他走了过去。

进到房间一看，哪里还有朱大凤的影子!

“大哥!”蔡耕田呼叫着，冲出房间……

朱大凤是逃走了，确切地说是被陈铁柱救走的。

大凤明晚就要被活埋了，陈铁柱下定决心，无论如何都要救出大凤。

陈铁柱熟悉蔡家墙高院深不好硬闯，搞得不好，人没救出来，自己也会搭进去。苦思冥想了半天，终于想出一个办法。

他去买了煤油，趁着夜黑，泼在蔡家茅草厨房上，然后放了火。

果如他所料，蔡家一片大乱，陈铁柱趁乱而入，救出大凤。

此时，二人在野外逃着，不时回头张望，只见蔡家院子里还是浓烟滚滚，火光冲天。心里窃喜："他们还没发现！"

"铁柱哥，你……"朱大凤喜从天降，一下不知道说什么好。

"大凤，快跑！"

"嗯，知道。"

"我发过誓，一定要救出你！"

"嗯，铁柱哥，孩子……孩子没了。"

"没有没关系，以后还会有的，只要你好好的。"

"铁柱……""哥"字还没说出来，只听后面一个声音："站住！"接着，"啪"一声枪响。

"坏了，他们追来了！"二人心里一个意识，再回头一望，远处，一串火把在向这里移动。

"铁柱哥！"朱大凤战栗着说。

"不要怕，跑，赶快跑！"陈铁柱说着伸手挽住朱大凤的手，牵着她飞奔着。

"啪啪！"后面又是两声枪响，接着传来喊声："站住，站住，你们跑不了了！"

二人跑得更快，寂静的夜，只听到二人"咚咚"的脚步声和"呼哧呼哧"的喘气声。

一会儿，朱大凤已经跑不动了，她可是刚流过产啊！眼看后面的人越来越近。

"铁……铁柱哥，我……我跑不动了。"朱大凤憋着哭说。

陈铁柱二话没说，弯腰，示意让朱大凤趴在自己的背上，然后背起她，向前疾跑。

陈铁柱真是有力气！箭步如飞。可是时间一长，速度逐渐慢了下来。后面的追兵越来越近。

蔡富贵几人已经能够看到前面陈铁柱朱大凤的黑影了。“啪!”一声枪响，子弹带着火星在陈铁柱身边划过。

“呼哧，呼哧!”陈铁柱的呼吸越来越急促。

朱大凤往后望了一眼，说：“铁柱哥，我们这样跑不掉的。”

陈铁柱一言不发，拼命跑着。

“铁柱哥，放下我，放下我!”

陈铁柱实在跑不动了，放下朱大凤，拉着她又是一阵跑。朱大凤虚弱的身子哪里还能跑得动？身子一歪，瘫倒在地。

“陈铁柱，给我站住，要不，老子抓住你，抽了你的筋，剥了你的皮!”后面又是一阵骂。

陈铁柱知道他们说的是真的，被抓住了，肯定没有活命，于是双手拉住朱大凤的胳膊，使劲一甩，把朱大凤甩在肩上，扛起她就跑。

“铁柱哥，这样下去，你我都跑不掉的!”肩膀上的朱大凤哭着道。

陈铁柱一言不发，依然跑着。

“放下我，你跑吧，跑掉一人是一人。”肩膀上的朱大凤挣脱着。

“不行!”陈铁柱咆哮道。

“铁柱哥，放下我吧，妹子这辈子有你，也知足了。”朱大凤的手胡乱地敲打着铁柱的身子。

“不行!”

后面的人越来越近，可以看到火把下他们的脸庞——蔡富贵、蔡耕田、蔡黑狗、蔡二蛋等好几个人。

“铁柱哥，你放下我呀，你放下我呀。”朱大凤哀求着，“你跑吧，他们对我不会怎么样的。”

陈铁柱知道大凤在骗他，他们都要活埋她了，还说不会对她不会怎么样。

无论如何也要把大凤妹子带出去，这是陈铁柱唯一的想法。至于其他的，陈铁柱什么也不想，什么也不顾了。

“陈铁柱，你给我站住!”后面传来喊声。

陈铁柱艰难地跑着，夜黑，看不清脚下，一脚踏空，二人摔倒在地，朱大凤滚到一边。

陈铁柱迅速爬了起来，寻找着朱大凤，前面一个黑影。

“大凤!”

“铁柱哥，快跑!”朱大凤喊着，然后迎着火把跑去。

“大凤，不能啊!”陈铁柱欲上前追朱大凤。

“啪!”一声，一颗子弹在陈铁柱耳边飞过。

陈铁柱无奈，转身向前跑去，嘴里一个劲儿地喊着：“大凤，大凤!”

陈铁柱烧了蔡家的房子，这让蔡家羞怒加恼怒，他们把满腔的怒火发在朱大凤身上，大嫂用锥子，二嫂用针不断折磨她。

此时，朱大凤已经绝望，任他们打骂，此刻，她已经做好了死的准备，让她欣慰的是从蔡家人的话语里知道，她的铁柱哥已经逃脱了。

“铁柱哥，我死后，你可要好好的，千万不要难过，也不要过来寻仇，千错万错，都是我朱大凤的错，我死了，一切都结束了。”朱大凤心里祈祷着。

陈铁柱哪里跑远?他在蔡家集周围埋伏着，并且托人带话给蔡富贵，说如果他们敢对大凤怎么样，他就会杀了他全家老小。

蔡富贵听了，吼道：“今晚就活埋了她!”

“铁柱哥，你现在在哪里呀，我死后，你远走高飞吧，娶个媳妇好好过日子吧，一定要把我忘了，这样，我在九泉之下也就瞑目了。”

正在朱大凤胡思乱想的时候，“吱呀”一声门开了。蔡耕田走了进来，不由分说，用稻草团子塞住她的嘴，拖住五花大绑的她往外走。朱大凤知道自己的大限到了。

朱大凤并没有反抗，反抗也是徒劳了，也更让他们瞧不起。

蔡俊生作为当事人当然也在其中，他默默地跟在二哥身后，一言不发。本来他是同情朱大凤的，可是没想到陈铁柱来烧他家房子，还扬言杀他全家。此时，蔡俊生这个“一根筋”不由火冒三丈，心里道：“你倒是来杀呀，我们全家老小等着呢!”

三人走着，手里的火把熊熊燃烧着，今晚是个阴天，天上连个星星的影子也不见，手里的火让周围更加的黑。蔡俊生看了一眼二哥，只见他手里紧握着猎枪，那是为了防范陈铁柱。旁边就是朱大凤，低头默默地走，并没有表现出死亡来临之前的恐惧，而很多人这时候已经吓得瘫痪了。蔡俊生看了，心里冒出一丝佩服来，随即怒火冒了出来，看来，她是死心塌地跟那个陈铁柱而根本没有把他蔡俊生放在心上。

朱大凤默默地走着，这里她非常熟悉，旁边那块高粱地曾经是自己和铁柱哥幽会之处。铁柱哥真是有劲啊！而她朱大凤也是身心得到彻底的释放，那时候，她快乐得似吃了唐僧肉。可是那快乐需要自己付出生命的代价！值得吗？

有什么值得不值得的，反正都到了这个地步了。朱大凤这样想，眼泪簌簌而下。

一行人来到二道河子口停了下来。朱大凤很是累——心累和身体的累，一屁股瘫坐下躺在地上。

“唰唰”，蔡耕田开始挖土，朱大凤这才知道原来他们要活埋了自己。

“铁柱哥，我的铁柱哥，你在哪儿？我好想再见你一面呀！”朱大凤望着天空，天空一片黑暗。

“唰唰”，挖土声不停，她坐了起来，留恋地望着周围，可是什么也看不见，但是，她对这里太熟悉不过了，自己打猪草，挖野菜，抓鱼摸虾干农活儿……以后，自己就长眠这里了。朱大凤鼻子一酸，眼泪喷涌而出。

“铁柱哥，我走了，来生再见吧，那时候，我再做你的老婆。”朱大凤心里呐喊着。

一会儿，坑挖好了。蔡耕田跳出坑来，走向朱大凤。突然，他停了下来，对着蔡俊生吩咐道：“老三，动手！”

蔡俊生知道二哥要自己亲手惩罚这个淫妇。可是，他犹豫了，望着地上的朱大凤，那不是朱大凤，分明是谢翠莲。

“老三，动手！”二哥提高了声音道。

蔡俊生慢慢地走向朱大凤。

朱大凤抬起了头，二人眼光相遇。

蔡俊生伸手取下朱大凤嘴里的稻草，道：“你还有什么要说的?”

“蔡郎，我……我对不起你!”朱大凤说完，低下头去。

火把下，蔡俊生望着地上的朱大凤，凌乱的头发、满是伤痕的脸庞、浑身是血的衣服……

“老三，还等什么，动手!”二哥更加严厉地说。

蔡俊生机械地伸手。

“蔡郎，我真的对不起你呀!”朱大凤一骨碌爬了起来，对着蔡俊生“咚咚咚”磕了三个头，“我自作自受!”说着猛地站了起来，纵身一跃，跳进坑里。

“总算说了一句人话。”蔡耕田说着，“呸”的一声吐了口唾沫在手掌心，拿起铁锨开始往坑里填土。

朱大凤躺在坑里，“唰唰”，灰土不断地盖在自己脸上身上，她睁大眼睛望着天空，似乎看到一点儿星光。这也许是她在人世最后一瞥。

“铁柱哥，我走了!”朱大凤闭着眼睛，心里默念着，脑子里浮现出父亲、母亲、哥哥等人的身影来。

土越来越多，已经覆盖了朱大凤的身子，呼吸越来越困难。

“我要死了，我真的要死了!”朱大凤心里喊着。

蔡俊生看着坑里的朱大凤，最后的一句话让他释怀不少。俗话说人之将死，其言也善。看来朱大凤真的感到后悔了。

正在蔡俊生胡思乱想的时候，二哥也许累了，对着袖手旁观的三弟吩咐道：“老三，填土呀。”

“哦。”蔡俊生机械地回答，机械地拿起铁锹，机械地填土。坑里，朱大凤的头向上抬着，身子挣扎着。

一会儿，朱大凤终于不再挣扎了。她完了!

“二哥，你先回去吧，剩下的我来。”蔡俊生鬼使神差地说。

蔡耕田看了看坑，又看了看三弟，认为他是要完成最后的工序以解心头之恨，四下看了看，不放心地问：“你行吗?”

“行！你先回吧。”蔡俊生响而脆地回答。

“那好，我先走了。”二哥说着扛起铁锨走了。

看二哥走远了，蔡俊生停止填土坐了下来，从怀里掏出一支烟来狠劲地抽着，以前他是不抽烟的，可是最近家里发生了这么多事，为了消除心中的郁闷，他学会抽烟了。

烟火一点一点地红，蔡俊生的思绪就如那烟火一般。他想了很多，最后不禁问自己："朱大凤有罪吗？那谢翠莲肯定有罪！陈铁柱有罪吗？那自己肯定有罪！"

想到这里，他望着埋着朱大凤的地方，一个冲动涌出，霍地站了起来……

当蔡俊生回到家的时候，已经是大半夜了，开院门的大哥问他为什么回来得这么晚，他回答说自己想在野外好好静静，然后一头钻进自己房间。

躺在床上，蔡俊生睁大了眼睛望着房梁，脑海里涌现出朱大凤的影子来。他不知道自己今晚做得对还是不对。

"唉！"蔡俊生叹了一口气，看来家里不能久待了，等几天就走，找我的谢大姐去。蔡俊生心里盘算着。

"蔡大哥，你怎么还不回来呢？"此时，几百里路之外，谢翠莲躺在床上，心里这样期盼着，然后掰着手指头计算着蔡俊生离开的天数，可是一算，大吃一惊，他离开才十来天！天啊，怎么自己觉得有十年那么长？

谢翠莲接着又算计离开春还有多少天。一算，心里一喜，离开春只不过还有二十来天！

房门"吱呀"一声开了，谢翠莲知道薛二赌钱回来了，本能地小心起来。

今晚薛二手气不好，输得身上一文不剩，所以早早地回来了。

谢翠莲看他那样，知道又输了，想到白天三老歪又来催债，不禁问道："你到底欠了三老歪多少？他今天又来要债了，说要这客栈，还……还……"

"还什么？"

"还要我！"

"他要就给他！"薛二没好气地说，接下来的一句话让谢翠莲死了的心都有，"反正你是老子当初花两个大洋买来的，他现在要你，至少十倍！”薛二说完躺倒就睡。

谢翠莲一整夜都没睡着，听着薛二如雷般的鼾声，她杀了他的心都有。他还算个男人吗？还是个丈夫吗？简直猪狗不如！

第二天，大哥蔡富贵把全家老小集合起来交代道：“从今天起，哪里都不要去，就在家里待着，以防不测，假如真的要出门，也必须几人结伴而行。”

大家知道这是害怕陈铁柱前来报复。

“老三，你那还有多少钱？”大哥问。

“还有几十大洋吧。”

“拿二十给我。”

“哦。”蔡俊生答应着出去，一会儿手里拿着一个钱袋子进来，递给大哥道：“全在这里了。”

大哥把袋子打开，取出二十，然后出去了。中午的时候回来，从怀里掏出一支盒子枪和几十发子弹放在桌子上，恨恨地说：“他陈铁柱敢来，这子弹不是吃素的！”

蔡富贵家活埋了朱大凤的消息在蔡家集悄悄地传开了。第三天，当这个消息传到陈洼庄陈铁柱耳朵里时，“啊！”的一声，仰脸倒在地上人事不省。

半天，醒来，坐在地上抱头大哭起来：“大凤啊，我的大凤！是我害了你呀，是我害了你！你死得太惨了，哥对不起你，呜呜……”

哭完，站了起来，指着蔡富贵家的方向，大骂道：“姓蔡的，不报此仇，誓不为人！你们就等着吧！”

第二天早晨，陈铁柱来到朱家集街道上，寻找到二猴子——卖枪的人，一问，自己带的钱不够买一支枪，只好出来，准备回家借点。

当陈铁柱一出现在街道时，他就被人盯上了，这个人就是朱三癞子的侄子——朱麻子的亲弟弟。

现在，陈铁柱从二猴子家出来就感到不对劲，感到周围怪怪的，不过又说不出。正在纳闷时，突然从拐角处窜出朱三癞子等几个人，他们手里拿着枪刀，大喊：“陈铁柱，哪里走？”

虽然自己腰里有杀猪刀，但是，人家有枪，人又多，陈铁柱知道自己根本不是人家对手，赶忙从一个小巷子向朱家集街西跑去。

“啪！”一个子弹从陈铁柱耳朵旁飞过。

陈铁柱飞跑着，后面的人紧追不舍，刚拐过一个墙角，突然又冒出几个人拦住去路。看来人家早有准备，现在，他被彻底包围了。

陈铁柱四下看了看，已经无路可逃。他靠在墙上，从腰里拔出杀猪刀，在手里抖着，歇斯底里地喊：“看你们哪个不要命的敢过来?”

可是这个威胁一点儿作用也不起，两侧各有几人向陈铁柱逼来，朱三癞子手握盒子枪，杀气腾腾而来。

陈铁柱看到朱三癞子手里的枪，知道自己今天凶多吉少，但是，他还要做垂死挣扎，他知道落到他们手里的后果，与其受罪而死，不如现在死个痛快。他挥舞着手里的杀猪刀，嘴里嚷着：“有种的过来！”

朱三癞子晃着手里的枪，喊道：“明年的今日就是你的祭日！”

“嗷！”的一声，陈铁柱叫着，挥舞着杀猪刀向朱三癞子扑去。

朱三癞子举起手中的枪。

“啪！”一声枪响。

陈铁柱身子颤了颤，以为自己中枪了，可是并没有感到痛。他站着看着自己的身子寻找着枪眼。

“三癞子，住手！”只听到高处有人喊。

陈铁柱循声望去，只见朱四手里拿着一支长枪，旁边几扇窗口也都有人。原来刚才那枪不是朱三癞子开的，而是朱四对空放了一枪。

“朱四，这是我和他陈铁柱之间的恩怨，你不要多管闲事！”朱三癞子喊道。

“你们之间的闲事轮不到我管，但是，你也看看你们在哪里闹事？这是我朱四的家门口！”朱四振振有词地说。

“在你家门口又怎么了?”朱麻子的弟弟问。

“到了我家的门口，就是我朱四的客人，谁敢撒野?”朱四的一个儿子回答。

“如果这事不管，我朱四以后怎么在这朱家集立足？传出去岂不让人笑掉大牙？”

朱三癞子懂得这样的道理，但是又不死心，假如这次让陈铁柱跑了，不知道猴年马月才能抓住他，于是想来硬的，他抬头四下看了看，发觉窗口、房顶上都有人枪，只好打消了念头，嘴里嚷道：“朱四，你可知道多事的麻烦？”

“知道，但是今儿个这事我朱四管定了了，如果你朱三癞子不服气，我朱四随时奉陪！”

“好，好。”朱三癞子回答道，然后冲着陈铁柱道：“小子，跑得了初一，跑不了十五。”手一挥，带着自己的儿子侄子们走了。

陈铁柱松了口气，正要走，朱四来到面前，道：“恩人，到家喝口水。”然后上前拉住陈铁柱的手往家里拽。

到了朱四家，陈铁柱当然要感谢朱四今日出手相救。

“恩人啊，没有你就没有我朱四全家老小的今日！”朱四说着吩咐家人打酒买菜。

酒足饭饱之后，陈铁柱要走。朱四从怀里掏出一把盒子枪递给陈铁柱，道：“恩人，看来朱三癞子不会轻易饶过你，这个你拿着防身。”

陈铁柱客气了一番，也就接受了，然后，朱四带人亲自护送陈铁柱走出朱家集。

野外，陈铁柱走着，挥着手里的盒子枪，对着蔡家集方向，恶狠狠地道：“姓蔡的，你们等着，大凤妹子，哥为你报仇来了！”

此时，也是野外，蔡俊生骑着马走着，手里拎着干粮袋子。

绕过二道河子，再往前走了七八里路，前面出现一座破庙，蔡俊生下马走了进去。

庙里，一间侧屋地上躺着一个女人，听到动静欲爬起。

“是我！”蔡俊生说道。

女人听到这熟悉的声音，这才不动。

蔡俊生走进来，女人仰起脸。

朱大凤！

她没有死！

原来那天晚上，蔡俊生想着想着，一股冲动涌现，他迅速站了起来，扑向铁锹。

当朱大凤被挖出来的时候，躺在地上一动不动。蔡俊生赶忙给她把脉，可是一点儿脉跳也没有。

望着地上的朱大凤，蔡俊生“唉”的一声叹气，心里道：“看来，她命该如此！”

蔡俊生坐下，又点燃一支烟吸着，想着自己和朱大凤的恩恩怨怨以及朱大凤和陈铁柱的牵连，还有自己和谢大姐……不禁感叹道：“人生就是苦海，一点儿不错，她死了也算解脱了。”

抽完了烟，蔡俊生站了起来，准备再次把朱大凤埋了。他过来拉住朱大凤的双手向坑里拖。

“嗯，嗯。”孱弱的呻吟声。

蔡俊生没有在意，继续拖着。

“嗯，嗯，嗯。”呻吟声再起。

这次，蔡俊生听清楚了，他赶忙住手，然后把手放到朱大凤的鼻子口，她居然有呼吸了！

“你没死？”蔡俊生欣喜地问。

朱大凤没有回答，只是不停地呻吟着，此时，她神情恍惚，还以为自己在阴曹地府里。

虽然救活了朱大凤，可是蔡俊生一时不知道怎么办。

把她带回去，那是不可能的。可是如果把她放在这里，她也是死，不是冻死，就是明天被人发现，告知哥哥他们。

怎么办？

救人救到底，送佛送西天，既然救了她，还是想方设法让她活下来吧，虽然她干了对不起自己的事。蔡俊生这样地想，于是背起朱大凤，向七八里路外的破庙走去。

不知道什么时候，天晴了，天上露出点点繁星。蔡俊生背着朱大凤吃力地走着。那七八里路可不是好走的，蔡俊生走一会儿，歇一会儿。

蔡俊生浑身已经汗透，可是害怕回去晚了引起怀疑，不敢歇的时间过长，他再次背起朱大凤。

“嗯，嗯，铁柱哥……”后背上的朱大凤呻吟着。

蔡俊生听了不知道自己这样做是对还是错，值得还是不值得。

到了那座破庙，朱大凤已经彻底醒了，看是蔡俊生在救自己，眼泪不禁簌簌而下，喃喃地道：“蔡郎，我对不起你，我该死，我该死……”

蔡俊生不敢久留，临走交代朱大凤千万不要乱动，以免被人发现，明天他会带吃的和药再来看望她，然后急匆匆地离去。

望着蔡俊生离去的背影，朱大凤哭着道： “我该死，我该死……”

野外，在这春夜里，到处是鸟儿虫儿叫春的声音，这些声音和朱大凤的哭声应和着。

“你……你来了。”朱大凤见到蔡俊生弱弱地招呼，这几天，面对蔡俊生的悉心照料，朱大凤心里除了感激还是感激。

“嗯。”蔡俊生淡漠地答道，见朱大凤的脸色由煞白转为苍黄，知道她已有所好转，于是把干粮和水递给她，再把药拿了出来。

朱大凤吃着干粮，看着蔡俊生在为自己煎药，眼眶扑闪闪的。这几天，她见蔡俊生一次就后悔一次，现在，她的肠子都悔青了，假如……唉！

蔡俊生默默地忙着，忙好后已经是大半下午了。他看了看西边的日头，赶忙离开。他可是瞒着家人偷偷溜出来的。

夕阳西下，饮血杜鹃，给麦浪和油菜罩上一层金黄，使其增添了一份妩媚；二道河水金光闪闪，通向远方，远方是什么？极乐世界吗？

看着这如诗如画的美景，蔡俊生不由勒住马，一边慢走，一边欣赏。他哪里知道此时有枪口正对着他。

拿枪的人就是陈铁柱！

他找蔡家的人报仇来了。因为时间还早，所以陈铁柱绕道二道河子，一来看望大凤妹子，准备报了仇后，把她的尸骨移到自家祖坟，以免大凤妹子成了孤坟野鬼；二来这里人迹罕至，也是躲藏的好地方，等到夜黑，再杀向蔡家。

到了坑前，陈铁柱咕咚一声跪了下来，未语泪先流。

“大凤妹子，我的好妹子，哥来看你了，你死得好惨，哥对不起你呀，呜呜……呜呜……你要知道，你这一去，让哥怎么办啊？没了你，让哥怎么活啊？等哥为你报了仇，哥就去找你！”说到报仇，陈铁柱站了起来，咬牙切齿，怒目圆睁望着蔡家集，如血的夕阳笼罩住全身，更增加了他的杀气。

“咴儿，咴儿”马的嘶鸣声，陈铁柱赶忙躲到旁边小沟里张望，远处，一个黑点徐徐而来。

蔡俊生正骑着马悠悠而来。

踏破铁鞋无觅处，得来全不费工夫！看来老天有眼，送上门来了。陈铁柱望着蔡俊生不由满腔怒火，举枪瞄准。

前面就是那天埋朱大凤的地方，蔡俊生望着那个坑，心想假如自己不出手救朱大凤，此时她的尸体可能开始腐烂，想到这里，心里不免涌起“救人一命胜造七级浮屠”的佛语来。

“啪！”一声枪声，蔡俊生身子晃了两晃，紧接着“啪啪”又是两声，蔡俊生一头栽下马来……

几百里路之外，谢翠莲在家里眼皮老是跳个不停，心里发闷发慌，一股不祥之兆涌了出来，为了赶跑心中的慌张，她装着洗衣服走出客栈，来到码头。

如血的残阳照在河面，似流淌的血液。

望着如血的河水，谢翠莲鼻子一呛，默念道：“蔡大哥，你还好吗？你在干什么啊？你倒是什么时候回来呀？”

隔了一天，下午，朱大凤还是不见蔡俊生送饭来，不禁纳闷，心里嘀咕道：“他临走说过，第二天就过来的呀！”正在狐疑的时候，听到外面脚步声，心里一喜，他来了！

她挣扎着站了起来，正要迎出去，只听到外面传来说话声：“三爷，停下尿泡尿。”

朱大凤赶忙躲了起来，只听到外面一阵声响。

一会儿，声音停下，朱大凤猜测他们要走了，但是，她错了，外面的人并没有走，而是在破庙墙根下坐了下来唠起嗑来。

“狗剩，今个儿蔡老拐家菜不错，十大碗都很满。”那个叫三爷的啧着嘴道。

“酒掺水也很少。”一个年轻人打着酒嗝道。

破庙内，朱大凤听到“蔡老拐”三个字，身子不由战栗起来，全身的汗毛竖起。

“今个上午他家有多少桌？”

“至少十五桌。”

“三爷，他家老三怎么就这样死了呢？”

“唉，那孩子人还是不错的，所谓好人不长命。”

“嚓”的一声，朱大凤脑海里如滚烫的油锅滴落了水，老三，那不是他吗？他死了?！不会听错了吧？不会错，外面的那两个人她是认识的，是蔡家的远方亲戚，看来他们是去吊唁回来。

他怎么死的？前天还好好的呢，怎么说死就死了？正在朱大凤吃惊和疑惑之时，只听到外面的声音。

“这下有好戏看喽，蔡家这次肯定不会善罢甘休，非找那个陈铁柱报仇不可。”

“听说那个陈铁柱和老三家里的有一腿。”

“哈哈，奸夫谋杀了亲夫，他蔡老拐一世精明能干，到头来连个儿媳妇都看不住，平时看他能耐的，现世了吧。”

“是啊，就连我们这些亲戚脸上都无光。”

天啊！这下朱大凤彻底明白了，原来是铁柱哥杀了他！

是铁柱哥杀了他！是铁柱哥杀了他！这个声音一直在朱大凤脑子里盘旋着，以至于外面那两个人后面的话她都没有再听得下去，他们什么时候走的也不知道。

朱大凤彻底呆傻了，坐在地上，一动不动，活僵尸一般。半天，站了起来，一边往外踉跄地走，嘴里叨咕着：“他死了，他死了，是铁柱哥杀了他，是铁柱哥杀了他！呵呵，哈哈……”

蔡家集西边二里地是蔡家的坟场，现在，增添了一座新坟，那就是蔡俊生的。

朦胧的月光洒在坟上，给这新坟更增添了一些凄惨悲凉，一阵风吹来，花圈和招魂幡哗啦啦地响，如诉如泣，凄厉十分，别说小孩儿，就是大人在这个时候都不敢靠近。

突然，远处，一个黑影慢慢腾腾地向这里奔来，来到近前，双膝一跪，声嘶力竭地道："蔡郎，我……我来看你了！"

原来是朱大凤！

"蔡郎啊……"后面朱大凤再也说不出来了，可是，往事却一幕幕在脑子里浮现：新婚之夜，蔡俊生虽然严厉，可是并没有把自己说梦话的事告知于父母；在她被抓住受折磨之时，是他同情自己，给吃给喝；假如不是他救了自己，那么睡在地下的就是她朱大凤；他给自己煎药，悉心照料……可是，这么一个好男人居然死了！

这一切都是因她朱大凤而起，确切地说，是她朱大凤害死了他！

千不该，万不该，自己嫁给了蔡郎，心里还惦记着铁柱哥！千不该，万不该，自己居然还和他……冤孽啊，冤孽！俗话说，天作孽，犹可违；人作孽，不可活！

想到这里，朱大凤决然道："蔡郎啊，我朱大凤还有什么脸面活在这世上？在世上，我没有照料你，那么，我就到阴间去伺候你吧，给你当牛做马，蔡郎呀，你等着。"说到这里，朱大凤四下看了看，不远处，朦胧的月光映照出一个歪脖子老榆树模糊的影子。

朱大凤来到树下，看了看树，又四周看了看，连个绳子都没有，怎么办？她想了想，把内衣脱了，狠劲撕着，然后把布条搓成绳，挂在树上，打成结，搬来一些土块，放在树下。

一切准备妥当，朱大凤反而坐了下来。她要最后好好看看这个世界。

天空，半月被云彩半遮半掩着，犹如一个羞羞答答的少女躲在帷幔后面，一阵微风吹来，送来一阵油菜花香，四周热闹非凡，青蛙哇哇叫着，各种鸟虫鸣唱不止……

这个世界如此美好！可是没有她朱大凤立身之地！

"铁柱哥，千不该，万不该，你杀了蔡郎，现在，我要随他去了，我死之后，一了百了，你和爹，和蔡家的恩怨情仇就此了断，千万不能再继续下去了。"朱大凤嘴里默念着，期盼着，脸上挂满泪珠。

一会儿，她站了起来，再对着娘家的方向跪了下来，"砰砰"地磕着头，道："爹、娘，女儿对不起你们，你们把女儿养这么大，女儿没有为你们增光，反而为你们脸上抹了黑，女儿不孝啊！女儿这就去了，呜呜……"

哭完，朱大凤站了起来，决然地走向绳圈，转眼一想，又折了回来，走向旁边的小溪，蹲下，想看看水中的自己，可哪里能看得见？想象中自己现在肯定很糟，这样怎么能去见蔡郎呢？她捧起水来洗着脸，然后用手捋着头发，一切准备妥当，再次来到树下，脚登上土块，头伸向绳圈……

第二天清早，蔡家集蔡老栓扛着铁犁牵着牛来犁田，发现树上吊着一个人，他并不害怕，上吊而死的人他见过两次，并且他还以胆子大而著称于蔡家集。

谁呢？蔡老栓好奇地走了过去。

来到近前，一看，朱大凤！娘啊！蔡老栓放下铁犁，丢下牛，仓皇跑回蔡家集……

这是怎么了？原来，大家都认为朱大凤被活埋了，现在，她怎么又吊在树上？这是鬼借尸还魂！

蔡老栓把自己所见老母鸡下蛋似的告诉了大家，大家都说老栓你开什么玩笑，头摇得拨浪鼓似的表示不相信。

"不相信你们自己去看看。"蔡老栓指着歪脖树的方向道。

几个胆大的前来观看，可不是朱大凤！

大家都感到匪夷所思！私下里议论纷纷。早有人把此事告诉给蔡富贵弟兄俩。

蔡家连续发生不幸事件，让蔡富贵兄弟俩抬不起头来，听说此事也十分诧异，尤其是蔡耕田，他十二分地不相信，因为朱大凤那是他亲手活埋的。

当他们看到树上吊着的朱大凤时，二人倒吸一口凉气。蔡富贵当然要问二弟怎么一回事。蔡耕田两手一摊，说也不知道，接着把那晚活埋朱大凤的经过说了一遍。蔡富贵听了嘴吧嗒着，似乎明白了，但是他并没有说。

死人怎么从地下钻出来，又爬上树了？各种版本的猜测都有，给朱大凤的死罩上无尽的神秘色彩。

蔡富贵当然要辟谣，可是他并没有亲自说，而是让老婆传播出去说这是报应，要让朱大凤死两回，以惩罚她十恶不赦的罪过。

蔡家并没有收殓朱大凤，她还算蔡家的人吗？还能葬在蔡家祖坟吗？她的尸体就那么吊在那棵歪脖树上，好在野狗也没有光顾，因为野狗够不着。

消息传到朱三癞子家，朱三癞子大骂家门不幸，吩咐家人谁都不要去管这件事。紧接着朱三癞子消失了一下午和一夜，随即朱大凤的尸体不见了。

整天东躲西藏的陈铁柱也听说了此事，大惑不解，这到底是怎么一回事？

无论发生了什么事，反正有一样坚决不行，那就是他陈铁柱绝不能让自己的妹子就那么暴尸着。

趁着夜色，陈铁柱怀里揣着枪来到那棵歪脖树下，哪里还有大凤妹子？树上只有那根布绳在随风飘荡着。

陈铁柱把那根布绳拿在手里，冒着危险打了火石一看，确实是从大凤妹子衣服上撕下的，他陈铁柱是认得的。

手里捧着那根布绳，上面似乎还有大凤妹子的体温。陈铁柱睹物思人，眼泪泉涌，不禁号啕大哭起来："我的大凤妹子啊！"一头栽在地上。

不知道什么时候，陈铁柱醒来，捧着那布绳，继续哭着："大凤啊，你怎么这么傻啊？你走了，留下孤零零的我怎么办啊？这个世上，你是我的唯一，你去了，我活着还有什么意思？那我就随你去吧！"说着手里拿着那根绳子，挂在树上，打了活结，把头伸了进去。

陈铁柱闭上眼睛，大凤妹子似乎在向他招手，心一狠，要腾空。

"喔喔喔……"远处传来鸡叫声。

陈铁柱睁开眼睛，看不到鸡，但是能看到天空的星星，东方已经现出鱼肚白。陈铁柱再次闭上眼睛，脚上使了劲。

"铁柱哥，不要！铁柱哥，不要！"陈铁柱耳朵里似乎传来大凤的呐喊。

“大凤!”陈铁柱猛然睁开眼睛，哪里有大凤的影子？远处，只有冤家仇敌蔡俊生的坟。上面败落的花圈被风一吹，发出吱吱哑哑的声音。

“不死了，老子死了，他们就要笑了，自己的这条命是大凤妹子以身相救的，自己这么死了，那不是辜负了她吗？以后谁会在逢年过节之时给大凤妹子烧钱？老子不但要活下去，还要轰轰烈烈地活!”陈铁柱这么想，跳下树，向着远处扬长而去。

从此以后，山里多了一个强盗。这个强盗对蔡家和朱家的人心狠手毒，但是有一样，从不对女人和孩子下手。第二年，日本鬼子占领了本地，这个强盗和日本鬼子干上了，最后被日本鬼子诱杀了。

春天已经是个十七八岁的大姑娘，早已花枝招展了，可是依然不见蔡大哥回来，这可急煞了谢翠莲。

傍晚时分，谢翠莲佯装放驴来到和蔡俊生分手的地方。

夕阳西下，行人暮归。

望着行人，谢翠莲不由期盼道：要是蔡大哥在其中，那该多好啊!

她一次次地看，一次次失望。

旁边，新犁的水稻田里，新燕在翻飞。

“蔡大哥，燕子都知道回来，你怎么就不知道回来呢?”谢翠莲哀怨道。

天黑后，才回到客栈，免不了又遭薛二一顿臭骂，说她死哪里去了，还不做饭。

这些天，三老歪经常光顾，但是不再恶言恶语，而是眯着色眼看着她，这让谢翠莲觉得有毒蛇在自己身上爬着，也知道离大难之日不远了，因为她是知道三老歪的秉性的——狗的秉性，如果只是狂叫，那不可怕，就怕狗不叫，你不知道什么时候这畜生就会蹿出，猛地咬你一口。

这让谢翠莲更加巴望蔡大哥赶快回来。做了饭，伺候着薛二吃了，然后直奔二狗家。

之所以这么心急火燎地赶来，那是因为她早已派小叶子回去打探消息，也让小叶子劝劝蔡大哥。现在，谢翠莲就是来看看小叶子回来了没有。

可是又一次让她失望了！

蔡俊生走后，二狗家的日子也不好过。二狗老婆拉着谢翠莲的手诉说着蔡俊生的好，意思不言而喻，那就是要谢翠莲不论采取什么方法，一定要让蔡俊生回来。

“他回来了，一切都会好的！”谢翠莲这么对二狗老婆说，也似在自言自语。

二狗老婆剜了谢翠莲一眼，女人叫男人“他”，只有对自己的丈夫这么称呼的。望着谢翠莲失落的离去的背影，“唉”的一声，二狗老婆叹了一口大气。这苦日子什么时候是个尽头啊？

回来之后，就着油灯，拿起鞋底纳着，这是给蔡大哥做的新鞋子，谢翠莲相信，她的蔡大哥会回来的，一定的！

她就这么纳着鞋底，一直到深夜。

春天的夜晚很不平静，蛙叫虫鸣，到处皆是，就是圈中的那头老驴也发情了，不停地叫着。

就是在这不平静的春夜里，谢翠莲听着外面缠绵的春声，就着渴望的春心，纳着鞋底，她是那么的专注，因为这是给她的蔡大哥做的！

她的手不停地上下翻飞，心里想着和蔡大哥在一起快乐的时光，脸上荡漾起幸福的笑容，嘴里不由哼起小调：

夜儿深，灯儿明，
妹妹给哥纳鞋底。
远方哥哥要知道，
这是妹妹一份心。
一针一线密密缝
针针线线显真情。
哥哥哥哥快回来，
妹妹在家……

谢翠莲鼻子一呛，唱不下去了。

第二天下午，谢翠莲做完家务，再往二狗家去打探，走在半路上，迎面一个人，小叶子！

谢翠莲快速跑了过去，一把抱住小叶子，嘴里大喊道："好妹子，你可回来了！"

"嗯，我……我回来了。"小叶子有气无力地说。

谢翠莲大喜过望，没有感觉到小叶子有什么不对劲，拉着小叶子的手，嘴里一个劲儿地道："回来就好，回来就好！"

"大……大姐，这里说话不方便，回家去说吧。"

"好！好！"谢翠莲说着拉起小叶子的手牵着她往回一路小跑着。

到了客栈，谢翠莲关了门，赶紧去倒茶，嘴里一个劲儿地道："妹子，一路辛苦了，一路辛苦了！"

"大姐，不要倒水了。"小叶子憋着哭说。

谢翠莲这才感觉到不对劲，停止了倒水，回头张望着小叶子，只见她脸上都是泪水。

"小叶子，怎么了？怎么了？"

"大姐，呜呜……呜呜……"小叶子猛地过来，一把抱住谢翠莲，头埋在她的怀里号啕大哭了起来。

"妹子，妹子，到底怎么了？"

"大哥他……大哥他……呜……呜……"小叶子断肠似的哭。

"他怎么了，他……他不回来了？"

小叶子只是一味地哭，那么的伤心欲绝。

"不回来没什么，不回来没……没什么。"谢翠莲喃喃地说，她的手不再安抚小叶子，而是呆呆地站在那里，脸色煞白，两眼发愣。

"大姐啊！呜呜……大哥不是不回来啊，呜呜……"小叶子依然抱住谢翠莲，身子不停抖动着哭，伤心欲绝般。

谢翠莲心里重新燃起希望，嘴里"哦"的一声，问道："那怎么了？"

可是，小叶子依然一味地哭泣不止。

"小叶子，到底怎么了？"谢翠莲猛地推了小叶子，厉声问。

小叶子被推开，看到谢翠莲一脸的怒色，稍微顿了顿。

“妹子，到底发生了什么事，快说，你要急死我呀?”谢翠莲跺着脚道。

“大姐啊，蔡大哥他……他……”

谢翠莲眼睛紧盯着小叶子的嘴唇。

“蔡大哥他去了！呜呜……”

“去了？去哪里了?”

“过世了。”

“你是说蔡大哥他……他死了?”

小叶子没有回答，而是再次抱住谢翠莲，声嘶力竭地哭，不停地摇晃着谢翠莲的身子，可是谢翠莲的身子一点一点地下滑，最后滑倒在地。

“大姐！大姐!”

当谢翠莲醒来的时候，只是两眼发直，半点儿眼泪也没有。

“大姐，大姐。”小叶子摇晃着她的身子。可是谢翠莲身子僵直，无论小叶子怎么用话安慰她，她就是一句话也不说，一滴眼泪也不流。一直到了黎明时分，谢翠莲坐了起来，极其平静地问：“他怎么死的?”

于是，小叶子把在家乡的听闻说了一遍。

谢翠莲听着听着，眼泪徐徐盈了出来。

“大姐，蔡大哥他死得好惨啊！呜呜……”

“他葬在什么地方?”谢翠莲依然平静地问。

谢翠莲出奇地镇定让小叶子平静了许多，回答道：“蔡家祖坟。”

“具体在哪里?”

“蔡家集西边二里地。”

接着，谢翠莲不再问，而是一头倒下，蒙头便睡。

谢翠莲这样，薛二回来当然要打要骂。可是无论薛二怎么样，谢翠莲一句话也不说，也不起床。

薛二以为她真病倒了，只好由着她。

谢翠莲一直睡了三天三夜才起床。薛二见了，大骂道：“臭婆娘，你怎么不睡死去了呢？你怎么不睡死去了呢？”

“薛二，你不要逼我！”谢翠莲怒目圆瞪，厉声喝问。

薛二窜蹿了上来，一顿拳脚，一边打，一边骂道：“老子就逼你了，老子就逼你了，你死呀，你死了老子安心！”

“呵呵……哈哈……”谢翠莲大笑向外走去，后面传来：“你到哪里去？”谢翠莲当作耳旁风，依然走着，走着，当她停止脚步，抬头一看，怎么到这个地方来了？

情人桥！

当初和蔡大哥相遇的地方。只不过相逢是夕，而此时为暮。

暮色中，谢翠莲站在桥上，望着夕阳下的河水，那个蓬头垢面、病怏怏的影子浮现在脑海里，随即脸上涌现一丝笑意，紧接着，和蔡大哥在一起的画面一一在脑海里出现。

“蔡大哥，蔡大哥。”谢翠莲喃喃地对着春水喊着，泪水簌簌而下，滴落在河中，与春水混在一起，泛着金色的波浪，滚滚地流向自己的归宿——远方的大海。

问君能有几多愁，恰似一江春水向东流！

谢翠莲回到客栈后，一切又恢复了平静，就如什么事都没发生一样，她和以往一样做生意、做家务，忙前忙后一刻不闲着，只要闲下来就发呆。

三天后的早晨，小梁子起来挑水，到了日升树梢时分，依然不见谢掌柜的身影。到了大半上午，眼看集市要散了，还不见谢掌柜出来买菜，小梁子急了，于是上门来找，敲了半天门，开门的却是薛二。

“大姐呢？”

“她不是早就出去了？”

“我没有见到她呀，她到哪里去了呢？”小梁子挠着头问。

“反正死不了！”薛二说着打起哈欠，然后上床再次蒙头大睡。

到了中午依然不见谢翠莲的踪影，小梁子干着急没办法，绕着客栈转，发现家里的那头毛驴也不见了。难道掌柜的去野外放毛驴去了？

薛二起床来吃午饭，不见谢翠莲，气得大骂，要活剥了她，骂了半天，也不见谢翠莲，于是问小梁子。

小梁子把毛驴不见的事告诉了薛二，也把自己的猜测说了出来。

“回来再算账！臭婆娘。”薛二恶狠狠地骂道，然后出去玩儿去了。

傍晚，薛二回来，问小梁子谢翠莲回来了没有。小梁子说他都急死了，下午还到田野里寻找了呢，找了半天都没找到，现在客栈都乱套了。

这下，薛二傻眼了。

“还不赶快去找?”薛二呵斥道，然后自己也出门寻找去了。

问遍了街道上所有的人，大家都说没有看到。其实，有人看到了，可是就是不对薛二说。

谢翠莲到哪里去了呢？此时，她正睡在几十里路外的客栈里。

今日离家出走是她早就计划好的!

她早就计算好了日子，现在离清明节还有十几天，她要赶在清明节之前给蔡大哥上坟。虽然路途遥远，纵使千山万水，但她也不怕。

皎洁的月光从窗口水银般地洒了进来，谢翠莲从床上起来，走到窗口，想起今天是十五，应该是月圆之时，她向外望去，想看看浩大的圆月，可是望了半天也没有望到，那个窗口太小了。

她想走出去看看，可是终于没有迈出那一步。这小屋就这么囚禁着她的身子，囚禁着她的心。

月亮就在天上，可是谢翠莲就是看不到。月亮就如以往的蔡大哥，似在眼前，又似在天边，可远观而不可得。

可是现在，那远方的明月也陨落了，整个世界黑暗了。

“蔡大哥，你在天上可好？还想起地上有这么个小女子——谢翠莲吗?”谢翠莲喃喃地道，眼泪翻滚。

看着银色的月光，谢翠莲似乎想起什么，走向床边，打开包裹，拿出一套衣服，穿在身上。

当她再次走到月光中，只见她浑身雪白。

原来谢翠莲刚才穿的是孝衣!

她点上三炷香插在窗口泥墙的裂缝里，然后跪了下来，磕了三个响头，嘴里默念着："蔡大哥……蔡大哥。"身子一软，瘫倒在地。

十来天后，谢翠莲赶到了蔡家集，按照小叶子所说，找到了蔡家的居所，可是她并没有进去，她算蔡家的人吗？

远远地看着蔡家的房子，哦，这就是蔡大哥的家呀！假如蔡大哥不死，假如自己和蔡大哥成婚了，自己不是要住进去？可是那只不过是空中的馅饼罢了。

"你找谁？"一个小女孩从院门伸出头来，警惕地问。

谢翠莲知道这是小叶子说的大哥家的闺女，见到她似乎见到了亲人，脸上扬起笑，道："我找你父亲。"

"他不在家，去给奶奶、三叔捧坟去了。"

"哦，那把这个给你吧。"谢翠莲说着把手里的一个包裹递了过去。

小女孩接了过去。

"告诉你家大人，这是你三叔丢我那里的，还有，这头毛驴也是的。"

小女孩接住递过来的毛驴绳子。

"好孩子。"谢翠莲说着摸了一下小女孩的脸蛋，"你能叫我一声三婶吗？"

"三……三婶。"小女孩别别扭扭地喊。

"哎！"谢翠莲响亮地回答，眼里噙着泪花，转身离去。

小女孩疑惑地看着谢翠莲离去的身影，然后系好了毛驴，回到屋内，打开包裹。

钱！一枚枚雪白的银圆。

小女孩眼睛泛着亮光，开始数："一二三……二十。"天啊，这么多！哪里来的这么好的三婶啊？

明天就是清明节了，谢翠莲还要准备一番。她去集市上买了冥纸、爆竹、香火之类。要见蔡大哥了，无论如何要打扮一番，晚上，她洗了头发，净了身子，只等明天的到来。

晚上，下起了春雨。外面，雨声淅淅沥沥的，似情人间无尽的缠绵话语。谢翠莲躺在床上听着外面的雨声，辗转反侧，心潮澎湃。蔡大哥和自己的朝朝暮暮、点点滴滴又浮现：为她端衣盆、熬药，关键时刻，挺身而出……想到那晚的情景，大哥好像摸了一下她的脸蛋，谢翠莲捂着自己的脸，“呵呵”笑了起来。

“轰”一声，今年的第一声春雷响起，把谢翠莲带回到现实：蔡大哥已经不在了！薛二他整天游手好闲，嗜赌成性，他就是个畜生！还有三老歪，他心如蛇蝎，整天虎视眈眈着她，看样子不达目的不会罢休，她谢翠莲这么个弱女子还有什么希望？

“爹、娘、小弟、蔡大哥。”谢翠莲对着如墨的夜空喊，泪流满面。

不知不觉中，夜深了，雨停了，风歇了，但是“呜呜……”女人伤心欲绝的呜咽声在这春天的夜晚飘荡着、飘荡着。

第二天，天气阴沉得似将死之人的脸色。谢翠莲穿上那件蓝底白碎花的褂子——蔡大哥最喜欢看的，然后去买了最好的鸡丝面吃了，还吃了两大碗。吃过早饭，她又去买了酒、酱牛肉——这是蔡大哥最喜欢吃的，一切准备妥当，她回屋坐了下来，一直坐到大半上午。

之所以迟迟不动身，那是谢翠莲害怕去早了会碰到人，因为今天是清明节，上坟的人肯定多。

临近中午时分，谢翠莲挎起包裹，拎着篮子出了门，一路向西，向蔡俊生的坟墓而来。远远地看到坟墓林立，其中有座新坟分外显眼。

肯定是蔡大哥的！

“蔡大哥，我来看你了！”谢翠莲一边大喊，一边狂奔过去。

可不是蔡俊生的坟墓！坟前立着一座新碑，上写“三弟俊生之墓”。

“蔡……大哥……”谢翠莲一屁股坐在坟前，心里千言万语居然说不出来。她只是睁大眼眶，眼睛里充满血丝，盯着他的蔡大哥的坟看，半天，她爬了起来，爬上坟墓，一把搂住蔡俊生的坟头，大喊：“蔡大哥，你好狠心啊！你怎么就舍得丢下我去了呢？”

谢翠莲就这么躺在蔡俊生的坟墓上，搂着他的坟头，手不停地抚摩着，脸亲昵着，那不是坟头，那分明是蔡大哥英俊的脸。

一会儿，谢翠莲下了坟墓，点上香火，摆上酒肉，烧起纸钱，然后坐在旁边不停地往火里添着纸钱，嘴里念叨着：“蔡大哥，你慢慢地吃，慢慢地喝，这些钱你收下吧，蔡大哥呀，你我相守三载，虽然没有夫妻之分，但是也算得上你恩我爱，整个庄墓街道，有钱有势的人企图我，漂亮的公子哥也想企图我，可是，我偏偏喜欢你，你人好，心好，道义好，本来指望有一天，你我可以走在一起，哪怕是露水夫妻，哪怕吃糠咽菜，哪怕上刀山、下油锅，奴家都心甘情愿，可你，偏偏就这么走了，你让奴家怎么活下去啊……”

谢翠莲就这么倾诉着，突然一阵狂风吹来，吹散了一地的纸钱，接着“啪啪”地下起大雨，淋湿了纸钱。

看着满地的纸钱，谢翠莲悲愤至极，抬头望了一下天，手指着大声道：“天啊，你怎么老是和我过不去？你带走了我的俊生哥，我诅咒你！”接着手用力地拍了一下地：“地啊，我诅咒你，是你埋葬了我的俊生哥，让我不能和蔡大哥相见，既然你们这么对待俊生哥，那么也这样对待我好了。”谢翠莲忽地站了起来，指着蔡俊生的坟墓，大声道：“俊生哥，生，我谢翠莲是你的人，死，我谢翠莲是你的魂，生，你我不能当夫妻，那么我们俩就在阴间做一对夫妻吧！前有梁祝，现有我谢翠莲和你，哥，你等着，我来了！”说着，退后两丈，俯身低头向蔡俊生的石碑猛冲过去！

“咚！”一声，鲜血染红了俊生的墓碑！

图书在版编目(CIP)数据

凤舞凡尘 / 秋文著. — 北京 ：中国文史出版社，2015.9

(跨度长篇小说文库)

ISBN 978 -7 -5034 -6398 -3

Ⅰ.①凤… Ⅱ. ①秋… Ⅲ. ①长篇小说 - 中国 - 当代 Ⅳ. ①I247.5

中国版本图书馆 CIP 数据核字(2015)第 110882 号

责任编辑：卢祥秋

出版发行：**中国文史出版社**

网　　址：http：//www. chinawenshi. net

社　　址：北京市西城区太平桥大街 23 号　邮编：100811

电　　话：010 -66173572　66168268　66192736 (发行部)

传　　真：010 -66192703

印　　装：廊坊市海涛印刷有限公司

经　　销：全国新华书店

开　　本：720 ×1020　1/16

印　　张：20　　　字数：270 千字

版　　次：2015 年 9 月第 1 版

印　　次：2015 年 9 月第 1 次印刷

定　　价：39. 80 元